Bernd Storz

Die Wespe

W0283202

Oertel + Spörer

Dieser Kriminalroman spielt an realen Schauplätzen.
Alle Personen und Handlungen sowie die das IT-Sicherheitskonzept der Firma ElringKlinger betreffenden Details sind frei erfunden.
Sollten sich dennoch Ähnlichkeiten mit lebenden oder verstorbenen Personen ergeben, so sind diese rein zufällig und nicht beabsichtigt.

© Oertel + Spörer Verlags-GmbH + Co. KG 2015
Postfach 16 42 · 72706 Reutlingen
Alle Rechte vorbehalten.

Titelbild: © pixbro, Fotolia
Umschlaggestaltung + Satz: Oertel+Spörer Verlag,
Bettina Mehmedbegović
Druck und Bindung: CPI books GmbH
Printed in Germany
ISBN 978-3-88627-336-2

Besuchen Sie unsere Homepage und informieren Sie sich über unser vielfältiges Verlagsprogramm:
www.oertel-spoerer.de

»Der Faktor Mensch, das größte Risiko«

Christian Schaaf

»Strange days indeed!«

John Lennon

»Offenbar haben wir in ein Wespennest gestochen«

Francesca Molinari

»On a warm San Franciscan night«

Eric Burdon

»Fragt sich, wer hier wirklich die Verrückten sind: die Patienten einer psychiatrischen Klinik oder der Verfassungsschutz«

Tomislav Özcan

»Ich habe mich wohl schon tausendmal über diese Fähigkeit des Menschen gewundert, das höchste Ideal neben der niedrigsten Gemeinheit in seiner Seele hegen zu können, und beides mit vollkommener Aufrichtigkeit«

Fjodor Dostojewski

»Down in Monterey«

Eric Burdon

Vielleicht tauchte ein Delphinrücken auf – aus den Wogen der Bucht. Doch die bleigraue Oberfläche des Pazifischen Ozeans, dessen Wildheit von der bergenden Weite der San Francisco Bay nach und nach besänftigt zu werden schien, gab sich hermetisch geschlossen. Sie gab nichts anderes preis als ihre sich kräuselnden Wellenkämme, die der entfernten Kulisse der Stadt zutrieben. Zumindest sah es von hier oben so aus, siebenundsechzig Meter über dem Meer.

Jetzt stehe ich hier auf der Golden Gate, zum ersten Mal in meinem Leben, dachte Francesca Molinari nicht ohne eine gewisse Verbitterung. Bei all ihren Urlauben mit Andreas oder auf Wanderungen zu Hause auf der Schwäbischen Alb, in den Tälern von Neckar und Donau, am Bodensee und am Rhein – immer wieder hatte es diese unwiderruflichen Augenblicke gegeben, in der Landschaftserleben und ein intensives Gefühl menschlicher Verbundenheit für sie eins wurden. Auch wenn die Kinder dabei waren, gab es solche Momente und manchmal wagte sie es dann, von Glück zu sprechen. Aber wenn diese Augenblicke das Glück bedeuteten – was war dann das hier? Allein auf dieser Selbstmörderbrücke und alle Spuren im Nichts versandet?

Sie hätte sich gar nicht darauf einlassen sollen. Ohne offizielle Genehmigung der Amis in den USA Ermittlungen durchzuführen, war für eine Kommissarin beim Landeskriminalamt Stuttgart sowieso nicht möglich. Aber wie hatte Hermann Blöchle sich ausgedrückt, ihr Vorgesetzter, nachdem sie ihn in einem – abhörsicheren – Vier-Augen-Gespräch im Stuttgarter Schlossgarten über den Stand der Ermittlungen im Mordfall ElringKlinger unterrichtet hatte: »Auch wenn es mir für Ihre Familie ehrlich leid tut, wenn Sie über die Feiertage verreisen müssen – aber haben Sie nicht noch Resturlaub?«

Dieser in stillem Einvernehmen geäußerte Fragesatz, der in keinem Protokoll, in keiner Aktennotiz Eingang gefunden hatte, war am 19. Dezember gefallen. Die einzige wirkliche Spur hatte in die Nähe von San Francisco zu einem vom Verfassungsschutz – angeblich – ausgemusterten Ex-Agenten geführt, einem Mann namens Artur Glenn. Und Blöchle und sie waren einer Meinung gewesen: Wenn es bei dem Mordfall bei dem global agierenden Automobilzulieferer im Ermstal tatsächlich um einen Fall von Industriespionage ging, dessen Fäden in den Staaten zusammenliefen, dann war die Angelegenheit nicht nur hinsichtlich politischer Konsequenzen delikat. Vor allem musste man damit rechnen, mit einem Amtshilfeersuchen an das FBI oder andere Polizeiinstitutionen womöglich den Bock zum Gärtner zu machen. Resturlaub also.

Merkwürdig war nur, dass sie Blöchle seit dem 19. Dezember nicht mehr erreicht und er sich auch nicht wieder bei ihr gemeldet hatte – und heute schrieb man bereits den 26. Aber vielleicht wollte er sich über die Feiertage und den Jahreswechsel einfach ein paar Tage Auszeit auf seiner Hütte im Bregenzerwald gönnen.

Erschöpft lehnte sich Francesca gegen die Brüstung, die ihr bis zu den Schultern reichte. Langsam ließ sie ihre Handflächen auf der orangeroten Balustrade auseinandergleiten, während ihr Blick nachdenklich über die Bucht schweifte. Im Südosten die einzigartige Skyline, im Norden über der Horseshoe Bay die zu dieser Jahreszeit graubraunen Grashügel von Marin County. Östlich, hinter Treasure Island, lösten sich in der milden Wintersonne allmählich die restlichen Nebelschwaden über den Häfen von

Oakland. Die vom Meer her wehende steife Brise fuhr ihr in den Rücken. Francesca nahm die Hände vom Geländer, prüfte den Sitz ihres kleinen schwarzen Pferdeschwanzes und erhaschte in den Augenwinkeln das Gesicht eines vorbeiziehenden Joggers, der sie anlächelte.

Alcatraz, die ehemalige Gefangeneninsel, erinnerte sie jetzt an ihre letzte Begegnung mit Glenn. Vor zwanzig Minuten erst hatte er sich auf dem Parkplatz vor der Brücke, auf dem sie ihren Mietwagen abgestellt hatte, plötzlich zu erkennen gegeben. Der Mann, nach dem sie so lange gesucht hatte, hatte Kontakt zu ihr aufgenommen und ihr Informationen geliefert, die ihr bisheriges Bild über die Zusammenhänge vervollständigten, sie aber nicht weiterbrachten. Und sie war sich nach wir vor im Unklaren darüber, welche Rolle er wirklich spielte.

Die Vibrationen der sechsspurig über die Brücke schleichenden Pkw setzten sich kribbelnd in ihrem Bauch fort und ihr Bauchgefühl sagte ihr, dass es da noch etwas geben müsse, etwas, das sie nur noch nicht sah. Aber ihr letzter Zeuge hatte sich gestern Nacht hier irgendwo von der Brücke gestürzt. Lukas Michaelis. Einer von über eintausend Suizidenten, die von den leuchtendgelben Notrufanlagen in ihren letzten Minuten keinen Gebrauch gemacht hatten. Also was sollte es noch geben? Es war vorbei!

Eine Autohupe riss sie aus ihren düsteren Gedanken; als sie sich umwandte, blieb ihr Blick an einem langen Stück schwarzen Stoffes hängen, der auf der Höhe des nächstgelegenen, etwa zwanzig Meter von ihr entfernten zweiten der beiden Zwillingstürme wie ein verlorener Schal im Meerwind flatterte. Ein Trauerflor, fragte sie sich und ging auf den nächsten Pylon zu.

Drei Monate davor

Eigentlich genoss Lukas die in den vergangenen Jahren immer seltener werdenden gemeinsamen Stunden mit seinem Vater. Seit er sein Studium der Informatik in Stuttgart abgebrochen, sich an der Uni Hohenheim für Nachwachsende Rohstoffe und Bioenergie eingeschrieben hatte und in eine WG in Esslingen a.N. gezogen war, wollten sie sich ursprünglich noch jeden ersten Sonntag im Monat treffen. Aber in letzter Zeit hatte sein Vater ihn mehrfach versetzt. Wenn Lukas ihn dann anrief, um nachzufragen, drückte er ihn entweder weg oder schützte eine Erkältung, allgemeine Erschöpfung oder sonst irgendeine Krankheit vor. Jedenfalls schien er mehr und mehr abzubauen, zumindest was seine Zuverlässigkeit betraf.

Das war nicht immer so gewesen. Früher, vor der schweren Erkrankung seiner Mutter und der Trennung seiner Eltern, als sein Vater noch als Diplomingenieur voll im Berufsleben stand, hatte er ihn immer als den sprichwörtlichen Fels in der Brandung erlebt. Wenn seine Versetzung wackelte, hatte er sich bei den Lehrern für ihn eingesetzt. Sogar regelmäßig – für Väter damals nicht unbedingt selbstverständlich – an Elternabenden teilgenommen. Auch war er ihm gegenüber stets offen, so hatte er es jedenfalls immer empfunden. Eine Offenheit, die ihm manchmal auch zu weit ging, wenn er allzu detailliert über die Probleme mit seiner Mutter sprach, ihn zuweilen damit sogar belastete.

So wie heute. Nur dass sich heute Abgründe auftun würden, von deren Existenz er bisher nur in Zeitungen und Filmen erfahren hatte.

»Optimales Wanderwetter!«, rief Lukas aus, als sie den Lerchentalweg am Waldrand entlangstapften, »das habe ich schon heute Morgen beim Aufwachen gedacht!«

Er blinzelte in die Septembersonne, die ein spätsommerliches Licht verströmte, das jetzt am frühen Nachmittag die Luft über den Grashängen flirren und Bäume, Sträucher und die fernen Häuser des Dorfes harte Schlagschatten werfen ließ. Buchen und Lärchen standen in herbstlicher Farbigkeit, ihre betörende Pracht eingerahmt vom sanften Blaugrün dicht stehender Fichten.

Sein Vater nickte nur beiläufig und hielt den Blick gesenkt auf den Weg unter seinen alten Wanderschuhen. Im Gegensatz zu sonst schien er von der Schönheit der Landschaft keine Notiz zu nehmen. Schon auf der Herfahrt war er ungewöhnlich wortkarg gewesen und in Lukas verfestigte sich der Eindruck, ihn bedrücke etwas.

Auf der Fahrt nach Bad Urach, wo sich sein Vater nach der Scheidung von seiner Mutter gegenüber der Buchhandlung am Markt eine kleine Dachgeschoss-Wohnung gemietet hatte, war in Lukas die Befürchtung aufgestiegen, er könne im letzten Moment noch absagen. Dann war er aber doch zum vereinbarten Zeitpunkt in voller Wandermontur unter der Tür gestanden, hatte auch, wie immer, die Tour ausgesucht und ihn auf die Schwäbische Alb nach Gomadingen dirigiert. Dort hatten sie am Sportplatz am Lerchenberg Lukas' weinroten Fiat Panda stehen lassen und waren losmarschiert in Richtung Sternberg zu einer Rundwanderung, die er vor vielen Jahren schon einmal mit beiden Eltern unternommen hatte.

Ein steil nach oben führender, gewundener Waldpfad zweigte vom Weg ab. Lukas suchte an den grauen Fichtenstämmen nach dem Wanderzeichen mit dem roten Balken, aber da wies sein Vater schon mit einer Kopfbewegung nach links und schritt voran. Im gemächlichen Bergaufgehen fand Lukas langsam zu seinem Rhythmus. Normalerweise lösten sich im Gehen nach und nach alle Alltagsgedanken; der Kopf wurde frei und er nahm in der kühler werdenden Luft nur noch den erdigen Duft des Waldbodens wahr, das Sirren der Insekten und die sich im leichten Wind bewegenden Blätter und Zweige und ihr Spiel mit Licht und Schatten. Heute aber ertappte er sich dabei, wie er zunehmend ins Grübeln verfiel. War sein Vater wieder auf dem Weg, in die Depression abzurutschen wie vor Jahren, als seine Schwester Miriam sich von ihm abwandte, weil sie ihm die Schuld gab an der Trennung seiner Eltern? Weil sie ihm vorwarf, seine Mutter im Stich gelassen und sich in eine Affäre gestürzt zu haben? Eine depressive Erkrankung, die ihn letztlich den Job gekostet hatte.

Als sie oben aus dem Wald traten, öffnete sich vor ihnen der Ausblick auf die Wacholderheide. Jetzt erinnerte sich Lukas daran, wie sein Vater damals bei der Familienwanderung an dieser Stelle stehen geblieben war und ausgerufen hatte:

»Kinder, jetzt schaut euch nur mal an, in welch schöner Welt wir leben!«

Heute dagegen begann er, ohne auch nur einen Moment innezuhalten, den rechter Hand abzweigenden Weg aufzusteigen.

Lukas schloss zu ihm auf. Als er neben ihm war, wandte er sich ihm zu und fragte:

»Wo bist du eigentlich gerade mit deinen Gedanken?«

Ohne zu antworten, wies sein Vater zu einer Bank, wo der Wald wieder begann.

»Da«, sagte er schließlich, nahm seinen Rucksack ab und setzte sich. Lukas tat es ihm gleich. Eine Zeit lang saßen sie schweigend nebeneinander.

»Was macht das Studium?«, fragte sein Vater endlich.

Sonst ging Lukas gerne auf die obligatorische Frage ein. Sie war immer der Startschuss für längere Unterhaltungen, für die sein Vater Beiträge aus seinem erstaunlichen Wissensreservoir als Ingenieur einbrachte und die seine eigenen Gedanken und Ansichten vertieften. Heute aber klang seine Stimme abwesend.

»Und das Kickboxen? Trainierst du noch immer?«

Lukas bewegte verneinend den Kopf. Sein Vater starrte auf den hellen, spitzen Kies zu seinen Füßen, während Lukas seinen Blick jetzt über die hohen Wacholderbüsche gleiten ließ, die den Sternberg hochwanderten.

»Ich will dich damit eigentlich nicht belasten«, brachte sein Vater schließlich hervor, ohne aufzusehen. Er murmelte die Worte mehr, als dass er sie aussprach.

Lukas schwieg, als befürchte er, ihn mit einer Nachfrage wieder zum Verstummen zu bringen.

»Ich hab einen Riesenfehler gemacht.«

Lukas wartete weiter mit einer Antwort ab.

»Ich hab was mitgehen lassen aus dem Betrieb.«

Lukas spürte seine Hände feucht werden.

»Ich denke, du lebst von deinem Taxi seit deiner Kündigung?«, hakte er endlich nach und sah seinen Vater von der Seite an.

Dieser erwiderte seinen Blick nicht.

»Das reicht ja nicht mal für die Miete.« Er stützte den Kopf in die Hände. »Ich geh abends noch ein paar Stunden ... putzen ...«

Lukas verspürte den Impuls, seine Hand auf die Schulter des Vaters zu legen. Wie unangenehm musste ihm dieses Eingeständnis sein.

»Du hast schon schlimmere Zeiten erlebt«, antwortete er einfühlsam. »Seit wann machst du das?«

»Guckst du nie in Facebook nach?«

Beschämt biss sich Lukas auf die Unterlippe. Er war mit seinem Vater zwar auf Facebook befreundet, aber was dieser dort so alles postete, las er schon lange nicht mehr. Dass er seine privaten Sorgen mit ewigem Jammern öffentlich machte, war ihm einfach nur peinlich.

»Warum?«, gab er zurück, um der Frage auszuweichen.

»Seit drei Monaten.«

»Nein, warum du was mitgehen lässt?«

»Ja, gegen Geld.«

»Was kann man denn so Wertvolles aus 'nem Betrieb mitgehen lassen, das sich dann auch verkaufen lässt?«

Lukas' Vater verfiel wieder ins Schweigen. Nach einiger Zeit erklärte er:

»Vor vierzehn Tagen ungefähr hat sich ein Kunde am Reutlinger Hauptbahnhof zu mir ins Taxi gesetzt und sich auf die Achalm fahren lassen. Unterwegs hat er mich gefragt, ob ich einen Auftrag für ihn erledigen könne. Irgendwoher wusste er, dass ich auch einen Job bei ElringKlinger habe …«

»Na, wenn du das auch in Facebook gepostet hast? Dass du dort putzen gehst?«

»War vielleicht ein Fehler, im Nachhinein …«

»ElringKlinger in Dettingen? Die machen doch Zylinderkopfdichtungen für die Automobilindustrie?«

Lukas' Vater nickte und ließ die Hände auf seine Schenkel gleiten.

»Unter anderem, ja … Die beliefern fast alle großen Automobilhersteller. Auf der ganzen Welt.«

»Und wie kamen die ausgerechnet auf dich?«

Lukas' Vater zuckte die Achseln. Wieder geriet das Gespräch ins Stocken. Schließlich schob er das Gesäß nach vorne, umfasste die Kante der Holzbank mit den Händen und lehnte sich zurück.

»Er war auf sensible Daten aus der Entwicklungsabteilung aus«, erklärte er.

»Industriespionage?«

Lukas grinste ungläubig

Wie aus dem Nichts umschwirrte plötzlich eine Wespe den Kopf seines Vaters. Der sprang auf und schlug um sich.

»Damit machst du sie erst recht aggressiv!«, rief Lukas.

Offenbar zeigte das wilde Fuchteln dennoch Wirkung. Sein Vater sah sich noch ein paar Mal suchend um, dann nahm er seinen Sitzplatz wieder ein und sagte übergangslos:

»Ich hab bloß eine Liste mitlaufen lassen. Aus dem Labor ...«

»Und was stand da drauf?«

»Irgendwelche Formeln. Ich bin ja kein Chemiker.«

»Und jetzt hast du Angst, dass es rauskommt!«

»Ich glaube nicht, dass es jemand aufgefallen ist. Das Problem liegt woanders ...« Abrupt wandte Lukas' Vater seinen Kopf und sah seinen Sohn offen an. »Sie wollen mehr!«

»Sie?«

»Du glaubst doch nicht, dass dieser Typ, der mich angesprochen hat, alleine agiert!«

Lukas kräuselte die Stirn.

»Und jetzt hängst du mit drin ...«

Sein Vater senkte den Blick.

»Ich hab ihm gesagt, ich mach da nicht mehr mit.«

»Wie gesagt? Wie kommuniziert ihr denn? Triffst du dich mit diesem Typen?«

Lukas' Vater schüttelte den Kopf.

»Ich habe ihn seit der Taxifahrt nicht mehr gesehen. Er hat mich angerufen ...«

»Du hast ihm deine Handynummer gegeben?«

»Er hat seine Rufnummer natürlich unterdrückt. Das mit der Liste war nur der Anfang. Sie wollen ins Firmennetz.«

Lukas ließ die Luft zwischen den Zähnen entweichen.

»Du musst zur Polizei gehen!«

»Das habe ich ihm auch gesagt. Wenn er mich nicht in Ruhe lässt.«

Eine Pause entstand. Dann sagte Lukas nachdenklich:

»Aber du hast nichts gegen ihn in der Hand ...«

Sein Vater holte schnappend Luft.

»Er hat mich gefragt, ob ich meine Familie liebe«, antwortete er, um schnell weiterzureden. »Und aufgelegt. Einfach aufgelegt. Aber ich lass ihn auffliegen. Das weiß er.«

»Wie denn?«, hakte Lukas nach. Und als sein Vater nicht reagierte: »Die Liste?«

Sein Vater nickte leicht mit dem Kopf.

»Wie hast du sie denn weitergeleitet?«, wollte Lukas wissen. »Hast du sie eingescannt und gemailt? Hast du eine Mailadresse? Oder auf einen Stick kopiert?«

»Es gibt einen Toten Briefkasten.«

Lukas verstummte.

»Wenn irgendwas passiert, lass ich den Toten Briefkasten hochgehen.«

»Und wo?«, fragte Lukas. »Wo ist der?«

Langsam wiegte sein Vater den Kopf.

»Ich will dich da nicht noch mehr mit hineinziehen. Ich hab dich schon viel zu sehr belastet mit der ganzen Scheiße! Und ... ich schaff das jetzt auch nicht mehr auf den Aussichtsturm.«

Abrupt stand er auf.

Lukas schluckte. Das Gespräch schien beendet. Für einige Sekunden kam ihm die herrliche Aussicht wieder in Erinnerung, die er als Kind dort oben vom Sternbergturm aus genossen hatte. Der weite Blick über die Kuppen- und Flächenalb. Von Schloss Lichtenstein bis zu den Schweizer Alpen, vom Bussen bis zur Zugspitze und den dahinter liegenden Österreichischen Alpen. Dann erhob auch er sich und schulterte seinen Rucksack.

Mit dem Daumen deutete sein Vater nach rechts.

»Zurück nehmen wir den alten Burgenweg«, erklärte er mit einer Stimme, als sei nichts zwischen ihnen vorgefallen. »Das tut uns beiden, glaub ich, ganz gut. Noch etwas zu laufen.«

Der Rückweg zog sich hin. Schweigend stapften sie den Wald hinab, vorbei an aufragenden Kalkfelsen, dann in einer großen Schleife bis zu zwei mächtigen Buchen, einem in der Gegend bekannten Naturdenkmal, dem Lukas keinen Blick mehr schenkte. Er spürte die Angst in sich hochkriechen wie Säure, die sich vom Magen aus in seinem Oberkörper ausbreitete und ihm das Atmen erschwerte.

Endlich erreichten sie das Wolfstal, das sie auf abfallendem Weg zum Parkplatz zurückführte.

Als sie sich wieder bei Lukas' Wagen einfanden, sagte sein Vater:

»Eigentlich wollten wir ja noch was essen gehen.«

Unschlüssig zuckte Lukas mit den Schultern. Er steckte sich eine Zigarette in den Mundwinkel und kramte nach seinem Feuerzeug in der Hosentasche.

Sein Vater versetzte ihm einen kumpelhaften Stoß mit dem Ellbogen.

»Ich hab reserviert …«

Jetzt bemüht er sich, wieder ganz den Alten zu geben, dachte Lukas und zündete sich die Zigarette an. Und dabei weiß er doch selbst nicht weiter.

»Der Gestütsgasthof Offenhausen hat geschlossen«, fuhr sein Vater fort, »aber ich hab was Neues entdeckt.«

Eine knappe halbe Stunde später saßen sie im gut gefüllten »Hotel Gasthof Herrmann« der Familie Autenrieth in Münsingen. Das rustikal eingerichtete Restaurant warb mit regionalen Produkten aus dem Biosphärengebiet. Lustlos hatte Lukas die Speisekarte durchgeblättert, war dann aber doch – obwohl er keinen richtigen Hunger verspürte – neugierig geworden auf die Lammleber mit Ehestetter Champignons und hausgemachten Dinkel-Sticks. Doch sein Vater war offenbar nicht bei der Sache. Immer wieder sah er von der Karte auf und ließ den Blick über ihn hinweg und über die übrigen Gäste gleiten.

»Kannst du dich nicht entscheiden oder hast du keinen Appetit?«, fragte Lukas schließlich.

Sein Vater legte den Zeigefinger an die Lippen.

»Ich glaube, wir werden beobachtet!«

Lukas widerstand der Versuchung, sich umzudrehen. Der Blick seines Vaters senkte sich. Er begann zu flüstern.

»Vorne neben der Tür. Der Gast am Einzeltisch. Nicht umdrehen!«

»Kennst du ihn?«

Sein Vater deutete ein Kopfschütteln an. Steigerte er sich schon in eine Verfolgungsparanoia hinein oder hatte sein Verhalten wirklich etwas mit der Sache zu tun?

Um selbst einen Blick auf den Verdächtigen werfen zu können, gab Lukas vor, auf die Toilette zu müssen. Als er aufstand und seinen Blick wie nach dem Toilettenschild suchend durch den Gastraum schweifen ließ, trafen sich für den Bruchteil einer Sekunde ihre Blicke. Mit seinem dunkelblonden Bürstenhaarschnitt, seinem kantigen Gesicht und dem stämmigen Oberkörper sah der Mann aus wie ein Marine, der soeben aus einem Hollywood-Streifen getreten war. Lukas wandte den Blick ab und nahm den Eingang zum WC. Er sah sich selbst von außen, wie in einem Film, als er jetzt im Korridor vor der Toilette stehen blieb und kurz überlegte. Er nahm sein Smartphone aus der Tasche und drückte den Kamera-Button. Dann ging er den Gang zurück, zwängte sich durch den Spalt der Tür zum Gastraum und schob die Linse zwischen die schmiedeeisernen Verzierungen des kleinen Paravent am Durchgang, bis die gegenüberliegende Eingangstür und der Einzeltisch mit dem Unbekannten auf dem Display erschienen. Nach dem Klick ließ er das Gerät in die Hosentasche gleiten, richtete sich wieder auf und schlenderte zu seinem Vater zurück.

»War die Bedienung schon da?«, fragte er so harmlos wie möglich.

»Mir ist das unheimlich hier. Ich muss raus!«

Lukas gab zu verstehen, dass er verstanden hatte, wandte sich um und ging mit seinem Vater auf die Eingangstür zu.

Der Mann am Einzeltisch stellte seine Apfelschorle ab und sah Lukas mit einem erstaunten Grinsen an.

Draußen fragte er:

»Bist du dir sicher, dass du dir das nicht eingebildet hast gerade?«

Sie bewegten sich auf den Wagen zu.

»Ich weiß selber nicht mehr, was ich glauben soll«, kam als Antwort.

Lukas klemmte sich hinter das Steuer und zog sein Smartphone hervor.

Als sein Vater zugestiegen war, warf er einen Blick zurück zur Eingangstür des Lokals.

»Was ist, warum fährst du nicht?«, knurrte er ungeduldig mit Blick auf das Handy in der Hand seines Sohnes, die auf dem Display herumtippte. »Telefonieren kannst du auch später noch!«

»Ach nichts!«, antwortete Lukas, schaltete das Gerät aus und schob es in seine Hosentasche zurück. Dann startete er den Motor.

Langsam ließ er den Fiat durch die verkehrsberuhigte Zone der Innenstadt gleiten, über den von Fachwerkhäusern gesäumten Marktplatz und vorbei am Alten Rathaus mit seinem Arkadengang.

»Tut mir leid wegen des Essens«, sagte sein Vater.

»Jetzt schlag ich mal was vor«, erwiderte Lukas, als er an der nächsten Vorfahrtsstraße stoppte. »Wir holen uns was vom ›Bambus‹ und essen bei dir zu Hause. Da haben wir unsere Ruhe. Oder hast du keinen Bock auf Chinesisch?«

Bis nach Seeburg blieb Lukas' Vater eine Antwort schuldig. Auf der ganzen Fahrt die Serpentinen des Steilabfalls hinunter ins Seeburger Tal hatte er sich wieder in Schweigen eingekapselt. Erst auf der Höhe der Abzweigung Richtung Hengen sagte er endlich mit müder Stimme:

»›Bambus‹. Von mir aus. Hauptsache, was im Magen …«

In dem kleinen chinesischen Lokal in der Stuttgarter

Straße in Bad Urach besorgten sie sich beide dasselbe Gericht – Knusprige Ente mit Ananas. Doch anstatt in die Wohnung von Lukas' Vater zu fahren, rissen sie, kaum im Wagen zurück und ohne sich abgesprochen zu haben, die knisternden Aluminiumabdeckungen von den Plastikschalen und schlangen heißhungrig ihr Essen hinab.

»Weißt du noch«, begann Lukas schließlich, als er seine Mahlzeit beendet hatte, »früher, wenn Mama mal unterwegs war und du keine Lust zum Kochen hattest? Wie wir dann zum Burger King gefahren sind und im Auto gegessen haben?«

Lukas' Vater nickte stumm, ohne ihn anzuschauen, und schob seine Imbissverpackung unter den Beifahrersitz.

»Und wenn es dann geregnet hat und die Tropfen an der Windschutzscheibe heruntergelaufen sind«, fuhr Lukas träumerisch fort, »und du hast das Radio angemacht ...«

Jetzt sah sein Vater zu ihm hinüber. Ein sanftes Lächeln umspielte seinen Mund.

»Und einmal kam *She Smiled Sweetly* von den Stones«, schwelgte Lukas.

»Ja, vom Album *Between the Buttons*. Leg ich heute noch manchmal auf ...«

»Es geht doch nichts über die guten, alten Vinylscheiben, was?!«, schwärmte Lukas. »Den Refrain haben wir sogar zweistimmig mitgesungen!«

»War unser Lieblingssong ...«, bestätigte sein Vater und sah Lukas zärtlich an. Dann sagte er plötzlich:

»Ist was? Du bist so rot im Gesicht.«

Lukas fasste sich an den Hals. Er spürte sein Herz, wie es plötzlich schneller und stärker pochte.

»Was ist los?«

»Ich weiß nicht ... Mein Magen.«

Sein Vater nahm ihm die Imbissschale ab. Lukas fasste sich mit beiden Händen an den Bauch und beugte sich vornüber.

»Musst du dich über…«

Lukas schnitt ihm mit einer Handbewegung das Wort ab. Seine Atmung beschleunigte sich.

Ratlos sagte sein Vater:

»Also ich spüre nichts. Wir haben doch das Gleiche gegessen …«

Mit beiden Händen umfasste Lukas jetzt das Lenkrad und drückte seinen Rücken in den Sitz, um tief durchzuatmen. Seine Gesichtsfarbe hatte gewechselt. Die Haut wirkte seltsam fahl und wie erstarrt.

»Ich fahr dich besser ins Krankenhaus. Ist ja hier gleich um die Ecke.«

Lukas schüttelte den Kopf. Im nächsten Moment aber stieß er die Fahrertür auf, beugte sich zur Seite und erbrach sich auf die Straße.

Sein Vater verließ seinen Platz und ging um die Kühlerhaube herum. Er reichte ihm ein Papiertaschentuch.

»So hat das keinen Wert!«

Als sich Lukas den Mund abgeputzt hatte, fasste er seinen Unterarm und nötigte ihn zum Aussteigen. Lukas ließ es geschehen, dass er ihn nun um den Wagen herumführte und ihn auf den Beifahrersitz bugsierte.

Sein Vater setzte sich hinter das Steuer und sagte:

»Schnall dich an bitte. Wahrscheinlich hast du ja nur ein China-Restaurant-Syndrom. Aber vielleicht steckt ja auch was Ernstes dahinter.«

»China…, was?«, keuchte Lukas. »Noch nie gehört …«

Mit verlangsamten Bewegungen legte er den Sicherheitsgurt an.

Keine drei Minuten später steuerte Lukas' Vater den kleinen Fiat auf den Parkplatz der Ermstalklinik. Es dämmerte bereits. Lukas schien seinen Widerstand aufgegeben zu haben, doch als sein Vater Anstalten machte, ihn zum Eingang zu begleiten, machte er ihm deutlich, dass er das allein schaffe und er sich nicht weiter zu kümmern brauche. Für einen Moment ließ sein Vater ratlos die Arme sinken, doch dann hievte er sich wieder hinter das Steuer.

»Hast du dein Handy?«, fragte er noch.

Lukas nickte.

»Dann ruf mich an, wenn ich dich wieder abholen kann.«

Mit einem letzten besorgten Blick auf seinen Sohn schloss er die Fahrertür, startete wieder den Motor und fuhr los.

Mit einer schwachen Handbewegung winkte Lukas seinem Fiat hinterher und sah ihm nach, bis er auf der Stuttgarter Straße verschwunden war. Dann holte er tief Luft und drehte sich zu dem Weg um, der zum Klinikeingang führte.

In diesem Moment preschte von hinten ein weißer Lieferwagen heran und bremste dicht neben ihm abrupt ab. Lukas sah verwundert zu dem Fahrzeug auf. Die Beifahrertür wurde aufgerissen. Ein Mann mit nach hinten gekämmten schwarzen Haaren sprang aus dem Wagen, kam rasch mit drahtigen Schritten auf ihn zu und fragte, ob er Lukas Michaelis sei.

Verwundert bejahte Lukas.

Noch ehe er etwas fragen konnte, spürte er einen heftigen Schlag in die Magengrube. Lukas' Oberkörper krümmte sich vornüber. Ein kräftiger Arm nahm seinen Kopf in die Zange und schleppte ihn zur Rückseite des Lieferwagens, dessen Türen bereits offen standen. Eine zweite Gestalt schlang ein braunes Klebeband um seinen Kopf und verklebte ihm jetzt die Augen, dann spürte er eine Hand in seine Hosentasche vorstoßen und sein Smartphone entwenden. Auf dem Bauch liegend wurde er grob auf die Ladefläche gezerrt. Sein Schienbein schlug gegen eine Kante – Lukas schrie vor Schmerz auf. Jemand drückte ihm sein Knie ins Kreuz, während seine Arme auf den Rücken gezogen wurden. Dann spürte er, wie dünne Fesseln um seine Handgelenke festgezurrt wurden.

Alles war so schnell gegangen, dass er weder ein Gefühl noch einen Gedanken zulassen konnte. Doch als sie jetzt auch noch seinen Mund abklebten, erfasste ihn Todesangst. Hoffentlich lassen sie die Nasenlöcher frei, flehte er in Gedanken. Vergeblich bäumte er sich auf.

Die Hintertüren wurden verriegelt. Lukas hörte die Vordertüren zuknallen, der Motor wurde gestartet, das Fahrzeug brauste mit hoher Geschwindigkeit davon.

Diese Leute haben also ihre Drohung wahr gemacht, war der erste Gedanke, den er wieder fassen konnte. Die Reaktion des Spionagerings auf die Weigerung seines Vaters, weitere Aufträge zu erfüllen! Dann würden sie ihn also von der Entführung seines Sohnes unterrichten, um ihn – mit ihm als Pfand – zu erpressen! Und? Und dann? Was hatten sie vor? Was würden sie mit ihm machen? Ihn irgendwo wieder aussetzen, wenn sein Vater nachgegeben hatte? Denn dass er nachgeben würde, daran hatte Lukas keinen Zweifel. Oder würden sie sich seiner entledigen, mit einem Genickschuss, weil sie keinen Zeugen brauchen konnten, und seine Leiche auf irgendeiner Müllkippe entsorgen?

Seine Gedanken wirbelten durcheinander wie sein Körper, der in den ersten Kurven von einer Seite zur anderen geschleudert wurde. Lukas stöhnte vor Schmerz. Seine gefesselten Handgelenke drückten ihm ins Kreuz. Wenn er eine Chance haben wollte, zu überleben, musste er sich trotz allem jetzt fassen und überlegen, wie er diesem Albtraum entkommen konnte. Mit einer Drehbewegung – seine Füße hatten die Täter von der Fesselung ausgenommen – gelang es ihm, sich auf die rechte Seite zu legen und den Körper quer zur Ladefläche zu verspannen.

Den Fahrgeräuschen nach zu urteilen, mussten sie die Stadt verlassen haben und sich auf einer der Hauptstraßen befinden. Offenbar ging es nicht in Richtung Schwäbische Alb, denn das würde er registrieren: die zunehmenden Kurven, die Serpentinen des Albaufstiegs, das Runterschalten in niedrigere Gänge, die Verminderung der Drehzahlen des Motors, dann wieder sein Anschwellen. Stattdessen glitt der Lieferwagen mehr oder weniger gleichmäßig dahin. Vermutlich auf der B 28 Richtung Metzingen. Auf dieser Strecke befanden sich zwei Ampelanlagen, wenn er es richtig im Kopf hatte. Oder, je nachdem, auch drei. Eine an der Ecke Max-Eyth-Straße, die sie vermutlich schon passiert hatten, die nächste bei den Thermen und dann die an der Abzweigung nach Dettingen. Aber vermutlich hatten sie überall Grün und sonntagabends um diese Zeit geriet man wohl auch kaum mehr in einen Stau.

Mit den Fingerspitzen seiner Rechten ertastete er die Fesselung an seinem Rücken, dünne, biegsame Streifen, die sich wie Plastik anfühlten – vermutlich Kabelbinder. Er drehte sich auf die linke Seite, hob die Hüfte an und zog seinen linken Arm bis zur Schmerzgrenze über den Rücken nach rechts, griff nach seinem Gürtel und zerrte mit der Rechten den Hosenbund ebenso nach rechts, so weit es ging. Dann krallte er seine Fingerspitzen in den Jeansstoff und riss das Hosenbein über den Hüftknochen, bis es im Schritt heftig zog. Mit der flachen rechten Hand versuchte er in die rechte Hosentasche zu gelangen, schob sie Stück für Stück weiter, wobei die Hose durch das Vorschieben wieder nach unten glitt. Doch irgendwann gelang es ihm, an seinem Schlüsselbund vorbei die Spitze seines Einwegfeuerzeugs zu ertasten. Noch ein Stück weiter – und er konnte Zeige- und Mittelfinger krümmen und einen Fingernagel über das Flammenregulierungsrädchen schieben. Nach unendlich vielen Versuchen befand sich das Feuerzeug endlich in seiner Handkuhle.

Die zunehmende Neigung des Wagens verriet Lukas, dass sie sich in einer lang gezogenen Rechtskurve befanden, und wenn er sich nicht täuschte, hatten sie auf der Höhe von Metzingen die Richtung nach Stuttgart eingeschlagen. Er konnte nur der Sensorik seiner Finger und seiner Handfläche vertrauen und versuchen, das Handgelenk so weit zu verdrehen, bis er mit dem Fingergelenksknochen der Rechten ein Stück des Kabelbinders erspürte. Dann knipste er das Feuerzeug an.

Sofort stach ein brennender Schmerz ins linke Handgelenk. Er ließ den Daumen am Kopf des Feuerzeugs los. Schließlich biss er die Zähne zusammen. Als er wieder die Hitze an seiner Haut spürte, gelang es ihm, sein Schmerzempfinden zu reduzieren und die Flamme dem Streifen der Fessel langsam und vorsichtig entgegenzuführen, bis er durch den aufsteigenden Gestank nach verbranntem Plastik endlich wusste, dass er sich auf dem richtigen Weg befand.

Überrascht stellte er fest, wie plötzlich der Druck um seine Handgelenke abfiel. Er schob das Feuerzeug zurück in die Hosentasche und löste vorsichtig das Klebeband um seine Augen. Sein Kopf lag jetzt neben dem halbkreisförmigen Radkasten und sein Blick richtete sich direkt auf eine Blechbeule, an deren ausgefransten Rändern der weiße Lack abblätterte. Während er sich die Einschnittstellen an den Gelenken rieb, blinzelte er in seine Umgebung. Der Laderaum war fensterlos. Nur durch eine kleine Scheibe zur Fahrerkabine hin fiel spärliches Licht, das von der zunehmenden Dunkelheit, die sich draußen breitmachte, nahezu völlig verschluckt wurde. Nun zog er auch das Klebeband vom Mund ab, knüllte es zusammen und warf es neben sich. Tief atmete er durch und lauschte.

Das Fahrgeräusch blieb konstant. Wenn sie sich tatsächlich auf dem Weg nach Stuttgart befanden, würde er sich spätestens ab Degerloch bestätigt finden. Die kurzen Ampelphasen am Ortseingang zur Landeshauptstadt, die den Verkehr immer nur portionsweise vorließen, hatte er im Gefühl. Noch vor einem Jahr war er die Strecke mehrmals wöchentlich gefahren, um seine damalige Freundin in Feuerbach zu besuchen. Doch vor Degerloch lagen noch einige mäßige Kurven, bevor die B312 in die B27 einmündete. Als sich das Geräusch eines Flugzeugs näherte, wusste er endlich genau, wo er sich befand.

Angestrengt dachte er darüber nach, wie er sich für seine Flucht präparieren könnte, und er sah nur eine Chance. Er konnte nicht warten, bis ihn die beiden Typen aus seinem Gefängnis befreiten, um ihn in ein anderes zu überführen. Aber er musste sie dazu bringen, die Wagentür zu öffnen. Und es müsste an einer Stelle sein, von der aus der Wagen ihm nicht folgen könnte. Also irgendein Stau, in dem der Lieferwagen festsitzen würde, eingeklemmt zwischen anderen Autos, und um ihn herum eine Menge von Zeugen. Wenn sie zuvor nicht noch irgendwo abbogen. Doch hier, spätestens auf der Höhe des Übergangs der Neuen Weinsteige in die Hohenheimer Straße, verdichtete sich auch um diese Uhrzeit und an einem Sonntag der Verkehr und kam am Bopser zum Erliegen. Und zwischen Bopser und Charlottenplatz gab es mehrere Fußgängerampeln mit langen Phasen. Lukas lockerte seine Hand- und Fußgelenke und rief sich die Übungen ins Gedächtnis, die er beim Kickbox-Training erlernt hatte.

Als der Wagen nach den ersten Stopps die Fahrt wieder aufnahm, bemerkte er an der Verringerung der Geschwindigkeit und der Gewichtsverlagerung seines Körpers, dass sie sich auf dem Weg hinab in den Talkessel befanden. Im Kopf markierte er die Stationen. Nachdem der Wagen häufiger stehen bleiben musste und offenbar nur noch im Schritttempo vorwärtskam, traf Lukas seine Entscheidung.

Beim nächsten Halt sprang er auf, trommelte mit aller Kraft mit den Fäusten gegen die Tür und schrie um Hilfe.

Als er kurz darauf die Entriegelung hörte, suchten seine Fußsohlen einen festen Halt auf dem Boden. Er spannte seinen Körper an und sammelte seine ganze Konzentrationskraft. Die Wagentür wurde aufgerissen. Der Schwarzhaarige, der ihn angesprochen hatte, stand vor ihm. Dann ging alles sehr schnell. Mit der Schuhspitze versetzte Lukas ihm einen heftigen Tritt ins Gesicht. Der Mann schrie auf und fiel nach hinten, während Lukas sich im nächsten Moment mit den Füßen auf dem Asphalt abfederte.

Ein kurzer Blick verriet ihm, dass er sich im Ampelstau am Charlottenplatz befand. Ohne sich umzudrehen, preschte er an den Kühlerhauben zweier Pkw vorbei und entdeckte eine Lücke im Verkehr der gegenüberliegenden Fahrspuren. Als die Wagenkolonnen sich vom Tunnel her wieder in Bewegung setzten, hatte er bereits die andere Straßenseite erreicht und rannte, ohne sich umzudrehen, die Hauptstätter Straße entlang ins Bohnenviertel. Er konnte nicht darauf bauen, dass der andere Entführer sich um seinen verletzten Kumpan kümmerte, auch nicht darauf, dass sie beide ihr Fahrzeug nicht im Stich ließen – eingeklemmt zwischen anderen Fahrzeugen, direkt vor der Kreuzung. Das aufkeimende Hupkonzert, das an sein Ohr drang, als er jetzt die Esslinger Straße nahm, bestätigte seine Befürchtung, dass sie seine Verfolgung zu Fuß aufgenommen haben mussten.

Der Taxifahrerstand an der Leonhardskirche, schoss es ihm durch den Kopf. Aber wenn der Taxifahrer zu langsam reagierte, würden sie seinen Verfolgern in der Einbahnstraße direkt entgegenfahren, und wenn nur einer von beiden schnell genug war, könnte dieser das Taxi erreichen, ehe sie sich in den Verkehrsstrom Richtung Bad Cannstatt einfädeln würden… Er ließ Rosen- und Brennerstraße hinter sich liegen und bog in die Wagnerstraße ein, wo es seiner Erinnerung nach ein, zwei Restaurants oder Kneipen gab. Aber Restaurants oder Kneipen sind ebenso Fallen wie ein Zimmer in einem der nahe liegenden Bordelle, dachte er, als er über das Kopfsteinpflaster an zwei Prostituierten vorbeirannte, die ihn erstaunt ansahen. Erst auf der Höhe des Bischof-Moser-Hauses, einer Caritas-Begegnungsstätte für ältere Menschen, verlangsamte er seine Schritte und wagte einen kurzen Blick zurück. Die beiden Prostituierten waren verschwunden, die kleine Straße war leer. Einen Moment lang spielte er mit dem Gedanken, an der Glastür der Begegnungsstätte zu rütteln, aber dahinter lag alles im Dunkeln. Es wäre zwecklos.

Als er sich auf der Höhe der Weberstraße einen Moment umsah, entdeckte er wenige Meter entfernt drei Frauen, die sich rauchend vor einer Stahltür unterhielten, die einen Spalt offen stand. Diesmal kam ihm vielleicht seine Ortskenntnis zugute, hoffte er. Bei der Tür musste es sich um den Hintereingang zur Begegnungsstätte handeln. Als er sich den Rauchenden näherte und den Holzkeil am Boden entdeckte, der das Schließen der Stahltür verhinderte, entschloss er sich, die Frauen anzusprechen. Er begrüßte sie und murmelte eine Entschuldigung, er habe etwas liegen lassen, und als die Damen nur abwesend nickten, drückte er die Tür auf und verschwand in dem Gebäude.

Über einen gewundenen Gang, in dem ein Notlicht brannte, erreichte er ein Foyer, von dem aus eine Treppe zu einer Galerie führte. Von oben schien heruntergedimmtes Licht. An einigen Tischchen vorbei ging er zielstrebig, als würde er sich hier auskennen, den schmalen Gang an der Balustrade entlang und suchte die seitlich abgehenden Räume nach einem WC-Zeichen ab.

Als er sich kurz darauf einschloss, spürte er sein Herz im Hals klopfen. Er sah auf seine zitternden Hände und rieb sich die Handgelenke. Ein Ort der Sicherheit, dachte er, wenn auch nur ein vorübergehender. Er trat zum Waschbecken, trank gierig aus der Schale seiner Hände und benetzte sein Gesicht. Dann löschte er das Licht, tastete sich zum WC vor, setzte sich auf den Klodeckel und lauschte in die Stille. Im selben Moment hörte er, wie jemand die Türklinke herunterdrückte.

Bittermandel, riechen Sie das nicht?«, fragte der Notarzt mit Blick auf Francesca Molinari und fächerte sich, neben der entkleideten Leiche eines Mannes stehend, mit seinem Klemmbrett Luft zu.

Montag, 21 Uhr. Die LKA-Ermittlerin und ihr Kollege Tomislav Özcan hatten sich nach einem langen Arbeitstag in Stuttgart auf dem Heimweg nach Reutlingen befunden, als sie der Anruf von Stefan Schmid von der Kripo Reutlingen erreichte. Auf dem Gelände des Unternehmens Elring-Klinger in Dettingen an der Erms sei der Hausmeister bei seinem Rundgang auf einen Toten gestoßen. Todesursache ungeklärt. Bei ersten Befragungen hätten sich etwas mysteriöse Zusammenhänge herausgestellt, die es zwingend erscheinen ließen, das LKA einzuschalten. Genaueres wollte er persönlich mitteilen.

Also waren sie mit ihrem Dienstfahrzeug von der B 27 nach Metzingen abgebogen und hatten den Weg nach Bad Urach eingeschlagen, nicht ohne dass Francesca ihrem Mann Andreas zu Hause noch telefonisch Bescheid gegeben hatte. Der vollbärtige Oberstudienrat für Deutsch und Geschichte unterrichtete seit der Einschulung Salvatores – ihres Jüngsten – im letzten September wieder am Johannes-Kepler-Gymnasium in Reutlingen, mit halbem Deputat. Die Jahre zuvor hatte er – mit Unterstützung ihrer Mutter Maria – sich als Hausmann engagiert und sich neben Salvatore auch um den dreizehnjährigen Silvio gekümmert und um die Älteste, die sechzehnjährige Lisa. Dass es heute wieder einmal besonders spät werden würde, nahm er offenbar gelassen, was Francesca, die immer unterschwellig ein schlechtes Gewissen mit sich herumschleppte, erleichterte.

Die Kommissarin hielt dem Blick des Arztes stand. Obwohl sie sich am liebsten angewidert abgewandt hätte, antwortete sie mit einem süffisanten Grinsen:

»Es riecht hier überhaupt ein wenig muffig …«

Sie ließ den Blick durch den langen Korridor gleiten, der das Gebäude, in dessen Untergeschoss sich das Entwicklungslabor befand, unterirdisch mit den Produktionsstätten gegenüber verband. Versorgungsrohre unterschiedlicher Größe zogen sich unter der Decke hin.

»Aber bei Bittermandel muss ich passen …«, fügte sie hinzu. »Was soll das sein?«

»Kaliumzyanid«, sprang Stefan Schmid für seine Ex-Kollegin ein.

Der Kriminaltechniker hatte mit Francesca Molinari, bevor sie zum LKA nach Stuttgart gegangen war, erfolgreich bei der Kripo Reutlingen zusammengearbeitet und bezeichnete sich gerne als »der einzige Kollege mit fränkischem Migrationshintergrund«. Damals hatte ihr Fall in Metzingen als »Mord im Outlet« für überregionale Schlagzeilen gesorgt.

»Man kann es angeblich bereits an der Leiche riechen«, sagte er mit rollendem »R«.

»Eine geübte Nase vielleicht«, wandte Özcan ein und rieb seinen gebogenen Nasenrücken.

»Also eine Vergiftung, falls Ihre Vermutung zutrifft«, stellte die Kommissarin nachdenklich fest und sah auf den entkleideten Leichnam. Sie war froh, nicht mehr im Kriminaldauerdienst arbeiten zu müssen. Früher war ihr die Aufgabe zugefallen, bei ungeklärter Todesursache die Leichen zu entkleiden und die ersten Untersuchungen am Körper vorzunehmen.

»Keine Anzeichen äußerer Gewalteinwirkung«, erklärte der Notarzt. »Keine Abwehrverletzungen. Aber Genaueres wird ja dann Ihr Rechtsmediziner feststellen.«

»Und er lag so?«, fragte Özcan. »Auf dem Rücken?«

»Nein, wir mussten ihn bewegen, um ihn zu untersuchen«, erwiderte Stefan Schmid. »Er lag auf dem Bauch.«

Francesca und Özcan nickten.

»Todeszeitpunkt?«, hakte die Kommissarin nach.

»Maximal eine Stunde«, antwortete der Notarzt und warf einen Blick auf seine Armbanduhr. »Also von meinem Eintreffen aus gerechnet. Gehen Sie mal von 19, 19 Uhr 30 aus.«

Stefan Schmid reichte Özcan einen braunen Umschlag.

»Das Opfer heißt Hellmuth Michaelis, zweiundsechzig, wohnhaft Bad Urach. War hier als Reinigungskraft beschäftigt.«

Özcan kniff die Augen zusammen.

»Eine männliche Putze?«

Schmid warf dem Kollegen einen kurzen, irritierten Blick zu. Dann fuhr er fort, indem er auf den Umschlag deutete:

»Außerdem besitzt er eine Taxikonzession und einen Taxischein.«

»Dann ist er mit seinem eigenen Taxi rumgefahren und hat abends hier noch geputzt?«, dachte Özcan laut nach. Er glitt mit der Hand über seinen schwarzen Dreitagebart.

Stefan Schmid zuckte die Achseln.

»Mobiltelefon haben wir keines bei ihm gefunden. Sein Wagen mit den Reinigungsutensilien steht noch drüben im chemischen Labor. Da befinden sich übrigens noch ein paar Zeugen in den Startlöchern. Den Abteilungsleiter haben wir aus dem Feierabend holen müssen. Speziell für euch!«

Er zwinkerte Francesca und Özcan zu.

»Die sind am möglichen Tatort – alleine?«, staunte die Kommissarin.

»Ein Streifenbeamter hält sie in Schach«, grinste Stefan.

»Dann war Michaelis also allein hier unten mit seinem Job?«

»Vermutlich«, antwortete Stefan Schmid. »Bis auf ... Na ja, denjenigen, der ihm das Zeugs ...«

»Kann er das Mittel auch selbst geschluckt haben?«, fragte Özcan mit der ihm eigenen Betonung der Silben und sah den Notarzt an.

»Für Sie vielleicht einfacher: Zyankali«, grinste der Arzt die Anwesenden an. »Das Gift findet übrigens auch in der Industrie Verwendung.« Dann wiegte er seinen Kopf. »Es kann mit Wasser oder auch über die Haut in den Körper gelangen. Aber dass sich jemand damit umbringt? In Gangsterfilmen vielleicht. Andererseits ...« Er stockte.

»Andererseits?«, drängte Francesca.

»Es geht zwar schnell. Zwei, drei Minuten, bei entsprechender Dosierung. Dann ist Schluss. Aber es ist auch brutal. Im Magen bildet sich Blausäure. Man erstickt innerlich. Also ich würde lieber vom Fernsehturm springen.«

Die Kommissarin legte die Stirn in Falten.

»Das heißt aber dann auch, dass er ... Also wenn sein Reinigungswagen noch im Labor steht ...«

»... dann kann er dort mit dem Gift irgendwie in Berührung gekommen sein und dann hat er sich noch in den Gang geschleppt und ist dann hier zusammengebrochen«, führte Özcan den Gedanken der Kollegin weiter.

Der Notarzt nickte.

»Wie weit ist es denn vom Labor hierher?«, fragte Francesca.

Stefan Schmid zeigte mit dem Arm nach hinten zur Durchgangstür, die zum Treppenhaus führte.

»Wir sind vorhin dran vorbeigegangen. Fünfzehn, zwanzig Meter vielleicht?«

Der Notarzt überreichte Francesca den Totenschein und packte das Klemmbrett in seinen Koffer.

»Moment!«, rief die Kommissarin aus. »Wenn Sie noch ein paar Minuten entbehren können?«

Aus der Hocke heraus warf der Arzt ihr einen verwunderten Blick zu.

»Vielleicht brauche ich ja Ihre Nase noch mal …«

Francesca blieb an der Tür des Labors stehen und ließ ihren Blick durch den großen Arbeitsraum schweifen, an dessen Wänden entlang sich ringsherum durchgehende weiße Arbeitsplatten zogen. Das Geräusch einer Entlüftungsanlage war zu hören. In der gegenüberliegenden Ecke standen drei Herren, die sich im Flüsterton unterhielten und deren Gesichter sich ihr sofort zuwandten. Der Kollege vom Streifendienst, der sich bei ihnen befand, nahm Haltung an und begrüßte sie und ihre Kollegen mit einem Kopfnicken.

Die ebenerdigen Fenster lagen vermutlich zu den großen Firmenparkplätzen, was jetzt in der Dunkelheit jedoch nicht genau auszumachen war. Auf den Arbeitsplatten davor befanden sich Computer, die schwarzen Monitore reflektierten dumpf das grelle Licht der Neonröhren an der Decke. Mehrere lange, von schmalen Gängen unterbrochene Reihen von Arbeitstischen gliederten den Raum, darauf standen kleinere und größere Geräte und Mikroskope, die Francesca an das Labor des Kriminaltechnischen Instituts in Stuttgart erinnerten. Dazwischen scharfkantige, mit irgendwelchen Tinkturen bestrichene Stahlbleche und Gummiringe unterschiedlicher Größen sowie Glaskolben, in deren Bäuchen bonbonfarbene Flüssigkeiten brodelten. An der Stirnwand befanden sich mehrere Brennöfen, in ein paar Metern Abstand Regale mit Einmachgläsern und Flaschen und schließlich eine Spüle.

Ein hochgewachsener Mann in einem blauen Anzug löste sich von der Gruppe und ging auf Francesca zu, doch diese hob die Hand.

»Einen Moment, bitte!«

Ihr Blick war an der Kaffeemaschine hängen geblieben, auf deren Warmhalteplatte eine gläserne, halbvolle Kanne stand. Ein rotes Lämpchen zeigte ihr, dass die Maschine in Betrieb war. Sie zog einen Nylonhandschuh über ihre linke Hand, zog die Kanne heraus und schnupperte.

»Jetzt riech ich's auch!«, brachte sie hervor, verzog säuerlich das Gesicht und winkte den Notarzt zu sich heran.

Der Arzt trat hinzu und schob seine Nase an die Kanne.

»Eindeutig«, bestätigte er. »Kaliumzyanid.«

Francesca stellte die Kanne ab und blickte auf. Jetzt erst bemerkte sie, dass sich inzwischen die ganze Gruppe neugierig um sie geschart hatte.

»Da muss sich einer ausgekannt haben!«

Ein Mann um die fünfzig trat hervor.

»Entschuldigen Sie«, sagte er zu Francesca und streckte ihr die Hand hin. »Hildenbrand, Alexander Hildenbrand. Ich bin hier der Leiter der Vorausentwicklung.«

Francesca ergriff seine Hand und warf einen knappen Blick auf sein dunkelblaues Hemd, über dem er einen ärmellosen, grünen Pullunder trug.

»Und das Zyankali steht bei Ihnen einfach so herum?«, fragte sie und lächelte dabei.

Hildenbrand grinste breit. Er trat einen Schritt zurück und erklärte mit ironischem Unterton:

»Ich hätte noch mehr im Angebot. Allerdings nicht alles unbedingt tödlich.« Mit einer Kopfbewegung deutete er zu dem Regal mit den diversen Substanzen. »Schwefelsäure, Ameisensäure, Quecksilber und …«

Er löste sich von der Gruppe, trat auf das Regal zu und suchte es mit den Augen ab. Dann fiel sein Blick plötzlich auf einen braunen Glasbehälter, der zwischen verschiedenen anderen Fläschchen auf einem Brett neben der Spüle stand.

»Nichts anfassen!«, rief Francesca ihm zu, als er seine Hand danach ausstreckte.

Hildenbrand hielt in seiner Bewegung inne.

Mit spitzen Fingern ihrer behandschuhten Linken griff die Kommissarin nach dem kleinen Fläschchen, las das Etikett mit der Aufschrift »Kaliumcyanid«, betrachtete einen Moment lang das farblose kristalline Pulver und ließ es schließlich in die entfaltete Asservatentüte gleiten, die Stefan Schmid ihr bereits hinhielt.

Alle hatten ihr schweigend zugesehen.

»Die Tassen«, sagte Özcan unvermittelt in die entstandene Stille hinein und deutete auf den nächstgelegenen Arbeitstisch.

Zwei leere, doch offenbar benutzte Kaffeebecher standen zwischen Dichtungen und Pipetten übers Eck.

»Standen die beiden Stühle hier vorher auch schon so da – oder hat jemand etwas verändert?«, fragte Francesca in die Runde.

Die anwesenden Zeugen sahen sich fragend an. Schließlich beantwortete Hildenbrand die Frage:

»Also, wenn ich mein Labor verlasse, ist hier aufgeräumt. Und die Kaffeemaschine ist aus. Und ich geh meistens als Letzter.«

»Heute auch?«, fragte sie.

»Ich bin so um … Wann wird das gewesen sein? So um 18 Uhr … Die Kollegen, also so viele sind wir ja auch nicht zurzeit. Drei sind krank, zwei sind in Urlaub. Der Rest hat so um 16 Uhr Feierabend gemacht.«

Francesca nickte und wandte sich dem Herrn im grauen Arbeitsmantel zu.

»Und Sie sind vermutlich der Hausmeister?«

»Mutschler, Werner«, antwortete dieser förmlich.

»Ich weiß, Sie haben das Opfer gefunden.«

Francesca sah Mutschler an. Der Mann nickte bestätigend.

»Mein Rundgang. Ob alle Lichter aus sind.«

»Und, waren sie aus?«

»Im Labor war noch Festbeleuchtung. Aber das ist normal hier«, kam als schnippische Antwort.

Hildenbrand warf dem Hausmeister einen vorwurfsvollen Blick zu.

»Wann war das?«

»So um die 19 Uhr ...«

»Ist Ihnen sonst noch was aufgefallen, haben Sie was gesehen?«

Warum musste sie dem Mann alles aus der Nase ziehen?

Der Hausmeister schüttelte den Kopf.

»Bin ich dann entlassen, Chefin?«, fragte der Notarzt dazwischen.

Francesca bejahte, bedankte sich bei ihm und bat Stefan Schmid und Özcan, die Kaffeekanne samt Inhalt und die Kaffeebecher sicherzustellen. Der Arzt drehte sich in der Tür noch einmal um und ging auf die Kommissarin zu, in der Hand eine Asservatentüte, in der sich ein grauer, länglicher Briefumschlag befand.

»Hätte ich fast vergessen. Hat mir Ihr Kollege vorhin mal in die Hand gedrückt.«

Die Kommissarin nahm das Fundstück entgegen und wendete es in der Hand.

»Ungeöffnet?«

»Nein, das sieht nur so aus, der ist selbstklebend. War in der Jackentasche des Toten«, erklärte Schmid.

Francesca reichte die Tüte an Özcan weiter.

Der Mann im blauen Anzug nutzte die Gelegenheit, sich endlich vorzustellen. Er trat auf Francesca zu und reichte ihr die Hand.

»Thorsten Espe. Ich bin der Geschäftsbereichsleiter. Ich habe den Rettungsdienst verständigt, nachdem mich Herr Mutschler informiert hatte.«

»Sie waren noch im Haus?«

»Die da oben schaffen immer länger«, sagte der Hausmeister ungefragt.

Espe ging nicht darauf ein.

»Wir alle sind bestürzt. Der Vorstand ist bereits informiert.«

Francesca sah ihm in die Augen und verschränkte die Hände vor dem Bauch.

»Ich weiß, es ist eine Zumutung«, sagte sie. »Aber ich brauche eine Liste aller Firmenmitarbeiter, wie sie erreichbar sind, und vor allem von denen, die heute ab 18 Uhr 30 anwesend waren oder sind.«

»Kein Problem«, antwortete Espe, »die sind ja alle erfasst.«

»Und falls sich zur fraglichen Zeit noch Besucher auf dem Gelände befanden. Die sind ja sicher auch registriert.«

»Klar, die müssen sich ja beim Empfang anmelden. Mit Uhrzeit und Unterschrift.«

»Und abmelden?«

»Die geben eben ihr Besucherschildchen wieder ab.«

»Das heißt, der Zeitpunkt, zu dem sie das Betriebsgelände verlassen, wird nicht festgehalten?«, wollte Francesca wissen.

»Da müsste ich unsere Empfangsdamen fragen. Aber wir haben zurzeit auch jede Menge Handwerker hier«, fügte er hinzu. »Wir haben mehrere Baustellen auf dem Gelände.«

»Und die müssen sich auch jedes Mal anmelden?«, schaltete sich Özcan ein.

Espe schüttelte den Kopf.

»Die bekommen Dauerausweise.«

»Das heißt, jeder, der hier ein- und ausgeht, ist registriert«, stellte Francesca fest.

»Ich maile Ihnen morgen früh die ganzen Datensätze, wenn Ihnen das reicht.«

Die Kommissarin nickte und warf Özcan einen wissenden Blick zu.

»Das bedeutet wohl für uns mal wieder die berühmte Suche nach der Nadel im Heuhaufen!«

Özcan reichte dem Bereichsleiter seine Karte.

Espe räusperte sich, fasste Francesca am Ellbogen und nahm sie beiseite.

»Da wäre noch etwas, was ich gerne mit Ihnen unter vier Augen besprechen würde. Oder sechs meinetwegen. Herrn Schmid gegenüber habe ich es ja schon angedeutet …«

Die Kommissarin sah ihn neugierig an.

»Dann lassen Sie uns mal in einen anderen Raum gehen«, schlug sie vor.

Francesca hob ihren Blick von der Liste und runzelte die Stirn.

»Warum Lack?«, fragte sie den Chemiker.

Thorsten Espe hatte die Kommissarin, Özcan und Stefan Schmid in ein kleines Besprechungszimmer geführt und auch den Leiter des Labors mitgenommen. Gewohnt, Sitzungen selbst zu leiten, erteilte er Hildenbrand mit einer entsprechenden Handbewegung das Wort.

»In Motoren«, begann der Laborleiter zu erklären, »befinden sich ja verschiedenartige Dichtungen, die Metall- und Kunststoffteile miteinander verbinden. Die müssen elastisch und widerstandsfähig zugleich sein. Und hitzebeständig. Und gerade die Beschichtung auf einer Zylinderkopfdichtung muss nicht nur extremen Temperaturen, sondern auch extrem hohen Drücken standhalten.«

Özcan, der neben Francesca saß, zog das Blatt zu sich heran. Der vielseitig interessierte Kripobeamte verbrachte seit Jahren einen großen Teil seiner Freizeit in Kursen der

Volkshochschulen und startete jetzt einen vergeblichen Versuch, die fünf Komponenten, welche die Liste mit entsprechenden Prozentangaben enthielt, zu entschlüsseln.

»Methylethylketon, Tetramethylthiuramdisulfid …«, las er stotternd und kam sich plötzlich vor wie ein Analphabet.

Hildenbrand lächelte verständnisvoll.

»Die einzelnen Begriffe brauchen Sie gar nicht zu kennen«, hob er wieder an. »Im Prinzip geht es darum, die chemische Zusammensetzung der Beschichtungen im Vergleich zu bisherigen Beschichtungen am Markt so zu verbessern, dass Motorenkonzepte noch effizienter als bisher ausgelegt werden können.«

Dies schien das Stichwort für Espe zu sein, der das Gespräch wieder an sich zog.

»Das Thema CO_2-Reduktion ist das bedeutende Thema in der Automobilindustrie. Deshalb versuchen wir, auch mit unseren hochtemperaturfesten Spezialdichtungen Einfluss auf die Verringerung des CO_2-Ausstoßes zu nehmen«, erklärte er. »Das Produktportfolio wird insbesondere in den kräftig wachsenden Bereichen Turbolader und Abgasrückführung erweitert.«

Was für den Geschäftsbereichsleiter sein täglich Brot war, klang für Francescas Ohren wie Fachchinesisch, obwohl sie glaubte, in groben Zügen den Erklärungen folgen zu können. Espe streifte ihr angespanntes Gesicht und entschloss sich, seine Ausführungen mit einem letzten Satz auf den Punkt zu bringen.

»Warum gerade jetzt?« Sie wollte es genau wissen. »Abgasverringerung ist doch schon lange ein Thema?«

»Mit der Ablösung der E-5- durch die E-6-Norm, einer europaweiten politischen Vorgabe, können in Zukunft sogar hohe Strafzahlungen auf unsere Kunden zukommen. Daher sind alle Fahrzeughersteller und damit auch die Zulieferer zurzeit mit Hochdruck dabei, hier voranzukommen. Sehen Sie es als eine Investition in die Zukunft!«

»Die Emissionsgrenzwerte der EU als Unternehmensziel – Wow!«, entfuhr es Özcan. »Ein Automobilzulieferer kämpft für die Verbesserung des Weltklimas!«

»Das dürfen Sie ruhig wörtlich nehmen«, lächelte Espe und ließ die Ironie in der Bemerkung des Kripobeamten an sich abprallen. »Und wir gehen dafür in Vorleistung. Mit Millionenbeträgen!«

»Dann liefert Ihre Hexenküche hier ja ganz greifbare Ergebnisse«, ließ sich die Kommissarin wieder vernehmen. »Aber meine Frage ist damit noch nicht beantwortet. Der Lack …«

»Es handelt sich um Gummilacke. Keine Farbe, wie Sie vielleicht vermuten«, ergriff Hildenbrand das Wort. »Der Haftvermittler, also die Beschichtung, welche die Dichtung mit der Oberfläche des anschließenden Materials verbindet, besteht aus Gummilacken. Sie haben ja vorhin vielleicht die kleinen Stahlbleche im Labor bemerkt …«

»Ja, die waren alle so mit etwas bestrichen«, erinnerte sich Francesca.

»Wenn Sie jetzt hier einen Klebstoff nehmen und ihn auf die Tischkante auftragen und trocknen lassen und dann wieder abziehen wollen …«, veranschaulichte Hildenbrand die Problematik und rubbelte mit den Fingerkuppen über die Fläche. »Verstehen Sie? Die Konsistenz. Die Dichtung muss ja haften und trotzdem beweglich bleiben …«

»Und damit experimentieren Sie gerade«, stellte Francesca nachdenklich fest.

Hildenbrand sah die Kommissarin aufmerksam an, als wolle er an ihrem Gesichtsausdruck ablesen, ob sie mit seinem Vergleich wirklich etwas anfangen könne. Da kam ihm Özcan zu Hilfe.

»Das heißt, diese fünf Schlüsselkomponenten auf der Liste, sag ich mal, reagieren wechselseitig aufeinander und Sie probieren aus, welche Zusammensetzung Ihrer Rezeptur das bestmögliche Ergebnis bringt.«

»Besser hätte selbst ich es nicht erklären können«, grinste Espe und warf Özcan einen anerkennenden Blick zu.

»Nun kämpfen ja viele Branchen mit Produktpiraten, um der Sache mal näherzukommen«, sagte die Kommissarin und sah Espe an. »Ihre auch?«

»Kommt schon mal vor, dass wir auf einer Messe auf einen baugleichen Zylinderkopf stoßen, sagen wir mal an einem chinesischen oder türkischen Stand«, antwortete der Bereichsleiter.

»Und was machen Sie dann?«, fragte die Kommissarin.

»Wir nehmen ihn mit.«

Francesca und Özcan sahen sich fragend an.

»Ja, wir nehmen ihn auseinander und prüfen die Rezepturen«, erklärte Hildenbrand. »Weil optisch sehen Plagiate ja genauso aus wie die unseren.«

»Und wenn es sich um eine Fälschung handelt?«, hakte die Kommissarin nach.

»Wir schützen unser Know-how über Patente«, schaltete sich Espe wieder ein. »Damit haben wir einen Fuß in der Tür. Ein Patent bedeutet für den Fälscher immer ein Risiko. Aber eine Fälschung nachzuweisen, ist immer auch schwierig. Man sieht ja nur das Ergebnis, nicht das Verfahren … Und sobald Sie einen Prozess anstrengen, machen Sie Ihre Verfahrensabläufe ja öffentlich. Deshalb ist eine Klage im Einzelfall immer eine Frage der Abwägung.«

Eine Pause entstand, in der die Kripobeamten versuchten, die neuen Informationen zu verarbeiten. Schließlich meldete sich Stefan Schmid zu Wort, der das Gespräch bisher schweigend, aber aufmerksam verfolgt hatte.

»Jetzt noch mal ganz konkret: Sie sind davon ausgegangen, dass Michaelis schon vor einiger Zeit diese Liste mit diesen Zusammensetzungen entwendet hatte?«

Er sah Hildenbrand mit einem eindringlich prüfenden Blick an.

»Vorher ist bei uns noch nie was weggekommen«, erwiderte dieser, fast trotzig.

»Und dass er sie entsorgt hat, versehentlich? Beim Putzen?«, warf Özcan ein.

»Davon gingen wir auch erst mal aus«, antwortete nun Espe. »Aber eigentlich haben unsere Reinigungskräfte klare Anweisungen. Gerade im Labor, wo so viel herumliegt. Alles auf den Tischen ist tabu. Nur was im Papierkorb ist, darf weg. Und das gebrauchte Arbeitsmaterial entsorgen wir sowieso getrennt als Sondermüll.«

»Außerdem haben wir natürlich den Papiersack auseinandergenommen«, ergänzte Hildenbrand.

»Und dann haben Sie Michaelis also, nachdem sich Ihre Vermutungen erhärtet hatten, unter Beobachtung gestellt?«, hakte Francesca nach. »Sie haben ihn aber nicht mit Ihrem Verdacht konfrontiert?«

»Wir konnten ihm ja nichts nachweisen«, erwiderte Espe. »Deshalb wollten wir das auch erst mal intern behandeln.«

»An welchem Tag bemerkten Sie eigentlich den Verlust der Liste?«, fragte Özcan.

»Erst letzten Montag«, erklärte Hildenbrand. »Und es war schwierig, das mit der Beobachtung, wegen der unterschiedlichen Arbeitszeiten. Normalerweise gehen unsere Mitarbeiter ja so um 16, spätestens 17 Uhr nach Hause, wenn nicht gerade ein Arbeitsprozess es nötig macht, dass einer mal länger dableibt.«

»Und letzten Montag war kein anderer Mitarbeiter mehr da?«, hakte Özcan nach. »Michaelis war also allein?«

»Davon können wir mit Sicherheit ausgehen«, antwortete Espe.

»Sowohl Frau Gekeler als auch unser Praktikant, der auch mal länger dableibt gelegentlich, waren krankgeschrieben«, ergänzte Hildenbrand. »Grippewelle. Allerdings stand Frau Gekeler am Dienstag schon wieder auf der Matte. Gott sei Dank!«

»Frau Gekeler ist die Einzige, die wir eingeweiht haben«, erläuterte Espe. »Wir haben sie gebeten, länger dazubleiben und ein Auge auf Herrn Michaelis zu werfen. Unauffällig natürlich. Abwechselnd mit Herrn Hildenbrand.«

»Der Praktikant und andere Mitarbeiter wussten nichts davon?«, wollte Özcan sicherstellen.

Espe schüttelte den Kopf und betonte:

»Und Frau Gekeler ist eine absolute Vertrauensperson!«

»Ausgerechnet heute hat sie sich wieder krankgemeldet und ich hatte von 19 bis 20 Uhr noch kurzfristig einen Auswärtstermin«, erklärte Hildenbrand. Seine Stimme klang plötzlich resigniert. »Aber wer hätte denn ahnen können ...«

»Was wissen Sie eigentlich über Michaelis«, wollte Francesca wissen. »Hatten Sie denn überhaupt Kontakt zu ihm?«

»Kontakt ist gut!« Hildenbrand lachte gequält auf. »Die paar Mal, wo ich abends noch im Labor war und er seinen Wagen hereinschob... Sagen wir so, es war unmöglich, sich einfach nur zu grüßen... Aufdringlich ist noch untertrieben.«

»Das heißt, er war neugierig?«, fragte Özcan nach.

»Eher das Gegenteil. Es sprudelte aus ihm heraus. Sie brauchten ihn bloß zu fragen ›Wie geht's?‹ und er erzählte Ihnen gleich seine halbe Lebensgeschichte. Es war nicht einfach, ihn wieder loszukriegen. Man musste fast grob werden, um endlich weiterarbeiten zu können.«

Francesca merkte auf.

»Seine Lebensgeschichte?«

»Ach ja«, fuhr Hildenbrand fort und begleitete seine leiernde Aufzählung mit wegwerfenden Handbewegungen. »Die Scheidung von seiner Frau. Dass er sie in die Psychiatrie einliefern musste. Dass seine Tochter nichts mehr von ihm wissen will. Dass er eigentlich Diplomingenieur ist, aber seinen Job verloren hat. Dass er jetzt Taxi fährt, dass ihm aber das Geld nicht reicht und er deshalb abends noch putzen gehen muss …«

»Was fährt er eigentlich für einen Wagen?«, fragte Stefan Schmid dazwischen.

»Er kommt immer mit seinem Taxi«, erwiderte Hildenbrand. »Also mit seinem eigenen.«

Beruhigt registrierte Francesca, dass Özcan sich alles in sein Notizbuch schrieb. Dann sprach sie einen Gedanken an, an dem sie schon seit einigen Minuten herumkaute.

»Angenommen, Michaelis hätte weiter herumgeschnüffelt. Was hätte er denn anstellen können Ihrer Meinung nach? An vertrauliche Dateien rankommen?«

»Dazu hätte er erst mal mein Passwort knacken müssen«, sagte Hildenbrand.

»Also, was unsere IT-Sicherheit angeht, keine Chance«, erklärte Espe. »Natürlich sind wir, wie andere innovative Unternehmen auch, Hackerangriffen ausgesetzt. Aber gut geschützt. Wir haben schon vor Jahren einen Sicherheitsexperten eingestellt.«

»Gerade das interne Labornetzwerk«, fügte Hildenbrand hinzu, »ist physikalisch vom Internet getrennt und kann deshalb von außen nicht erreicht werden.«

Die Kommissarin nickte anerkennend. Sie wusste, dass es gerade bei mittelständischen Unternehmen häufig Nachholbedarf in IT-Sicherheitsfragen gab und dass manche Geschäftsleitungen diese Fragen noch immer vernachlässigten.

»Ja, aber von innen«, hakte sie nach. »Wenn er Ihr Passwort geknackt hätte …«

»Das könnte unser Systemadministrator nachprüfen«, wehrte Espe ab. »Im Active Directory kann er jederzeit die Last Logon Time des Users einsehen.«

Francesca kräuselte die Stirn, was Espe nicht entging.

»Wann sich jemand auf welchem Computer eingeloggt hat«, übersetzte er. Ein nachsichtiges Lächeln umspielte seinen Mund. »Musste ich mir selber erklären lassen von unserem CISO, also unserem Chief Information Security Officer, der für die IT-Sicherheit zuständig ist.«

»Und außerdem«, spann Hildenbrand den Zusammenhang weiter, »auch mit dieser Liste konnte Michaelis nicht wirklich was anfangen, selbst wenn er Diplomchemiker gewesen wäre. Eigentlich gar nichts.«

»Er wird sie sicher nicht als Kochrezept mit nach Hause genommen haben«, gab Francesca zu bedenken. »Aber seine Auftraggeber ...«

Hildenbrand schüttelte den Kopf.

»Auch ein Auftraggeber nicht. Selbst dann nicht, wenn er über das entsprechende Know-how verfügt. Die wichtigste Komponente auf der Liste, die Zusammensetzung der Gummimischung, ist nämlich reine Erfindung.«

Francesca sah den Laborleiter verblüfft an. Özcan warf einen Blick auf die Liste, die noch immer vor ihm lag.

»Schätze mal, das RBN 3027?«, riet er.

»Volltreffer!«, gratulierte Hildenbrand.

»Und wenn jemand an die Liste RBN 3027 rankommt?«

»Pech gehabt«, grinste Hildenbrand und tippte sich mit dem Zeigefinger gegen die Schläfe. »Die gibt's nämlich nur auf meiner Festplatte. Hier oben.«

Als Francesca gegen Mitternacht ihre Wohnungstür aufschloss, entdeckte sie sofort den Lichtstreifen, der aus dem Spalt der Küchentür fiel. Im Halbdunkel wollte sie ihre Jeansjacke wie immer an den ersten freien Garderobehaken hängen, musste aber feststellen, dass dieser fehlte. Im nächsten Moment sah sie, dass der ganze Wandabschnitt, an dem sonst die Jacken und Mäntel hingen, leer war. Sie warf die Jeansjacke auf den kleinen Stuhl im Flur und legte leise den Schlüsselbund auf dem Telefontischchen ab, ehe sie sich der Küchentür näherte. Vorsichtig schob sie den Spalt auf und linste in die Küche.

Lisa stand in Jeans und Pulli und mit kleinen weißen Kopfhörern in den Ohren an der Spüle und schabte eine Möhre. Als Francesca leise gegen den Türrahmen pochte, um sie nicht zu erschrecken, drehte sie ihr nur kurz das Gesicht zu, um weiter in das Spülbecken zu starren, in dem sich die langen Schälabfälle übereinanderlegten.

Eigentlich laufen ja alle Mädchen in diesem Alter mit so langen, maskenhaften Gesichtern durch die Welt, dachte Francesca. Etwas Vorwurfsvolles verbarg sich in ihnen, so als liege die Ursache allen Elends der Welt in ihrer unmittelbaren Umgebung. Aber Lisa zwang sich normalerweise wenigstens zu einem knappen Lächeln zur Begrüßung. Das konnte nur heißen, dass ihre Tochter mal wieder mit irgendjemandem Zoff hatte, an irgendeinem Punkt in Schwierigkeiten steckte oder dass ihr sonst irgendeine Laus über die Leber gelaufen war.

»Sonst noch irgendwer wach?«, fragte Francesca mit verhaltener Lautstärke und trat näher.

Als Lisa nicht reagierte, schob sie sich an sie heran und klopfte ihr leicht mit der flachen Hand gegen den Oberarm. Ohne sich zu ihr umzudrehen, zuckte Lisa mit den Achseln und ließ Möhre und Schälmesser fallen. Mit spitzen Fingern löste sie ihre Ohrhörer.

»Hast du noch Hunger?«, fragte Francesca.

»Siehst du doch«, antwortete Lisa lahm.

Besorgt wandte sich Francesca zum Kühlschrank und warf einen Blick ins Innere.

»Da ist doch noch ein Rest Hackfleisch …«

Sie holte die Tupperdose heraus und stellte sie auf die Spülablage.

»Ich ess doch keine Tierleichen!«, zischte ihre Tochter und fuhr mit dem Schälen fort. »Oder schon wieder vergessen?«

Muss ich mir diesen Ton eigentlich gefallen lassen, fragte sich Francesca, entgegnete aber bemüht freundlich:

»Ist ja noch nicht so lange her, dass du dich als Vegetarierin geoutet hast.«

»Veganerin!«, korrigierte Lisa. »Oder muss ich dir den Unterschied noch mal erklären?«

»Du könntest ruhig ein bisschen freundlicher sein, schließlich habe ich dir ja nichts getan!«, protestierte Francesca. »Was ist eigentlich los?«

Lisa steckte sich die Spitze der Möhre in den Mund und drehte sich abrupt zu ihr um.

»Besser?«, grinste sie zwischen ihren Zähnen hindurch.

Francesca wandte sich ab und schloss die Küchentür. Dann setzte sie sich auf einen der weißen Küchenstühle, streifte ihre Turnschuhe ab und rieb sich die schmerzenden Füße.

Lisa biss ein winziges Stück herunter und fragte kauend: »Warum rennst du denn immer mit so ollen Tretern rum?«

Statt direkt darauf zu antworten, stand Francesca auf und ging zur Spüle. Man sollte sich von Pubertierenden nicht provozieren lassen, die legen das einem sowieso nur als Schwäche aus, dachte sie, schob die Schalen zusammen und warf sie zerstreut in den Restmüll. Sofort riss Lisa den Rollschrank mit den Mülleimern wieder auf, klaubte die Schalen sorgfältig zusammen und ließ sie in den für den Biomüll vorgesehenen braunen Container fallen.

»Wir reißen uns hier den Arsch auf für die richtige Mülltrennung und du schmeißt alles wieder zusammen!«

Kopfschüttelnd machte Francesca auf dem Absatz kehrt und verließ wortlos den Raum. Aus dem Feld gehen, nannte sie das für sich. Bevor eine Situation eskalierte, war es besser, man ging aus dem Feld. Sie verschwand im Bad und putzte sich die Zähne.

Als sie fertig war und den Zahnputzbecher abstellte, öffnete sich die Tür einen Spalt und Lisas Gesicht erschien.

»Tut mir leid, Mama …«

Ohne auf sie zu achten, bleckte Francesca die Zähne und starrte im Spiegel auf ihr Gebiss. Lisa schlüpfte herein, schloss die Tür hinter sich und setzte sich auf die Badewanne.

»Ich hasse mich!«, stieß sie hervor.

»Und wieso?«, fragte Francesca zurück und setzte sich, auf Körperabstand achtend, neben sie.

»Ich wollte dir nicht wehtun. Und … Und es geht eigentlich gar nicht um dich …«

Francesca legte die Ellbogen auf die Knie, faltete die Hände und wartete.

»Die Kinder. Im Asylcafé. Ich helfe ja Frau Sommer beim Sprachunterricht …«, kam es stockend.

»Deine Deutschlehrerin. Ich weiß. Finde ich gut, dass du das machst.«

»Deshalb sag ich's nicht!«, kläffte Lisa.

Francesca beschloss, den Mund zu halten und ihre Tochter ausreden zu lassen.

»Ich hab so 'ne kleine Gruppe. Bloß drei. Aus dem Irak. Ashtar …« Lisa sah auf den Boden und streckte die Finger aus, wie um zu zählen. »Die Kleinste. So im Alter von Salvatore, also knapp sieben … Dann Lya, so um die dreizehn, vierzehn, ähnlich wie Silvio, und dann Ninive, irgendwo dazwischen …« Sie atmete zitternd durch. »Das sind alles Menschen, verstehst du?«

Francesca deutete ein Kopfnicken an.

»Ich weiß nicht, was die erlebt haben. Ich kann kein Arabisch und die können noch kein Deutsch. Wir lassen sie dann malen und zeigen ihnen Bilder und sprechen dann das Wort dazu. Also ›Banane‹ zum Beispiel. Oder wir spielen Memory, das klappt schon ganz gut. Oder ich bringe Äpfel mit. Dann lernen sie ›Apfel‹ …«

Keine Ahnung, worauf sie hinauswill, dachte Francesca.

»Wir lassen sie aber auch frei malen, einfach so, durch Bilder kann man sich ja auch ausdrücken …« Sie machte eine Pause und schluckte. »Als ich klein war … oder Salvatore …, wir haben Blumen und Wiesen und Sonne und Autos gemalt und das Meer … Aber was bei denen herauskommt …«

Sie wischte sich eine aufsteigende Träne aus dem Auge, holte ein zusammengerolltes Blatt Papier hervor, das sie unter ihrem Pulli verborgen gehalten hatte, zog es auseinander und hielt es ihrer Mutter hin.

»Das ist von Lya. Wenn sie Christin wäre, wäre das ganze Blatt voll mit lauter schwarzen Kreuzen …«

Tief berührt presste Francesca ihre Lippen aufeinander. Zaghaft legte sie ihre Hand auf den Unterarm ihrer Tochter.

Lisa drehte ihr den Kopf zu und fand das Mitgefühl in den Augen ihrer Mutter.

Francesca suchte nach Worten und sagte schließlich nur: »Ja, so sehen islamische Friedhöfe aus.«

Per Autostopp hatte sich Lukas noch am Sonntagabend nach Esslingen durchgeschlagen. Der letzte Zug von Stuttgart aus war um 20 Uhr 22 längst abgefahren gewesen.

Die Hand, die die Türklinke in seinem Versteck im WC des Bischof-Moser-Hauses gedrückt hatte, gehörte einer der Damen, die er zuvor rauchend unten vor der Stahltür des Hinterausgangs angetroffen hatte. Sie hatten sich gewundert, wo er zu so später Stunde noch so lange blieb, und nach ihm gesucht, damit er nicht in dem Gebäude eingeschlossen werde.

Am Stuttgarter Hauptbahnhof hatte er per Münztelefon zunächst noch versucht, seinen Vater zu erreichen, per Festnetz und per Handy. Vergeblich. Allein der Gedanke, diese Typen könnten seinen Vater körperlich misshandeln, trieben ihm Tränen in die Augen und ließen ihn die Hände zu verkrampften Fäusten ballen. Er musste ihn warnen, ihn unbedingt von seiner Entführung in Kenntnis setzen.

Auf der Suche nach einem geeigneten Ausgangspunkt zum Trampen jagten ihn seine Gedanken. Er verstand das nicht. Als sein Vater ihn vor der Ermstalklinik abgesetzt hatte, hatte er ihn doch noch ausdrücklich gebeten, ihn anzurufen, damit er ihn wieder abholen könne. Eigentlich müsste er doch auf seinen Anruf immer noch warten! Oder war ihm tatsächlich schon etwas passiert? Hätte er, statt jetzt nach Esslingen zu trampen, sich doch noch zu ihm nach Bad Urach durchquälen sollen? Aber wenn er nicht zu Hause war? Hatte er eine Freundin, bei der er sich am späten Sonntagabend noch aufhalten könnte? Jedenfalls hatte er nie etwas erzählt. Bis auf Buket vielleicht. Aber von seiner Affäre hatte er sich angeblich ja schon lange getrennt – oder sie sich von ihm. Und irgendein Freund? Besaß sein Vater überhaupt noch Freunde?

Eine Gruppe von Studierenden in einem alten VW-Bus hatte Lukas schließlich hinter dem Wagenburgtunnel an der beginnenden Willy-Brandt-Straße aufgegabelt und ihn erst wieder am Merkel'schen Bad in Esslingen abgesetzt, von wo er zu Fuß die restlichen zwei Kilometer bis zu seiner WG zurücklegte.

Als er sich dem Haus näherte, verlangsamte er seine Schritte und suchte die lange Reihe der beidseitig an der Straße Stoßstange an Stoßstange parkenden Wagen ab. Ein Lieferwagen befand sich nicht darunter. Alle Fahrzeuge, konnte er im dumpfen, orangefarbenen Dämmerlicht der gebogenen Straßenlaternen ausmachen, besaßen Esslinger Kennzeichen. Aber warum sollten seine Verfolger keinen Wagen mit Esslinger Kennzeichen fahren? Er kannte ja nicht einmal das Kennzeichen des weißen Lieferwagens.

Als er auch weder bergauf noch bergab eine menschliche Gestalt ausmachen konnte, wechselte er die Straßenseite, schlüpfte durch die halb offen stehende Gartentür und ließ den Blick über den unübersichtlichen Vorgarten gleiten, auf dem sich eine alte Tanne erhob und ein Holzschuppen stand. Der Garten war vollgestellt mit einem ausgedienten Motorrad, einer alten Kinderschaukel und allerlei Gerümpel, das sein Vermieter, der im Erdgeschoss wohnte, hier ausgelagert hatte.

Als er den Flur der Dachgeschosswohnung betrat und den Lichtschalter betätigte, fiel sein Blick als erstes auf ein DIN-A4-Blatt auf der Türschwelle zu seinem Zimmer. Die handschriftliche Mitteilung besagte, dass sich die anderen WG-Mitglieder auf einer Geburtstagsparty befanden. Er wurde aufgefordert, nachzukommen, falls er Lust habe. Darunter die Handynummer von Marvin. Lukas nahm den Zettel auf, machte Licht und betrat sein Zimmer. Das Blatt Papier ließ er auf sein Bett segeln. Er würde hier nicht bleiben können, keine Nacht länger. Wenn diese Typen ihn vor der Klinik ausgespäht hatten, hieß das, dass sie nicht nur über seinen Vater Informationen besaßen, sondern auch über ihn. Sogar seinen Namen kannten sie bereits. Im Moment sah es so aus, als hätten sie seinen Wohnsitz noch nicht ausfindig gemacht, aber das konnte sich schlagartig ändern. Und er konnte sich auch täuschen. Vielleicht wussten sie bereits, wo er wohnte.

Lukas ließ sich auf den Rand seines ungemachten Bettes plumpsen. Jetzt spürte er die bleierne Müdigkeit, die an seinen Beinen emporkroch und seinen Körper erfasste. Außerdem das Loch in seinem Magen. Seit dem frühen Morgen hatte er nichts mehr gegessen, das Chinazeug ausgekotzt. Und wenn sein Vater im Gegenzug nach ihm suchen würde, schoss es ihm durch den Kopf. Wenn er irgendwann in der Klinik nachgefragt haben sollte, hätte er erfahren, dass nie ein Patient mit seinem Namen eingetroffen war. Wie würde er sich an der Stelle seines Vaters verhalten? Er würde versuchen, telefonisch Kontakt aufzunehmen und dann merken, dass er nicht ans Handy ging. Welche Schlüsse würde er daraus ziehen? Angenommen, er würde sich nicht an der Pforte nach ihm erkundigen und einfach davon ausgehen, sie hätten ihn über Nacht dabehalten im Krankenhaus, er sei in guten Händen und hätte sein Mobiltelefon einfach abgeschaltet? Möglich, denkbar. Aber alles nur Spekulationen, die voraussetzten, dass seinem Vater nichts passiert war.

Eines aber könnte er tun, fiel ihm ein. Er erhob sich, um sich den vergoldeten Füllfederhalter, den sein Großvater ihm vererbt hatte, von seinem Schreibtisch zu schnappen, und ging in die Küche. Dort reinigte er unter fließendem lauwarmem Wasser den Tank und die Feder des Schreibgeräts gründlich von der Tinte, öffnete den Kühlschrank, entnahm ihm eine angebrochene Packung Milch und goss die weiße Flüssigkeit in ein kleines Glas. Ihm war der Zaubertrick eingefallen, den ihm sein Vater als Kind verraten hatte – ein kleines Geheimnis, das sie damals verbunden hatte. Er holte ein leeres Blatt aus seinem Zimmer, tauchte die Feder in die Milch und schrieb ein paar Zeilen, die sich sofort mit dem Weiß des Papiers vereinigten und beim Trocknen verschwanden. Den Brief steckte er in einen grauen, länglichen Umschlag und verschloss ihn.

Dann überlegte er. Sollte er ihn einfach hier liegen lassen, hier auf dem Küchentisch? Oder besser in seinem Zimmer auf dem Schreibtisch deponieren? Doch das war zu unsicher, falls die Typen tatsächlich hier aufkreuzen sollten. Dann kam ihm eine Idee. Kurz entschlossen betrat er das Zimmer von Marvin. Marvin war die Zuverlässigkeit in Person, eigentlich der Einzige, der sich korrekt an den Putz- und Einkaufsplan der WG hielt. Er schob den Umschlag unter Marvins Kopfkissen und klebte einen gelben Merkzettel auf seine Schreibtischplatte mit der Bitte, den

Brief seinem Vater zu überreichen, falls dieser sich bei ihm blicken lasse.

Der einzige Kumpel, bei dem er um diese Zeit noch hätte übernachten können, befand sich in Neuseeland. Also packte Lukas seinen Laptop in die Computertasche, stopfte diese zusammen mit dem Notwendigsten in seinen Trekkingrucksack, an dem er seinen Mumienschlafsack befestigte, und machte sich auf den Weg hinunter zur Tag- und Nachttankstelle in der Ulmer Straße. Dort kaufte er sich drei Käse-Schinken-Sandwichs, eine Salami, eine große Tafel Ritter-Sport-Schokolade Haselnuss und zwei Flaschen stilles Wasser, nahm die Bahnunterführung und suchte sich in einem der Gebüsche zwischen Moschee und Aldi einen Schlafplatz. Im Freien zu übernachten, auch in kühlen Nächten, war er von seinen größeren Touren in verschiedenen Ländern und Landschaften gewohnt – allerdings nicht in einer urbanen Umgebung in der Nähe eines Bahndamms.

Gegen 5 Uhr riss ihn ein vorbeidonnernder, endlos erscheinender Güterzug aus einem todesähnlichen Schlaf. Einen Moment lang überlegte er, sich an die Straße zu stellen und per Autostopp nach Bad Urach zu gelangen, schätzte aber seine Chancen, mitgenommen zu werden, als gering ein – wegen seines sperrigen Gepäcks. Außerdem war er unrasiert und seine ungewaschenen, krausen blonden Haare klebten ihm am Kopf. Er schob sich aus dem Schlafsack, rieb sich seine schmerzenden Gelenke und packte seine Sachen.

Nach knapp einer Stunde Wanderung, an seinem letzten Stück Salami kauend, traf er endlich am Esslinger Bahnhof ein und nahm einen der frühen Züge nach Bad Urach.

Da er wusste, dass sein Vater sein Taxi immer in der Nähe des Bad Uracher Bahnhofs abstellte, suchte er zunächst einmal die Reihe der parkenden Fahrzeuge entlang der Straße Beim Tiergarten ab – und entdeckte seinen Fiat Panda schon von Weitem. Vom Taxi seines Vaters jedoch keine Spur.

Mit dem Zweitschlüssel, den er immer in der linken Hosentasche bei sich trug, öffnete er die Heckklappe seines Wagens und verstaute darin sein schweres Gepäck. Dann machte er sich auf den Weg in die Altstadt. Er könnte die Taxizentrale anrufen, fiel ihm unterwegs ein, und sich nach seinem Vater erkundigen. Warum war er nicht schon früher auf diese Idee gekommen? Es war jetzt 8 Uhr 30 vorbei. Vielleicht war sein Vater ja schon im Dienst?

Nichts rührte sich, als er an der Haustür seines Vaters Sturm klingelte. Er trat einige Schritte vom Hauseingang zurück und warf einen Blick über die Fachwerkfassade empor zum Dachgeschoss. Als er sah, dass die zur Straße zeigenden Fenster geschlossen waren, entschied er sich, zurück zu seinem Auto zu gehen.

Wenig später machte er sich mit seinem kleinen Fiat auf die Suche nach einer Telefonzelle. Es dauerte fast eine Stunde, bis er sich zu dem einzigen Münztelefon in der Gegend im Ortsteil Sirchingen mühsam durchgefragt hatte. Fast keiner der Passanten, die er ansprach, konnte ihm Auskunft geben. Und weder an der Jet- noch an der Shell-Tankstelle wusste jemand Bescheid. Als er endlich die nach Schweiß und Urin stinkende Telefonzelle betrat und die Nummer der Reutlinger Taxizentrale aus dem Telefonbuch heraussuchte, musste er daran denken, dass es außer ihm sicher noch andere Menschen gab, die ohne Handy vom Rest der Welt abgeschnitten waren.

Sein Vater habe sich heute noch nicht angemeldet, lautete die lapidare Antwort aus der Zentrale. Ratlos verließ er das Telefonhäuschen, blieb mit hängenden Schultern vor der

Zelle stehen und versank in tiefes Nachdenken. Dann fasste er einen Entschluss. Die Zeitverschiebung zwischen Deutschland und San Francisco betrug minus neun Stunden. Ob Miriam um halb eins nachts noch wach war? Würde er sie eben aus dem Bett klingeln müssen. Er warf einen Blick in sein Portemonnaie, prüfte den Bestand seiner Münzen und suchte es nach dem Zettel ab, auf dem er sich vor längerer Zeit einmal die Telefonnummer seiner Schwester notiert hatte, ehe er sie in das Telefonverzeichnis seines Smartphones übertragen hatte. Schließlich fand er die Notiz auf der Rückseite einer Treuekarte, die er sich vor einem guten Jahr von einer hübschen Friseuse hatte aufschwatzen lassen. Ein Glück, dass er sie aufbewahrt hatte! Wieder betrat er die Zelle und wählte.

Miriams Stimme klang alles andere als müde. Offenbar befand sie sich in heiterer Gesellschaft, jedenfalls ließen die Stimmen und die Musik im Hintergrund diesen Schluss zu. Überrascht erkundigte sie sich nach dem Anlass seines Anrufs. Doch die Fröhlichkeit in ihrer Stimme wich nach und nach einer bedrückten Sorge, als Lukas ihr von den Ereignissen der vergangenen sechzehn Stunden erzählte. Lukas kostete es einige Mühe, sie halbwegs von seinen Gründen zu überzeugen, warum er sich nicht an die Polizei wenden wollte. Aber schließlich flehte sie ihn an, die nächste Maschine nach San Francisco zu nehmen und zu ihr zu kommen. Dann müsse man weitersehen, aber bei ihr sei er wenigstens erst einmal in Sicherheit.

»Ich kann doch nicht einfach abhauen und Papa im Stich lassen«, wandte er ein.

»Der wird sich schon melden«, versuchte Miriam, ihn zu beruhigen. »Wenn er dich nicht erreicht, kann er ja auch mich anrufen.«

»Wenn er sich das traut …«

»Wird ihm wohl nichts anderes übrig bleiben!«

»Und mit welchem Geld? Weißt du, was ein Linienflug nach San Francisco kostet?«

»Ab zweitausend mit Air Berlin. Du hast doch Bankvollmacht für das Konto von Mama. Leih's dir doch einfach.«

Lukas schüttelte innerlich den Kopf. Seine Schwester war schon immer diejenige von ihnen gewesen, die schnell mit pragmatischen Lösungen zur Hand war, während er sich erst einmal nach allen Seiten hin absichern wollte, bevor er eine Entscheidung traf.

»Aber ich muss sie wenigstens fragen – vorher«, erwiderte er lahm.

»Und was willst du ihr erzählen?«

Lukas verfiel in Schweigen. In dem Moment sah er auf der Hauptstraße einen weißen Lieferwagen heranfahren. Er erstarrte.

»Was ist, bist du noch dran?«, tönte es aus der Hörmuschel.

Langsam hob Lukas den Kopf und wandte sich zur Straße um. Der Wagen glitt vorbei und verschwand hinter der nächsten Kurve. Von Panik ergriffen ließ Lukas den Hörer fallen und blickte plötzlich in das runzlige Gesicht einer kleinen, alten Frau im dicken Wintermantel. Wie aus dem Nichts war sie dicht vor der Telefonzelle aufgetaucht. Um den Kopf trug sie ein schwarzes Kopftuch, wie es bei manchen sehr alten Frauen auf der Schwäbischen Alb noch Tradition war. Mit dem Knauf ihres schwarzen Gehstocks wollte sie gerade an die Glastür schlagen, aber da stürzte Lukas schon heraus und zu seinem Wagen.

Immer die Straßenränder und die vorausfahrenden Autos nach weißen Lieferwagen absuchend, machte sich Lukas auf den Weg zum Flughafen Stuttgart-Echterdingen. Mit jeder Minute, die er noch auf einer deutschen Straße verbrachte – so kam es ihm vor –, forderte er sein Schicksal weiter heraus. Als er hinter der Abbiegung nach Dettingen den großen Firmenkomplex von ElringKlinger hinter sich ließ, erfasste ihn eine seltsam wehmütige Stimmung, die jedoch schon wenig später wieder seiner Angst Platz machte.

Vierzig Minuten später fand er mit einigem Glück einen freien Parkplatz in einem dem Flughafengebäude gegenüberliegenden Parkhaus. Er ließ sein Gepäck zunächst zurück und erkundigte sich am Infoschalter des Flughafens nach dem nächsten Flug. Dort sagte man ihm, die nächste Maschine nach San Francisco gehe um 23 Uhr 40. Montags immer um dieselbe Zeit.

Er ging die wenigen Schritte zu Air Berlin, buchte den letzten freien Fensterplatz – »nur Hinflug?«, fragte die Dame am Schalter verwundert – und bezahlte mit der Kreditkarte seiner Mutter. Dann holte er sein Gepäck nach und beschloss, den Rest des Tages in dem Café auf der Galerie zu verbringen. Von dort aus konnte er das Kommen und Gehen in der Flughafenhalle überwachen und dabei auch die Treppen kontrollieren, die links und rechts nach oben zu den Schaltern der Reiseveranstalter führten.

Als er schließlich, nachdem er sich an einem der Bankautomaten noch eine größere Summe Bargeld gesichert hatte, an der Balustrade Platz nahm und sich eine Cola und ein Sandwich bestellte, holten ihn seine Gewissensbisse wieder ein. Er konnte nur hoffen, dass Miriam von sich aus versuchen würde, seinen Vater zu erreichen. Und seine Mutter auf der Station in der Psychiatrie anrufen? Wenn sie wie bei meinem letzten Besuch in Zwiefalten mit Medikamenten vollgepumpt ist, wird sie mich sowieso nicht verstehen, sagte er sich schließlich. Und wenn sie fit wäre – was sollte er ihr sagen, ohne sie zu beunruhigen? Er beschloss, das Thema auf den nächsten Tag zu verschieben. Morgen, Dienstag, 10 Uhr 30 Ortszeit würde er auf dem San Francisco International Airport stehen – endlich in Sicherheit.

Er bekämpfte seine Müdigkeit mit Energydrinks und verwarf den Gedanken, sich die langen Stunden bis zum Abflug mit Zeitunglesen zu vertreiben. Er musste wachsam bleiben, die Flughafenhalle im Auge behalten. Das Gesicht des Mannes, der ihn gestern auf dem Parkplatz vor der Ermstalklinik angesprochen hatte, hatte sich, obwohl er ihn nur kurz angesehen hatte, tief in sein Gedächtnis eingegraben. Kein Zweifel, dass er ihn auch auf eine größere Distanz hin wiedererkennen würde. Aber sein Vater ... Gab es hier auf dem Flughafen kein Münztelefon?

Als er am späten Nachmittag nicht mehr umhin konnte, seinen Platz zu verlassen, um eine Toilette aufzusuchen, streifte sein Blick zufällig ein Plakat, mit dem die Airport-Seelsorge auf ihre Dienste aufmerksam machte. Wenig später, nachdem er sich auch endlich notdürftig gewaschen hatte, entschloss er sich, zum Terminal 3 zu gehen, um den Seelsorger zu bitten, gegen Entrichtung einer kleinen Spende das Telefon benutzen zu dürfen. Mich auf dem Weg dorthin zu kidnappen, werden sie wohl nicht wagen, dachte er, bei dem vielen Sicherheitspersonal, das überall präsent ist.

Kurz nach 17 Uhr meldete er sich vom Telefon des Flughafenseelsorgers aus bei der Pforte von ElringKlinger und erkundigte sich nach seinem Vater. Sollte ihn die Information, die er von der Telefonistin erhielt, beruhigen oder beunruhigen? Er wusste es nicht. Sein Vater habe sich krankgemeldet, hieß es.

Die restlichen Stunden zogen sich zäh dahin. Er verbrachte sie an seinem angestammten Platz im Café und erlebte, wie der Publikumsverkehr nach und nach verebbte und die Durchsagen seltener wurden. Um 22 Uhr 30 zahlte er seine Rechnung, schulterte seinen Rucksack und ging durch die Sicherheitsschleuse zu seinem Gate, wo er sich endlich eine Zeitung nehmen konnte. Zwar musterte er noch jeden neu Eintreffenden, doch zum ersten

Mal innerhalb der letzten Stunden spürte er, dass seine Anspannung nachließ. Als sein Flug endlich aufgerufen wurde und er sich in die Schlange stellte, blieb sein Blick an einer der Videowalls hängen – kaum drei Meter von ihm entfernt. 23 Uhr, n-tv brachte die Montagnacht-Nachrichten. Die Schlange rückte vor, und er wollte seinen Blick schon wieder abwenden, da hörte er die lapidare Kurzmeldung:

»Bei dem Dettinger Automobilzulieferer ElringKlinger wurde am frühen Abend die Leiche einer männlichen Reinigungskraft aufgefunden. Offenbar war das Opfer in einen Fall von Industriespionage verwickelt. Das LKA Stuttgart hat sich in die Ermittlungen eingeschaltet. Weitere Einzelheiten sind noch nicht bekannt.«

Die Stimme des Nachrichtensprechers verschwamm. Sein Hirn schaltete alle Geräusche aus. Sein Hals schnürte sich zu. Er schwankte und musste sich setzen. Er ahnte die entsetzliche Wahrheit, aber er dachte: Es muss eine Falschmeldung sein. Ein Missverständnis. Ein Fake …

Hermann Blöchle tobte. So erregt hatte Francesca ihren Vorgesetzten noch nie erlebt.

Schon am frühen Dienstagmorgen hatte er die »Soko Ermstal« zusammengestellt, zu der er auch den Reutlinger Kollegen Stefan Schmid hinzugezogen hatte, und Francesca Molinari die Leitung übertragen.

»Immerhin besser als Soko Putzmann«, hatte Özcan gesagt, als er sich mit ihr auf den Weg zum Besprechungszimmer des LKA begab und seiner Kollegin dabei von der Seite einen feixenden Blick zuwarf.

Die Kommissarin verstand seine Anspielung sofort. Bei ihrem letzten Fall, der seinen Ausgang von einem Mord bei

Ritter Sport in Waldenbuch genommen hatte, war Blöchle nichts Besseres eingefallen, als die Sonderkommission »Soko Schoko« zu taufen, was damals nicht nur bei Journalisten ein müdes Lächeln hervorgerufen hatte.

Nun aber mussten die versammelten Beamten der Sonderkommission erst einmal die Auslassungen des Chefs über sich ergehen lassen. Nachdem alle ihre Plätze eingenommen hatten, stolzierte Hermann Blöchle gestikulierend an der Stirnwand hin und her. Es hörte sich ganz danach an, als mache er seinen Leuten einen unterschwelligen Vorwurf, auch wenn er niemandem dabei direkt ins Gesicht sah. Kein Einziger unter ihnen war sich irgendeiner Schuld bewusst – und Francesca ließ die beliebten, selbst gemachten Karamellbonbons ihrer Mutter Maria, die sie sonst zu Beginn jeder Sitzung an Kolleginnen und Kollegen verteilte, vorsichtshalber in der Handtasche.

»Da lässt eine Reinigungskraft angeblich ein Blatt Papier mit irgendwelchen Hieroglyphen mitgehen, mit denen sie nicht einmal etwas anfangen kann, und schon stürzt sich die Journalistenmeute drauf!«, ereiferte sich Blöchle. »Können Sie ermessen, welche Folgen das hat? Für den Wirtschaftsstandort Deutschland? Ich glaube, Sie können das nicht!«

Die Beamten wechselten untereinander fragende Blicke.

»Heute morgen klingelt mich ein Vorstandsmitglied von ElringKlinger fast aus dem Bett, ich hatte noch nicht mal meine Krawatte an«, fuhr er fort. »Auf seinem Frühstückstisch landet irgendeine dieser, dieser …« Er blieb stehen und sah Francesca auffordernd an. »Wie heißen diese Lokal-Gazetten bei Ihnen da unten?«

»›Alb-Bote‹, ›Reutlinger General-Anzeiger‹, ›Reutlinger Nachrichten‹, ›Metzinger-Uracher Volksblatt‹ …«, zählte die Kommissarin auf.

»›Ermstalbote‹, genau. Da knallt ihm also gleich die Schlagzeile entgegen *Mord bei ElringKlinger*. Nun ist ja dagegen nichts zu sagen. Das ist ja denen ihr gutes Recht. Nicht nur ihr gutes Recht, es ist ja die Pflicht einer Redaktion, darüber zu berichten. Ich wüsste nur gern zwei Dinge. Zwei Dinge wüsste ich gern.«

Blöchle unterbrach sich kurz, um nach Luft zu schnappen.

»Erstens: Wir haben noch gar keine Pressekonferenz abgehalten, aber was sage ich da. Natürlich lief die Sache schon über den Ticker. Vermutlich einfach der Polizeibericht des örtlichen Polizeipostens. Und außerdem spricht sich so was ja auch natürlich herum wie ein Lauffeuer. Aber das ist nicht das Problem. Das Problem ist das Zweite: Irgendjemand hat diesem Käseblatt das Reizwort ›Industriespionage‹ gesteckt, das ist ein Reizwort! Wir haben nicht mal einen Anfangsverdacht und diese sensationsgeilen Blattmacher haben nichts Besseres zu tun, als es gleich hinauszuposaunen. Schlimmer als die Bildzeitung!«

Er hielt inne und starrte auf die geschlossene Tür, als sei dort ein Teleprompter, der ihm seine nächsten Formulierungen anzeigen würde.

Özcan nutzte die Gelegenheit und nahm sich, ohne sich zu melden, das Wort.

»n-tv brachte die Meldung schon um halb zwölf.«

Blöchle reagierte impulsiv:

»Ja prima! Noch besser!«, wetterte er weiter. »Dann weiß es ja sogar schon die ganze Welt!«

Francesca neigte ihren Kopf zu Özcan, der neben ihr saß.

»Du hast noch ferngesehen gestern Abend, so spät noch?«, flüsterte sie.

»Bei meiner Schnecke«, flüsterte Özcan zurück und fuhr mit den Fingerspitzen durch seine schwarzen, nach hinten gekämmten Haare.

»Noch immer dieselbe?«, hakte Francesca nach, die sich jetzt wieder daran erinnerte, dass er sich am Schluss ihrer

Ermittlungen im letzten Fall in eine Kollegin von der Polizeidirektion Tübingen verliebt hatte.

Özcan versetzte ihr einen kumpelhaften Stoß mit dem Ellbogen, dann wandten sie sich wieder dem Vortrag ihres Vorgesetzten zu.

Blöchle stützte sich mittlerweile mit beiden Händen auf die Rücklehne seines Stuhls.

»Dass gerade mittelständische Unternehmen wegen ihres technologischen Vorsprungs ein beliebtes Angriffsziel von ausländischen Geheimdiensten, dubiosen Mitbewerbern und der Organisierten Kriminalität darstellen, wissen wir alle. Aber könnt ihr euch vorstellen, was passiert, wenn der Super-GAU tatsächlich eintrifft? Was das für das Unternehmen bedeutet? Wenn alle Welt glaubt, die hätten ein Sicherheitsproblem? Das muss ja überhaupt nicht stimmen, aber wir wissen doch alle, welchen Schaden schon allein ein Gerücht verursachen kann. Gerade in der Wirtschaft. Und dann noch in diesem hochsensiblen Bereich! Da geht es um mehr als nur ums Image! Das spricht sich rum. Bei Lieferanten, den Mitarbeitern und vor allem bei den Kunden. Und was glaubt ihr, wie die Börse reagiert?«

Blöchle legte eine Pause ein und starrte auf die dünne Akte mit den ersten Ermittlungsdaten, die vor ihm auf dem Tisch lag.

Eigentlich muss ja jeder Angestellte, ob er für ein Unternehmen oder eine staatliche Behörde arbeitet, bei der Einstellung schriftlich versichern, keine Interna nach außen zu tragen, ging es Francesca durch den Kopf. Sie ließ vor ihrem geistigen Auge die Gesichter aller Beteiligten des gestrigen Abends vorüberziehen und befragte sie im Stillen nach dem Prinzip negativer Ausschlusskriterien. Espe und Hildenbrand identifizierten sich für ihr Gefühl zu sehr mit der Sache, für die sie arbeiteten und besaßen auch das notwendige Fingerspitzengefühl, was das Ansehen der Firma anging. Der Hausmeister, dachte sie schließlich,

Dieser hatte gestern schon den Eindruck erweckt, als sei der Mordfall eine Zumutung für ihn, weil er ihm den Feierabend vermieste ...

Blöchle atmete tief durch.

»Was ich nicht damit sagen will, ist, dass ich Ihnen irgendwelche konkreten Vorgaben aufs Auge drücken will«, senkte er nun seine Stimme. »Ich bitte nur, den Fall mit der gewohnten Sensibilität zu behandeln. Natürlich werden wir wie immer in alle Richtungen ermitteln. Auf der anderen Seite müssen wir natürlich irgendwie reagieren. So können wir das jedenfalls nicht stehen lassen. Das heißt: keine Pressekonferenz. Zumindest nicht zum jetzigen Zeitpunkt. Damit blasen wir die Sache viel zu sehr auf. Wir geben die übliche Pressemitteilung heraus und sagen, bei dem Verdacht auf Industriespionage handle es sich um ein unbestätigtes Gerücht. Mehr ist sowieso nicht mehr drin im Moment.«

Er hat ja recht im Grunde, dachte Francesca. Und: Dass sich das Gerücht mit einer Presseerklärung nicht aus der Welt schaffen lässt, wird ihm auch selber klar sein.

Blöchle gab das Wort an Francesca und wandte sich zum Gehen. Im Türrahmen drehte er sich noch einmal um.

»Also Mädels und Jungs, haltet den Ball flach!«

Und damit war er aus der Tür.

Ein gelbes Rosenblatt löste sich von seiner Blüte und landete auf dem fleckigen Furnier einer antiken Kommode.

Stefano Invisibile schob von hinten seinen Kopf nah heran und blickte über Francescas Schulter. Er war Leiter des Fachbereichs Chemische/Technische Untersuchungen im Kriminaltechnischen Institut des LKA und von Blöchle beauftragt, gemeinsam mit seinem Kollegen Stefan Schmid die kriminaltechnischen Maßnahmen im Mordfall Michaelis durchzuführen. Doch die beiden Kollegen hatten sich der Ökonomie wegen die Arbeit anders aufgeteilt. Und so war Schmid mit seinen Leuten bei ElringKlinger angerückt, um die Personaldaten der Beschäftigten und Handwerker zu überprüfen, während Stefano und seine Leute die Wohnung des Mordopfers unter die Lupe nahmen.

»Die wird sich Michaelis ja wohl kaum selbst geschenkt haben«, schätzte Stefano nun mit Blick auf den kleinen Rosenstock im Topf.

Zusammen mit Özcan und den Kollegen von der Spurensicherung hatten sie sich nach der Dienstbesprechung zur Wohnung des Mordopfers nach Bad Urach aufgemacht, die in der Nacht noch von Beamten des örtlichen Polizeipostens versiegelt worden war. Beim Gang über den von stolzen Fachwerkhäusern umrahmten Marktplatz und vorbei an der durch eine Fernsehserie des SWR bekannt gewordenen Bäckerei Laible wunderte sich Francesca über die zahlreichen Laden-Leerstände. Und sie hatte sich, als sie sich dem Wohnhaus näherten, gefragt, wo Michaelis wohl sein Taxi abgestellt haben könnte.

Nun aber trat Francesca einen Schritt zur Seite und legte das Blütenblatt in ihren Handteller.

»Aber eine Frau schenkt einem Mann doch keine Rosen!«, wandte sie ein und sah Stefano mit zur Seite geneigtem Kopf in die Augen.

Anfangs hatte sie den sportlich agil wirkenden Kollegen, der sie um einen Kopf überragte, wegen seiner hellblonden, zum Zopf gebundenen Haare eher für einen Skandinavier gehalten. Bald hatte es sich jedoch herausgestellt, dass Stefano aus der Lombardei stammte und in Mailand aufgewachsen war. Vor einigen Monaten hatte er ihr in einem Vier-Augen-Gespräch gestanden, wie gerne er an ihrer Seite wäre, nicht nur beruflich. Francesca konnte nicht leugnen, dass er eine gewisse Anziehungskraft auf sie ausübte, hatte damals aber klar zum Ausdruck gebracht, dass eine Affäre für sie nicht in Frage kam. Und daran hatte sich auch bis heute nichts geändert.

»Stimmt auch wieder«, seufzte Stefano und griff nach dem Buch, das neben dem Rosenstock lag.

Gemeinsam betrachteten sie den festen, mit schwarzem, weichem Stoff überzogenen Umschlag mit den eingestickten Ornamenten in Rot, Gelb und Weiß, in die hinein eine lose Kette winziger, glitzernder Glasperlen verwoben war.

»Wie kleine Tränen ...«, sinnierte Francesca.

Stefano klappte den Einband auf. Ein mit Füllfederhalter in einer zarten Handschrift geschriebenes Gedicht zierte die erste Seite:

Das schönste Meer ist
das noch nicht befahrene.
Das schönste Kind ist
das noch nicht herangewachsene.
Unsere schönsten Tage sind
die noch nicht erlebten.
Und das schönste Wort, das ich dir sagen möchte, ist
das noch nicht gesagte.

Nâzim Hikmet

»Nâzim Hikmet«, überlegte Francesca, »vielleicht doch eine Frau?«

»Klingt irgendwie türkisch«, meinte Stefano.

»Du hast recht«, stimmte die Kommissarin zu. »Fragen wir doch mal unseren Türkei-Experten!«

Sie bat Özcan zu sich, der sich gerade die in schlichte Bilderrahmen gefassten Kalenderblätter an der gegenüberliegenden Wand ansah: Aufnahmen von Gebirgsbächen, verschneiten Passhöhen, blumenübersäten Almwiesen, Bergsilhouetten. Auf einem der Fotos erkannte er das Matterhorn. Stefano legte ihm das aufgeschlagene Buch in die Hände, als handle es sich um zerbrechliches Porzellan. Özcan ließ seinen Blick über die fragilen Zeilen gleiten.

»Nâzim Hikmet«, erklärte er, »das ist ein bekannter türkischer Dichter.«

»Ach so ...«

Francesca lächelte schwach und sah zu Stefano auf.

»Die meisten seiner Gedichte entstanden in den vielen Jahren seines Lebens, die er als politischer Gefangener in Isolationshaft in türkischen Gefängnissen verbrachte – vor und während des Zweiten Weltkriegs«, dozierte Özcan.

Stefano sah seinen Kollegen bewundernd an.

»Du kennst dich ja aus!«

»Tommy ist ein gebildeter Mann!«, ließ die Kommissarin wissen und in ihrer Stimme schwang Stolz mit.

Özcan, dessen Vorname Tomislav von seiner aus Kroatien stammenden Mutter herrührte, hörte es gerne, wenn er mit »Tommy« angeredet wurde. Er schlug die Augen nieder, es war ihm anzusehen, dass er sich geschmeichelt fühlte.

»Ich hab zu Hause drei Bändchen von ihm, auf Deutsch«, erwiderte er schulterzuckend. »Seine Liebesgedichte sind das Schönste, das die türkische Literatur zu bieten hat.«

Er reichte das Buch an Stefano zurück.

Der Kriminaltechniker blätterte die Seite um. Sie erwies sich als leer, ebenso wie alle folgenden, die mit feinen, gedruckten Linien durchzogen waren.

»Eine Art Tagebuch vielleicht«, überlegte Francesca und sagte – im Anklang an die Zeilen des Gedichts: »Ein noch nicht geschriebenes ...«

Nachdenklich klappte sie das Buch zu und legte es auf die Kommode zurück.

»Jedenfalls kauft man sich so was nicht selbst«, resümierte Stefano und zwinkerte Francesca zu. »Da hat eine Frau die Hand im Spiel …«

»Sagte Hildenbrand nicht, er sei geschieden?«, fragte die Kommissarin.

Özcan nickte und rief die Personaldaten ab, die er sich schon vor der Dienstbesprechung im LKA auf sein Mobilgerät gespielt hatte.

»Nur zur Erinnerung. Der Mann wurde 1953 in Altdorf geboren, also das Altdorf bei Nürtingen …«

»Wir brauchen jetzt nicht seinen ganzen Lebenslauf, Tommy«, unterbrach die Kommissarin. »Er war Diplom-Ingenieur, hat zum Schluss bei einer Software-Firma gearbeitet, hat sich nach seinem Rausschmiss selbstständig gemacht als Taxiunternehmer… Das wissen wir alles schon. Aber was ist mit seiner Frau?«

»Sorry, okay …«, antwortete Özcan, der wohl wusste, dass er manchmal zum Mäandern neigte. »1989 hat Michaelis seine Frau Elisabeth, geborene Neuhäuser geheiratet …«

»Also mit sechsunddreißig erst …«

»Sie ist Baujahr 1956, stammt aus Allensbach am Bodensee, gelernte Krankenschwester. Zwei gemeinsame Kinder. Eine Miriam, geboren 1990, und ein Lukas, geboren 1992. Scheidung 2011. «

»Noch andere Angehörige?«

»Da gibt es noch einen älteren Bruder, Wolfgang Michaelis. Lebt in Hamburg.«

»Hat man die schon erreicht, die Kinder?«

Özcan schüttelte verneinend den Kopf.

»Der Bruder ist schon verständigt worden«, warf Stefano ein und ergänzte:

»Und die Adresse von Lukas haben wir auch. Aber er geht bisher nicht an sein Handy. Miriam studiert irgendwo in den USA. Da sind die Kollegen gerade noch dran.«

Mit einer knappen Geste bedankte sich Francesca für die Informationen und deutete zum Wohnzimmerschrank.

»Die Fotos da drüben. Da stehen seine Kinder. Von der Säuglingszeit bis zum Erwachsenenalter. Die haben wir uns ja vorhin schon mal angesehen.«

Sie traten einige Schritte auf den Schrank zu.

»Ja ... Und wer die alle so schön rahmt und sich aufstellt, der muss schon an seinen Kindern hängen«, meinte Stefano nachdenklich.

»Und eine attraktive Mutter haben sie«, stellte Francesca fest.

»Die junge Frau scheint ganz nach ihr zu kommen«, kommentierte Özcans, bevor Francesca sagte:

»Und der Junge ist auch ein ganz hübscher Kerl mit seinen blonden Locken.«

»Michaelis muss schwere Zeiten mit ihr durchgemacht haben«, gab Özcan zu verstehen. »Schon Jahre vor ihrer Trennung war sie – jedenfalls nach Aussage des Laborchefs bei ElringKlinger – schwer psychisch krank. Immer wieder Zwiefalten.«

Francesca kaute auf ihrer Oberlippe.

»Muss ja auch für die Kinder furchtbar sein ...«

»Aber die waren ja schon fast erwachsen«, wandte Stefano ein.

Die Kommissarin sah ihn missbilligend an.

»Und deshalb ist es weniger schlimm für sie, oder?«

Stefano hob entschuldigend die Hände.

»Hatten die Eltern noch Kontakt, nach der Scheidung?«, fragte er, zu Özcan gewandt.

»Keine Ahnung«, antwortete dieser. »Unser Kollege mit dem nervösen Augenleiden – wie heißt er doch gleich?«

»Fenchel, kann man sich doch gut merken«, klärte Francesca ihn auf. »Franz Fenchel.«

»Also der Fenchel ist jedenfalls dran, wo sie sich aufhält zurzeit.«

»Tja, dann machen wir mal weiter!«, schlug Francesca vor. »Wir sind ja noch nicht ganz durch hier.«

Özcan drehte sich um und machte ein paar Schritte auf das TV-Gerät zu, das sich in einem Fernsehschrank aus dunkel poliertem Nussbaum mit seitlich geneigten Füßen verbarg und mit elfenbeinfarbenen runden Drehreglern ausgestattet war.

»Retro-Look«, stellte er fest und tätschelte die Seite des Schränkchens mit seiner flachen, behandschuhten Hand wie die Flanke eines Pferdes.

»Was haben wir denn da!«, stieß Stefano aus und ging ebenfalls auf das Gerät zu. »Noch ein richtiges Röhren-Teil?«

»Also ein Original mit Röhren, glaubst du?« Özcan warf Stefano einen skeptischen Blick zu. »So was hätte der sich doch sicher nicht leisten können ...«

»Wieso«, fragte die Kommissarin ihre männlichen Kollegen. »Was ist an diesem vorsintflutlichen Zeug so teuer?«

»Die prähistorische Bildröhrentechnologie«, versuchte Özcan, sie aufzuklären. »Bei eBay bekommst du alte Fernseher zwar nachgeschmissen. Aber richtige Retro-Freaks zahlen für so Teile, wenn sie aus den Fünfzigern stammen, stattliche Liebhaberpreise.«

»Also hast du recht, vermutlich«, erwiderte Stefano.

Mit einer Geste forderte er seinen Kollegen und Francesca nun auf, ihm in die kleine Küche zu folgen. Unterwegs deutete er im Flur auf einen grauen Telefonapparat mit Wählscheibe.

»Und hier gehen sie weiter, die Fünfzigerjahre«, kommentierte er.

»Alles picobello hier«, meinte die Kommissarin, deren Blick in der Küche schließlich an dem wenigen Geschirr auf der Abtropffläche hängen blieb. »Und eine Spülmaschine hat er wohl keine gebraucht...«

»Seinen Laptop hat einer unserer Kollegen schon mitgenommen«, warf Stefano dazwischen.

Wie auf ein Stichwort stand plötzlich einer seiner Mitarbeiter im Türrahmen.

»Können wir dann richtig loslegen, Chef. Oder seid ihr noch nicht durch?«

»Moment noch«, antwortete Özcan an Stefanos Stelle. »Habt ihr ein Handy gefunden?«

Der Kriminaltechniker des Spurensicherungsteams verneinte.

»Dann hat es möglicherweise sein Mörder an sich genommen«, dachte Özcan laut.

Stefano gab dem Mann ein Zeichen und entließ ihn. Dann öffnete er die oberen Küchenschränke.

»Spaghetti, Olivenöl, Salz, Pfeffer. Mehr braucht ein Mann ja nicht ...«

»Typische Junggesellenwohnung«, meinte auch Özcan sachlich und trocken..

»Ihr müsst es ja wissen«, frotzelte Francesca. »Waren die Kollegen denn auch hier schon überall dran?«

»'türlich«, nickte Stefano bestätigend und ging zur anderen Seite des Flurs, um einen Blick ins Schlafzimmer zu werfen. Die beiden anderen folgten ihm wieder auf dem Fuß. Francesca warf einen Blick auf das akkurat gemachte Bett und fragte:

»Macht ihr auch jeden Morgen brav euer Bett, so als Junggesellen?«

»Kein Kommentar!«, schallte es unisono zurück.

Über dem Bett befand sich ein großes, gerahmtes Poster mit einem senfgelben Taxi.

»Muss wohl sein ganzer Stolz gewesen sein«, fiel Francesca dazu ein und wandte sich an Stefano. »Haben deine Leute den Wagen denn schon gefunden?«

»Ein Nachbar hat angegeben, dass er das Taxi immer irgendwo in der Nähe des Bahnhofs parkt. Ist ja nicht weit von hier. Die Kollegen sind aber nicht fündig geworden. Weder hier noch auf dem Parkplatz von ElringKlinger gestern.«

»Ja, Letzteres weiß ich ja schon«, winkte Francesca ab.

Auf dem Nachtisch lag ein Wanderführer für die Schwäbische Alb. Stefano nahm die Medikamentenschachtel an sich, die sich daneben befand, und betrachtete die Aufschrift.

»Ramipril«, las er vor. »Ein Mittel gegen Bluthochdruck.«

»Nimmt fast jeder Mann über sechzig«, kommentierte Francesca.

»Zweikommafünf Milligramm, besonders stark ist das nicht.«

»Tja dann«, sagte die Kommissarin nachdenklich mit Blick auf die große Meeresmuschel, die die Fensterbank zierte. »Bei aller Dürftigkeit und Bescheidenheit – da hat einer wohl versucht, es sich doch noch irgendwie schön einzurichten ...«

»Ja, ein Leben ohne Freuden ist wie eine weite Reise ohne Gasthaus«, stimmte Özcan ihr zu. »Stammt angeblich von einem griechischen Philosophen.«

Francesca lächelte freudlos und verzichtete auf eine Antwort, sah aber jetzt, wie sich über Stefanos heiteres Gesicht plötzlich ein Schleier zog.

»Ist noch irgendwas?«, fragte sie.

»Das mit dem Röhren-Bildschirm«, antwortete Stefano. »Es geht mir nicht aus dem Kopf.«

Er drehte sich zur Tür, um noch einmal zurück ins Wohnzimmer zu gehen.

»Vorne retro, hinten digital, wollen wir wetten?«, rief ihm Özcan hinterher und folgte ihm mit Francesca nach.

Stefano ging vor dem TV-Gerät in die Hocke, rückte es von der Wand ab und warf einen Blick in das rückseitige Gehäuse. Özcan, auf der anderen Seite, machte dasselbe.

»Na, was hab ich dir gesagt?« Özcan grinste Stefano triumphierend an. »Oder siehst du da irgend 'ne Röhre?«

Stefano schob seinen Kopf tiefer in das fast leere Gehäuse, in dem hinter dem Monitor auf kleinstem Raum modernste Technik verbaut war.

»Eine Röhre nicht – aber was anderes!«, antwortete er ächzend und zog einen braunen Briefumschlag hervor. Er stand auf, legte ihn auf der Oberfläche des Gerätes ab und öffnete ihn. Ein flaches Bündel mit frischen Fünfhundert-Euro-Scheinen rutschte heraus.

»Volltreffer!«, rief Francesca und zählte nach. »Fünftausend Euro! Ich frage mich nur, ob das der stolze Preis für diese Liste war oder ob das ein Vorschuss sein sollte.«

Ein Dunstschwall von abgestandenem Bier schlug Francesca und Özcan entgegen, als sie die Tür zur Bahnhofsgaststätte am Reutlinger Hauptbahnhof öffneten. Francesca blieb im Türrahmen stehen. Außer einem bärtigen Mann um die dreißig, der seine Augen in ein halbleeres Bierglas versenkt hatte, war die Wirtschaft leer.

Sie hatten gerade erst die Wohnung von Hellmuth Michaelis in Bad Urach verlassen und waren auf ihre Dienstwagen zugegangen, als Francesca von der LKA-Zentrale ein weitergeleiteter Anruf erreichte. Am anderen Ende gab sich Elena Chatzidospyridaki zu erkennen. Francesca war seit ihrer gemeinsamen Grundschulzeit mit der Taxifahrerin mit den griechischen Wurzeln in lockerer Freundschaft verbunden. Hin und wieder lief man sich noch über den Weg. Vor zwei Jahren war Elena im Metzinger Outlet-Fall sogar unfreiwillig Zeugin eines Schusswechsels auf der Schwäbischen Alb geworden, bei dem sich der Hauptverdächtige eine tödliche Verletzung zugezogen hatte. Am Telefon hatte Elena sie wissen lassen, sie kenne Hellmuth Michaelis gut. Spontan hatte Francesca das Treffen mit ihr vereinbart. Stefano war zurück nach Stuttgart gefahren, während sie sich mit Özcan auf den Weg nach Reutlingen begeben hatte.

Nun machte Francesca auf dem Absatz kehrt, zeigte auf die unbesetzten Stühle draußen auf dem Gehsteig und sah ihren Kollegen fragend an.

Özcan warf einen Blick hoch zum Septemberhimmel, der sich heute in mildem, milchigem Blau über die Stadt spannte.

»Ja, setzen wir uns doch raus. Wo bleibt denn die Zeugin?«

Francesca sah auf ihre Armbanduhr. Die Zeiger standen auf 11 Uhr 43.

»So gegen zwölf haben wir vereinbart.«

Sie nahmen Platz. Als die Bedienung kam, bestellte Özcan zwei Tassen Cappuccino, ein Vorgang, der sich zwischen ihnen eingebürgert hatte.

Francesca streckte die Beine aus, lehnte sich nach hinten und sah dem Treiben auf dem Bahnhofsvorplatz zu. Auf der anderen Straßenseite parkten die Pkw halb auf dem Gehweg. Ihre Fahrer blickten allesamt zum Eingang des Bahnhofs, aus dem sich nun plötzlich wie auf Kommando ein Pulk Zugreisender auf den Platz ergoss. Frauen und Männer, der Hautfarbe und ihrer Kleidung nach aus aller Herren Länder, strebten über den Zebrastreifen der Stadt zu. Einige liefen quer über die Straße zu den wartenden Wagen, deren Fahrer schon die Motoren starteten, noch ehe die Menschen, die sie abholten, auf dem Beifahrersitz Platz genommen hatten.

»Da kommt sie ja!«, rief Francesca aus.

Aufgrund ihres opulenten Körperumfangs war Elena Chatzidospyridaki, die soeben das quer gegenüberliegende Tabakwarengeschäft verließ, kaum zu übersehen. Mit einer Packung Tabak winkte sie Francesca und Özcan schon von Weitem zu. Kurz darauf wurde die Kommissarin an den ausladenden Busen der Freundin gedrückt. Jetzt erst sah Francesca, dass Elenas Augen feucht glänzten.

»Eigentlich war ich ganz gut drauf heute Morgen bei

dem schönen Tag«, begann sie übergangslos, reichte Özcan knapp die Hand und setzte sich ächzend zu ihnen. »Ich setz mich in mein Taxi, reih mich am Bahnhof in die Schlange und schlag meine Zeitung auf. Seh das Bild und denk, wie kommt denn Hellmuth in die Zeitung, und dann ist mir erst mal schlecht geworden.«

Özcan öffnete den Mund, um eine Frage zu stellen, doch Francesca bedeutete ihm mit einer bestimmenden Handbewegung unter dem Tisch, er solle abwarten.

Der Cappuccino kam. Elena beantwortete die Frage der Bedienung nach ihrem Wunsch mit einem unwilligen Kopfschütteln. Die Serviererin verzog kurz den Mund und wandte sich ab. Elena spreizte die Hände zu einem Kamm und streifte sich die halblangen schwarzen Haare aus dem Gesicht, wobei sie den Kopf gesenkt hielt. Dann fuhr sie fort.

»Ich kenn eure Fragen schon«, sagte sie mit einem knappen Blick zu Özcan und begann, sich mit ihren kurzen Fingern rasch eine Zigarette zu drehen. »Also, ich hab Hellmuth gestern Nachmittag zuletzt gesehen. Kurz vor 18 Uhr hab ich ihn bei ElringKlinger abgesetzt. Eigentlich hatte er sich krankgemeldet. Den ganzen Tag nach Lukas gesucht, also seinem Sohn. Er trinkt sonst kaum mal was. Aber gestern Nachmittag hat er fast eine Flasche Rotwein geleert. Er war völlig fertig. Ich hab ihn dann bei mir ein paar Stunden schlafen lassen, und als er aufgewacht ist, wollte er dann doch noch zur Arbeit, und ich hab ihn dann rausgefahren. Er hatte ja sicher noch Restalkohol. Sein Taxi steht bei mir vor dem Haus ...«

»Dann wissen wir wenigstens das mal«, stellte Francesca fest.

Elena steckte sich die Zigarette in den Mund, rückte mit dem Stuhl vom Tisch ab, schlug die Beine übereinander und zog ihre Jeans über den Schenkeln zurecht. Özcan gab ihr Feuer.

»Das war alles irgendwie komisch. Er war ja schon am Sonntag zu mir gekommen. Nach Hause. Am Abend ...«

»Erinnern Sie sich noch ungefähr an die Uhrzeit?«, fragte Özcan dazwischen.

Elena kratzte sich am Knie.

»So gegen acht ... Wir sehen uns ja öfter. Also nicht, dass wir etwas miteinander hätten«, lächelte sie verschmitzt. »Aber ich glaube, ich bin so was wie seine ... seine einzige ...«

»Vertraute?«, half Francesca.

»Vertraute, genau, das trifft es.« Gierig sog die Taxifahrerin den Rauch ein und ließ ihn nachdenklich wieder entweichen. »Zumindest im Kollegenkreis.«

Als würde ihr der weitere Text von dort zufliegen, blickte sie nun in die Wipfel der Bäume, die im Park gegenüber standen.

»Sonntagnachmittag hat er eine Albwanderung gemacht, mit Lukas. Abends haben sie sich dann was vom Chinesen geholt, in Bad Urach. Dann muss Lukas schlecht geworden sein. Und zwar so schlecht, dass er ihn in die Klinik gefahren hat. Das heißt, er hat ihn auf dem Parkplatz abgesetzt und ist mit Lukas' Auto erst mal noch kurz zu sich nach Hause gefahren. Aber Lukas ist nie in der Klinik angekommen.«

»Wie: nie angekommen?«, fragte Francesca.

»Vielleicht hatte er es sich anders überlegt?«, meinte Özcan und nippte endlich an seiner Tasse.

»Dann wäre er ja zurückgekommen und hätte sein Auto geholt«, hielt Elena dagegen und sog an ihrer Zigarette. »Nein – Sonntagabend ist Hellmuth wie auf Kohlen dagesessen und hat auf einen Anruf von Lukas gewartet. Als nichts kam, hat er gedacht, sie hätten ihn vielleicht gleich dabehalten. Irgendwann hat er es nicht mehr ausgehalten und hat in der Klinik angerufen. Das war so um zehn. Da haben sie ihm gesagt, sie haben keinen Patienten mit Lukas' Namen... Und Lukas ging den ganzen Abend nicht an sein Handy. Hellmuth hat ihm bestimmt zwanzigmal auf die Mailbox gesprochen. Allerdings hatte er einmal selbst einen verpassten Anruf drauf, anonym. Schließlich wollte er nach Esslingen fahren, zu Lukas' WG. Aber ich musste ihm die Autoschlüssel abnehmen. Er hatte schon etwas zu viel intus. Er wollte dann unbedingt, dass ich ihn nach Esslingen kutschiere. Aber ich hatte noch eine Vorbestellung. Ich hab ihn dann bei mir übernachten lassen, auf der Couch ... Er war todmüde. Als ich ging, hat er schon geschnarcht.«

Für wenige Augenblicke verfiel die Taxifahrerin in ein regloses Schweigen. Mit verlangsamten Bewegungen drückte sie die halbgerauchte Zigarette aus und starrte auf das Sahnehäubchen auf Francescas Cappuccino, den diese bisher nicht berührt hatte. Plötzlich griff sie nach dem Kaffeelöffel und schob diesen zuerst in die Sahne und dann in ihren Mund.

Verblüfft sahen sich Francesca und Özcan an.

»Die schmilzt ja sonst«, rechtfertigte sich Elena, ohne aufzublicken, und legte den Löffel wieder auf die Untertasse zurück, mit dem Stiel Richtung Francesca.

»Und dann war er auch so komisch irgendwie ... Irgendwas hat ihn bedrückt, irgendwas hatte er auf dem Herzen. Aber er wollte nicht so richtig raus damit.«

»Keine Anspielung, nichts?«, hakte Francesca nach.

Elena verneinte.

»Nachdem er ihn weiterhin telefonisch nicht erreicht hat, ist Hellmuth dann nach Esslingen gefahren am nächsten Morgen, zu der WG. Als er wieder zurückkam, war er total aufgelöst. Lukas' Sachen waren wohl weg und ein Mitbewohner hat ihm gesagt, er habe ihn seit Sonntagvormittag nicht mehr gesehen. Hat ihm dann aber einen Umschlag in die Hand gedrückt. Den hat er mir dann gezeigt. War ein leeres Blatt drin.«

Francesca rutschte auf ihrem Stuhl nach vorne.

Elena fuhr fort:

»Hellmuth war geknittert. Er konnte sich, wie sagt man …«

»Keinen Reim darauf machen?«, schlug Özcan vor.

»Genau, das ist, glaube ich, der richtige Ausdruck … Er war ja, wie sagt man, irgend so ein einsamer Wolf. Seine Tochter wollte nichts mehr von ihm wissen. Das hat ihm den Rest gegeben. Nach all dem, was er mit seiner Frau durchgemacht hat. Und Lukas war praktisch der Einzige, den er noch hatte. Er hatte sich wunderbar mit ihm verstanden – und dann das!«

Eine Pause entstand. Elena sah die beiden Kripobeamten abwechselnd an, die ihrerseits nachdenklich Elena ansahen.

»Wundert euch das denn gar nicht?«, fragte sie schließlich mit dem Blick auf Özcans schmelzendes Sahnehäubchen.

»Ich wundere mich über immer mehr in diesem Fall hier«, gab Francesca zur Antwort. »Und das Blatt, sagst du, war leer?«

Ungläubig starrte Stefan Schmid auf das schwarze Telefon und wog es noch einige Zeit in der Hand, als wolle er sein Gewicht schätzen, ehe er es zurück in die Aufladestation stellte.

In dem Moment betraten Francesca und Özcan den Raum. Nach ihrer Befragung von Elena Chatzidospyridaki am Reutlinger Hauptbahnhof hatten sie den kurzen Weg nach Dettingen eingeschlagen, um sich vor Ort über den Stand der Arbeit der Ermittler unter der Leitung von Stefan Schmid zu erkundigen. Als Stefan jetzt zu ihr aufblickte, sah die Kommissarin seinem Gesicht sofort an, dass der Ausdruck von Routine dem für ihn typischen Mix von Aufregung und Zweifel gewichen war, wie immer, wenn er von einer neuen Information überrascht wurde.

Thorsten Espe hatte Stefan und seinen Ermittlern, die am Dienstagmorgen bei ElringKlinger angetreten waren, zwei Besprechungszimmer und schnurlose Firmentelefone zur Verfügung gestellt. Sie hatten sich die Arbeit aufgeteilt. Eine Gruppe widmete sich anhand der Datensätze, die ihnen Espe überlassen hatte, der Überprüfung und Befragung derjenigen Mitarbeiterinnen und Mitarbeiter, die zur fraglichen Zeit am gestrigen Abend gestempelt hatten oder deren Anwesenheit auf dem Betriebsgelände auf andere Weise dokumentiert worden war. Die andere Gruppe mit Stefan hatte sich die Dauerausweise der Handwerker vorgenommen, die auf den zahlreichen Baustellen auf dem Betriebsgelände der Firma tätig waren. Damit sie ungehindert über den Monteureingang das Werksgelände betreten und verlassen konnten, hatte jeder am Tag der Aufnahme seiner Arbeit beim Empfang ein Formular ausgefüllt mit Angabe seines Namens und des Handwerksbetriebs, für den er arbeitete, und seine Angaben mit Datum und Unterschrift bestätigt. Gegen Vorlage des Personalausweises war den Handwerkern eine Plastikkarte mit einem Magnetstreifen ausgehändigt worden, mit denen sie den Eingang passieren konnten. In zäher Kleinarbeit hatten sich die Kripobeamten daran gemacht, zunächst alle in Frage kommenden Handwerksbetriebe abzutelefonieren, um die Daten auf den Formularen mit denen der Betriebe abzugleichen.

Jetzt erhob sich Schmid und ging auf Francesca und Özcan zu.

»Könnte 'ne heiße Spur sein!«, rief er ihnen entgegen und wedelte mit seinem Notizblock.

»Wie heiß?«, fragte Özcan zurück.

»Elektro Wandel in Münsingen sagt, sie haben gar keinen Mitarbeiter mit Namen Schwartz!«

»Und der hat sich unter diesem Namen hier angemeldet?«, vergewisserte sich Francesca.

»Schwartz, mit Te Zet«, bestätigte Schmid. »Peter.«

»Und du glaubst, der Mörder ist so blöd und zeigt vorher seinen Ausweis?«, fragte Özcan, setzte sich jedoch, ohne dazu aufgefordert werden zu müssen, mit Stuttgart in Verbindung, um die Adresse anzufordern.

Francesca bat einen der Kollegen im Raum, Thorsten Espe zu holen. Ihr war klar, dass Özcans Frage nicht ganz ernst gemeint sein konnte, wusste er doch so gut wie sie, dass es in puncto Blödheit zwei Gruppen von Tatverdächtigen gab. Die erste Gruppe von Kriminellen war tatsächlich nicht gerade mit einem berauschenden Intelligenzquotienten gesegnet. Dazu gehörten unter anderem die Einbrecher, die am Tatort einschliefen. Die zweite Gruppe war wesentlich gefährlicher. Sie hielten sich für oberschlau, glaubten, ihnen gehöre die Welt und agierten auch höchst raffiniert, doch neigten sie zur Selbstüberschätzung und begingen Fehler gerade aus dem Glauben heraus, ihnen könne nichts nachgewiesen werden. Allen populären Kriminellen, die irgendwann aufflogen, darunter auch prominente Steuerhinterzieher, war diese Art Hybris eigen, gegen die auch ein hoher Intelligenzquotient nichts ausrichten konnte und die sie letztlich irgendwann zu Fall brachte.

Wenig später schon stieß Espe hinzu, im selben Augenblick meldete sich der Kollege aus dem LKA. Özcan stellte den Lautsprecher seines Smartphones laut.

»In Dettingen an der Erms, Im Handelsteich haben wir hier einen Schwartz, Peter, Haushaltsauflösungen und Gebrauchtmöbel«, tönte es. »Wohnung dito. Nicht zu verwechseln mit der Werkstätte für Ofenbau Schwartz in der Kühsteigstraße …«

Özcan bedankte sich und unterbrach die Verbindung.

»Liegt gleich hier um die Ecke«, sagte Espe. »Industriegebiet. Aber …«

Bevor er seine Frage aussprechen konnte, erklärte ihm Francesca die Sachlage. Dann fragte sie:

»Kann man denn davon ausgehen, dass jeder Handwerker bei der Anmeldung seinen Personalausweis vorlegt, oder wird da auch schon mal ...«

»Das klären wir am besten mit unseren Damen unten«, unterbrach Espe seinerseits die Kommissarin. Er sah sie betreten an. »Aber dass ein Mörder seinen Ausweis vorlegt, bevor er zur Tat schreitet ... Das kommt ja nicht mal in schlechten Kriminalromanen vor!«

»Alles schon da gewesen«, warf Özcan dazwischen und Stefan Schmid ergänzte:

»Erst neulich haben wir einen geschnappt, der in ein Schützenhaus eingestiegen war. Er hatte seinen Personalausweis am Tatort liegen lassen.«

Espe sah die Ermittler mit großen Augen an. Schließlich wies er mit seinem Arm zur Tür und bat sie, ihm zu folgen.

Die Empfangshalle war mit bequem wirkenden Sitzmöbeln ausgestattet. Auf Tischchen verstreut lagen verschiedene Ausgaben von *move*, dem Mitarbeitermagazin der ElringKlinger-Gruppe, von dem Espe der Kommissarin nach ihrem ersten Zusammentreffen am Vorabend noch ein Exemplar in die Hand gedrückt hatte. An der lang gezogenen Theke wartete eine Traube asiatischer Geschäftsleute auf ihre Besucherschildchen. Die beiden Empfangsdamen vor der Fensterwand hatten alle Hände voll zu tun und hasteten zwischen Telefonen, Computern und Anmeldeformularen hin und her.

»Geht heute hier zu wie in 'nem Taubenschlag!«, lächelte Espe entschuldigend, als er mit Francesca, Özcan und Schmid in der Halle ankam.

Er bat die Beamten, auf den Besuchersesseln Platz zu nehmen, ehe er sich zu einer der Damen durchschlug. Francesca sah, wie die Frau an der Theke mit ihren Armen ein U bildete und, offenbar hin- und hergerissen zwischen der einen und der anderen Pflicht, gestikulierend auf ihren Bildschirm blickte, dann wieder zu Espe, bis sie schließlich resignierend die Arme sinken ließ und den Bereichsleiter zum Besucherbereich begleitete. Sie setzte sich mit Espe den Kripoleuten gegenüber, faltete die Hände im Schoß und sah Francesca angespannt an.

»Unsere Frau Lorenz«, stellte Espe sie vor und drehte sich zu ihr um. »Frau Molinari würde gerne wissen …«

»Danke!«, fiel ihm die Kommissarin wieder einmal ins Wort. »Es geht um einen Handwerker namens Peter Schwartz«, begann sie und sah die Frau freundlich an. »Wir wissen, Sie haben hier über achtzig Dauerausweise ausgestellt. Können Sie sich zufällig an den Namen erinnern?«

Ohne nachzudenken, schüttelte Lorenz den Kopf.

»Die Ausweisnummern werden nicht registriert?«

Lorenz schüttelte erneut den Kopf und warf Espe einen fragenden Blick zu.

»Dazu sind unsere Damen auch nicht angewiesen«, antwortete der Bereichsleiter stellvertretend.

»Es soll hier auch kein Verhör sein«, erklärte Francesca. »Ich wollte mich nur noch mal vergewissern …«

Wirkte die Frau so verkrampft, weil sie sich im Stress befand, oder steckte was anderes dahinter?

»Ich nehme an, Sie haben schon mal einen Urlaubsflug in ein Nicht-EU-Land gebucht?«

Frau Lorenz wich mit dem Oberkörper ein Stück zurück und drehte fragend die Handteller nach oben.

»So genau, wie die Beamten am Zoll die Gesichter der Einreisenden mit den Passfotos vergleichen, so genau schauen sie sich die Leute vermutlich nicht an?«

Lorenz stieß einen müden Seufzer aus.

»Jetzt versteh ich, woraus Sie hinauswollen«, antwortete sie mit klarer Stimme und sprudelte plötzlich los. »Natürlich nicht, tut mir leid. Klar, die Leute holen ihren Ausweis aus der Brusttasche und ich nehme ihn auch in die Hand.

Aber ich schaue dann eher, ob der Name stimmt. Aber ausdrücklich das Foto? Manchmal verändern sich die Leute ja auch. Einer trägt einen Bart und auf dem Ausweis ist er noch ohne. So was kommt schon mal vor. Und ob ein Ausweis gefälscht ist, kann ich natürlich erst recht nicht beurteilen …«

»Das erwartet auch keiner von Ihnen«, erwiderte Francesca weich.

»Aber die Unterschrift«, fügte die Frau hinzu. »Die Unterschriften vergleiche ich schon. Die auf dem Ausweis und die auf dem Anmeldebogen …«

Francesca gab Stefan Schmid ein Zeichen. Dieser erhob sich, entfernte sich einige Schritte und hielt sein Handy ans Ohr, während sich Francesca wieder der Befragten zuwandte.

»Sie haben uns weitergeholfen!«, bedankte sie sich und stand auf.

»War's das dann?«, fragte Espe mit Blick auf Francesca.

»Moment noch«, sagte Lorenz. »Mir fällt da wieder was ein …«

Die Kommissarin sah sie erstaunt an.

»Einer Ihrer Kollegen … Er hat mich ja heute Morgen schon gefragt, ob mir irgendetwas aufgefallen sei … Ich hab nicht mehr dran gedacht, bei dem ganzen Tohuwabohu hier. Aber gestern Nachmittag hat sich jemand nach Herrn Michaelis erkundigt … Telefonisch.«

»Wer?«, fragte Francesca zurück.

»Er hat seinen Namen nicht genannt … Vielleicht habe ich ihn auch vergessen.« Lorenz rieb sich die Schläfen. »Ich hab ihm gesagt, dass er sich krankgemeldet hat. Klang nach einem jüngeren Mann, der Stimme nach …«

Jetzt stand auch Özcan auf.

»Und wann war das? Können Sie sich an die Uhrzeit erinnern?«, hakte er nach.

Die Empfangsdame sah zum Fenster hinaus.

»Kurz nach 17 Uhr ... Ich hab noch auf die Uhr geschaut, weil ich gedacht hab, ob Herr Michaelis vielleicht schon da ist, er fängt ja immer so um 18 Uhr an, und erst dann ist mir eingefallen, dass er sich schon mittags krankgemeldet hatte. Ich muss das ja weitergeben ...«

Francesca machte einen Schritt zur Seite, um wieder in das Blickfeld der Befragten zu kommen.

»Ein jüngerer Mann also, sagen Sie?«

Von der offenen Pritsche eines Kleinlasters herab sah ihnen die Rückseite eines türkisfarbenen Sofas entgegen, dessen grelle Bonbonfarbe Francesca an das Schlumpf-Eis einer Reutlinger Eisdiele erinnerte – das Lieblingseis ihres Jüngsten, Salvatore. Zwei Polizeifahrzeuge flankierten bereits den Transporter, hinter dem sich ein zweistöckiges Gebäude mit Lagerhalle und Wohnung befand.

Kaum hatte Özcan den Motor des schwarzen Dienstwagens abgestellt, klopfte schon ein Uniformierter ans Fahrerfenster. Noch von der Empfangshalle bei ElringKlinger aus hatte Stefan Schmid die Einsatzkräfte der Polizeidirektion Reutlingen angefordert. Özcan und Francesca stiegen aus.

»Der Vogel ist ausgeflogen«, informierte der Polizist und begrüßte sie per Handzeichen. »Müller«, stellte er sich vor.

Sie verließen den Wagen.

»In der Wohnung oben ist auch keiner.«

Francesca biss sich auf die Unterlippe und Özcan schlug mit der flachen Hand auf das Dach ihres Wagens.

»Verdammt!«, stieß er aus.

»Zwei Mitarbeiter, drinnen ...« Der Polizist machte eine Kopfbewegung zum Gebäude hin. »Die sagen natürlich, sie wüssten nicht, wo der Chef steckt. Er sei öfter unterwegs.«

»Wir brauchen sofort 'ne Zielfahndung!«

Özcan zückte sein Smartphone. Besänftigend hob Francesca die Hände.

»Mal langsam. Gewarnt haben kann ihn ja keiner. Wir waren ja unter uns vorhin ... Ich will mir die Bude erst mal ansehen.«

Özcan verzog den Mund und schob sein Mobilgerät in die Jackentasche zurück.

Als sie die Lagerhalle betraten, streiften ihre Augen zwei Männer, die tief und in sich zusammengesunken zwischen zwei Polizeibeamten in einer braunen Ledercouch dasaßen. Ihr Blick war auf den schwarz gestrichenen Zementfußboden gerichtet und sie hoben ihn auch nicht, als die beiden Kripobeamten eintraten.

»Schockstarre«, diagnostizierte Özcan.

Die Kommissarin kommentierte die Bemerkung mit einem Achselzucken und sah sich um. Wie nicht anders zu erwarten, war die Halle vollgestopft mit Gebrauchtmöbeln und allem möglichen Gerümpel. Ein Verkaufsraum sah anders aus ... Doch da fiel ihr ein aparter Biedermeier-Sekretär ins Auge. Das antike Möbelstück erschien ihr etwas größer und wuchtiger als der zierliche Biedermeier-Sekretär, den sie zu Hause in ihrer Schlafzimmerecke stehen hatte, aber die Maserung und vor allem die Intarsien fand sie außergewöhnlich hübsch. Schließlich riss sie ihren Blick los.

»Wo ist das Büro?«, fragte sie in scharfem Ton zu den Männern hin.

Einer von ihnen, ein hagerer, langer Kerl mit faltigem Gesicht erhob sich und beschrieb mit einer weit ausholenden Geste so etwas wie einen über mehrere Ecken verlaufenden Gang. Francesca winkte ihn heran und bat ihn, ihnen vorauszugehen.

Unterwegs fragte sie den Mitarbeiter:

»Wie lange arbeiten Sie schon für Herrn Schwartz?«

»Bestimmt seit vier, fünf Jahren«, schnaufte er. »Und mein Kumpel auch.«

Die Kommissarin musterte ihn aus den Augenwinkeln. Ein kleiner silberner Durchsteckohrring zierte sein Ohrläppchen. Er wirkte unrasiert. Seine dunklen Haare schienen gegelt und waren nach hinten gekämmt.

»Was soll er denn ausgefressen haben, der Chef?«, fragte der Mann.

Statt die Frage zu beantworten, fragte sie ihn nach seinem Namen.

»Renner«, sagte der Angestellte. »Otto. Otto Renner. Von vorne und von hinten.«

»Ein Palindrom!«, stellte Özcan grinsend fest. »Genauso wie«, fuhr er fort, die Silben betonend: »Nie, Amal-ia, lad 'nen Dal-ai-Lama ein!«

»Nun ist aber gut mit Volkshochschule!«, mahnte Francesca und fragte Renner:

»Hat Ihr Chef eigentlich noch mehr Mitarbeiter oder sind Sie beide die einzigen?«

»Noch zwei. Die sind gerade mit dem Transit unterwegs. Bei 'ner Haushaltsauflösung.«

Die Kommissarin nickte und ließ Renner vorbei, der schon seinen Schlüsselbund parat hatte und nun die Bürotür aufschloss. Sie zögerte einen Augenblick, dem Mann einen erstaunten Blick zuzuwerfen. Renner schien ihre Gedanken zu erraten.

»Ja, hier kommen nur der Chef selber und ich rein. Er vertraut mir eben ... Und eins kann ich Ihnen sagen: Mein Chef macht keine krummen Sachen. Das is 'n guter Chef. Außerdem zahlt er gut.«

»Dann ist ja alles bestens.«

Die Kommissarin lächelte bemüht und bat ihn, wieder zum Eingang zu gehen und sich zur Verfügung zu halten. Renner machte kehrt.

Sie warfen einen Blick in den kleinen, ungelüfteten und mit einem vergitterten Fenster versehenen Raum, der außer einem Kiefernholzschreibtisch, einem Laptop, einem Telefon und einem Regal mit akkurat beschrifteten Aktenordnern nichts aufzuweisen hatte.

»Noch mal ein Ordnungsfanatiker heute!«, meinte Özcan.

Francesca wandte sich von dem kargen Zimmer ab und bat ihren Kollegen, Stefano Invisibile herzubestellen.

»Sie sollen den Laden hier umkrempeln«, sagte sie. »Auch die Wohnung oben. Die müssen wir uns jetzt auch noch vornehmen, obwohl mir der Magen schon auf dem Boden hängt …«

»Also ich bin noch fit!«, antwortete Özcan. »Das kommt von den Kohlehydraten, das heißt: Seitdem ich weniger Kohlehydrate esse, habe ich weniger Hunger!«

»Gib nicht so an!«

»Im Ernst«, erwiderte Özcan und schlug mit der flachen Hand gegen seinen flachen Bauch. »Keine Brezeln, keine Croissants, keine Pasta, keine Kartoffeln.«

»Also alles, was das Leben rund und schön macht …«

»Bleibt ja schon noch ein bisschen was übrig!« Anzüglich grinste er sie an.

Als schnippe jemand mit dem Mittelfinger gegen ein Silberglöckchen, ertönte ein Signalton von Francescas Mobiltelefon. Sie öffnete die Nachricht und überflog den Inhalt der personenbezogenen Daten zu Peter Schwartz. Auch Özcans Smartphone meldete sich.

»Der Typ hat ein abgebrochenes Chemiestudium«, sagte sie, mehr zu sich selbst.

»Und ist so alt wie ich«, ergänzte Özcan.

Nachdenklich ließ Francesca ihren Blick über den schmalen, kräftigen Körper ihres Kollegen gleiten. Dreieinhalb Jahre war es her, dass sie ihn, ehe sie zum LKA gingen, zu sich in die Reutlinger Mordkommission geholt hatte. Sie waren zu einem unzertrennlichen Ermittlergespann geworden. Allerdings war es ihr lästig, Außenstehenden ständig erklären zu müssen, sein Vorname Tomislav stamme von seiner kroatischen Mutter und sein Nachname von seinem türkischen Vater und sein Spitzname Özi falle nur hinter vorgehaltener Hand. Nun aber wollte ihr partout sein genaues Alter nicht mehr einfallen. Genau genommen hatte sie eigentlich nur die Geburtstage ihrer Kinder und den ihres Mannes jederzeit abrufbar im Kopf.

Mit einem zweifelnden Lächeln fing Özcan ihren angestrengten Blick auf.

»Guckst du?«, fragte er.

Francesca wischte mit dem Zeigefinger über Schwartzens Biografie bis hinauf zu dessen Geburtsdatum.

»Ja, fünfunddreißig«, sagte sie so beiläufig wie möglich.

Zurück beim Eingang der Lagerhalle ließ sich die Kommissarin von dem Polizisten, der bei den Angestellten gewartet hatte, deren Daten geben und ordnete den Rückzug an, nicht ohne den Kollegen Müller zu bitten, noch auf das Eintreffen der Spurensicherung mit Stefano Invisibile zu warten.

Draußen schlug ihnen plötzlich ein scharfer, kalter Wind entgegen. Der Trauf der Schwäbischen Alb hatte sich innerhalb einer Stunde in düstere Nebelwolken gehüllt. Francesca klappte den Kragen ihrer schwarzen Lederjacke hoch und marschierte auf ihren Dienstwagen zu. Hinter ihr erschienen Renner und der zweite Angestellte und machten sich daran, das bonbonfarbene Plüschsofa von der Pritsche zu hieven.

Özcan wendete den Wagen. In dem Moment, als er anhielt, um Francesca einsteigen zu lassen, passierte ein dunkelblauer Porsche Cayenne die Hofeinfahrt. Die Kommissarin war stehen geblieben und warf dem Fahrzeug einen misstrauischen Blick zu. Durch die Spiegelung der Windschutzscheibe war der Fahrer nicht genau zu erkennen. Unvermittelt blieb der Porsche stehen. Der Fahrer legte den Rückwärtsgang ein. Geistesgegenwärtig boxte sie gegen die Scheibe des Dienstwagens.

Özcan verstand sofort. Mit quietschenden Reifen fuhr er vor und versperrte den Eingang.

Mit verschränkten Armen und mürrischem Gesicht lehnte sich der Verdächtige in seinem Stuhl zurück und starrte demonstrativ gegen die Decke des Vernehmungsraums im LKA.

Widerstandslos hatte sich Schwartz festnehmen lassen. Und seit Beginn des Verhörs, das Francesca in die Hand genommen hatte, kaum ein Wort gesprochen. Auch auf anwaltlichen Beistand hatte er ausdrücklich verzichtet, selbst nachdem ihm deutlich gemacht worden war, dass er unter dringendem Tatverdacht stehe. Zwar ließ er durchblicken, am Morgen beim Stehkaffee im Bäckerladen von dem Mordfall erfahren zu haben, dies habe ihn jedoch nicht weiter interessiert. Schließlich kenne er den Mann überhaupt nicht. Die Leute hätten wieder etwas zu reden, aber es geschähen schlimmere Dinge auf der Welt. Das Unternehmen ElringKlinger sei ihm natürlich bekannt so wie jedem hier in der Gegend, hatte er auf die Eingangsfrage der Kommissarin geantwortet, jedoch geleugnet, jemals seinen Fuß auf das Betriebsgelände gesetzt zu haben.

»Oder glauben Sie, die kaufen ihre Möbel in einem Second-Hand-Shop?«

Auf die Vorhaltung, er habe sich unter der vorgetäuschten Angabe, er sei Mitarbeiter eines Elektroinstallationsbetriebs, Zugang zur Firma verschafft, reagierte er gelassen. Er habe seinen Personalausweis letzte Woche verloren, vielleicht sei er ihm auch gestohlen worden, gab er an.

An dieser Stelle hakte Francesca ein.

»Dann wissen Sie also, dass man seinen Ausweis vorlegen muss, um als Handwerker einen Dauerausweis zu erhalten?«

Schwartz zögerte zwar einen Moment, ohne dass sein Gesicht jedoch irgendeine Art von Regung zeigte.

»Das kann man sich ja denken!«, kam die plausible Antwort.

Damit war die Sache für Francesca aber noch nicht erledigt. Sie wollte wissen, wann er den Verlust seines Ausweises bemerkt habe.

»Das war vor zwei Wochen«, erwiderte er knapp.

Ein merkwürdiger Zufall, zweifelte Francesca und musterte das Schachbrettmuster seines Pullovers, das ihr Augenflimmern verursachte. Hochwertiges Material, schätzte sie und tippte auf Hugo Boss. Die gesamte Erscheinung des Mannes, der seine kurzen blonden Haare zu sprießenden Stoppeln frisiert hatte und sie jetzt mit einem leicht spöttischen Grinsen aus hellblauen Augen ansah, wirkte geschäftsmäßig und seriös. Irgendwie erinnerte er sie an Jeremy Meeks. Das Fahndungsfoto des Häftlings, der im US-Staat Nevada einsaß, hatte ihm auf Facebook und Twitter ein paar Millionen weibliche Anhänger eingebracht und – im Knast – einen Modelvertrag. Auch Schwartz hätte Francesca eher als Chef einer Software- oder Modefirma verortet denn als Boss eines Entrümpelungsbetriebs.

»Wo und wie haben Sie es bemerkt?«

Sie ließ nicht locker.

Schwartz beugte sich vor, legte die Unterarme auf den Tisch und faltete seine Hände.

»So genau?«, fragte er zurück.

Die Kommissarin sah ihn auffordernd an.

»Mich interessieren die Details!«

»Meine Brieftasche …« Er klopfte sich an die linke Brust. »Ich hab sie in meiner Jacke gelassen. An der Garderobe. In einer Lounge Bar in Stuttgart. Als ich zahlen wollte … Geld war noch da, auch meine Karten, alles … Aber mein Ausweis war weg. Reicht Ihnen das?«

Francesca verneinte.

Der Verdächtige setzte eine blasierte Miene auf und lächelte sie von oben herab an, als habe er es mit einem begriffsstutzigen Kind zu tun.

»Also ich weiß ja nicht, inwiefern Sie sich auskennen mit männlichen Brieftaschen. Rechts ist das Münzgeld, in der Mitte sind die Einsteckfächer mit den Karten und links, hinter einem Gitter aus Stoff, ist das Fach für den Personalausweis.«

»Haben Sie den Verlust gemeldet?«

»Gleich am nächsten Morgen. Im Dettinger Rathaus. Können Sie nachprüfen.«

»Davon können Sie ausgehen. Und wie kam es dann zu dem Wunder?«

Francesca griff in den Umschlag mit den persönlichen Dokumenten, die man dem Verdächtigen abgenommen hatte, und schnippte seinen Ausweis auf die Tischplatte.

Doch auch durch diese Geste ließ sich Schwartz nicht aus der Fassung bringen.

»Heute Morgen lag er in meinem Briefkasten. Ohne Kommentar. Irgendein freundlicher Zeitgenosse muss ihn gefunden haben …«

Unzufrieden schürzte Francesca die Lippen.

»Merkwürdiger Zufall«, ätzte sie. »Vor zwei Wochen stiehlt Ihnen ein Unbekannter Ihren Ausweis, mit dem er sich bei ElringKlinger einschleicht, einen Mord begeht – und am Dienstagmorgen spielt er Ihnen Ihren Ausweis prompt wieder zu.«

»Wahrscheinlich habe ich Ihrem Mordopfer den Ausweis sogar noch vorgelegt, bevor ich ihn umbrachte – Ihrer Meinung nach!«, höhnte Schwartz.

Erst als sie nun auf seinen Wagen zu sprechen kam, schien für einen Augenblick eine kaum wahrnehmbare Unruhe von dem Verdächtigen Besitz zu ergreifen.

»So ein Porsche Cayenne GTS kostet doch um die hundertzwanzigtausend Euro. Wirft denn so ein Gebrauchtmöbelschuppen so viel Gewinn ab?«

Schwartz senkte den Blick und griff sich kurz an sein Ohrläppchen.

»Gebraucht kriegen sie den schon für achtzigtausend. Mit etwas Glück ...« Als habe er sich selbst ertappt, ließ er die Hand langsam wieder sinken. »Sie werden ja sicher meine Bücher und meine Konten überprüfen ...«

»Da machen Sie sich mal keine Sorgen.«

Er hob wieder seinen Kopf.

»Und außerdem, sollten Sie mein Alibi brauchen, darauf wollen Sie doch sicher hinaus?«

»Fragt sich nur, für welchen Zeitraum?«

Francesca wollte ihn zappeln lassen. Der genaue Todeszeitpunkt war ja nicht veröffentlicht worden.

Schwartz machte eine kurze Pause. Dann sah er der Kommissarin direkt in die Augen.

»Ich bin öfters mal in dieser Lounge Bar. ›Rooftop‹ am Kleinen Schlossplatz. So ab 18 Uhr gestern. Bis ungefähr so halb neun, neun ...« Mit der ausgestreckten Rechten beschrieb er eine gedehnte Fläche. »Eine rundum verglaste Designer-Location. Und die Küche vom Allerfeinsten. Mit Lunchgerichten und pazifischen Kreationen. Kann ich Ihnen nur empfehlen!«

Francesca zeigte ein säuerliches Lächeln.

»Ach so«, fügte er hinzu. »Die Kellnerin, die mich bediente. Sie nennt sich Conny. Aber das werden Sie ja sicher auch rauskriegen ...«

»Conny? Entzückend!«

Wie häufig an passender oder unpassender Stelle kam ihr das Kojak-Zitat aus »Einsatz in Manhattan« über die Lippen. Sie stieß einen müden Seufzer aus.

»Sie wären nicht der Erste, der sich ein Alibi verschafft ...«

»Ich erwarte ja gar nicht, dass Sie einem Verdächtigen Glauben schenken, gleich bei der ersten Einvernahme«, verkündete Schwartz, »aber ich schätze, Sie haben schlechte Karten.«

»Ich pokere nicht«, antwortete die Kommissarin gelassen. »Aber wenn Sie wirklich die Unschuld in Person sind – warum wollten Sie sich dann Ihrer Festnahme entziehen?«

»Weil ich den Rückwärtsgang eingelegt habe?« Schwartz brach in ein schallendes Gelächter aus. »Das muss jetzt ein Witz sein!«

Knusprig angebratene Hähnchenbrustfilets, umrahmt von frischen Chilischoten, Minitomaten und in Petersilie geschwenkten grünen Oliven, verströmten einen Duft von Knoblauch und Thymian. Der ovale Eichenholztisch im geräumigen Wohnzimmer der Familie Molinari war zwar nicht festlich gedeckt wie an großen Feiertagen und Geburtstagen, aber immerhin brannte eine schlanke weiße Kerze in einem vergoldeten Ständer in der Tischmitte. Auch für orangenfarbene Papierservietten war gesorgt worden.

Obwohl der feierliche Anlass sie selbst betraf, hatte Francescas Mutter Maria – wie so oft unter tatkräftiger Mithilfe ihres Schwiegersohns – zwei Stunden in der Küche verbracht, um eines ihrer traditionellen kalabrischen Gerichte zuzubereiten, zu dem als Dessert eine Crostata del Diavolo zählte, eine Tarte mit Peperoncino-Konfitüre, Orangenmarmelade und süßen Mandeln.

Francesca wusste lediglich von einem »besonderen Anlass« und hatte Özcan nach der Vernehmung von Schwartz gebeten, das Alibi des Verdächtigen zu überprüfen, um ausnahmsweise einmal rechtzeitig zu Hause einchecken zu können.

»Und was verschafft uns die Ehre an so einem banalen Dienstagabend?«, fragte sie ihre Mutter und nahm am Tisch zwischen Andreas und Salvatore Platz.

Vor knapp drei Jahren hatten sie mit einigem Glück die große, lichtdurchflutete Wohnung in der ehemaligen Textilfabrik in der Reutlinger Oststadt ergattert. Eine ehemalige Kollegin hatte sie ihrer Familie überlassen zu einer Zeit, in der günstiger Wohnraum in zentraler Lage immer schwerer zu haben gewesen war und sie mit den drei Kindern die beengten Verhältnisse in einem der Mehrfamilienhäuser in der Charlottenstraße kaum mehr ertragen hatten.

»Maria hört auf zum Jahresende«, nahm Andreas für seine Schwiegermutter nun das Wort.

»Was hört Oma auf?«, fragte Salvatore dazwischen und kratzte mit der Spitze seiner Gabel so auf seinem Kinderteller herum, dass sich alle für einen Moment die Ohren zuhielten. Mit einer sanften, aber bestimmten Bewegung nahm seine Mutter ihm das Besteck aus der Hand und platzierte es auf seiner bunten Kinderserviette. Der Sechsjährige nahm es offenbar gelassen und streckte seine Nase in Richtung der großen Servierplatte mit dem Geflügel.

»Entschieden hab ich mich ja schon länger«, erklärte nun Francescas Mutter. »Aber nun ist es durch. Ich gehe in Altersteilzeit.« Und zu Salvatore, während sie ihm kurz über den Kopf streichelte: »Oma hört auf mit arbeiten.«

»Dann verdienst du ja kein Geld mehr!«, folgerte der Junge messerscharf.

»Ich hab was gespart …«

Die Entgegnung seiner Großmutter schien Salvatore in tiefes Nachdenken zu versetzen. Schweigend lehnte er sich in seinem Kinderstuhl zurück und über seiner Nasenwurzel bildete sich eine tiefe Falte.

Maria hatte in den vergangenen zwei Jahrzehnten als Hauswirtschafterin die Kantine des Finanzamts geleitet und, seitdem die Enkelkinder auf der Welt waren, auch – so weit ihre Zeit das zuließ - den Haushalt von Francesca und Andreas tatkräftig unterstützt.

»Dann kannst du ja in Zukunft öfter mal Salvatore nehmen«, ließ Andreas verlauten.

Maria begann, das Essen auf die Teller zu verteilen.

»Wenn ich mal Zeit habe, gerne«, kam die knappe Antwort.

»Ich glaube, sie hat mit ihrem Ruhestand etwas anderes vor, als voll in der Rolle als Oma aufzugehen«, vermutete Francesca.

»Na ja, ich bin jetzt in der Projektgruppe zur Planung unseres nächsten Auftritts mit den Voices, meinem Chor, organisiere ab dem nächsten Jahr die Ausflüge der Volleyball-Seniorinnen der TSG und werde mich ehrenamtlich im Weißen Ring engagieren.«

Andreas schluckte.

»Davon hast du ja noch gar nichts erzählt ...«

»Dann wisst ihr's jetzt.«

»Und was kann man mit dem Ring machen?«, fragte der Kleine dazwischen.

Maria lächelte und schnitt ihm das Filet in mundgerechte Stücke.

»Das erklär ich dir später mal, mein Schatz.«

»Wo ist eigentlich Silvio?«, fragte Francesca.

»Der isst bei 'nem Freund, glaub ich«, erwiderte Andreas zerstreut.

»Glaub ich?«, hakte Francesca nach.

»Keine Sorge«, bestätigte Maria. »Mir hat er ja auch Bescheid gesagt.«

Lisa betrat das Wohnzimmer, murmelte einen Gruß und pickte sich nach längerem Zögern mit genervtem Gesichtsausdruck eine Backofentomate und zwei entsteinte Oliven heraus.

Mit abschätzigem Grinsen blickte ihr Vater auf ihren Teller, aber noch ehe er eine seiner spitzen Bemerkungen loslassen konnte, legte ihm seine Frau beschwichtigend die Hand auf den Unterarm.

Während Lisa begann, mit Messer und Gabel eine der beiden Oliven in zwei Hälften zu teilen, wünschte Maria »Guten Appetit« und alle langten genussvoll zu. Die einkehrende Stille hatte noch nicht lange angehalten, da fragte Lisa plötzlich:

»Und? Was macht Ihr dagegen?«

»Gegen was?«, fragte Francesca zwischen den Zähnen hindurch.

»Wir hauen uns hier die Bäuche voll und in Afrika sterben die Kinder wie die Fliegen!«

»Warum?«, fragte Salvatore.

»Können wir vielleicht nach dem Essen drüber reden?«, entgegnete Andreas mit unterdrücktem Ärger in der Stimme. »Du weißt doch, dass Salvatore sich so leicht ablenken lässt.«

»Aber er stellt die richtige Frage«, fuhr Lisa unbeirrt fort.

»Außerdem kannst du uns für das Elend in der Welt ja wohl kaum verantwortlich machen!«, begann Andreas, sich in Eifer zu reden.

»Oh doch!«, konterte Lisa. »Unser Überfluss hier hängt direkt mit dem Mangel an Nahrung dort unten zusammen! Agrarkonzerne wie BASF und Monsanto treiben die Weltmarktpreise für Grundnahrungsmittel in die Höhe und kassieren von der Bundesregierung noch Entwicklungshilfegelder, das heißt euer Steuergeld. Und der Biodiesel, den ihr tankt, wisst ihr, woraus der hergestellt wird? Aus Mais! Wir fahren also in unseren Autotanks hier das Essen spazieren, mit dem man die Kinder in Afrika ernähren könnte!«

Andreas nutzte die Gelegenheit, als Lisa kurz durchatmete, für eine Entgegnung.

»Hunger hat viele Ursachen«, sagte er in oberlehrerhaftem Tonfall. »Man kann das nicht alles so zusammenwerfen und vereinfachen...«

»Ich glaube, ich hab in den letzten Wochen mehr darüber gelesen als du in deinem ganzen Leben«, antwortete Lisa ruhig.

»Ja?« Andras grinste süffisant. »Liest du auf einmal Fachbücher?«

»Das steht alles im Internet! Immerhin besser, als sich zwischen Schiller- und Goetheschinken zu verkriechen!«

Francesca, die mehrmals einen Ansatz versucht hatte, das Gespräch in ruhigeres Fahrwasser zu bringen, gelang es endlich, sich einzuklinken.

»Lisa ist da viel näher dran als wir«, sagte sie verständnisvoll. »Durch ihre Arbeit mit den Flüchtlingen.« Und zu Lisa gerichtet: »Und das ist wirklich anerkennenswert, was du da machst. Aber lass uns jetzt bitte Omas Abschied vom Arbeitsleben weiterfeiern.«

Lisas kniff die Lippen zu einem dünnen Strich zusammen, deutete ein Kopfnicken an und spießte die Olivenhälfte auf ihre Gabel. Doch Francesca hatte ihre Rechnung ohne ihren Mann gemacht.

»Apropos Flüchtlinge«, begann er wieder zu schulmeistern. »Viele von denen kommen doch nur aus wirtschaftlichen Gründen.«

Francesca spürte, wie sich ihr Magen zusammenzog. Sie schätzte ja seine Bildung und seine liebevolle Art mit den Kindern. Aber dass er immer das letzte Wort haben musste?!

Nun ließ Maria die Gabel sinken und sah ihren Schwiegersohn vorwurfsvoll an.

»Dann hätte ich mit meinem Vater auch nicht nach Deutschland kommen dürfen nach dem Krieg. Hungersnot hatten wir zwar nicht direkt in Kalabrien, aber es gab immer abwechselnd Pasta oder Kartoffeln. Einmal mit Tomatensoße und einmal ohne. Und Arbeit gab's gar keine ...«

Lisa hatte die Äußerung ihrer Großmutter mit Genugtuung aufgesaugt. Jetzt sah sie ihren Vater scharf an.
»Hunger ist kein Grund zu fliehen, oder?«

Wäre ja auch zu schön gewesen, Tommy«, sagte Francesca zu Özcan, als sie am Mittwochmorgen das Besprechungszimmer des LKA betraten.

Noch am späten Dienstagnachmittag hatte dieser sich zum Kleinen Schlossplatz begeben, um den Angaben von Peter Schwartz im »Rooftop« nachzugehen und Conny auf den Zahn zu fühlen, die sich als eine Cornelia Behrendt erwies. Die Serviererin, eine Neunzehnjährige mit einem kessen schwarzen Fransenlook mit pinkfarbenen Strähnchen, hatte einen zwiespältigen Eindruck bei Özcan hinterlassen. Einerseits erwiderte sie seinen Blickkontakt, wirkte offen und kooperativ und schien jederzeit aufgelegt zu einem Flirt. Andererseits kam für Özcan ihre Antwort auf seine Frage nach Schwartz eine Spur zu schnell, so als sei sie darauf vorbereitet gewesen. Schon als er sich ihr vorgestellt und seinen Dienstausweis gezeigt hatte, schien ihre erstaunte Reaktion für seinen Geschmack etwas Gekünsteltes an sich zu haben. Allerdings könnte dies auch ihrer routinemäßigen, geschäftsmäßigen Affektiertheit zuzuordnen sein.

Jedenfalls hatte sie – nach Vorlage des Fotos – den Verdächtigen als Stammgast bezeichnet, eine Tatsache, mit der sie ihr exaktes Erinnerungsvermögen begründete, und den Kommissar zu dem Fensterplatz geführt, an dem Schwartz zur fraglichen Zeit angeblich seinen Feierabend bei einem Drink, einem Pils und einer phänomenalen Aussicht auf das Schloss und den bewaldeten Höhenrücken mit dem

Fernmeldeturm genossen hatte. Nur an die Wahl seines Abendessens konnte sie sich nicht mehr erinnern. Auch eine nähere, persönliche Verbindung zu Schwartz hatte Cornelia Behrendt verneint, lediglich sein Vorname sei ihr bekannt, hatte sie angegeben.

»Hinzu kommt, dass auch der Chef des Nobelschuppens berichtet hat, Schwartz vom Sehen her als regelmäßigen Besucher zu kennen«, schloss Özcan seinen Bericht ab. »Auch wenn er am Montagabend selbst nicht anwesend war.«

Nachdenklich hatte die Kommissarin ihrem Kollegen zugehört, sie fand, dass Özcan gute Arbeit geleistet hatte. Ihr Misstrauen gegenüber dem Verdächtigen war nicht ausgeräumt. Dennoch sagte sie:

»Wir müssen das wohl erst mal so stehen lassen«. Nach einigem Überlegen fügte sie hinzu: »Aber ich würde die Sache doch noch ein wenig im Hinterkopf behalten.«

Mit einem kumpelhaften Stoß mit dem Ellbogen gab Özcan zu verstehen, dass er ihre Meinung teilte.

Danach versammelten sich die Mitglieder der »Soko Ermstal«, um die aktuellen Fakten ihrer bisherigen Ermittlungen zusammenzuführen, zu bewerten und weitere Ermittlungsansätze zu definieren.

Noch bevor Francesca die Sitzung eröffnete, meldete sich ein Kollege zu Wort. Sein linkes Augenlid zuckte ungewollt.

»Die Ex-Frau des Mordopfers befindet sich derzeit in psychiatrischer Behandlung in Zwiefalten.«

»Vielen Dank, Herr Fenchel, ich werde darauf zurückkommen …«

Sie wollte zu ihrer Begrüßung ansetzen. Doch der Kollege hatte noch eine weitere Information in der Pipeline, die seiner Meinung nach oberste Priorität besaß.

»Im Dettinger Rathaus haben sie den Verlust des Ausweises von Schwartz bestätigt!«, berichtete er weiter.

Francesca winkte ab.

»Leider Schnee von gestern, Kollege«, antwortete sie. »Der Chef hat den Verdächtigen noch gestern Abend auf freien Fuß gesetzt.«

Der Kripobeamte sah die Leiterin der Soko fragend an.

»Tja, Schwartz hat ein Alibi.«

Ein Raunen ging durch die Gruppe der Ermittler.

»Heißt das Ende Gelände, was diesen Schwartz betrifft?«, fragte ein anderer Beamter zurück.

»Das heißt im Moment lediglich: Alles wieder auf Null«, beschied Francesca.

Sie schickte ihre Karamellbonbons auf die Reise um die hufeisenförmig aufgestellten Tische. Dann klappte sie die vor ihr liegende dünne Akte auf.

»Der Obduktionsbericht bestätigt unsere Vermutungen. Todesursache Kaliumzyanidvergiftung. Todeszeitpunkt etwa 19 Uhr 25. Äußere Spuren von Gewalteinwirkung keine. Keine Abwehrspuren. Die kleine Platzwunde an der Stirn des Toten rührt offenbar von seinem Sturz in dem Korridor her, in den sich das Mordopfer noch geschleppt hatte. Und die 0,6 Promille Restalkohol im Blut können wir vermutlich vernachlässigen …«

»Hätte er nicht noch zum Telefon greifen können? Und warum nahm er nicht den Ausgang?«, wollte Stefan Schmid wissen.

Francesca blähte die Wangen.

»Telefon weiß ich nicht«, antwortete sie. »Aber die Rechtsmedizin meint, dass er in Panik und unter dem Einfluss der Wirkung des Giftes sich möglicherweise in der Tür geirrt hatte. Schließlich liegen der Treppenausgang und die Tür zum besagten Kellergang ja direkt nebeneinander.«

Schmid nickte nachdenklich.

»Ich bin noch nicht ganz fertig«, erklärte Francesca, als ihr Blick auf dem letzten Satz des Obduktionsberichts hängen blieb.

»Fingerabdrücke am Oberarm?«

Sie kräuselte die Stirn.

»Kann ich erklären!«, meldete sich Özcan.

Nachdem er von der Zeugenvernehmung aus Stuttgart ins LKA zurückgekehrt war, hatte er zu vorgerückter Stunde den Obduktionsbericht bereits einsehen können. Auch ihm war die offene Frage aufgestoßen.

Mit einem verwunderten Augenaufschlag wandte sich Francesca ihm zu.

»Ja, tut mir leid, die Sache mit dem Alibi war wichtiger«, rechtfertigte er das Versäumnis, Francesca über sein Vorgehen noch nicht in Kenntnis gesetzt zu haben. »Die Fingerabdrücke stammen von Elena Chatzidospyridaki.«

Francesca schob verblüfft den Kopf vor, dann warf sie einen Blick auf die fragenden Gesichter in der Runde und erklärte:

»Eine Zeugin, eine Taxifahrerin, die mit dem Mordopfer befreundet war. Wir haben sie gestern befragt. Es gibt noch kein Protokoll.«

»Jedenfalls«, klinkte sich Özcan wieder ein, »Michaelis hatte sich ja nach der Aussage der Zeugin Montagnachmittag bei ihr aufs Ohr gehauen; und sie hat noch gestern Abend mir gegenüber auf Nachfrage hin angegeben, ihn am nackten Oberarm gefasst und wachgerüttelt zu haben.«

»So hätte ich das auch dargestellt!«, grinste der Kollege mit dem Zwinker-Tic.

Francesca warf ihm einen strafenden Blick zu und wischte mit der Handfläche durch die Luft.

»Die Zeugin ist absolut unverdächtig«, verkündete sie und erteilte übergangslos Stefano Invisibile das Wort, der sie so unverfroren anlächelte, dass sie beschämt die Augen niederschlug.

»Unser Labor sagt, in der Kaffeekanne befand sich eine so hohe Dosis an Zyankali, dass es gereicht hätte, zwei Elefanten damit umzubringen«, berichtete der Leiter des

Fachbereichs Chemische/Technische Untersuchungen. »Und außerdem hat sich unsere Vermutung bestätigt: Das Zeug war nur in einer der beiden benutzten Kaffeebecher nachweisbar. Und an der Tasse, die clean war, fanden sich weder Fingerabdrücke noch sonstige Spuren. Offenbar hat der Täter wohlweislich nicht einmal daran genippt.«

»Heißt aber, dass Michaelis seinen Mörder gekannt haben muss!«, konstatierte der nervöse Kollege.

»Nicht unbedingt«, widersprach Francesca. »Er kann ihn ja auch erst beim Kaffeetrinken kennengelernt haben. Bedeutet, dass er sich irgendwie zu erkennen gegeben haben könnte und ein gemeinsames Thema angesprochen hat. Ich würde nur zu gern wissen, worum es bei diesem letzten Gespräch ging. Und ob der Mordplan von vorneherein feststand oder ob der Mord das Ergebnis dieser Unterhaltung war.«

Die Ermittlergruppe war dem Gedankengang der Kommissarin aufmerksam gefolgt. Nun ergriff Stefano wieder das Wort.

»Unser Labor hat natürlich auch die beiden Stühle unter die Lupe genommen, die am Tatort über das Eck des Tisches mit den Kaffeebechern zueinander gestellt worden waren. Noch bei ElringKlinger haben wir die Sitzflächen und Rückenlehnen mit Spurensicherungsband abgeklebt. Unter dem Mikroskop konnten wir später dann textile Mikrospuren identifizieren. Vergleiche mit der Jeans des Toten ergaben, dass er offensichtlich den Stuhl eingenommen hatte, vor dem der Schierlingsbecher stand. Aber Vergleiche mit der Hose von Schwartz und denen, die wir in seiner Wohnung fanden, ergaben keine Übereinstimmungen. Wenn er allerdings die entsprechende Hose verschwinden ließ, muss er ein ausgefuchster Profi sein …«

Mit einem provokativen Grinsen sah Stefano zu Francesca hinüber.

»Noch nicht lächeln, Frau Kriminalhauptkommissar, das ist nur eine Theorie …«

»Homeland!«, lachte Özcan los und zog damit die Aufmerksamkeit der gesamten Runde auf sich.

Irritiert sah Francesca zwischen den beiden Männern hin und her.

»Sagt Saul zu Carrie«, ergänzte Stefano.

»Staffel drei, Episode zwei«, wusste Özcan.

Jetzt erst dämmerte es ihr, dass sie wieder ihr beliebtes Spiel mit Filmzitaten trieben.

»Volltreffer!«, jubelte Stefano, als habe seine Lieblingsmannschaft ein Tor erzielt.

»Aber im Moment entlastet es Schwartz ebenfalls«, stellte Francesca trocken fest. »Und das Taxi von Michaelis?«, schob sie rasch ihre Frage nach, um weiteren Faxen entgegenzuwirken.

»Eine ganze Menge an Spuren natürlich, aber nichts Spezifisches«, antwortete Stefano. »Fahren ja ständig jede Menge Leute mit …«

»Dann habt ihr ja unter Hochdruck gearbeitet«, lobte Francesca, vermied aber den Blickkontakt mit Stefano.

»Wie immer, die ganze Nacht durch«, bestätigte dieser. »Allerdings: Wir sind noch nicht ganz durch mit allem …«

»Gut, dann bitte ich Stefan, zu berichten. Seine Truppe arbeitet ja auch schon rund um die Uhr. Und gestern hatten wir alle schon geglaubt, die berühmte Nadel im Heuhaufen gefunden zu haben.«

Stefan schaute konzentriert auf seine auf dem Tisch gefalteten Hände.

»Unstimmigkeiten beim Abgleich der Daten der Berechtigten mit Erlaubnis, das Firmengelände zu betreten, gab es bis jetzt keine mehr«, begann er. »Aber ganz durch mit allem sind wir auch noch nicht. Eine Mitarbeiterin in der Produktion hat sich, nachdem sie von dem Ereignis erfuhr, spontan krankgemeldet, also noch während der Nachtschicht. Eine Buket Gönül. Sie hat sich auch für den Rest der Woche krankschreiben lassen, wie ich gestern erfahren habe. Ihr Vorgesetzter sagt allerdings, das sei normal, die Kollegin sei öfter mal krank.«

»Also am Montagabend noch«, hakte Francesca nach. »Nachdem wir die ersten Vernehmungen am Tatort durchgeführt hatten?«

»Sieht so aus.«

»Und weißt du auch, wer ihr die Nachricht zugetragen hat?«

»Das ging natürlich wie ein Lauffeuer durch den Betrieb. Der Hausmeister muss es als Erster herumposaunt haben«, erzählte Stefan.

»Dann wird der das auch gewesen sein, der das am selben Abend noch n-tv gesteckt hat«, vermutete Özcan.

»Na ja, vielleicht gehört er ja zu jener Sorte Wichtigtuer, für die ein Mordfall in ihrer persönlichen Umgebung ein gefundenes Fressen ist«, meinte auch Francesca. »Aber gut, das ist ja alles nichts Aufregendes.«

Sie ließ ihren Blick den Köpfen entlanggleiten, ohne jemanden dabei direkt anzusehen.

»Die bisherigen Ermittlungsergebnisse und Daten zum persönlichen Hintergrund des Mordopfers habt ihr ja vor euch liegen. Gibt's da was Neues? Irgendwelche Nachrichten von Miriam oder Lukas Michaelis?«

»Ja, Moment!«, rief ein Mann, der unter Kollegen nur unter dem Titel »unser Nerd« lief, aber durchaus einen bürgerlichen Namen besaß.

Basilio Garcia, ein vierunddreißigjähriger untersetzter, unscheinbar wirkender Mann mit Halbglatze, galt als hervorragender IT-Forensiker und leitete die Abteilung Cybercrime.

»Was Hellmuth Michaelis angeht«, sagte der Spanier in druckreifem Deutsch, »da gibt's ein paar Aspekte, die für dich, Francesca, als Profilerin vielleicht nicht ganz unbedeutend sind.«

»Dann schieß mal los, Basilio«, reagierte Francesca auf die Initiative des Nerds.

»Also seine Facebook-Seite. Erstens: Er postet regelmäßig, oft mehrmals am Tag. Zweitens: Die Posts brechen am Sonntag 7 Uhr 30 ab.«

»Bevor er zu seiner Wanderung mit seinem Sohn aufgebrochen ist, wahrscheinlich«, warf Özcan dazwischen.

»Ja, passt auf, was er schreibt: ›Heute geht's zum Sternenpfad nach Gomadingen. Wenn ich an die schöne Zeit mit meiner Familie zurückdenke, könnte ich nur heulen. Alles habe ich verloren. Meine Frau, meine Tochter. Schicksalsschläge lassen sich ertragen – sie kommen von außen, sind zufällig. Aber durch eigene Schuld leiden – das ist der Stachel des Lebens‹. Übrigens ein Oscar-Wilde-Zitat. Und weiter: ›Nur Lukas ist mir geblieben. Sohn und Freund zugleich.‹ Und so weiter, und so fort. Na ja, ich lass es hier mal so stehen. Was ich damit sagen will – und wir können ja nicht wissen, ob es überhaupt je etwas zur Erhellung des Falles beiträgt –, aber was ich sagen will: Jemand, der ständig seine innersten Befindlichkeiten und Nöte im Netz öffentlich macht, macht sich angreifbar.«

Francesca bedankte sich für den Beitrag.

»Darauf sollten wir zurückkommen«, antwortete sie. »Aber im Moment will ich erst einmal noch wissen, was mit den Kindern ist. Das brennt mir am meisten unter den Nägeln.«

»An seiner Tochter Miriam sind unsere Leute noch immer dran«, erklärte Stefano. »Aber die befindet sich zurzeit auf einer Trekking-Tour auf dem Pacific Crest Trail im Marin County. Und die Mobilverbindungen sind bislang miserabel …«

»Marin County?«, fragte Özcan.

»Nördlich von San Francisco«, erklärte Stefano. »Was den Sohn betrifft …«

Er legte eine kurze Pause ein und begann, in einem Papierwust zu blättern.

Özcan ließ seinen Zeigefinger an seiner gebogenen Nase hinabgleiten und sah seine Kollegin unter der Hand schmunzelnd an. Francesca war klar, worauf er anspielte. Schlimmer als die Zettelsammlung auf meinem Schreibtisch, dachte sie und grinste frech zurück. Am liebsten hätte sie ihm die Zunge herausgestreckt.

»Also, was diesen Lukas angeht«, setzte Stefano wieder an und warf einen Blick auf das Notizblatt. »Langsam bekomme ich Bauchweh. Seit Montagnachmittag ist der überfällig.«

»Und zwar genau seit kurz nach 17 Uhr«, ergänzte Stefan Schmid aus dem Gedächtnis. »Nach Aussage einer Empfangsdame bei ElringKlinger.«

»Nach wie vor heißt es, die Nummer sei nicht erreichbar. Nicht mal die Mailbox springt an. Telefonisch habe ich einen Zimmernachbar in seiner WG in Esslingen erreicht. Er sagte aus, er habe ihn am Sonntagvormittag zum letzten Mal gesehen ...«, fügte Stefano hinzu. »Auch sein Wagen ist wie vom Erdboden verschluckt. Ein weinroter Fiat Panda, Esslinger Kennzeichen LM 1992. Die Schutzpolizei ist informiert.«

Auf Francescas Stirn bildete sich eine tiefe Falte.

»Und was ist mit diesem leeren Blatt?«

Stefano suchte wieder in seinen Papieren.

»Was Kollege Özcan mir gesagt hat, also nach der Aussage dieser Frau ...« Er sah auf seine Notizen und stockte. »Dieser Frau Schatz... äh, Schatzi...«

»Gesundheit!«, wünschte der Kollege mit dem Zwinker-Tic.

»Also dieser Taxifahrerin ...«

»Chatzidospyridaki«, half Özcan aus.

Stefano kratzte sich am Hals.

»Also dieses Blatt stammt ja nach deren Angaben von seinem Sohn«, fuhr er fort. »Die Untersuchungsergebnisse müssten jeden Moment reinkommen ...«.

»Auf jeden Fall sollten wir eine Suchmeldung nach Lukas herausgeben«, sagte Francesca und nickte dem Kollegen von der Pressestelle zu.

Dieser machte sich sogleich eine Notiz und verschwand.

Eine Pause entstand, in der alle nachdenklich vor sich hin sahen.

Schließlich ergriff Özcan wieder das Wort.

»Was mich die ganze Zeit schon beschäftigt: Warum im Betrieb?«, fragte er. »Da ist das Risiko doch viel größer für den Täter, als wenn er Michaelis irgendwo draußen abgepasst hätte. Zum Beispiel hätte er sich als Taxikunde ausgeben und sich in die Pampa fahren lassen können …«

»Weil dieser Mord etwas mit dem Betrieb zu tun hat!«, behauptete Francesca.

»Womit wir wieder bei dieser Liste wären«, folgerte Özcan. »Die Angestellten im Entwicklungslabor von Elring-Klinger müssen ihre tägliche Arbeit mit großer Sorgfalt verrichten, und wenn die behaupten, Michaelis müsse Daten entwendet haben, dann sollten wir das ernst nehmen.«

»Der Chef hat zwar gesagt, wir sollen den Ball flach halten«, führte die Kommissarin den Gedankengang fort, »aber ein Eigentor haben wir mit der Verhaftung von Schwartz ja bereits geschossen.« Sie sah Garcia an. »Es ist höchste Zeit, dass du dich mal mit dem IT-Sicherheitsexperten der Firma zusammenschließt, Basilio«, schlug sie vor.

»Ich habe schon mit ihm telefoniert«, antwortete der Nerd. »Er konnte keinen Datenabfluss aus dem internen Netz feststellen.«

»Mag ja sein, dass sie ein ganz tolles Sicherheitskonzept haben und dass bisher alles gut gegangen ist«, insistierte Francesca. »Aber einmal angenommen, Michaelis hat im Auftrag von irgendwelchen Kriminellen gehandelt, die interne Firmendaten ausspionieren wollen. Ich meine, es kann doch kein Zufall sein, dass ausgerechnet das

Entwicklungslabor vom Verschwinden einer Liste betroffen ist. Das ist die sensibelste Abteilung im ganzen Betrieb. Die Konkurrenz leckt sich die Finger nach Kenntnissen, die ihrem eigenen Know-how voraus sind. Weltweit. Und wer da rankommt, der spart Millionen an Entwicklungskosten...«

Basilio Garcia nickte bestätigend.

»Vielleicht hatte Michaelis aus irgendwelchen Gründen Angst, ans Firmennetz ranzugehen oder ihm fehlte einfach der entsprechende Durchblick ... Das ist natürlich nur reine Spekulation jetzt ...«, sinnierte er.

»Spekulation bedeutet für uns: Arbeitshypothesen bilden. Und die können wir durchaus brauchen«, wertete Francesca Basilios Beitrag auf.

»Er war lange als Ingenieur bei einer Software-Firma beschäftigt«, warf Özcan ein.

Garcia hob den Blick.

»Dann, dann ...«, suchte er nach Worten, »vielleicht ist ihm die Sache einfach zu heiß geworden.«

»Wenn diese Liste nur die Spitze des Eisbergs ist«, fuhr Francesca mit ihren Überlegungen fort, »dann werden es die Täter nicht bei dem Versuch von Michaelis bewenden lassen. Vielleicht gibt es ja noch einen weiteren Spitzel in der Firma, wissen wir ja nicht.«

»Ich glaube, ich habe das nötige Fingerspitzengefühl, den IT-Experten der Firma dazu zu bewegen, dass er mit mir zusammenarbeitet, ohne dass er denkt, ich stelle sein Konzept in Frage.«

»Und zwar vor Ort!«, war Francesca der Ansicht. »Wir müssen ganz einfach wissen, welche Versuche es gab, die Firewalls der Firma zu knacken, auch wenn diese Versuche bisher fehlgeschlagen sind.«

»Eigentlich müssten wir jeden einzelnen Computer durchchecken«, sagte Basilio.

»Dann mach dich mal an die Arbeit!«, forderte Francesca ihn auf. Sie war erleichtert, dass der Spezialist mit ihr auf einer Linie lag. »Im Moment haben wir nichts anderes mehr in der Hand.«

An der Tür klopfte es, durch den Spalt schob sich der Kopf von Astrid Baisch – Francescas Mitarbeiterin im Büro. Sie wedelte mit einem Blatt Papier. Zur Belustigung der versammelten Mannschaft schob sie ihren umfangreichen Körper auf eine Weise durch den Türspalt, als ließe sich die Tür nicht weiter öffnen. Mit Blick auf Stefano rief sie:

»Das leere Blatt. Das Labor hat es entziffert!«

Eine giftgrün gestrichene Kinderschaukel, von deren Gestänge der Rost blätterte, war das Erste, auf das Francescas Blick fiel. Das Gerüst stand auf einem kleinen, ungepflegten Rasenstück im grellen Licht der hoch stehenden, herbstlichen Mittagssonne, während der Rest des schmalen Vorgartens in den Schatten einer hohen, alten Tanne gehüllt war. Von der schmalen Durchgangsstraße her donnerte das Getöse schwerer Lastwagen.

Özcan sah beiläufig in den offenen, mit Gerümpel aller Art vollgepfropften Holzschuppen und auf das aufgebockte, ausgediente Motorrad, das ohne Schutzabdeckung neben der Haustür vor sich hin rostete.

»WG« war auf dem Schild der obersten Klingel des in die Jahre gekommenen Zweifamilienhauses zu lesen. Obwohl die Tür halb offen stand, entschloss sich Francesca, auf den hervorstehenden, abgegriffenen Messingknopf zu drücken.

»Ganz nach oben durch!«, war eine männliche Stimme zu vernehmen.

Auch das enge Treppenhaus mit seinem dunkelroten PVC-Bodenbelag und einem von vielen Händen blank schimmernden hölzernen Handlauf schien schon bessere Zeiten gesehen zu haben.

»Würde mich mal interessieren, was den jungen Leuten an Miete abgeknöpft wird für so 'ne Bruchbude«, sagte Özcan und ließ, im Dachgeschoss angekommen, seine Augen über die wild durcheinandergewürfelten Schuhe vor der Wohnungstür gleiten.

Die beiden Ermittler zeigten dem Fünfundzwanzigjährigen, der sie im Türrahmen empfing, ihre Dienstausweise.

Marvin wickelte das eisblau getönte Zöpfchen, das seitlich aus seinem aschbraunen Kurzhaarschnitt fiel, um den Zeigefinger und stellte sich vor. Auf seinem schwarzen T-Shirt prangte ein rotes, schnörkelloses Peace-Zeichen. Mit einer knappen Handbewegung bat er die Kripoleute in den Flur, um sogleich die Tür zum gegenüberliegenden Zimmer zu schließen.

»Ist Ihr Zimmer nicht aufgeräumt?«

Özcan warf ihm ein mokantes Grinsen zu.

»Nein, Entschuldigung ... Es gehört Kathy ...«, erwiderte Marvin verdattert.

»Jetzt machen Sie uns aber neugierig!«, sagte Francesca und machte die Tür wieder auf.

Beim Anblick der ausgefallenen erotischen Dessous, die ihm von einem Wäscheständer entgegenwehten, konnte sich Özcan einen amüsierten Pfiff nicht verkneifen. Marvin marschierte in den Raum und schloss das Fenster. Die Zugluft verebbte. Er folgte den interessierten Blicken der Kripoleute, die ihrerseits die Poster mit den männlichen Models musterten.

»Kathy schleppt eben gerne Typen ab ...«

»Eigentlich sind wir ja wegen Lukas hier«, ging die Kommissarin über Marvins Erklärung hinweg. »Hat er denn eine Freundin?«

»Zurzeit nicht, glaube ich. Mit der letzten lief's nicht so gut ...«

Marvin ging zurück in den Flur und öffnete die Tür zum nächsten Zimmer.

»Hier wohnt Lukas.«

Als Francesca mit Özcan den kleinen, abgeschrägten Raum betrat, blieb ihr Auge sofort an dem leeren Schreibtisch hängen.

»Besitzt Ihr Mitbewohner keinen Laptop, Herr Brunner?«

Marvin rieb sich die sommersprossige Wange.

»Sie dürfen mich ruhig bei meinem Vornamen nennen. Doch, er hat ihn mitgenommen, wahrscheinlich.«

Özcan hatte bereits den Laminatboden mit Blicken abgesucht.

»Also gut, Marvin, fehlt hier irgendwas? Sie und Lukas – Sie werden sich doch ein wenig kennen, oder?«

»Manchmal kochen wir was zusammen oder machen gemeinsam Party. Aber sonst geht hier jeder eigentlich so seiner Wege.«

Marvin sah ich ebenfalls um.

»Also sein Rucksack fehlt eben. Aber er war ja wandern mit seinem Vater am Sonntag …«

Sein Blick streifte das ungemachte Bett.

»Ach ja, sein Schlafsack …« Er wandte sich um und sah in den Ecken nach. »Der fehlt, glaub ich, auch.«

»Aber den hatte er ja sicher nicht zum Wandern mit«, sagte Francesca. »Oder sollte es eine längere Tour mit Übernachtung werden?«

Marvin zuckte mit den Schultern.

»Eher kaum. Keine Ahnung. Sein Vater hat ja auch schon nach ihm gesucht hier. Montagvormittag.«

»Das haben Sie ja bereits ausgesagt«, bestätigte Özcan und blickte auf das Eric-Burdon-Poster, das an der Tür des einzigen Schranks klebte.

»Das heißt, Lukas muss den Brief noch am Sonntag geschrieben haben«, überlegte Özcan und drehte sich zu dem jungen Mann um. »Sie haben doch diesen Brief an seinen Vater weitergeleitet …«

Marvin nickte.

»Die ganze WG war Sonntagnacht auf 'ner Party. Ich hab Lukas noch 'ne Botschaft hinterlassen mit meiner Telefonnummer, er könne nachkommen, wenn er wolle, vielleicht liegt dieses Blatt noch irgendwo hier rum …«

Er schaute um sich.

»Da auf dem Bett.«

Marvin ging hinüber, nahm das Papier an sich und hielt es Özcan vor die Augen.

»Ich hatte es ihm aber vor die Tür gelegt. Dass es auf seinem Bett liegt, bedeutet, dass er am Sonntag da gewesen ist.«

»Dann wissen wir das wenigstens mal«, sagte die Kommissarin.

»Hat sein Vater ihn denn als vermisst gemeldet oder warum sucht die Kripo nach ihm?«, wollte Marvin wissen und sah Francesca an.

Die Kommissarin biss sich auf die Lippen.

»Wir brauchen ihn als Zeugen«, erwiderte sie knapp.

»Ja, wobei merkwürdig war, was diesen Brief an seinen Vater angeht, fällt mir ein: Lukas hat mir einen Zettel auf den Schreibtisch geklebt mit der Bitte, den Umschlag seinem Vater zu geben, wenn ich ihn treffen sollte. Und den Umschlag selbst hat er unter mein Kopfkissen geschoben.« Er drehte die Handflächen fragend nach oben. »Ey, was ist denn das für 'ne Nummer?«

»Gut, dass Sie das erwähnen, Marvin. Das fragen wir uns nämlich auch …«

Aus der Innenseite ihrer schwarzen Lederjacke zog die Kommissarin eine Plastikhülle mit einem weißen DIN-A4-Blatt und legte sie auf den Schreibtisch.

»Die Nummer wird noch mysteriöser. Da, lesen Sie mal!«

Marvin trat an den Tisch und bewegte halblaut die Lippen.

»*Bin ihnen entkommen! Stell Dich der Firma und bring Dich in Sicherheit!*«

Marvins Blick verfinsterte sich. Mit einer Hand begann er, seine Schläfen zu massieren.

»Das ist doch Lukas' Handschrift, oder?«, fragte Özcan.

Der Gefragte antwortete kaum hörbar.

»Keine Ahnung«, schluckte er. »Wir schreiben uns ja keine handgeschriebenen Briefe.«

Enttäuscht stieß Francesca die Luft zwischen den zusammengepressten Lippen aus.

»Und außerdem – ist das 'ne Kopie, oder warum ist die Schrift so bräunlich?«, fragte Marvin nach.

»Das Papier wurde kriminaltechnisch untersucht«, erklärte Özcan. »Die Schrift musste erst sichtbar gemacht werden. Das Bräunliche ist Milch.«

»Milch?«

Ungläubig sah Marvin den Kripobeamten an.

»Tja, noch mal ein Rätsel«, sagte Francesca. »Und der Text selber, sagt der Ihnen gar nichts?«

Ratlos zuckte Marvin die Achseln. Dann hellte sich sein Gesicht plötzlich auf.

»Warten Sie mal. In der Küche. Da hängt so ein Block. Wo jeder seine Einkaufswünsche aufschreibt. Wir sind vier hier und jede Woche ist jemand anders mit einkaufen dran ...«

Marvin drehte sich um und verließ das Zimmer. Überrascht folgten Francesca und Özcan ihm nach.

»Hier«, sagte Marvin, als sie in der Küche standen, und deutete auf einen Abrissblock an der Wand neben der Tür, auf dem in wildem Durcheinander und in unterschiedlichen Handschriften Notizen gekritzelt standen.

»Und da wollen Sie nun wissen, welche aus dem Gemüsebeet hier von Lukas stammt?«, fragte Özcan skeptisch.

Doch Marvin schob sein Gesicht an den Einkaufszettel und tippte zielsicher auf ein Wort.

»Spaghettini Nummer drei. Da ist Lukas nämlich sehr eigen«, lächelte er. »Die drei sind nämlich die Dünnen. Die Dicken isst er nicht. Und wenn er daneben verhungert.«

Francesca hatte den Brief mitgenommen und hielt ihn jetzt neben den Notizblock, um die Handschriften zu vergleichen.

»Ich bin zwar keine Handschriftenexpertin, aber das könnte hinhauen.«

Ungefragt riss sie den Zettel ab und reichte ihn an Özcan weiter, der ihn in ein Asservatentütchen steckte.

»Moment!«, protestierte Marvin. »Bevor Sie den mitnehmen – kann ich wenigstens die Einkäufe abschreiben? Sonst hab ich ein Problem. Ich bin nämlich dran diese Woche.«

Lächelnd reichte ihm Özcan den Plastikbeutel. Marvin nahm den Block von der Wand und verschaffte sich auf dem schmalen Küchentisch Platz, indem er die herumstehenden Dinge zur Seite schob, um die Einkaufswünsche zu übertragen. Da fiel Francescas Blick zwischen gebrauchten Kaffeetassen, einem geöffneten Glas mit Schoko-Haselnuss-Aufstrich, einer Milchpackung und einem halbvollen Glas Milch auf einen vergoldeten Füllfederhalter.

»Gehört der Ihnen?«, fragte sie und zog ihre dünnen Plastikhandschuhe an.

»Noch nie gesehen«, kam als kurze Auskunft.

Francesca nahm den Kolbenfüller an sich, trat an das kleine Küchenfenster und hielt ihn gegen das Licht. Özcan hielt seinen Kopf neben den ihren.

»Siehst du auch, was ich sehe?«, fragte sie.

»Milch?«

Marvin fuhr herum.

»Milch?«

»Ja, im Tintentank befindet sich eine weiße Flüssigkeit«, erklärte die Kommissarin und wandte sich zu dem Milchglas auf dem Küchentisch um.

»Am besten Sie gehen mal vom Küchentisch weg«, bat sie Marvin.

Marvin ließ Zettel und Block liegen, rückte vom Küchentisch ab und erhob sich. Mit hängenden Armen stand er vor ihnen.

»Dann muss er den Brief hier noch geschrieben haben ...«, dachte er laut. »Aber vielleicht können Sie mir endlich mal verraten, was hier eigentlich los ist?!«

»Sein Vater«, klärte Francesca ihn auf. »Er wurde Opfer eines Mordes. Alle veröffentlichten Details dazu finden Sie im Internet.«

Marvin ließ Kopf und Schultern nach vorne sinken. Sein weggetretener Gesichtsausdruck verriet, dass die Mitteilung ihn nicht gerade unberührt ließ.

»Tut uns leid«, sagte Özcan leise.

Nach einer kurzen Pause sah der junge Mann zu Özcan auf.

»Und Lukas? Weiß er das?«

»Er geht nicht ans Handy«, gab Özcan zur Antwort.

»Und darf ich mal fragen, warum alle Welt nach ihm sucht?«

Marvins Stimme klang plötzlich fordernd.

»Alle Welt?«, fragte Francesca zurück.

»Ja – ich frage mich schon die ganze Zeit über, wie viel Leute von Ihnen eigentlich gleichzeitig an einem Fall arbeiten ...«

»Bei einem Mord wird eine Sonderkommission gebildet«, erläuterte Francesca geduldig, »das sind gut zwanzig Leute.«

Marvin atmete erleichtert auf.

»Ich frage nur, weil sich schon ein Kollege von Ihnen nach ihm erkundigt hat.«

»Herr Invisibile, mit dem hatten Sie ja bereits telefonisch Kontakt«, vermutete Özcan.

Marvin kräuselte die Stirn.

»Nein, den mein ich nicht. Irgendwann gestern Vormittag war schon mal einer da.«

Beunruhigt sahen sich Francesca und Özcan an.

»Hat der Mann sich denn ausgewiesen?«, hakte sie nach.

Marvin wischte sich die Hände an der Hose ab.

»Es war kurz nach acht. Er hat mich aus dem Bett geklingelt. Er hat mir schon was gezeigt, aber ich hab nicht so genau hingesehen ...«

Das muss ein schlechter Witz sein, dachte Francesca und rang nach Luft.

»Sie haben ihn also reingelassen. Was wollte er?«

Als würde er plötzlich frösteln, schlug Marvin die Hände vor die Brust.

»Erst mal wollte er wissen, wo Lukas steckt, ob er da war, ob ich sein Auto kenne ...«

»Und das haben Sie ihm natürlich alles hübsch und brav mitgeteilt ...«

Özcan sah Marvin gereizt an.

»Soll das heißen, der Mann war gar kein Polizist?«

Francesca verzichtete darauf, dem jungen Mann einen Vorwurf zu machen und deutete nur eine verneinende Kopfbewegung an.

»Scheiße!«, entfuhr es Marvin. Und nach einer kurzen Pause: »Aber Gott sei Dank wusste ich ja selbst nicht, wo Lukas ist.«

»Dass sein Vater am Montag da war und das mit dem Brief, haben Sie ihm ja hoffentlich nicht auf die Nase gebunden, oder?«, fragte Özcan.

Er fing sich damit einen vorwurfsvollen Blick von Francesca ein. Nicht gerade eine zielfördernde Fragetaktik!

Marvin verneinte.

»Er hat mich ja nicht danach gefragt ... Nur dass er einen weinroten Fiat Panda fährt.«

»Der ist bisher auch noch nicht aufgetaucht«, entfuhr es Özcan. »Oder hat er hier irgendwo eine Garage?«

»Den Luxus kann sich Lukas nicht leisten«, erwiderte Marvin. »Aber das Ganze heißt wohl, dieser angebliche Bulle ... Entschuldigung ... Dieser Typ ist hinter ihm her. Aber warum denn?«

»Das wüssten wir auch gerne«, gab Francesca zur Antwort. »Und was wollte er noch, dieser Mann?«

»Er hat Lukas' Zimmertür hinter sich zugemacht und gesagt, ich solle ihn allein lassen. Ich hab im Flur gewartet. Kurz darauf hat er die Tür wieder aufgerissen und hat sich aus dem Staub gemacht. Ohne ein Wort.«

Marvin schien in tiefes Nachdenken zu verfallen. Schließlich klärte ihn die Kommissarin darüber auf, dass sie Lukas' Zimmer versiegeln lassen würde und bat ihn, auf die Spurensicherung zu warten. Er solle sich den Ausweis zeigen lassen. Der Leiter heiße Stefano Invisibile, der Beamte, mit dem er bereits telefoniert habe.

Özcan machte inzwischen telefonisch Meldung in der Zentrale, um dann den Einkaufszettel, den Füllfederhalter, die Milchpackung und das Glas mit der Milch, das er in einem gesonderten Gefäß verstaute, schon einmal für das Spurensicherungsteam sicherzustellen.

»Beschreiben Sie uns den Mann bitte«, forderte die Kommissarin Marvin abschließend auf, dessen gequälter Gesichtsausdruck nun gespannter Konzentration wich.

»Größe etwa so wie Ihr Kollege und auch die Haare in etwa so, so nach hinten gekämmt. Und schwarz ...«, antwortete er, indem er zu Özcan sah. »Ja, und auch so 'nen Dreitagebart ...« Er glitt mit der Hand über sein bartloses Kinn. »Nur nicht so gepflegt. Und die Kleidung?« Marvin überlegte und sah angestrengt zu Boden. »Jeans wahrscheinlich, aber so einen grauen Kapuzenpulli. Ohne Aufdruck.«

Francesca sah ihn abwartend an. Marvin hob den Kopf und deutete zu Özcan.

»Und seine Nase ...« Er beschrieb mit der Hand einen Bogen. »Also nicht so wie Ihr Kollege ...«

Özcan verdrehte die Augen. Francesca lächelte belustigt.

»... irgendwie anders eben.«

Die Kommissarin bedankte sich und reichte Marvin ihre Visitenkarte.

»Wenn was ist, hier können Sie mich erreichen. Jederzeit. Tag und Nacht.«

Marvin starrte auf die Karte.

»Was sollte denn sein?«, fragte er tonlos.

Er erhielt keine Antwort mehr. Als er wieder aufblickte, sah er sich allein in dem kleinen Flur.

Zaubermilch. Das kenne ich noch von meiner Kindheit«, sagte Francesca und bezahlte ihr Käsebrötchen.

»Ich nehme das mit Serrano-Schinken, aber ohne das Grünzeug, wenn Sie das bitte wegmachen könnten«, bat Özcan die Bäckereiverkäuferin.

Nachdem sie die WG wieder verlassen hatten, waren sie zur Tiefgarage am Merkel'schen Bad gefahren, um sich in einem der Läden am Rande der Esslinger Altstadt ihr Mittagessen zu besorgen.

Im Gegensatz zum gestrigen Tag schien die hoch stehende Sonne heute noch einmal zur Hochform aufzulaufen. Der geräumige Bäckerladen, der an einer zweiten Theke auch kleine vegetarische Gerichte aus ökologischem Anbau anbot, hatte draußen Stühle aufgestellt, Francesca und Özcan ergatterten den letzten freien Zweiertisch.

Die Kommissarin sah sich um: plaudernde Menschen unter weiten Sonnenschirmen, kein Wölkchen am Himmel – fast wie im Süden.

»Schön hier«, stellte sie fest. »Das würde auch Lisa gefallen.«

Ihr Kollege klappte abwesend sein Ciabatta-Brötchen auf, um mit spitzen Fingern den letzten Rest Kopfsalat zu entfernen.

»Das mit der Zaubermilch, was ist damit?«, fragte er kauend.

»Kennst du das nicht?«

Özcan schüttelte den Kopf.

»Also wir haben uns, als wir klein waren, Briefe geschrieben«, erinnerte sich Francesca. »Die Freundinnen untereinander. Aber manchmal auch mit Jungs. Heimlich. Und damit sie niemand lesen konnte, der nicht autorisiert war, haben wir eine Tuschfeder genommen und mit Milch geschrieben. Als Empfänger fragte man seine Mutter nach dem Bügeleisen, die wusste dann schon meistens Bescheid. Langsam mit dem Bügeleisen über das Papier, und die Geheimschrift wurde sichtbar ...«

»Und du meinst, Lukas wollte nicht, dass sein Brief von jemand anderem als von seinem Vater gelesen werden sollte – deshalb hat er ja seinen Mitbewohner instruiert –, und dass er hoffte, sein Vater würde beim Anblick des leeren Blatts die heimliche Botschaft verstehen und zum Bügeleisen greifen ...«

»Ja, vielleicht hatte er ihm den Trick mit der Geheimschrift ja mal verraten, als Lukas noch klein war, und Lukas hat geglaubt, er werde sich daran erinnern.«

»Was offenbar nicht der Fall war.«

»Tragisch«, konstatierte Francesca und biss endlich in ihr Brötchen.

»Bin ihnen entkommen! Stell Dich der Firma und bring Dich in Sicherheit!« Özcan rief sich den geheimnisvollen Satz noch einmal ins Gedächtnis mit einer Stimme, als zitiere er einen dramatischen Text.

»Was unsere Ermittlungen angeht«, knüpfte Francesca an den Satz an, »beinhaltet der erste Teil für mich: Lukas ist entführt worden und er ist ihnen entwischt.«

Özcan stimmte ihrer Deutung zu.

»Wir haben es also mit mindestens zwei Tätern zu tun, einer alleine schafft das nicht«, mutmaßte er.

»Nach der Wanderung und nachdem ihn sein Vater irgendwann Sonntagabend an der Ermstalklinik abgesetzt hatte – nach Elenas Aussage –, ist er also in die WG zurückgekehrt und hat irgendwann nachts den Brief geschrieben – nach Marvins Aussage«, versuchte Francesca die zeitlichen Abläufe zu rekonstruieren. »Also muss die Entführung zwischen Ermstalklinik, in die er ja gar nicht aufgenommen wurde, und der Rückkehr in die WG erfolgt sein …«

»Danach wollte er als Erstes seinen Vater warnen«, führte Özcan ihre Analyse weiter. »Dass er ihm so einen sonderbaren Brief schrieb, heißt, dass er ihn auf anderem Weg nicht erreichen konnte.«

»Sonntagabend war Michaelis bei Elena«, erinnerte sich Francesca.

»Vermutlich hatte er sein Handy abgestellt oder es ist irgendwie sonst dumm gelaufen, dass keine Verbindung zwischen den beiden zustande kam. Das muss dann noch den ganzen Montag so gegangen sein, denn kurz nach fünf hatte sich Lukas dann ja noch bei ElringKlinger nach ihm erkundigt.«

»Montag war Michaelis ja auch bei Elena. Und parallel hat er ja ebenfalls vergeblich versucht, Kontakt zu seinem Sohn aufzunehmen.«

»Aber was wusste Lukas? *Stell dich der Firma und bring dich in Sicherheit.*«

»Das sind zwei Aussagen in einem Satz. *Stell dich der Firma* – das heißt für mich, Michaelis muss seinem Sohn irgendetwas von seiner Verwicklung in die Sache mit der Liste gebeichtet haben, die er entwendet hat. Anders ist das nicht zu erklären. Und die Aufforderung, sich in Sicherheit zu bringen: Ihm war klar, dass auch sein Vater in Gefahr war.«

»Jedenfalls fehlt von Lukas seit Montagabend jede Spur. Und Dienstagmorgen um acht ist einer von diesen Typen in seiner WG aufgekreuzt. Aber was wollten sie von ihm?« fragte sich Özcan.

»Wahrscheinlich hat er in der Zeit, als er in ihren Händen war, irgendetwas mitbekommen, was für die Täter gefährlich werden könnte«, überlegte Francesca. »Aber Spekulationen helfen uns nicht weiter. Immerhin wissen wir jetzt, wie einer der Täter aussah. Vielleicht kriegt Stefano sogar seine Fingerabdrücke.«

»Wir sollten ein Phantombild erstellen lassen«, schlug Özcan vor. »Oder wir nehmen gleich mein Passfoto«, witzelte er. »Allerdings müsste man dann meine Nase mit Photoshop noch etwas begradigen.«

Francesca lächelte.

»Und was willst du aufs Fahndungsplakat schreiben?«, entgegnete sie. »Falscher Polizist gesucht?«

»Das reicht nicht«, gab Özcan zu.

»Aber wer weiß, wofür's gut ist«, meinte Francesca nach kurzem Überlegen. »Vielleicht ist er ja schon irgendwo registriert. Also für unseren internen Gebrauch ist es schon sinnvoll. Stefano soll mal Marvin zu seiner Phantombildzeichnerin bitten.«

Özcan zückte sein Handy und informierte den Kollegen.

Francesca wartete das Ende des Telefonats ab. Dann erhob sie sich, ein Gähnen unterdrückend, von ihrem Bistrostuhl.

»Ich hol mir noch ein Stück von dieser leckeren Sachertorte. Du auch noch 'nen kleinen Nachtisch?«

»Mit Vollkornmehl? Nein danke!«, lehnte Özcan ab. »Aber noch zwei Cappuccino. Warte, ich komm mit!«

»Nein, bleib mal da, nachher ist unser Platz weg«, antwortete Francesca und ging in den Laden.

Es dauerte einige Minuten, bis sie endlich mit einem kleinen Tablett zurückkam. Mit seinem Kaffeelöffel schöpfte Özcan den Milchschaum ab.

»Pass auf, eine Wespe!«, warnte er Francesca, die soeben mit der Gabelspitze ein kleines Stück ihrer Torte abbrach. Er wedelte mit seiner Papierserviette.

Mit Zickzack-Bewegungen umkreiste die späte Wespe den Teller.

»Hör auf rumzufuchteln«, sagte Francesca.

Özcan legte die Serviette ab. Francesca aber wartete, bis sich das Insekt auf das Tortenstückchen auf der Gabel niedergelassen hatte, um dann die Gabel samt Wespe vorsichtig auf der leeren Sitzfläche des neben ihr stehenden Stuhls abzulegen. Das gierige Tier biss noch ein wenig auf dem süßen Teilchen herum – dann war es plötzlich verschwunden.

»Hätte ich nicht gedacht, dass eine Wespe so schnell die Fliege macht«, grinste Özcan. »Willst du nicht weiteressen?«

Mit unbeweglichem Gesichtsausdruck starrte Francesca auf ihre Sachertorte und schien plötzlich in tiefes Nachdenken versunken.

Özcan lehnte sich auf seinem Sitz zurück und sah sie abwartend an.

»Ich glaube, ich muss da mal was loswerden«, begann sie schließlich. »Das gehört vielleicht gar nicht hierher, aber ...«

»Jetzt schieß schon los!«, forderte Özcan.

»Ich weiß nicht ... Sie muss ja irgendwie herausgefunden haben, wo ich wohne ...«

»Wie wär's mit Telefonbuch?«

Francesca zog die Augenbrauen zusammen, schien aber völlig in ihren Erinnerungen versunken zu sein.

»Jedenfalls fahre ich«, fuhr sie fort, »das war letzten Samstag, aus unserer Hofeinfahrt, also bei mir zu Hause in der Planie, stoppe ... Da setzt sich einfach eine Frau zu mir auf den Beifahrersitz. Reißt die Tür auf und lässt sich auf den Sitz fallen. Ich soll schnell losfahren, wir würden verfolgt. Natürlich denke ich gleich, die hat irgend 'ne Macke. Ich seh sie an: Vielleicht Mitte, Ende fünfzig? So ein breites Gesicht, ein bisschen aufgedunsen, aber 'ne Top Frisur, Kurzhaarschnitt, blond, ein langes Batikkleid, wie man es in den Siebzigern hatte, darüber einen grauen Anorak von neunzehnhundert-schlag-mich-tot, auf die Schuhe hab ich nicht geachtet.«

»Mangelhafte Personenbeschreibung«, frotzelte Özcan, während sein Gesicht angespannte Neugier verriet.

Francesca überging seinen Einwurf ohne eine Regung.

»Ich hab nicht gleich reagiert. Aber die Angst in ihrem Gesicht. Also bin ich losgefahren. Sie immer nach hinten rausgeguckt. Hat gesagt, ich sei doch bei der Kripo.«

»Woher kannte Sie dich denn?«

»Vielleicht hat sie mein Bild gesehen, damals in der Zeitung, als wir den Mord im Outlet aufgeklärt hatten, da haben sie doch ein Foto gebracht ... Jedenfalls hat sie was gefaselt, ich müsse ihren Mann retten, er traue sich nicht, zur Polizei zu gehen. Ich bin dann ganz langsam die Gartenstraße runtergefahren, ist ja eh Tempo dreißig, und habe versucht, ganz normal auf sie einzugehen. Aber die hat mir gar nicht zugehört. Immer nur ständig nach hinten gesehen und zu den Seiten. Seitdem er dieses Luder habe, sei er wie ein umgedrehter Handschuh. Wie ein umgedrehter Handschuh. Das hat sie ständig wiederholt. Ich habe gefragt, ob ihr Mann auch verfolgt würde. Die seien hinter ihm her. Wer? Die Spione aus Amerika. Woran sie das merken würde? Die NSA höre alle Telefone ab. Auch die der Polizei. Ob hier Wanzen im Auto seien? Wie sie heiße, hab ich gefragt. Das sei auch geheim. Und ihr Mann sei auch ein Spion.«

Özcan hatte die ganze Zeit nun aufmerksam zugehört, ohne seine Kollegin zu unterbrechen. Jetzt sagte er:

»Komisch ist das schon irgendwie ...«

Francesca sah ihn dankbar an.

»Ja, jetzt warte mal. Dann geschah nämlich etwas sehr Merkwürdiges. Eine Wespe hatte sich in den Innenraum verirrt. Es war ja warm am Samstag, ungefähr so wie heute. Und da schlug die plötzlich um sich, wie wild. Richtig in Panik. Das sind die Drohnen, schrie sie. Die haben ihnen Chips eingebaut. Die kommen überall hin. Sie sehen alles. – Und raus war sie wieder!«

»Wie raus? Einfach aus dem Auto gesprungen?«

»Wir waren sowieso vor der Ampel auf der Höhe von Galeria Kaufhof. Da ist sie einfach raus. Fast wäre noch einer von hinten auf die Tür geknallt. Und dann ist sie über die Straße gerannt und im Kaufhaus verschwunden. Ich hab noch überlegt, die Polizeidirektion anzurufen. So jemand gefährdet ja vielleicht nicht andere, aber vielleicht sich selbst. Hab's dann aber gelassen und hab erst mal kurz am Bahnhof geparkt und schließlich den Sozialpsychiatrischen Dienst angerufen. Sie haben gesagt, sie würden sich kümmern.«

»Und jetzt fragst du dich wahrscheinlich, ob es die Ex-Frau von Michaelis war«, antwortete Özcan ernst.

Francesca nickte und nahm ihre Gabel zur Hand, um endlich ihrem Kuchen zu Leibe zu rücken, und antwortete: »Obwohl ihr Gesicht mit dem auf dem Foto in Michaelis' Wohnung nicht gerade viel Ähnlichkeit aufweist …«

Als endlich die barocken Zwillingstürme des Zwiefalter Münsters mit ihren dunklen Zwiebelhelmen in ihr Blickfeld kamen, stieß Özcan einen Seufzer der Erleichterung aus. Eine halbe Stunde lang hatte er sich mit ihrem Dienstfahrzeug hinter zwei leeren Kiestransportern abgequält, die so schnell innerhalb der ihnen erlaubten Geschwindigkeit auf der B312 die Hochfläche der Schwäbischen Alb überquerten, dass sie ihm keine Chance zum Überholen gelassen hatten. Erst hinter der Abzweigung nach Kettenacker hatte sich die Straße talwärts zweispurig erweitert, sodass er endlich entnervt vorbeiziehen konnte.

Francesca sah ihn von ihrem Beifahrersitz aus an. Seine mahlenden Wangenmuskeln verrieten ihr, dass sich seine Anspannung noch nicht gelegt hatte.

»Mir ist immer noch nicht ganz klar, was das bringen soll«, stieß er zwischen den Zähnen hervor und meinte damit ihren nächsten Ermittlungsschritt. »Wenn jemand so gestört ist wie Michaelis' Ex, wird sie ja wohl kaum sachdienliche Hinweise geben können, wie es so schön heißt!«

»Vielleicht haben wir ja Glück und ihr Schub ist inzwischen abgeklungen, außerdem wird sie im ZfP ja sicher therapeutisch behandelt.«

Francesca gab sich optimistisch.

»Immer diese Abkürzungs-Rätsel«, nörgelte Özcan und schaltete vor der nächsten Haarnadelkurve einen Gang herunter.

»ZfP – Zentrum für Psychiatrie, oder was soll das sonst heißen?«, gab Francesca zurück, die Özcan als ausgeglichenen Charakter kannte und von seiner Gereiztheit überrascht war.

»Aber wenn sie so drauf ist, wie du sie vorhin geschildert hast, dann haben wir den netten Ausflug hier umsonst gemacht«, knurrte er weiter.

»In nicht akuten Krankheitsphasen kann man mit an Schizophrenie Erkrankten durchaus vernünftig reden«, entgegnete die Kommissarin beherrscht. »Und soviel ich weiß, befindet sie sich in einer entsprechenden Abteilung. Aber ich bin keine Ärztin. Falls ich mich täusche, wird mich der behandelnde Psychiater schon korrigieren.«

»Außerdem wissen wir doch gar nicht, ob sie vom Mord an ihrem Ex-Mann schon erfahren hat, und wenn nicht, ob wir es ihr überhaupt sagen dürfen oder sollten. Nicht, dass der Schock dann einen neuen Schub bei ihr auslöst. Und was willst du sie eigentlich fragen?«

»Wir wissen doch sonst auch nicht immer von vornherein, worauf eine Befragung hinausläuft, oder?«, erwiderte Francesca mit unterdrücktem Ärger in der Stimme.

»Vielleicht entpuppt sie sich ja als ein weiblicher Daniel Pierce!«, höhnte Özcan.

»Was ist denn das jetzt?«

»Perception. Eine Krimi-Serie. Da nutzt das FBI die Halluzinationen eines schizophrenen Neurowissenschaftlers zur Aufklärung von Verbrechen. Das wäre doch mal was Neues für uns!«

»Jetzt beruhig dich mal, Tommy, du bist doch sonst nicht so …«

Francesca suchte nach einem Wort, das nicht noch mehr zur Verschlechterung seiner Stimmung beitragen würde.

»Wie: Bin ich denn?«, kläffte er.

»Ich hab uns ja angekündigt bei Doktor Schneider. Frau Michaelis weiß Bescheid. Und wenn sie nicht ansprechbar wäre, hätte er es mir sicher gesagt.«

Das Gespräch erstarb. Als sie das Ortschild passierten, sagte Özcan plötzlich weich:

»Tut mir leid. Es hat eigentlich nichts mit dem Fall zu tun.«

Mit den Schneidezähnen knetete er seine Unterlippe.

»Svenja. Nun geht es auch schon beim Frühstück los …«

»Stress mit deiner Freundin also …«

»Sie will, dass wir zusammenziehen.«

»Und du?«

»Ich habe jetzt fünfunddreißig Jahre lang alleine gelebt … Also abzüglich Kindheit …«

»Ist doch schon mal gut, wenn auch du weißt, was du willst.«

»So einfach ist das nicht. Ich kann mir das im Prinzip vielleicht schon mal vorstellen. Aber nicht so auf die

Schnelle. Ich bin im Moment einfach noch nicht bereit dazu.«

»Und sie versteht das nicht.«

»Doch.«

»Dann ist doch alles in Ordnung.«

»Nein.«

»Also was denn jetzt?«

»An einem Tag versteht sie's, am anderen nicht. Heute Morgen hat sie geheult und gesagt, dann könnten wir es ja bleiben lassen.«

»Also überhaupt, ganz ...«

»Ja, alles! Aber das meint sie nicht ernst. Das ist so wechselhaft bei ihr. Und es geht schon seit Wochen so. Es kommt immer so ..., so schubweise.«

»Sie will eben mehr.«

»Aber das Schlimmste ist, wenn sie dann sagt, das kommt davon, dass ich Türke bin. Dabei bin ich gar kein Türke. Mein Vater war Türke, aber der hat auch schon lange einen deutschen Pass. Aber schon klar, was sie meint. Manche in meinem Alter, auch Jüngere, benehmen sich so, als lebten sie in Anatolien, wo die Männer ihre Freizeit unter ihresgleichen verbringen und die Frauen für Haus und Bett da sind. Aber ich war noch nie in Anatolien. Selbst in 'stanbul war ich erst zwei Mal in meinem Leben ...«

»Das ist sicher nicht gerecht«, antwortete Francesca verständnisvoll.

»Lassen wir das jetzt erst mal«, sagte Özcan abschließend, als er das Dienstfahrzeug nun in der Ortsmitte auf einen Parkplatz lenkte.

Wenig später passierten sie einen barocken Torbogen, in dem sich der Blick auf die imposante Fassade der ehemaligen Benediktinerabtei öffnete, betraten das lang gestreckte Gebäude und gelangten über einen breiten Treppenaufgang schließlich zur Station 3011, die auf die Behandlung von an Schizophrenie erkrankten Menschen spezialisiert war.

Özcan suchte vergeblich nach einer Klingel. Da kam auf dem Korridor hinter der Glastür bereits eine Pflegerin auf sie zu. Sie winkte ihnen auffordernd. Schließlich öffnete sie die Tür und ließ sie eintreten.

»Keine geschlossene Abteilung?«, fragte Özcan.

Die stämmige Frau, die ihn um einen Kopf überragte, erklärte geduldig:

»Unsere Behandlungsphilosophie ist auf Autonomie und größtmögliche Selbstverantwortung hin ausgelegt …«

Sie wollte gerade noch einen Satz anhängen, da erschien bereits der Stationsleiter. Mit seinem grün-schwarz karierten Flanellhemd, der weißen Jeans und dem braungebrannten, bartlosen Gesicht erinnerte der etwa vierzigjährige, korpulente Arzt Francesca an eine Art Holzfäller auf Strandurlaub.

»Herr Doktor Schneider?«, rief sie ihm entgegen. »Molinari. Wir haben telefoniert!«

»Das ging ja schnell!«, antwortete er und schüttelte knapp die ihm dargebotenen Hände. »Frau Baumann wird Sie zu der Patientin führen … Und wenn Sie danach noch Fragen haben – ich bin für Sie da!«

»Ist sie denn, kann sie denn?«, fragte Özcan unsicher.

»Ach so!« Siegfried Schneider lachte herzhaft auf. »Sie müssen sich natürlich schon ein bisschen darauf einstellen, dass Frau Michaelis' Äußerungen nicht immer ganz der Logik folgen, die Sie vielleicht gewöhnt sind. Auch zeigt sie eine gewisse Bewegungsunruhe. Aber das Denken der Patienten ist eigentlich nur in der akuten Phase eingeschränkt. Wir haben dafür gesorgt, dass Sie in Ruhe mit ihr sprechen können. Außerdem wird Frau Baumann ja bei Ihnen sein!«

Sie folgten der Pflegerin den langen Gang entlang. Auf dem Weg gab Francesca ihrem Kollegen zu verstehen, ihr die Gesprächsführung zu überlassen. Dieser stimmte brummend und zugleich dankbar erleichtert zu.

Elisabeth Michaelis starrte aus dem Fenster, den Rücken den Besuchern zugewandt, in demselben Aufzug, den Francesca schon an ihr kannte: grauer Anorak über buntem Batikkleid. Die Füße steckten in Wollsocken, die Wollsocken in weißen Schlappen. Ihr rechter Fuß tippte unablässig gegen den grauen Laminatboden, als klopfe die Patientin einen schnellen Takt.

»Sie friert gerne etwas«, erklärte die Pflegerin.

Francesca ging auf die Patientin zu, stellte sich neben sie und sah sie von der Seite an.

»Wir sind uns schon mal begegnet, Frau Michaelis. Können Sie sich an mich erinnern?«

Mit einer ruckartigen Bewegung drehte sich die Frau um und sah zu der Pflegerin, die mit Özcan an der Tür stehen geblieben war, als wolle sie diese um Erlaubnis für eine Antwort bitten. Den Mann neben ihr schien sie zu ignorieren.

Lore Baumann nickte ihr wohlwollend zu.

Jetzt sah die Patientin die Kommissarin mit großen, braunen Augen fragend und schweigend an, mit einem Gesichtsausdruck, als müsse sie im hintersten Winkel ihres Gedächtnisses nachsehen.

»Tut mir leid«, flüsterte sie schließlich und senkte die Stirn.

»Sie sind in meinem Auto mitgefahren …«

»Was für ein Auto?«

Elisabeth Michaelis sah Francesca wieder an.

»Ich fahre immer noch so 'nen alten Volvo, so einen mit lauter Dellen dran, vom Hagelschlag vorletztes Jahr …«

Jetzt wandte Elisabeth Michaelis den Blick ab und starrte wieder zum Fenster hinaus.

»Ich bin bei der Polizei«, schob Francesca nach.

Auf das Stichwort Polizei hin löste sich die Frau plötzlich vom Fenstersims und lief mit kleinen Trippelschritten zu ihrem Nachtkästchen, vor dem sie sich auf den Boden kniete. Sie riss die Schublade auf und begann, darin herumzuwühlen.

Francescas Blick blieb an einem großen Einmachglas auf dem Nachttisch hängen, das bis zur Hälfte mit toten Wespen gefüllt war. Verwundert warf sie der Pflegerin einen fragenden Blick zu. Doch bevor diese reagieren konnte, hatte die Patientin einen Zeitungsausschnitt hervorgekramt. Sie kam wieder in die Höhe, hielt die Linke mit dem Blatt Francesca entgegen und tippte auf das Papier.

»Darf ich?« Francesca nahm das Blatt an sich. »Ja, das bin ich!«, bestätigte sie und reichte den Zeitungsausschnitt mit ihrem Foto wieder zurück.

»Ich bin ja nicht blöd!«, gab Elisabeth Michaelis nun zu verstehen. »Aber worum ging's denn?« Sie ließ die Hand sinken.

»Sie haben über Ihren Mann gesprochen«, erklärte Francesca.

»Aber der ist doch tot!«, reagierte sie.

Resigniert ließ sie sich auf ihr Bett sinken.

»Das tut mir leid!«

»Mir auch«, erwiderte die Patientin mechanisch. »Aber morgen kommt er mich wieder besuchen.«

»Herr Michaelis kommt einmal in der Woche«, bestätigte Lore Baumann.

Francesca stutzte. Wahn und Wirklichkeit, fragte sie sich, wie eng liegt das zusammen? Sie warf Özcan einen irritierten Blick zu.

Lore Baumann war der Blickwechsel der Kripoleute nicht entgangen.

»Ihr Mann hat sich die ganzen Jahre über rührend um sie gekümmert«, konkretisierte die Pflegerin nun. »Auch nach der Scheidung noch.«

»Und was ist mit Lukas, Ihrem Sohn?« fragte Francesca.

Die Patientin senkte den Blick und schwieg. Nach einer Weile murmelte sie:

»Ich glaube, der hat mich vergessen …«

»Aber Frau Michaelis!«, protestierte Lore Baumann mit sanfter Stimme. »Er hat sie doch erst letzte Woche noch besucht!«

Francesca nahm sich einen Stuhl und setzte sich der Frau gegenüber, die jetzt ihre Hände, ohne auf das Papier zu achten, in ihrem Schoß faltete und immer mehr in sich zusammenzusinken schien. Nur dass die Unruhe ihres Fußes nun das gesamte Bein erfasste und Wade und Oberschenkel heftig wackelten.

»Sie hatten Angst, dass Ihrem Mann was passieren könnte.«

»Die Polizei tut ja nichts«, erwiderte Elisabeth Michaelis plötzlich mit offenbar überraschender Klarheit.

Francesca hoffte, sie könne den kleinen Vorteil nutzen.

»Ist er denn in Spionage verwickelt?«, fragte sie so freundlich wie möglich.

Die Pflegerin kräuselte die Stirn, blieb aber stumm.

»Da draußen«, erwiderte die Patientin. Unvermittelt straffte sie ihren Körper und drehte sich zum Fenster um. »Überall die Wespenflugzeuge.«

Francesca ließ den Mut sinken. Nach dem, was der Arzt angedeutet hatte, hatte sie sich mehr erhofft. Aber offenbar wechselten Momente der Klarheit mit Augenblicken der Verwirrtheit bei dieser Frau in Sekundenschnelle. Sie überlegte, ob es nicht besser sei, das Gespräch zu beenden, da sprang die Patientin plötzlich in die Höhe.

»Die Drohnen, überall Drohnen!«, rief sie. »Die muss man fangen!«

Als habe ihr jemand einen Stromstoß versetzt, schnappte sie unversehens das Einmachglas, öffnete den Deckel, drehte es um und schüttete den Inhalt auf den Boden.

Geräuschlos und sanft sanken die vertrockneten Insektenkörper hinab. Doch auch ein Klacken war zu hören. In dem Ensemble verstreuter Wespen entdeckte die Kommissarin die durchsichtige Hülle eines Memory-Sticks. Sie wollte danach greifen. Doch die Patientin kam ihr zuvor.

»Das ist meins!«, protestierte sie mit überlegenem Grinsen, hob den Stick blitzschnell auf und verbarg die Hand hinter dem Rücken.

Francesca sah die Pflegerin, die wie Özcan jede Einzelheit des Geschehens aufmerksam verfolgt hatte, hilflos an.

Lore Baumann löste sich von ihrem Beobachterposten, ging auf die Patientin zu, neigte den Kopf zur Seite, lächelte sie mit einem Charme, den Francesca ihr nicht zugetraut hätte, an und streckte ihre Hand aus.

»Wiedersehen macht Freude!«, sagte Elisabeth Michaelis prompt und legte den Stick auf die Handfläche der Pflegerin.

»So, wir gehen jetzt am besten einfach«, sagte Lore Baumann zu Francesca und war im nächsten Moment schon bei der Tür.

Nicht ohne sich bei der Patientin noch knapp bedankt zu haben, folgte Francesca ihr auf den Flur nach. Özcan schloss sich an. Die Pflegerin schloss die Tür zum Patientenzimmer von außen und blieb stehen.

»Jetzt haben wir ein kleines Problem«, sagte sie zu den Ermittlern. »Sie wollen den Stick doch sicher beschlagnahmen?«

»Wir sollten zumindest wissen, was drauf ist«, erklärte Özcan, froh, sich endlich wieder aus seiner passiven Rolle herausschälen zu können.

»Ja, dann schauen wir doch am besten hier gleich nach«, schlug Lore Baumann vor und setzte sich mit der Kraft einer Dampfwalze in Bewegung. »Aber zurückgeben sollte ich ihn der Patientin schon. Das ist 'ne Frage des Vertrauens.«

Francesca warf Özcan einen beeindruckten Blick zu.

»Verstehe«, sagte sie. »Vielleicht können wir die Dateien ja auch einfach kopieren...«

Die Pflegerin führte sie zum Zimmer des Stationsleiters. Sie klopfte kurz an und öffnete, ohne abzuwarten, die Tür.

Dr. Schneider, der vor seinem Monitor saß, drehte sich um und erhob sich.

»Na, sind Sie weitergekommen?«, fragte er jovial.

»Ich hab mich wahrscheinlich völlig unprofessionell verhalten«, gab Francesca zu verstehen.

Der Arzt winkte ab.

»Da sind auch wir Fachkräfte jeden Tag neu gefordert«, meinte er nur.

»Die Herrschaften würden da gerne mal einen Blick reinwerfen«, sagte Lore Baumann und drückte dem verwunderten Stationsleiter den Stick in die Hand.

»Stammt der von Frau Michaelis?«, fragte er zweifelnd.

Die Pflegerin grinste schmunzelnd.

»Gut versteckt!«

Ohne offenbar eine weitere Erklärung von ihr zu erwarten, steckte der Arzt den Stick in den USB-Anschluss seines Computers. Alle stellten sich um seinen Schreibtischstuhl herum und sahen erwartungsvoll auf den Bildschirm.

»Nur eine einzige Bilddatei«, sagte Dr. Schneider und klickte auf das JPEG-Symbol. Die Großaufnahme eines orangefarbenen Schmetterlings mit bräunlichen Flügelrändern erschien formatfüllend auf dem Monitor. Die oberen Flügel waren mit je einem braunen Punkt verziert, die unteren beiden, über die sich eine grauschwarze Transparenz ausbreitete, mit je einem orangefarbenen.

»Ein Pfauenauge?«, staunte Francesca.

»Nix Pfauenauge«, widersprach der Arzt. »Das ist ein Postillion.«

»Ein Postillion«, wiederholte die Kommissarin verblüfft.

»Ja, ein Colias croceus. Auch als Großes Posthörnchen oder Orangeroter Kleefalter bekannt.«

»Dann sind Sie also nicht nur Psychiater, sondern auch Lepidopterologe!«, sagte Özcan zu Dr. Schneider. In seiner Stimme schwang Bewunderung mit.

Francesca sah ihrerseits ihren Kollegen bewundernd an, verkniff sich aber eine Bemerkung.

»Nein, nein, nicht ich«, stellte der Arzt klar. »Mein dreizehnjähriger Sohn. Der hat sich schon seit drei Jahren auf Schmetterlinge spezialisiert.«

Wo liegen die Kronjuwelen?«, hatte Basilio Garcia ihn ziemlich bald gefragt. Seitdem ließ diese Frage dem CISO Roland Wagner, dem Chief Information Security Officer bei ElringKlinger, keine Ruhe mehr. Wenn es im virtuellen Bereich nur auch so einfach wäre wie im materiellen, dachte er. Vor einem halben Jahr hatten Unbekannte zweieinhalb Tonnen Aluminium über den Zaun des Betriebsgeländes geworfen, draußen hatten ihre Komplizen die Rollen abtransportiert. Auch in diesem Fall hatte die Kriminalpolizei ermittelt. Die Täter waren bis heute nicht gefasst worden. Aber nur, weil es keine Augenzeugen gab. Und im Fall dieses ermordeten Putzmanns war man ja offenbar auch noch nicht wirklich weitergekommen, obwohl sich sogar das Landeskriminalamt eingeschaltet hatte. Dabei galten die ersten Tage nach einem Mord als die wichtigsten, wie er aus der Fernsehsendung »Aktenzeichen XY ... ungelöst« wusste.

Also doch nicht so einfach und vielleicht auch nicht vergleichbar. Ein paar Rollen Aluminium oder ein Blatt Papier, das aus dem Labor verschwand: Was wog schwerer?

Wagner nahm sein hellgraues Jackett ab und legte es vorsichtig über eine der schwarzen LED-Sockelleuchten im Außenbereich des Empfangsgebäudes, der im Stil eines japanischen Gartens angelegt war. Dann sah er hinüber zu Garcia, der an der Säulenwand entlang mit seinem Handy am Ohr auf- und abschritt.

Nun ist ja nicht der Mord selbst der Anlass gewesen, warum das LKA ermittelt, ging ihm weiter durch den Kopf. Es war der Verdacht, den die verschwundene Liste ausgelöst hatte, und damit die Vermutung, der Getötete könne sich zum Werkzeug von Angreifern gemacht haben, die es auf viel mehr abgesehen hatten als auf ein Stück Papier im Labor. Dieses galt den Ermittlern lediglich als Indiz für ein Interesse an – wie hatte sich Garcia ausgedrückt? – Kerninformationen. Dass ElringKlinger über Know-how verfügte, das für die Konkurrenz, die Organisierte Kriminalität oder sogar für ausländische Geheimdienste von Bedeutung sein könnte, stand außer Zweifel. Und außer Zweifel lagerte dieses spezielle Wissen in vielen Computern. Aber nach Garcias Ansicht war der Tatort selbst im Zusammenhang mit dem Verschwinden dieser Liste kein Zufall.

Zwar hatte er behauptet, die Angreifer hätten die Liste nicht verwerten können, da sie verschlüsselt gewesen sei. Doch er war auch der Meinung, dass professionelle Täter, wenn sie ein bestimmtes Unternehmen ins Visier genommen hatten, sich nicht mit dem ersten Fehlschlag abfinden und weiterhin nach Mitteln und Wegen suchen würden, an die entsprechenden Informationen zu gelangen. Damit hatte der LKA-Mann ihm jedoch nichts Neues gesagt. Nach der Studie eines führenden Sicherheitsunternehmens hatten Advanced Persistant Threats, also fortgeschrittene und andauernde Industriespionage-Angriffe, in letzter Zeit erheblich zugenommen.

Aber wenn dieser Michaelis ein Handlanger gewesen sein sollte – warum war er dann ausgeschaltet worden? War es hier im Ermstal nun auch schon so weit wie in einigen berüchtigten Ländern, dass einer kaltgemacht wurde, weil er zu viel wusste oder weil er seinen Auftraggeber erpressen wollte oder einfach die Seiten wechselte?

Basilio seinerseits hatte dem CISO keinen langen Vortrag über die wachsenden Gefahren durch Cybercrime in der Wirtschaft halten müssen. Dass die Firma überhaupt einen Sicherheitsbeauftragten beschäftigte, der nicht der IT-Abteilung unterstellt war, Zugriff auf alle Bereiche hatte und unabhängig agieren konnte, zeigte ihm, dass das Unternehmen zu den fünfzig Prozent der Firmen gehörte, die Informationsschutz zur Chefsache erklärt hatten.

Roland Wagner hatte ihm aktuelle Zahlen sogar auswendig aufsagen können. Am Tatort Internet hatte das Bundeskriminalamt im vergangenen Jahr 250.000 Fälle von Industriespionage identifiziert. Allein bei Großunternehmen war ein Schaden von über sechs Millionen Euro entstanden, rechnete man mittelständische und kleinere Unternehmen sowie Privatpersonen dazu, betrug die jährliche Schadenssumme in Deutschland sogar 1,6 Prozent des Buttoinlandsprodukts. Oft waren die Angreifer so gut getarnt, dass sich die Datenabflüsse nicht verfolgen ließen.

Basilio Garcia beendete sein Telefonat und sah nachdenklich an der in einem warmen Rot-Ton leuchtenden Fassade des Verwaltungstrakts empor, der an den erst vor wenigen Jahren komplett neu erbauten, rundum verglasten Kubus des Empfangsgebäudes angrenzte. Die Sonderfarbe, hatte der CISO ihm erklärt, sei eigens für ElringKlinger komponiert worden und werde im Sinne der Corporate Identity, wie er sich ausgedrückt hatte, auch an anderen Standorten eingesetzt. Es gehe um die Gesamtheit der unverwechselbaren Wiedererkennungsmerkmale eines Unternehmens, hatte Wagner ihm erläutert.

»Wir können zwar nicht sämtliche neununddreißig Tochtergesellschaften abklappern«, hatte Wagner zu ihm schon vor einigen Stunden zu Beginn ihres Treffens gesagt, nachdem er ihm einen einstündigen Einführungsvortrag über die Unternehmensziele und die Produktpalette der Firma gehalten hatte. »Aber wenigstens ein paar Blicke durchs Schlüsselloch in unseren Hauptstandort sollte ich Ihnen schon gewähren.«

Wagners jovialer und zugleich mit einem gehörigen Schuss Understatement versetzter Ton störte Basilio nicht weiter, rechnete er dem CISO doch seine Offenheit und seinen unkomplizierten Umgang mit ihm als LKA-Beamten hoch an. Allerdings ließ er durchblicken, dass er sich natürlich seinerseits im Vorfeld über den Konzern kundig gemacht hatte, in dem weltweit siebentausendvierhundert Mitarbeiter an fünfundvierzig Standorten beschäftigt waren, darunter – außerhalb Europas – allein acht Dependancen in Nord-, Mittel- und Südamerika, weitere acht in Asien und eine im südafrikanischen Johannesburg. Zahlen, die sich Jahr für Jahr erhöhten.

Als sie schließlich eine der riesigen Produktionshallen betreten hatten, sah sich Basilio Garcia unvermittelt in seine Studentenzeit zurückversetzt, in der er als Ferienarbeiter in zahlreichen und unterschiedlichen Betrieben gejobbt hatte. Die typischen Montagebänder, die er von Daimler und VW kannte, suchte er hier allerdings vergeblich. Vorwiegend voll- und halbautomatisierte Produktionsanlagen – teilweise mit den Ausmaßen ausgewachsener Jachten – bestimmten das Geschehen.

Die wenigen Mitarbeiter beiderlei Geschlechts, die ihm bei ihrem Rundgang unter die Augen kamen, wirkten in der Weitläufigkeit der Fabrik verloren und waren vorwiegend damit beschäftigt, die Qualität der Zwischenprodukte, die die Maschinen ausspuckten, zu kontrollieren. Tonnenschwere Rollen mit dünnen Stahlbändern, die nach einem ausgeklügelten System in einem zentralen Lager untergebracht waren, wurden in große Automaten eingespannt, die aus dem Blech Einzelteile stanzten, so mühelos, als handele es sich um Papier.

Als der CISO Garcias Blick aufschnappte, der an den ausgestanzten Formen hängen geblieben war, erklärte er ihm, dass man bereits seit einiger Zeit damit begonnen habe, Stahl- und Aluminiumkomponenten des Zylinderkopfs und anderer Motorenbauteile vermehrt durch Kunststoffe zu ersetzen. Durch die Verringerung des Gewichts und Reduzierung der Reibung könne man dazu beitragen, den CO_2-Ausstoß zu verkleinern. Er fasste den LKA-Mann am Arm und führte ihn zu einer Versuchsanlage.

»Hier zum Beispiel prüfen wir unsere Kunststoff-Ventilhaubenmodule.«

»Ihre bitte was?«, fragte Basilio zurück.

Wagner nahm eines der unterarmlangen, komplex ins Räumliche geformten, flachen Kunststoffteile auf und legte es seinem Gesprächspartner in die Hand.

Stirnrunzelnd tastete Basilio das Bauteil mit den Augen ab.

»In Mexiko«, dozierte der CISO, »haben wir unter anderem eine Neunhundert-Tonnen-Spritzgießmaschine mit integriertem Roboter aufgestellt. Auf der neuen Fertigungslinie stellen wir solche Teile dort für die Dreikommazwo-Liter-Fünfzylinder-Dieselmotoren des Ford Puma her.«

Beeindruckt, aber auch befremdet über die technologisch hoch entwickelten Verfahren, mit denen er hier konfrontiert wurde, erwiderte Basilio:

»Was man da alles so unter der Haube seines Wagens hat ... Da macht man sich als Normalbürger gar keine Gedanken drüber.«

Wagner lachte schallend.

»Sollen Sie auch gar nicht. Die Gedanken machen wir uns – damit Sie das Fahren genießen können!«

Hört sich fast an wie ein Werbespruch, dachte Basilio und fühlte sich zugleich erschlagen durch die Vielzahl neuer Eindrücke und Informationen. Nach einer Stunde Führung hatte er dem CISO schließlich vorgeschlagen, an die frische Luft zu gehen und das weitere gemeinsame Vorgehen zu besprechen.

Draußen im japanischen Garten war man sich dann schnell einig geworden, das bestehende Sicherheitskonzept gemeinsam durchzuchecken, es nach Risikoindikatoren hin zu überprüfen und dabei im Ausschlussverfahren vorzugehen. Die Tatsache, dass das Intranet des Unternehmens physikalisch vom Internet getrennt war, erleichterte das Vorgehen zunächst enorm.

»Damit können wir Hackerangriffe von außen schon mal ausschließen«, stellte Basilio fest. Er hatte sein Handy inzwischen zurück in die Hosentasche gleiten lassen, sich von dem Rot der Fassade ab- und dem CISO wieder zugewandt, der jetzt auf einer der hellgrauen Steinbänke saß und zu ihm aufsah.

»Gegen das Mithören von Telefonaten und das Mitlesen von Faxen sind wir natürlich genauso wenig geschützt wie andere Betriebe auch«, sagte er. »Aber unsere Mitarbeiter sind geschult und sensibilisiert für das Thema Netzsicherheit.«

»Das ist schon mal das Wesentliche«, erwiderte Basilio und setzte sich dem CISO gegenüber. »Und wie sieht es mit dem E-Mail-Verkehr aus?«

»Mit unseren in Frage kommenden externen Partnern haben wir klare vertragliche Vereinbarungen zur Geheimhaltung und Vertraulichkeit getroffen, um einen sicheren Informationsaustausch zu regeln …«, setzte der CISO an.

Der Cyberspezialist des LKA hakte sofort ein.

»Das ist schon mal gut, aber wir wissen beide, was solche Vereinbarungen wert sind, wenn bösartige Täter am Werk sind …«

»Klar«, gab der CISO zu verstehen. »Aber für den E-Mail-Verkehr setzen wir ein Document Compliance Management ein. Vor allen Dingen für vertrauliche Finanzdokumente oder Verträge, die mit Kooperationspartnern oder Patentanwälten, Steuerberatern und Wirtschaftsprüfern in digitaler Form ausgetauscht werden.«

Erstaunt stieß Basilio die Luft zwischen den zugespitzten Lippen aus.

»Dieses Sicherheitsmanagement setzen bisher nur sehr wenige Unternehmen ein«, stellte er beeindruckt fest. Und nach einer Pause: »Dann sind wir ja, was die technische Seite angeht, weitestgehend im grünen Bereich. Doch die größten Risiken stellen die eigenen Mitarbeiter dar.«

Der CISO biss sich auf die Lippen. Dann murmelte er: »Hat man ja jetzt gesehen ...«

»Ja, gerade was den Fall Michaelis angeht«, erläuterte Garcia nun, »können wir eines inzwischen nachvollziehen ...«

Jetzt sah Wagner den LKA-Spezialisten mit erwachender Neugier an.

»Wir nennen es Social Engeneering. Dabei machen sich externe Täter über das Ausspionieren des sozialen Umfelds an einen Mitarbeiter heran, was im Fall Michaelis nicht besonders schwierig gewesen sein dürfte, da er seine privaten Probleme regelmäßig auf seiner Facebook-Seite ausgebreitet hat. Solche Leute sind häufig willfährige Opfer von Kriminellen, die – meist unter Verschleierung ihrer eigenen Identität – sich die Not solcher Menschen zunutze machen. Vermutlich ist es bei Michaelis auch so gelaufen. Er war im zwischenmenschlichen Bereich frustriert, fühlte sich, was seinen sozialen Abstieg anging, deklassiert, war vermutlich kaum oder gar nicht mit den Unternehmenszielen identifiziert und litt unter chronischem Geldmangel. Und so, wie es aussieht, hat man ihn für das Entwenden der Liste fürstlich entlohnt.«

»Sie haben Geld bei ihm gefunden?«

Basilio bestätigte und bat um vertrauliche Behandlung dieser Information.

Der CISO, halb verständnisvoll, halb gekränkt – gerade ihm müsse man das nicht extra sagen, glaubte er –, runzelte die Stirn.

»Wir können doch nicht sämtliche Mitarbeiter hier am Hauptstandort einem Sicherheitscheck unterwerfen«, wandte er schließlich ein.

»Nicht alle. Aber dass die für externe Täter in Frage kommenden Kronjuwelen im Labor liegen, darüber sind wir uns doch einig?«

»In der Abteilung Vorausentwicklung. Ja ... Vermutlich ... Ich habe mir die Personalakten ja schon kommen lassen, für den Fall ...«

»Dann sollten wir die Leute da mal durchgehen.«

»Sind ja nicht so viele dort ...«

Roland Wagner erhob sich von seiner Bank, um seine Aktentasche zu holen, die er an der Glastür stehen gelassen hatte. Ächzend setzte er sich wieder, zog ein Bündel mit Akten heraus, legte es auf seine Knie und warf einen zweifelnden Blick zum Himmel, der sich inzwischen mit einer grauen, monochromen Decke überzogen hatte.

»Fangen wir mit Hildenbrand an, dem Abteilungsleiter ...«

»Der ist sauber«, winkte der Kriminalbeamte ab. »Oder sind Ihnen irgendwelche Fakten bekannt, die wir problematisieren müssten?«

Kommentarlos ließ der CISO die entsprechende Personalakte wieder zurück in die Tasche gleiten und schlug die nächste auf.

»Dann hätten wir hier eine Inge Gekeler, zweiundfünfzig ...«

»Ist das nicht die Dame, die zur Beobachtung von Michaelis eingesetzt wurde?«

Wagner sah von dem Deckblatt auf.

»Stimmt. Hildenbrands rechte Hand. Schon seit über zwanzig Jahren.«

»Wir gehen das jetzt erst mal grob durch«, meinte Garcia. »Thema Vertrauenswürdigkeit. Sollte es bei jemandem einen Punkt geben, an dem wir weitere Informationen benötigen, machen Sie sich bitte einen Vermerk. Nachfragen können wir ja immer noch.«

Der CISO nahm seine auberginefarbene Designerbrille ab, rieb sich die Nasenwurzel und stimmte mit einem kaum vernehmbaren Seufzer zu.

»Also wenn für Sie private Probleme eine Rolle spielen«, setzte er wieder an, indem er eine neue Akte aufklappte, »da hätten wir noch eine Waltraud Allmendinger.«

»Die outet sich auch auf Facebook?«

Wagner schüttelte den Kopf und blickte auf das vor ihm liegende Papier.

»Aber die ist vielleicht auch anfällig. Von Hildenbrand weiß ich, dass ihr Mann einen kleinen Juwelierladen in Geislingen an der Steige geführt hat. Sein Kompagnon muss ihn in betrügerischer Absicht hintergangen haben. Vor Gericht hat er aber dann trotzdem den Kürzeren gezogen. Am Schluss war das Geschäft pleite und er musste sein mühsam zusammengespartes Häuschen verkaufen. Seine Frau fand ihn eines morgens in der Garage – erhängt. Das war vor sechs Jahren. Zwei Jahre später ist ihr einziger Sohn bei einem tragischen Motorradunfall auf der Geislinger Steige tödlich verunglückt. Ich weiß, Hildenbrand schätzt sie als Mitarbeiterin sehr. Allerdings fällt sie immer wieder für längere Zeit aus…«

Mit wachsender Bestürzung hatte Basilio ihm schweigend zugehört. Immer wieder schon hatte er von menschlichen Schicksalen gehört, bei denen ein Mensch nicht nur durch ein einziges schweres Unglück getroffen wurde, sondern gleich durch zwei oder mehrere hintereinander. Er atmete tief durch und sagte:

»Behalten wir das mal im Auge …«

Mit der Handvoll weiterer Laborbeschäftigter waren sie in kurzer Zeit durch. Alle erschienen durch Aktenlage und aufgrund zusätzlicher persönlicher Informationen, über die der CISO verfügte, unauffällig – zumindest fiel niemand durch das erste grobe Raster.

»Dann wäre da nur noch dieser Praktikant«, sagte Wagner schließlich erschöpft. »Ein Dieter Pollak.« Er strich mit der Hand über einen hellgelben Zettel. »Der war am letzten Montag krankgemeldet.«

»Weiß ich bereits«, antwortete Basilio. »Was haben Sie über ihn?«

»Geboren 25.4.1992 in Pirna. Studiert Chemie an der Uni Stuttgart. Hat den Bachelor-Master-Studiengang Materialwissenschaft belegt. Das Institut befindet sich in Büsnau auf dem Campus der Max-Planck-Institute.«

»Irgendwelche Infos über seinen persönlichen Hintergrund?«

»Fährt einen alten Renault Twingo ... Warum picken Sie sich gerade den noch raus?«, wollte der CISO wissen und hob den Blick von der Akte.

»Einfach ein Erfahrungswert«, ließ Basilio durchblicken. »Leute wie Reinigungskräfte und Praktikanten werden von externen Tätern häufiger benutzt, um an Insiderinformationen heranzukommen, als langjährige Angestellte. Aber wenn er sonst nicht auffällig ist ...«

Der CISO schien die Erklärung zur Kenntnis zu nehmen, klappte die Akte zu und ließ die Hand auf dem kleinen Stapel auf seinen Knien liegen.

»Und wie soll's jetzt weitergehen?«

Basilio Garcia erhob sich.

»Zuerst mal checken wir alle Computer im Labor.«

»Hab ich gestern schon gemacht.«

»Okay«, lächelte Basilio und ließ den Blick nachdenklich auf Pollaks Akte liegen. »Und an Hildenbrands Passwort ranzukommen? Von einem der anderen Computer innerhalb der Firma aus?«

»Keine Chance«, erwiderte der CISO. »Das ginge einfacher, wenn Sie ihm bei der Eingabe über die Schulter schauen würden ...«

Wissend lächelten sich die beiden Spezialisten zu. Auch diese Möglichkeit erschien ihnen mehr als unrealistisch.

Der CISO warf einen Blick auf seine Armbanduhr und packte seine Akten zusammen.

»Dann wär's das wohl für heute …«

»Eine letzte Idee hätte ich noch«, unterbrach ihn der LKA-Mann und zwinkerte Wagner zu. »Aber dafür müssen Sie mich durch das Labyrinth Ihrer Gänge hier führen!«

Der CISO sah Basilio zweifelnd an. Ohne weiteren Kommentar erhob er sich, nahm seine Tasche und gab Garcia einen Wink, ihm zu folgen.

Wenig später betraten sie das Labor.

Alexander Hildenbrand saß als einziger der Abteilung noch an seinem Computer und scrollte sich durch endlos erscheinende Zahlenreihen. Als er Garcia und Wagner kommen hörte, drehte er sich zu ihnen um und stand auf.

»Auch noch so ein lonely Cowboy hier!«, begrüßte ihn der CISO auf seine lockere Art und machte ihn mit dem Kriminalbeamten bekannt. »Der LKA-Spezialist für Cybercrime.«

»Aha, wundert mich eigentlich, dass Sie noch Arbeit haben«, sagte Hildenbrand zu Basilio mit todernstem Gesicht.

Basilio kräuselte die Stirn.

»Sogar das Kanzleramt wird jahrelang ausgespäht – und keiner regt sich mehr darüber auf.« Der Laborchef zeigte ein ironisches Grinsen.

Basilio lächelte müde.

»Darf ich mal kurz?«, fragte er. »Oder sind Sie da gerade an was dran?«

Er deutete auf den Bildschirm.

Alexander Hildenbrand schob seinen Schreibtischstuhl beiseite.

Garcia kroch unter den Tisch, wo er sich offensichtlich an den Kabeln zu schaffen machte.

»Wenn Sie nicht gerade den Stecker rausziehen …«, schmunzelte der Laborleiter.

Kurz darauf kam Basilio wieder zum Vorschein. Ächzend erhob er sich, in der Hand ein kleines, schwarzes, unscheinbares Gerät, das aussah wie ein USB-Stick.

»Tut mir leid«, sagte er. »Einfach Erfahrung ...«

»Also meiner ist das nicht«, sagte Hildenbrand verblüfft.

»Ein Keylogger«, stellte der CISO entsetzt fest, als hätte er sich an etwas verschluckt, und wandte seine Augen den Regentropfen zu, die das ebenerdige Kellerfenster hinunterliefen.

Ein digitaler Schmetterling in einem Einmachglas mit toten Wespen«, sinnierte Francesca vor sich hin.

Ausgelaugt von der schwierigen Befragung in der Psychiatrie, glitten ihre Augen müde über das Bild des orangefarbenen Postillions auf ihrem Computermonitor.

»Mir raucht der Kopf. Hat das nun was zu bedeuten oder nicht? Und wenn ja – was denn, um Himmels willen!?«

Özcan hatte sich auf dem mit Akten, Notizzetteln, Faxen und anderen Papieren überhäuften Schreibtisch ein wenig Platz verschafft und sich auf der Ecke niedergelassen.

»Also, die einzige, rein semantische Verbindung, die ich sehe, ist die zwischen ›digital‹ und dem Namen des Schmetterlings«, sagte er.

»Semantisch, so, so ...«, räsonierte die Kommissarin, faltete die Hände am Hinterkopf und lehnte sich zurück.

»Ja, Semantik heißt ...«, wollte Özcan erklären.

Mit einem ironischen Lächeln schnitt ihm Francesca das Wort ab.

»Die Griechen erpressen Europa. Nur als Beispiel.«

»Schlechtes Beispiel.«

»Wieso?«, konterte die Kommissarin. »Die Semantik ist die Lehre von der Bedeutung der Zeichen. Syntaktisch stimmt der Satz zwar, aber er ergibt keinen Sinn.«

»Ach, du glaubst, richtig wäre: Europa erpresst die Griechen?«

»Siehst du das anders?«, wollte Francesca wissen.

»Vielleicht bleiben wir doch besser bei dem Postillion«, schlug Özcan vor. »Sonst kommen wir uns noch gewaltig in die Haare ...«

»Gut, ein andermal vielleicht«, räumte sie ein. »Und woran denkst du – bezüglich des Schmetterlings?«

»Der Postillion war doch früher derjenige, der die Postkutschen fuhr ...«

»Ja, er hatte sogar eine eigene Uniform.«

»Er hat Nachrichten überbracht. Und ein Postillion auf einem Stick ist ein digitaler Nachrichtenüberbringer ...«

Francesca faltete die Hände im Schoß und dachte nach.

»Ein fast poetischer Gedanke«, sagte sie schließlich seufzend. »Aber was sucht der Stick im Einmachglas auf dem Nachttisch einer Psychiatriepatientin? Ist er da zufällig gelandet? Oder für wen wurde er dort platziert oder vielleicht sogar versteckt? Und das noch unter einem Haufen vertrockneter Insekten? Auf der anderen Seite: Irgendwas scheint ihr ihr Mann ja verraten zu haben ... Die Anspielungen, die sie in meinem Auto gemacht hat.«

»Ihr verflossener Mann ...«

»Ist ja egal in dem Fall. Aber leider kommen wir trotzdem auf dieser Schiene nicht weiter.«

Özcan erhob sich.

»Auch die Kollegen von der IT haben keine versteckten Dateien auf dem Stick gefunden. Außerdem haben wir versprochen, ihn der Patientin zurückzugeben.«

»Dann soll Astrid ihn an Herrn Doktor Schneider zurückschicken. Eine Kopie reicht uns dann ja.«

Die Polizeisekretärin Astrid Baisch besaß durchaus eine gewisse Ähnlichkeit mit Francescas früherer Kollegin im Innendienst der Reutlinger Kripo. Zumindest, was ihr Äußeres betraf. Auch sie brachte ein enormes Gewicht auf die Waage. Allerdings neigte sie hobbymäßig nicht wie Francescas Ex-Sekretärin zur Astrologie. Sie filzte. Jede Woche erschien sie mit einer andersfarbigen Filztasche. Offenbar hatte sie zu Hause schon ein ganzes Arsenal angesammelt.

Da ihr nichts entging, ob es sie nun betraf oder nicht, hatte sie durch die offene Tür zu ihrem Büro nebenbei das Gespräch zwischen Francesca und Özcan wohl mitgehört. Jedenfalls erschien sie wie auf Kommando und watschelte mit behäbigen Schritten auf Francescas Schreibtisch zu.

»Die Adresse von Zwiefalten hab ich bereits«, sagte sie und streckte Francesca ihren fleischigen Handteller entgegen.

Die Kommissarin speicherte das Bild des Postillions unter einem entsprechenden Ordner auf ihrer Festplatte ab, warf den Stick aus und ließ ihn auf Astrids Handfläche fallen.

Die Polizeisekretärin stopfte das Teil in eine gefilzte Miniaturhülle, verbarg sie in der Brusttasche ihres karierten Oberhemds, das wie immer über dem Gürtel ihrer Cordhose hing, und zauberte aus der Hosentasche unversehens zwei weitere Hüllen hervor, die sie auf einem der Stapel auf dem Schreibtisch ablegte.

»Die Rote für die Dame und die Blaue für den Herrn«, erklärte sie lächelnd. »Damit sich die Elektronik nicht erkältet.«

Vor gut einem Jahr hatte Astrid der Kommissarin zu ihrem Dienstantritt beim LKA bereits eine nassgefilzte Handyhülle geschenkt. Francesca hatte sie gleich leicht angewidert in die Tiefen ihrer Handtasche versenkt. Doch schon bei der nächsten Gelegenheit, als sie einmal mit dem Handy in ihrem Büro telefonierte, hatte sie sich von Astrids

Blick ertappt gefühlt und schnell die Ausrede erfunden, dieses so schöne und aufwendig hergestellte Teil sei zu schade für den täglichen Gebrauch. Seitdem waren gefilzte Zuwendungen – bis auf einen Pinguin für Salvatores Geburtstag – ausgeblieben. Und jetzt das.

Um ihre Sekretärin nicht vor den Kopf zu stoßen, nahm Francesca ihre USB-Stick-Hülle an sich und hoffte, ihr die ihr gebührende Aufmerksamkeit zu schenken, indem sie mit ihrem Zeigefinger über den Filz glitt. Özcan folgte ihrem Beispiel.

»Hübsch!«, antwortete sie endlich und bedankte sich mit einem knappen Lächeln.

»Und mit dem Bändchen können sie Ihren Stick auch an Ihrem Schlüsselbund festmachen.«

»Entzückend!«, stieß Francesca aus und hoffte, dass Astrid Baisch endlich kehrtmachen und sich wieder in ihr Büro nebenan verziehen würde. Aber die Polizeisekretärin blieb vor ihrem Schreibtisch stehen, als seien ihre Füße am Boden festgetackert. Vielleicht hatte es sie auf die Karamellbonbons abgesehen, die von ihr unerreichbar in einer kleinen Schüssel neben der Tastatur lagerten? Francesca verspürte schon den Impuls, ihr das Schüsselchen hinüberzureichen, da fiel ihr noch etwas ein.

»Bitte verständigen Sie doch den Bruder von Hellmuth Michaelis. Wegen der Beerdigung. Wir können die Leiche jetzt freigeben. Die Kinder sind ja nicht greifbar und die Exfrau ist weder zuständig noch in der Lage dazu, sich darum zu kümmern.«

Astrid Baisch nickte stumm. Schon im nächsten Moment wurden alle durch ein Piano-Riff aus der Situation erlöst. Francesca holte ihr Mobilgerät aus der Handtasche, die über der Lehne ihres Stuhls hing, und nahm das Gespräch an.

Als sei sie abgewiesen worden, formte die Polizeisekretärin die Lippen zu einer Schnute und ging in ihr Zimmer zurück.

»Basilio?«, fragte Francesca ins Telefon. »Was geht?«

Özcan konnte sich ein Lächeln nicht verkneifen. Kopierte die Mutter von Lisa nun schon die Jugendsprache ihrer Tochter?

»Nein, wir sind bereits wieder im Amt. Und was soll das sein?«

Sie stellte den Lautsprecher an, damit Özcan mithören konnte, und legte das iPhone auf die Ecke, die ihr Kollege zuvor freigeschaufelt hatte.

»Das wird zwischen LAN-Kabel und Computer geschaltet«, ließ sich Basilio Garcias Telefonstimme vernehmen. »Es zeichnet die Tastaturanschläge auf und kann sie über WLAN an einen externen Empfänger funken.«

»Ein Keylogger, wo?«, rief Özcan erstaunt dazwischen.

Mit einer wischenden Handbewegung bat Francesca ihn, still zu sein.

»Das heißt, auch Hildenbrands Passwort?«, versicherte sie sich.

»Darum geht's ja«, ließ Basilio verlauten. »Der CISO hat ausgesagt, er habe gestern noch Hildenbrands Computer durchgecheckt und auch die Kabelverbindungen überprüft. Persönlich. Und da war noch nichts dran!«

»Dann haben wir jetzt tatsächlich eine heiße Spur!«, rief die Kommissarin aus.

»Ich hab das Gerät beschlagnahmt«, erklärte Basilio.

Özcan schüttelte heftig den Kopf.

»Dann mach's wieder ran!«, sagte Francesca bestimmt. »Damit wecken wir doch nur schlafende Hunde.«

»Ich muss es ja wenigstens auf Fingerabdrücke hin untersuchen lassen«, wandte Basilio ein.

»Dann nimm eben ein anderes Teil, das gleich aussieht«, schlug Özcan vor.

Der Lautsprecher blieb stumm.

»Habt Ihr denn einen Verdacht?«, hakte Francesca nach.

»Nicht Konkretes«, antwortete Basilio.

»Wenn der Täter merkt, dass der Keylogger fehlt, ist er gewarnt«, bekräftigte Tomislav Özcan Francescas Einschätzung.

»Wir müssen sofort Herrn Espe informieren!«, bestimmte Francesca.

»Aber ich bin schon auf dem Rückweg!«, erwiderte Basilio müde.

»Dann dreh um! Und hol den Hildenbrand dazu und den CISO zurück, falls der schon weg ist. Wir müssen das weitere Vorgehen unbedingt mit den Leuten von Elring-Klinger absprechen!«

»Okay«, erwiderte Basilio. »Aber dann bringt ihr gleich noch zwei von meinem Team mit. Und die sollen 'ne Spycam für Computer einstecken …«

»Eine Spycam und zwei Leute vom Cybercrime-Team«, ließ sich Astrid vom Türrahmen aus hören mit der Stimme einer Kellnerin, die eine Bestellung entgegennahm. »Wird prompt erledigt.«

Francesca und Özcan sahen sich überrascht an. Wie viele Kilometer reichten ihre Antennen eigentlich?

»Einen Moment noch«, rief Francesca ihrer Sekretärin zu und beendete gleichzeitig das Telefonat. »Ich glaube, für diesen Plan brauchen wir mehr als nur eine Handvoll Leute!« Sie überlegte kurz. »Ein Observationsteam! Frau Baisch«, schob sie nach, »schicken Sie mir ein Observationsteam nach Dettingen!«

Sie schnappte sich ihre Handtasche und marschierte, gefolgt von Özcan, zur Tür.

Dort wäre sie fast mit Stefano Invisibile zusammengestoßen.

»Scusi, gentilissima signora!«, lachte dieser und erhob die Arme. »Gut, dass ich dich noch erwische!«

»Grazie di cuore!«, grinste Francesca zurück und schnappte sich das Blatt Papier, mit dem Stefano vor ihrer Nase wedelte.

»Das Fahrzeug von Lukas Michaelis ist aufgetaucht«, begann er.

Francesca und Özcan sahen sich an.

»In einem Parkhaus am Flughafen. Die Spurensicherung ist unterwegs.«

»Seit wann steht der Wagen da?«

»Laut Parkticket seit vorgestern, 10 Uhr 29. Aber …«

»Frau Baisch?!« Francesca drehte sich abrupt um. »Wir müssen alle Passagierlisten …« Weiter kam sie nicht.

Stefano fasste sie am Unterarm.

»Nicht mehr nötig«, erklärte er. »Ich habe Miriam Michaelis erreicht!«

»Benissimo!«, stieß Özcan aus und strahlte Stefano an. »Und wie ist das Wetter im Marin County?«

Ehe der andere antworten konnte, fuhr Francesca dazwischen:

»Warum hast du sie nicht gleich zu mir durchgestellt?«

Der Vorwurf in ihrer Stimme war unüberhörbar.

Stefano setzte das charmanteste Gesicht auf, das er hervorbringen konnte.

»Colpa mia, cara mia! Die Skype-Verbindung ist ein paar Mal zusammengebrochen! Ich war schon froh, überhaupt die wichtigsten Infos zusammenzukriegen!«

Francesca legte die Hand auf die Brust und neigte die Stirn.

»Grazie …«, lenkte sie ein und hob wieder den Kopf.

»Miriams Aussage … Steht alles hier drauf!«

Stefano deutete auf das Blatt.

»Ich will es von dir wissen!«

Ihre Augen hatten sich plötzlich zu Schlitzen verengt.

Aber da stand plötzlich Astrid Baisch wieder auf dem Plan.

»Dann hat sich die Suchmeldung nach Michaelis junior also erledigt?«, wollte sie von der Kommissarin wissen. »Es haben sich nämlich inzwischen drei Kommilitonen von ihm gemeldet und seine Ex-Freundin. Die Begegnungen liegen aber alle mehr oder weniger weit vor dem Abend der Tat.«

»Ich glaube, dann können wir das im Moment mal auf später verschieben«, erwiderte die Kommissarin. »Falls wir es dann noch brauchen.«

Sie wandte sich wieder Stefano zu und begann, sich am Handrücken zu kratzen.

»Mich interessiert jetzt viel mehr, was Miriam uns zu erzählen hat!«

»Immediatamente!«, säuselte Stefano. »Aber wollen wir uns nicht setzen?«

»Wir sind auf dem Sprung!«, erwiderte Francesca und tippte ihn auf die Brust. »Und du kannst gleich mitkommen!«

Die Alb als eine wundersame blaue Mauer ausgestreckt ...‹«, zitierte Özcan aus einem Märchen von Eduard Mörike, kurz bevor sie die B 27 Richtung Metzingen verließen.

Immer wieder hielt auch Francesca an dieser Stelle der Schnellstraße inne, die sie fast täglich selbst zwischen Reutlingen und Stuttgart befuhr: auf der Anhöhe vor der Aichtalbrücke. Hier öffnete sich der Blick von den Fildern hin zum nördlichen Steilabfall der Schwäbischen Alb – auf einzigartige Weise.

»Hast du noch mehr davon auf Lager?«, gähnte Stefano.

Die wenigen, wenn auch wichtigen Informationen, die er dem Gespräch mit der Tochter des Mordopfers entnommen hatte, hatte er bereits auf ihrer Fahrt durch Stuttgart an Francesca und Özcan weitergegeben. Für den Moment war dieser Teil der Geschichte zu Ende erzählt. Stefano machte es sich auf der Rückbank des Dienstwagens bequem.

Miriam Michaelis hatte ausgesagt, vom Mord an ihrem Vater erst auf dem San Francisco International Airport erfahren zu haben. Am gestrigen Dienstagmorgen. Von Lukas. Dieser habe in den Spätnachrichten von n-tv noch kurz vor seinem Abflug in Stuttgart davon gehört. Er habe ihr gesagt, ihr Vater sei Opfer einer Bande von Industriespionen geworden. Er selbst sei in Bad Urach gekidnappt worden, habe aber seinen Verfolgern entkommen können. Auf Stefanos Frage, warum er sich nicht an die Polizei gewandt habe, habe Miriam nicht zu antworten gewusst. Auch die Frage, ob er Angaben zu den Entführern oder dem Tatfahrzeug machen könne, war unbeantwortet geblieben. Schließlich hatte Stefano sie gebeten, mit Lukas sprechen zu können, doch da habe sie begonnen zu weinen und gesagt, ihr Bruder sei eine Nacht bei ihr geblieben und am nächsten Morgen gleich wieder verschwunden. Offenbar fühle er sich auch in den USA verfolgt. Sie hoffe, dass er nicht die Krankheit ihrer Mutter geerbt habe.

»Dann wissen wir das jetzt auch«, hatte Francesca geantwortet und dabei tief ausgeatmet. »Hauptsache, dieser Lukas ist noch am Leben ...«

»Wir wissen noch mehr ...« Stefano hatte sich den Clou für den Schluss aufgehoben und Francesca auf der Höhe der Degerlocher Stadtteilbibliothek per SMS ein Foto zugeleitet. »Hat mir Miriam gerade geschickt.«

Die Kommissarin hatte auf das Bild auf ihrem Display gestarrt: ein Mann in einem Gasthaus. An einem Einzeltisch vor einem großen Glas mit – Bier oder Apfelsaft. Mit seinem dunkelblonden Bürstenhaarschnitt, seinem kantigen Gesicht und dem stämmigen Oberkörper erinnerte er sie an einen Marine, der soeben aus einem Hollywood-Streifen getreten war.

»Und wer soll das sein?«

»Soll Lukas am Sonntag aufgenommen haben. Um 17 Uhr 44, wenn du es genau wissen willst.«

»Da war er vermutlich noch mit seinem Vater zusammen«, hatte sich Özcan erinnert. »Aber warum hat er es seiner Schwester in die Staaten geschickt? Vielleicht ist es ja irgendein Bekannter. War kein Kommentar dabei?«

»Doch. Miriam sagt, er habe dazu geschrieben: ›Keinesfalls löschen! Erklär ich dir später!‹ Und als er bei ihr in Atherton war – das liegt wenige Kilometer von San Francisco entfernt, Tommy …«

»Danke für den Geografieunterricht!«

»… hat er ihr zu verstehen gegeben, er kenne den Mann nicht. Aber ihr Vater habe sich von ihm auf eine unangenehme Weise beobachtet gefühlt.«

Nach einer Pause stillen Nachdenkens hatte Stefano noch abschließend hinzugefügt, er habe das Foto des Unbekannten an die Abteilung Biometrie weitergeleitet. Die Spezialisten für Gesichtserkennung würden das Bild mit ihren Daten bekannter Straftäter abgleichen.

Einige Zeit später kam Özcan wieder auf den Text zu sprechen.

»In diesem Märchen von Mörike ist allerdings von der Bempflinger Höhe die Rede, von wo aus der wandernde Schustergeselle Seppe den Albrand bestaunt …«

»Und wie heißt das Märchen?«, wollte nun auch Francesca wissen, froh, für wenige Minuten die belastenden Gedanken zur Seite legen zu können.

»Das Stuttgarter Hutzelmännlein. Der Schriftsteller Felix Huby hat übrigens ein wunderschönes Theaterstück daraus gemacht.«

»Hutzel… – was bitte?«, fragte Stefano.

»Das Hutzelmännlein hat Seppe ein Hutzelbrot mit auf die Wanderschaft gegeben«, erklärte Özcan. »Eine Art Früchtebrot. So mit getrockneten Früchten. Es ist ein Zauberbrot, das immer nachwächst.«

»Die Verbrecher wachsen auch immer nach …«, assoziierte Stefano unpassend.

»Musst du uns jetzt die Stimmung vermiesen?!«, empörte sich Francesca. Und dann zu Özcan: »Komm, erzähl noch ein bisschen weiter …«

»'tschuldigung«, nuschelte Stefano.

»Also gut«, antwortete Özcan und sah von der Anhöhe auf die sich endlos hinziehende Fahrzeugschlange. »›Nicht anders hatte er sich immer die schönen blauen Glasberge gedacht‹«, fuhr er in melodischem Tonfall fort, »›dahinter, wie man ihm als Kind gesagt, der Königin von Saba Schneckengärten liegen. Doch war ihm wohl bekannt, dass oben weithin wieder Dörfer seien, als: Böhringen, Zainingen, Feldstetten, Suppingen, durch welche sämtlich nacheinander er passieren musste… Einstweilen langte es doch eben noch bis Urach, wo er zur Nachtherberge blieb …‹«

»Aber den Schluss hast du jetzt gerade erfunden, oder?«, fragte Francesca mit Blick auf die gelbe Hinweistafel nach Bad Urach, die sich soeben in ihr Gesichtsfeld schob.

Özcan brummte.

»Na ja, der letzte Satz steht ein bisschen später im Text«, gab er zu.

Mit dem Stichwort »Urach« war nun jedenfalls auch die vorübergehend lockere Stimmung im Wagen dahin. Bis zu ElringKlinger in Dettingen herrschte Schweigen und jeder hing seinen eigenen Gedanken nach.

In der Empfangshalle der Firma wurden die drei von Thorsten Espe mit den Worten begrüßt, er sei vom Vorstand beauftragt, jede Maßnahme des LKA zu unterstützen. Dann begleitete er die Beamten zum Labor in den Keller hinunter.

Basilio Garcia, Roland Wagner und Alexander Hildenbrand sahen von ihren Stühlen auf und blickten den Ankömmlingen erwartungsvoll entgegen. Francesca nickte ihnen kurz zu und ließ sich von Hildenbrand dessen

Computer zeigen. Sofort kroch sie unter die Arbeitsplatte, um einen Blick auf die Kabelverbindungen zu werfen. Als sie sich wieder erhob, sah sie Basilio fragend an.

»Das kleine schwarze Ding da unten?«

Garcia nickte zerstreut.

»Die Herren haben mich schon ins Bild gesetzt«, nahm sich Espe das Wort. »Wir haben also einen Mörder unter uns …«

Er sprach den Satz wie eine Feststellung aus.

»Die Person, die diesen …« Francesca suchte nach dem richtigen Wort und sah wieder zu Basilio.

»Keylogger«, half dieser aus.

»… genau, diesen Keylogger installiert hat, kann, aber muss nicht mit dem Mörder von Michaelis identisch sein«, erklärte sie.

Espe kratzte sich am Kinn.

»Okay. Und was schlagen Sie vor?«

Die Kommissarin spürte die Blicke der Männer auf sich. Sie zog Hildenbrands Schreibtischstuhl zu sich heran und setzte sich.

»Wir wissen ja nicht, ob der Täter das Passwort schon hat. In diesem Fall könnte er sich, wenn er sich unbeobachtet fühlt, über Herrn Hildenbrands Computer hermachen.«

Sie sah auf ihre Armbanduhr.

»Wir haben jetzt 18 Uhr 35.«

Ihr Blick schoss zu Espe.

»Wäre doch möglich von den äußeren Gegebenheiten her, dass ein Laborangestellter nachts noch mal zurückkommt?«

»Mit seiner Karte, natürlich«, antwortete der Geschäftsbereichsleiter. Seine Finger klopften einen unrhythmischen Takt auf der Tischplatte. »Allerdings müsste er am Nachtpförtner vorbei, ohne dass der was mitbekommt …«

»Sonst wäre das schon auffällig«, ergänzte Hildenbrand. »Weil normal arbeitet hier nachts keiner mehr.«

»Aber sagten Sie nicht vorgestern, es komme schon mal vor, dass jemand länger bleibt?«, wandte Francesca ein.

Hildenbrand stutzte.

»Ja, aber nicht, dass einer vom Labor erst abends seinen Dienst antritt. Oder mitten in der Nacht.«

»Auf jeden Fall sollten Sie den Pförtner instruieren«, sagte die Kommissarin zu Espe. »Obwohl er sich ja auch unbemerkt auf dem Betriebsgelände aufhalten könnte, bis alle hier nach Hause gegangen sind.«

Espe legte seine Hand auf dem Knie ab. Zum Zeichen, dass er verstanden habe, schloss er für einen Moment die Augen in der Art, wie sich Nachrichtensprecher auf dem Bildschirm von ihrem Publikum verabschieden.

Francesca schmunzelte und rückte auf ihrem Stuhl nach hinten, schob die Finger ineinander, streckte die Arme und ließ sie an den Seiten des Stuhls ausbaumeln.

»Hat er das Passwort jedoch noch nicht«, fuhr sie fort, »muss er bis morgen früh warten, bis Herr Hildenbrand seinen PC startet ...«

»Und das nicht vor achte«, grinste der Laborleiter.

»Entweder er selbst oder ein Verbündeter wird dann irgendwo draußen auf einem der Parkplätze mit seinem Laptop auf das entsprechende Signal warten. Und wenn er das Passwort schon hat, wird er heute Nacht den Computer anzapfen.«

»Und dann schnappen wir ihn uns!«

Der CISO schnalzte mit den Fingern.

»Langsam!«

Die Kommissarin hob abwehrend die Hände.

»Erst einmal: Unsere Techniker sind unterwegs.«

Sie sah Hildenbrand an.

»Sie werden Ihre Webcam durch eine unserer Kameras ersetzen.«

Der Laborleiter runzelte die Stirn. Das Lächeln auf seinem Gesicht war verschwunden.

»Damit können wir sehen, wer sich an Ihrem Computer zu schaffen macht. Falls er nicht heute Nacht schon einen Versuch unternimmt, stellen Sie bitte morgen sicher, dass keiner der Laborangestellten sich an Ihren Bildschirm setzt.«

»Da lass ich sowieso keinen ran«, antwortete Hildenbrand missgelaunt.

»Spielen wir die Szenarien weiter durch«, bekundete Francesca.

»Heute Nacht ...« Sie sah zu Garcia.

»Der Täter hat verschiedene Möglichkeiten«, nahm Basilio den Ball an. »Er kann Daten auf einen Stick ziehen. Er kann sie auch per E-Mail-Anhang Gott weiß wohin schicken und die gesendete Mail im Postausgang wieder löschen. Deshalb müssen Sie«, er wandte sich ebenfalls an Hildenbrand, »gleich nachher noch die sensiblen Bereiche Ihrer Festplatte auf einer externen Festplatte sichern und die Originaldaten löschen, damit Ihnen kein Schaden entsteht.«

Hildenbrand kratzte sich am Kopf.

»Dann braucht der Täter sich gar nicht erst die Mühe machen, hier aufzutauchen«, erwiderte er ungehalten. »Da sitz ich ja die halbe Nacht dran. Außerdem habe ich keine externe Festplatte zur Hand ...«

»Die bringen unsere Techniker mit«, gab Francesca zu verstehen.

»Und noch etwas«, fiel Basilio ein und sah zu dem Laborleiter. »Sie müssen Ihr Passwort ändern.«

Hildenbrand sah den LKA-Spezialisten mit gequältem Gesichtsausdruck an.

»Tut mir leid«, sagte Basilio. »Aber wir wollen ja nicht, dass der Täter das richtige empfängt und weitergibt ...«

Mit einer abschätzigen Handbewegung gab der Laborleiter zu verstehen, dass er sich in sein Schicksal fügen wolle.

»Also entweder versucht er es heute Nacht oder morgen über den Keylogger«, fasste Basilio nun zusammen und wandte sich mit seinen Worten an die Versammelten. »Aber der zeichnet ja nur die Tastaturanschläge auf. Mit denen kommt er höchstens ans Passwort ran, an viel mehr aber dann noch nicht. Aus seiner Sicht wäre das also nur Schritt eins. Am Ziel ist er damit noch nicht.«

»Jedenfalls wissen wir nicht, auf welchem Weg er die Daten abzapfen und – vor allen Dingen – weiterleiten wird. Das ist aber der springende Punkt.«

Francesca sah jetzt abwechselnd zum CISO und zu Espe.

»Wir haben ein Observationsteam angefordert. Sobald sich jemand heute Nacht an Herrn Hildenbrands Computer zu schaffen macht, bekommen unsere Beamten draußen auf dem Parkplatz über ein Kamerabild Wind. Und ob heute noch oder erst morgen – der Täter selbst oder ein Mittäter wird auf dem Parkplatz sein, um es dort zu empfangen.«

»Direkt vor unserer Haustür?«, fragte Espe verwundert.

»Die Reichweite des Senders beträgt maximal einhundertfünfzig Meter unter unseren räumlichen Bedingungen hier«, erklärte Basilio.

»Mein Kollege Özcan und ich sind jedenfalls die ganze Nacht über erreichbar«, fuhr Francesca fort.

Ihr gelber Lieblingssessel im Wohnzimmer erwartete sie schon. Francesca, den Schlüsselbund noch in der Hand und ohne sich ihrer schwarzen Lederjacke entledigt zu haben, ließ sich erschöpft in das Polster sinken. Sie fingerte nach ihrer Armbanduhr, die sie wegen eines Juckreizes in ihre grüne, bauchige Handtasche abgelegt hatte, und warf einen Blick auf das Zifferblatt mit den römischen Zahlen. 19 Uhr 55 und niemand zu Hause?

Die Spycam an Hildenbrands Computer war installiert, der Pförtner bei ElringKlinger instruiert und auf dem Parkplatz hatte sich ein Observationsteam in einem unauffälligen grauen Transporter auf eine lange Nacht eingerichtet. Özcan, Stefano und sie selbst würden die Nacht über abrufbereit sein und in zwanzig Minuten vor Ort, falls Bewegung in die Sache käme.

Gähnend streckte sie sich aus, ließ ihre Schlüssel in die Handtasche fallen und rieb sich die leicht gerötete runde Abdruckstelle über ihrem Handgelenk. Ungewöhnlich, diese Ruhe in der Wohnung, dachte sie. Wenn ich Single wäre, würde ich mich jetzt mit den Kleidern auf mein Bett fallen lassen und schlafen. Nichts als schlafen. Aber wenn ich dann wieder aufwachen würde, alleine, würden sie mir fehlen. Andreas, Lisa, Silvio, Salvatore. Und Mama. Wo sie nur so lange blieben?

Jetzt meldete sich ihr leerer Magen mit einem bösartigen Knurren. Seit dem Käsebrötchen und dem kleinen Stück Sachertorte mit Özcan heute Mittag am Rand der Esslinger Altstadt hatte sie nichts mehr zu sich genommen. Aber jetzt extra in die Küche gehen und sich selber was machen? Schon wollte ihre Hand nach dem iPhone greifen, um einen Pizzaservice anzurufen, da ließ sie diese schon wieder sinken. Die Sachertorte war schon gehaltvoll genug gewesen.

Entfernt hörte sie die Wohnungstür gehen. Im nächsten Moment flog die angelehnte Wohnzimmertür auf und Nick stürmte, schwanzwedelnd und mit seitlich geneigtem Kopf auf sie zu. Ihre Mutter Maria hatte den anhänglichen schwarzen Kurzhaar-Mischlingsrüden vor einem Jahr als Welpen aus dem Tierheim geholt. Mit seiner feuchten Schnauze stupste er gegen ihre Hand.

»Ihhh!«, stieß sie angeekelt aus.

Jetzt schwänzelte der Hund unter ihren Schenkeln hindurch und wollte sich ihre andere Hand vornehmen, die sie gerade noch rechtzeitig zurückziehen konnte. Dennoch fasste sie sich ein Herz und begann, Nick an der hellgrauen Unterseite seines Halses zu kraulen.

Und jetzt stand ihre Mutter unter der Tür, mit einem Einkaufskorb. Francesca sah, dass sich Salvatore hinter ihr versteckte.

»Puh, spät geworden. Aber wir haben kräftig zugeschlagen«, sagte Maria und stellte den schweren Korb ächzend im Flur ab. »Jede Menge Sonderangebote zur Zeit ... Aldi und Lidl befinden sich im Preis-Krieg!«

Für den Bruchteil einer Sekunde kam an ihrer Hüfte Salvatores Gesicht zum Vorschein.

»Und wo ist mein Purzel?«, neckte Francesca. »Hast du den beim Aldi vergessen?«

Jetzt stürmte der Junge auf sie zu. Mit einem Papier in der Hand schwang er sich seiner Mutter auf den Schoß und hielt ihr das Blatt so dicht vor die Augen, dass ihr Blick verschwamm. Sie nahm es in die Hand und rückte es etwas von ihrem Gesicht weg.

Sofort legte Nick seine Vorderpfoten auf ihren rechten Schenkel und stupste sie mit der Schnauze an.

»Hab ich gemalt«, verkündete der Kleine stolz. »Hausaufgaben. Aber freiwillig.«

»Freiwillige Hausaufgaben?«

»Frau Mühleisen hat gesagt, wer will, kann noch was malen. Aber nur, wer möchte.«

»Aha ...«

»Und ich kann auch schon schreiben!«

Mit seinem kleinen Zeigefinger tippte der Junge auf die krakeligen, roten Großbuchstaben über dem blauen Polizeiwagen: »GRIMINALBOLIZEI«.

Francesca schmunzelte in sich hinein.

»Und das da bist du!«

Francesca kräuselte die Stirn und nahm einen rotgelben Farbfleck in der Ecke links oben ins Visier.

»Ist Mama so dick?«, rief sie mit gespielter Empörung.

Salvatore lachte scheppernd und verknotete die Arme.

»Das ist doch ein Schmetterling!«

»Ach so ...«

Mit einem schwachen Lächeln linste sie über den Blattrand hinweg zu ihrer Mutter hinüber.

»Die Tiefkühlsachen müssen als Erstes eingeräumt werden«, sagte Maria mit müder Stimme.

Francesca packte Salvatore samt seinem Gemälde an der Hüfte, schwang sich mit ihm aus dem Sessel und stellte den Jungen ab.

»Du gehst schon wieder?«, fragte sie ihre Mutter.

Maria stieß einen Seufzer aus.

»Bei uns ist heute noch Mieterversammlung.«

Francesca massierte ihre Schläfe und ging auf ihre Mutter zu, um sie mit Küsschen zu begrüßen und zugleich wieder zu verabschieden. Nick hatte sich an ihre Fersen geheftet und Salvatore, in sein Werk vertieft, schlug den Weg zu seinem Kinderzimmer ein.

»War heute wieder viel los bei dir?«, fragte ihre Mutter einfühlsam mit Blick auf Francescas Stirnfalte.

Francesca atmete geräuschvoll aus.

»Und wo sind die andern alle?«, fragte sie und kratzte sich am Handrücken.

»Lass das doch mal, dieses ewige Gekratze!«, forderte Maria sie auf, mit ärgerlichem Ton in der Stimme.

Francesca ließ die Hände sinken, verzichtete auf eine Entgegnung und wartete die Antwort ab. Als sie nicht kam, hakte sie nach:

»Silvio? War er nicht auch mit bei dir?«

»Gegessen hat er schon was bei mir und jetzt hat er sich gleich in sein Zimmer verkrochen. Hat morgen ’ne

Mathearbeit. Wir haben noch eine Stunde zusammen gepaukt. Andreas ist beim Volleyball und Lisa hat noch ’ne Besprechung mit ihrer Frau Sommer.«

Wie immer bedankte sich Francesca und begleitete ihre Mutter zur Tür. Als sie diese ins Schloss gezogen hatte, zog sie ihre Lederjacke aus und wollte sie an die Garderobe hängen. An der kahlen Stelle prangte auf Augenhöhe ein einziger, türkisfarbener, blumenförmiger Haken. Staunend stülpte sie den Kragen über ihn. Dann klopfte sie bei Silvio an. Als keine Antwort kam, öffnete sie leise die Tür. Das Zimmer war dunkel. Der Junge hatte sich ohne ein Wort in sein Bett verzogen und schlief offenbar schon. Der wird auch ganz schön geschafft sein, dachte sie, schloss die Tür wieder und ging ins Bad, wo Salvatore bereits im Pyjama am Waschbecken stand und sich die Zähne putzte.

»Hab ich schon große Kinder!«, rief sie aus. »Soll Mama dir noch eine Geschichte vorlesen?«

Geräuschvoll gurgelte Salvatore und spuckte aus.

»Nicht nötig«, trällerte er. »Papa kann besser vorlesen.«

Er wischte sich oberflächlich den Mund an seinem Handtuch ab und schlenderte an ihr vorbei.

»Ich kann auch schon lesen! Selber!«

Francesca folgte ihm verwundert.

»Ich kann mich auch schon alleine ins Bett bringen!«, meinte er, als sie vor der Kinderzimmertür angelangt waren.

Er glitt durch den Türspalt und schien im Begriff, ihr die Türe vor der Nase mit einem selbstbewussten »Gute Nacht!« zuzumachen. Francesca ließ ihn gewähren, jedoch nicht ohne noch kurz in die Hocke zu gehen und ihm einen knappen Kuss auf die kühle Wange zu drücken.

Oje, die Tiefkühlkost, dachte sie, als sie sich im Flur umdrehte und ihr Blick auf den Einkaufskorb fiel.

Wenig später hatte sie die Lebensmittel weggeräumt. Als sie den Kühlschrank öffnete, entdeckte sie einen mit Folie abgedeckten Teller mit geschmälzten Maultaschen. Neugierig zog sie den Teller hervor, während ihr bereits das Wasser im Mund zusammenlief. Auf der Folie klebte ein gelber Zettel mit einem mit Filzstift gemalten Herz und der Schrift von Andreas: *Damit Du nicht extra kochen musst, wenn es spät wird. Einfach in die Mikrowelle!*

Damit hatte sie nicht gerechnet! Sie schloss die Kühlschranktür und stellte den Teller ab, um die Folie abzuziehen – da ging die Küchentür auf und Andreas stand da. Mit schweißnassen Haaren, im Trainingsanzug. Er warf die Sporttasche in die Ecke und stolzierte mit wiegenden Hüften in die Küche. Francesca warf einen eindeutigen Blick auf seinen ausgeprägten Hintern.

»Heute war vielleicht was los!«, strahlte er.

Francesca ging auf ihn zu, klopfte ihm mit flachen Händen gegen die Hüften und drückte ihm mit spitzen Lippen einen knappen Kuss auf den Mund.

»Danke fürs Abendessen!«

Andreas redete übergangslos weiter:

»Heute haben die Flüchtlinge zum ersten Mal mitgespielt, lauter junge Kerle mit uns ›Alten Herren‹. Frag mich nicht, woher. Afghanen, Eritreer, Syrer. Einer aus Ghana …«

Mit beiden Händen strich er seine nassen Haare zurück.

»Und wie verständigt ihr euch?«

»Manche können schon etwas Deutsch. Ansonsten Englisch oder Französisch. Bis auf eines habe ich wieder alle Spiele gewonnen.«

Francesca verzog die Lippen zu einem breiten Grinsen.

»Du. Allein …«

»Ohne Sahin hätten wir alt ausgesehen … Übrigens, Lisa schläft heute bei einer Freundin.«

»Ach ja? Wie immer kurz entschlossen!«

»Na ja, immerhin sagt sie ja Bescheid.«

»Ich nehm's zur Kenntnis. Aber jetzt geh du erst mal duschen!«

Als sei ihre Aufforderung seinen Gedanken in die Quere gekommen, öffnete er den Mund, ohne etwas zu erwidern. Dann drehte er sich abrupt um. Kurz darauf war er im Bad verschwunden.

Francesca sah die Maultaschen an. Unentschieden verharrte sie einen Moment vor dem Teller. Dann fasste sie einen Entschluss und folgte Andreas ins Bad. Sie schloss hinter sich ab, zog sich aus und stieg zu ihrem überraschten Mann unter die Dusche.

»Hast du dich heute handwerklich betätigt?«, fragte sie neckisch. »Die neue Garderobe …«

»Mit diesen meinen Händen«, erwiderte er und ließ seine Hände sanft ihren Rücken hinabgleiten, bis sie sich an ihren Pobacken festsetzten. Er presste sie an sich.

Francescas Körper versteifte sich.

»Was ist los?«

Ohne von ihr abzulassen, verminderte er den Druck.

Als wolle sie nach ihrem Handy greifen, wischte ihre Hand neben dem Duschvorhang durch die Luft.

»Ich weiß nicht, ob das was wird«, stammelte sie, hin- und hergerissen. »Ich hab doch eigentlich Bereitschaft …«

Wie ein bis zum Äußersten gestrafftes Drahtseil lag die Spannung fiebrig über dem Monteurparkplatz. Noch immer leicht benommen von einer erfüllten Liebesnacht stand Francesca mit zwei Thermoskannen frisch gebrühten Kaffees vor dem grauen, mit abgedunkelten Scheiben versehenen Lieferwagen des Observationsteams. Sie klemmte eine der Kannen zwischen Ellenbogen und Hüfte und klopfte an die Schiebetür.

In dem Spalt wurde das übernächtigte Gesicht eines Kollegen sichtbar. Als er Francesca erkannte, zwang er sich zu einem höflichen Lächeln.

»Tote Hose, Chefin!«

»Hier kommt das Frühstück, Fred – wenigstens der flüssige Teil davon«, begrüßte sie ihn und reichte ihm die Thermoskannen.

Jetzt strahlte der Kollege und schob die Seitentür auf, damit Francesca eintreten konnte.

Die Kommissarin sah auf die Uhr und begrüßte den zweiten Mann, der seinen Blick vom Bildschirm nahm und sich auf seinem Drehstuhl zu ihr umdrehte.

»Um halb neun kommt eure Ablösung«, sagte sie und warf einen Blick auf den dunklen Monitor. »So lange müsst ihr noch durchhalten ... Hat sich von den Laborangestellten denn schon jemand eingecheckt?«

»Stefano sagte, mit Hildenbrand sei vereinbart, dass er sich um acht an seinen Computer setzt«, antwortete Fred.

»Ja, weil normal kommt er immer um diese Zeit. Und das wird auch unser Mister Unbekannt rausgekriegt haben.«

Um kurz vor 8 Uhr war der Parkplatz schon gut gefüllt. Der Observierungswagen des LKA stand leicht erhöht, aber unauffällig sehr weit hinten. Seine Lage ermöglichte nicht nur einen einwandfreien Empfang der Spycam, sondern ließ auch die Beobachtung des Kommens und Gehens auf dem Platz zu.

Während sich die Kollegen ein paar Schlucke aus einer der Kannen genehmigten und den Kaffee einhellig lobten, nahm die Kommissarin einen Feldstecher zur Hand, der auf einer Ablage unter dem getönten Fenster des mit Technik vollgestopften Wagens lag.

»Pollak!«, sagte sie unvermittelt in ihr kleines Funkgerät am Handgelenk und aktivierte die sprachgesteuerte Freisprechfunktion.

»Da kommt Pollaks Twingo!«

Sie wandte sich an die Kollegen im Wagen.

»Könnt ihr da mal ranzoomen?«

Özcan, der sich mit Stefano im Dienstwagen wenige Meter vom Observationsteam auf Posten begeben hatte, reagierte sofort.

»Der Rote mit den zwei breiten schwarzen Streifen über der Kühlerhaube«, krächzte seine Stimme aus dem kleinen Lautsprecher.

Fred ließ die Kamera an den roten Twingo heranfahren, schickte das Bild auf einen zweiten Monitor und bot Francesca seinen Platz an. Die Kommissarin legte den Feldstecher zur Seite, setzte sich und starrte auf den Bildschirm, der jetzt ein Vollbild des Wagens zeigte. Die Fahrertür des Kleinwagens öffnete sich, ein Mann stieg aus.

»Fahr mal kurz an sein Gesicht ran, damit wir nicht den Falschen ins Visier nehmen«, bat die Kommissarin ihren Kollegen.

Nur für einen Moment erschien über dem Wagendach das Kamerabild des Praktikanten. Ein rundliches Pickelgesicht mit rötlichem Ziegenbärtchen. Volles, ebenfalls rötliches, lockiges Haar, das knapp über die Ohren reichte. Am linken Ohrläppchen glitzerte ein winziger Silberring.

»Zielperson identifiziert«, meldete die Kommissarin.

Özcan bestätigte.

Die Kamera zoomte auf den Mann und man sah ihn jetzt den Fahrersitz nach vorne klappen und vom Rücksitz eine Laptoptasche holen.

Francesca warf einen Blick auf den zweiten Monitor, der das Bild der Spycam wiedergab. 7 Uhr 58 zeigte die digitale Zeitanzeige in der unteren Menüleiste an. Noch war Hildenbrand nicht erschienen.

Pollak setzte sich mit der Tasche wieder auf den Fahrersitz, zog das Gerät aus der Tasche, legte sich den Laptop auf die Knie und klappte ihn auf.

»Der hat die Ruhe weg«, kommentierte Francesca.

Ohne auf ihre Äußerung zu reagieren, verfolgten ihre Kollegen mit ihr jede Bewegung im Wagen der Zielperson. Doch nun kam auch Leben auf den mit der Spycam verbundenen Bildschirm: Hildenbrand setzte sich.

»Der Laborleiter!«

Francescas Blicke wanderten zwischen beiden Monitoren hin und her.

»Bei dem kannst du die Uhr danach stellen. Showdown ...«

Und dann zu Fred:

»Kannst du auf Pollaks Laptop zoomen, auf seinen Bildschirm?«

Dieter Pollak hatte seinen Computer inzwischen gestartet. Nur wenig später erschien – ein Zeichen langsam nach dem anderen – das Passwort, das Hildenbrand eingab.

»›hybridloewe04‹, was soll das denn heißen?«, las Fred laut vor und schnalzte mit der Zunge.

»Mal sehen, was er jetzt macht«, meinte Francesca. »Geh mal ein bisschen raus, so, dass wir die Tastatur und die Hände sehen.«

»Er greift ins Innere seiner Laptoptasche«, erklärte Fred und fuhr den verkleinerten Bildausschnitt noch etwas weiter zurück.

»Er holt einen Stick. Das heißt, das Passwort scheint ihm aufs Erste zu genügen«, sagte Francesca in ihr Funkgerät. »Er scheint das Passwort abzuspeichern.«

»Dann wird er jetzt erst mal wie gewohnt zur Arbeit gehen und bis heute Abend warten, bis er allein ist und an Hildenbrands Computer rankann«, ließ sich Özcans Stimme aus dem kleinen Lautsprecher vernehmen.

»Sieht nicht danach aus«, meldete Francesca mit Blick auf den Monitor. »Er schiebt den Stick in eine Hülle ...«

»Eine gefilzte?«

»Witzbold!«

Fred und sein Kollege warfen der Kommissarin einen irritierten Blick zu.

»Er klebt die Plastikhülle zu. Scheint vorbereitet zu sein. Und lässt sie in der Seitentasche seiner Jacke verschwinden ...«

Jetzt sah man, dass Pollak den Laptop in die Tasche auf dem Beifahrersitz schob und den Reißverschluss zuzog. Dann startete er den Wagen.

»Worauf wartest du noch! Francesca!«, schrie Tomislav Özcan und ließ seinen schwarzen Dienst-Mercedes ebenfalls anspringen.

Der rote Renault Twingo hatte sich auf der Bundesstraße 28 an die Spitze der LKA-Wagenkolonne gesetzt, ohne dass sein Fahrer es bemerkte. Jedenfalls schien Özcan dieser Meinung zu sein.

»Ein bisschen mehr Abstand«, bat ihn Francesca, die sich auf dem Monteurparkplatz auf den Beifahrersitz geschwungen und den Teams in den beiden weiteren Dienstlimousinen den Auftrag erteilt hatte, ihnen zu folgen.

»Wieso, das Bürschchen hat noch kein einziges Mal in den Rückspiegel geschaut!«, gab Özcan zur Antwort, verringerte jedoch nun das Tempo.

Spektakuläre Verfolgungsjagden, dachte sie, bei denen jegliche Verkehrsregeln außer Kraft gesetzt wurden, gab es nur im Film – oder in Fällen, in denen ein Tatverdächtiger tatsächlich die Flucht ergriff. Pollak aber hielt sich offenbar stur an die vorgeschriebenen Tempolimits, im Gegensatz zu einem anderen Verkehrsteilnehmer, der die Kolonne in seinem blendend weißen SLK Roadster überholte und sich nun zwischen ihren Wagen und dem Twingo setzte.

Vom Rücksitz aus war heitere Drehorgelmusik zu vernehmen – der Nachrichtenton von Stefanos Mobilgerät.

»Schiefgegangen«, nuschelte der Kripomann.

»Was ist?«, fragte Francesca nach.

»Das mit der Gesichtserkennung. Dieses mysteriöse Bild von diesem Marine, das Lukas gemacht haben soll und das uns Miriam gestern geschickt hat.«

»Kein Treffer?«

»Unsere Kollegen haben es durch sämtliche Programme gejagt. Auch Interpol.«

»Gibt tausend andere Möglichkeiten, seine Identität festzustellen«, sagte Özcan, aber überzeugt klang es nicht.

Ihre Zielperson ließ jetzt Metzingen rechter Hand liegen und schlug die B 312 Richtung Stuttgart ein, während der Roadster geradeaus auf der sich öffnenden Überholspur an dem Twingo vorbeirauschte. Zweihundert Meter vor der Ausfahrt nach Nürtingen setzte Pollak den Blinker.

»Da unten liegt der FKK vom Aileswasensee«, erklärte Francesca und machte eine Kinnbewegung nach rechts. »Dort sind wir mit den Kindern oft im Sommer …«

»Nacktbaden? Mit deinen Kindern?«, hüstelte Stefano.

»Nein, nicht beim FKK«, verbesserte sich Francesca. »Aber gegenüber, auf der anderen Seite, da gibt's 'nen kleinen Sandstrand …«

Özcan folgte dem Twingo die Ausfahrt bergab bis zur Kreuzung, wo eine große Shell-Tankstelle in Sicht kam. Die Ampel stand auf Rot, Pollak ordnete sich auf der Geradeausspur ein – es war unvermeidlich, dass sie direkt hinter seinem Wagen zu stehen kamen.

Francesca klappte die Sichtblende herunter.

»Obwohl, er kennt uns ja nicht«, meinte sie. »Und offenbar fühlt er sich total sicher …«

»Jetzt sieht er mich aus dem Rückspiegel an«, sagte Özcan. Er setzte eine gelangweilte Miene auf und sah selbst in seinen Rückspiegel. Die beiden schwarzen Dienstlimousinen der Kollegen hatten sich hinter ihnen ebenfalls in die Spur eingereiht.

»Wir müssen aussehen wie ein motorisierter Beerdigungszug«, meinte er. »Wenn der das sieht, müsste er doch eigentlich Muffensausen bekommen.«

»Sollte er es realisieren, dass wir ihm auf den Fersen sind, wird er alles Mögliche anfahren – nur nicht sein ursprüngliches Ziel«, sagte Stefano.

Die Ampel sprang auf Grün und die Wagenkolonne setzte sich wieder in Bewegung. Der Twingo steuerte Neckartailfingen an, einen von drei kleineren Orten, die mit dem Namen des Flusses beginnen und sich zwischen Tübingen und Nürtingen an diesem entlangschlängeln. Pollak bremste am Ortsschild abrupt auf exakt Tempo fünfzig ab. Wenig später machte die Straße eine Rechtsbiegung. Kurz vor der massiven, sechs-bögigen Sandsteinbrücke über den Neckar leuchteten die Bremsleuchten des Twingos auf, brav wurde der Rechtsblinker gesetzt und der Wagen nahm eine abschüssige Einfahrt zu einem Parkplatz unten am Fluss.

»Stopp!«, entschied Francesca. »Die beiden hinteren Mannschaften sehen, wie sie von der anderen Seite aus unter die Brücke kommen. Zielperson parkt dort gerade ihr Fahrzeug!«, sagte sie ins Mikro.

»Und wir?«, fragte Stefano.

»Du gehst an den Häusern hier rechts entlang. Von dort aus hast du Einblick in den Parkplatz. Und meldest uns, wohin Pollak geht.«

Stefano verschwand.

Wenig später schon erschien Pollak auf der schmalen Treppe, die vom Parkplatz am Fluss direkt zum ortsseitigen Brückenanfang führte. Als er die kleine Ausbuchtung oben erreicht hatte und sich der Bronzefigur näherte, die auf dem bemoosten Brückengemäuer saß, sah er sich knapp um.

»Der Postillion!«, sagte Francesca erstaunt.

Özcan starrte auf die Figur. Sein Lächeln war verschwunden.

Mit einer beiläufigen Bewegung griff Pollak in die Tasche seiner Jeansjacke, führte die Hand zum schwarzen Trichter des Horns, in das der bronzene Posthalter blies, und stopfte etwas hinein.

»Ein Toter Briefkasten!«, stellte Özcan fest.

»An alle! Zugriff! Aber presto!«, befahl die Kommissarin.

Neckartailfingen liegt auf einer alten Poststraße zwischen Stuttgart und dem Bodensee«, dozierte Özcan, als er sich mit Francesca auf dem Weg durch die langen Gänge des LKA zum Vernehmungsraum befand. »Der Postillion soll an Johann Simon erinnern, dem Wilhelm der Erste, König von Württemberg, 1849 den dortigen Postdienst mit dem Prädikat eines Königlich Württembergischen Posthalters übertragen hat.«

»Entzückend!«, schmunzelte Francesca. »Das hast du jetzt aber nicht von der Volkshochschule, oder?«

»Aus dem Web«, gestand Özcan. »Aber ich würde nur allzu gerne wissen, was der Tote Briefkasten mit dem Schmetterling auf dem Stick zu tun hat, den wir bei Michaelis' Frau gefunden haben. Postillion und Postillion. Irgendwie kann das doch kein Zufall sein?«

»Tote geben leider keine Auskunft«, erwiderte Francesca trocken. »Womöglich werden wir es nie erfahren ... Auch wenn es schon sonderbar ist, dass Pollak den Stick ausgerechnet in der Trompete versenkt hat.«

»Horn«, korrigierte Özcan.

»Wie?«

»Der Postillion hat ein Horn in der Hand!«

»Ach so, ein Posthorn, ja.«

»Aber vielleicht hat Pollak ja eine Idee dazu …«, meinte Özcan, ohne es wirklich ernst zu meinen.

»Mir ist viel wichtiger, wie er auf unseren Marine reagiert«, gab Francesca zu verstehen und spielte damit auf das Foto des Unbekannten an, das Miriam ihnen geschickt hatte.

»Und wenn wir unser Video vom Monteurparkplatz abspielen, muss er sowieso Farbe bekennen.«

»Das werden wir mal schön bleiben lassen«, widersprach die Kommissarin. »Zumindest am Anfang. Er soll erst mal gar nicht wissen, was wir wissen.«

»Okay«, ließ sich Özcan überzeugen. »Und wenn unser Postillion auf der Neckarbrücke jetzt rund um die Uhr beobachtet wird, kommen wir ja vielleicht noch an weitere Verdächtige heran.«

»Falls sie uns nicht bei der Festnahme von Pollak beobachtet haben«, gab Francesca zu bedenken.

Dieter Pollak hatte erst gar keinen Versuch gemacht zu flüchten. Völlig überrascht war er auf dem Treppenabgang zum Parkplatz auf drei kräftige Typen gestoßen, die ihm den Weg versperrten. Im Bruchteil einer Sekunde sagte ihm sein Gehirn, dass es zu spät war, und als er sich abrupt umwandte, um die Treppen wieder hoch zu rennen, fand er sich bestätigt. Auch von oben kamen drei Männer auf ihn zu. Doch erst, als der erste seinen Ausweis zückte und ihm befahl, die Arme hochzunehmen und auf das Geländer zu legen, war ihm klar, dass es sich um Zivilbeamte der Kripo handeln musste. Sie mussten ihn schon länger beobachtet haben und ihm gefolgt sein.

Oder hatte ihn jemand verpfiffen?

Dass sie ihn ins Landeskriminalamt nach Stuttgart verbracht hatten, machte die Sache nicht besser, deutete dies doch darauf hin, dass sie bereits in Richtung Industriespionage ermittelten. Denn wenn es lediglich um den Mord an Michaelis ginge, wäre seines Wissens die Kripo Reutlingen zuständig – nicht das LKA.

Mit dem Daumen über seinen Wangenpickel reibend, starrte er abwechselnd auf die Tür des Vernehmungsraumes, neben der sich ein uniformierter Beamter postiert hatte, der schweigend zu Boden sah, und zu dem dunklen Monitor in der Ecke. Wenn es nur eine Möglichkeit gäbe, die Information weiterzuleiten, dass der Tote Briefkasten aufgeflogen war … Er würde auf einem Anwalt bestehen. Aber die Telefonnummer des Rechtsanwalts, die er für den Fall seiner Festnahme vor Wochen erhalten hatte, war auf seinem Handy gespeichert – und das Handy hatten die Bullen ihm abgenommen.

Als die Tür aufging und die Kommissarin mit Özcan den Vernehmungsraum betrat, spreizte er lässig die Beine, stützte die Unterarme auf die Schenkel, faltete die Hände und sah zur Seite. Der Uniformierte verließ den Raum und bezog Stellung im Gang, während Özcan sich hinter dem Verdächtigen gegen die Wand lehnte.

Francesca setzte sich Pollak gegenüber, schaltete das Aufnahmegerät an und besprach es routinemäßig mit Datum und weiteren üblichen Angaben. Dann stützte sie die Ellbogen auf der Tischplatte ab, schob die Plastikhülle mit dem Stick über den Tisch und faltete ebenfalls die Hände.

»Ohne meinen Anwalt sage ich überhaupt nichts!«, nuschelte Pollak kaum vernehmlich.

Francesca zog die Augenbrauen hoch.

»Ach, der Herr hat einen eigenen Strafverteidiger in petto?«

»Jedenfalls kenne ich meine Rechte …«

»Sie werden sich vielleicht wundern«, entgegnete sie. »Aber ich kenne die meinen auch.«

»Ich mache nur Angaben zu meiner Person!«, beharrte der Verdächtige finster.

»Nicht nötig, wir haben ja Ihren Personalausweis, Herr Pollak. Die Angaben darin sind doch richtig, oder?«

Jetzt sah Pollak auf.

»Ob er gefälscht ist, meinen Sie?«

»Alles schon da gewesen.«

»Das haben Sie doch sicher schon überprüft.«

»Und wenn Sie Ihre Rechte so genau kennen, dann wissen Sie ja auch, dass wir Sie erst morgen dem Haftrichter vorzuführen brauchen ...«

»So lange können Sie es sich hier erst mal gemütlich machen und mit der Fernbedienung spielen«, ließ Özcan hören. Mit einer lässigen Handbewegung deutete er zu dem Monitor, ein wenig stolz, dass ihm dieses Filmzitat aus »The Wire« gerade eingefallen war.

Francesca lächelte schwach.

»Morgen bekommen Sie dann auch Ihren Pflichtverteidiger.«

»Pflichtverteidiger?«

Der Hohn in Pollaks leiser Stimme war unüberhörbar. Als habe er eine bittere Pille im Mund, sah er die Kommissarin an.

»Aber wenn man verhaftet wird ...«, setzte er an.

»Sie sind nicht verhaftet.«

Pollak legte die Stirn in Falten.

»Was dann?«

»Doch nicht so sattelfest, juristisch«, grinste sie. »Sie sind festgenommen. In Haft genommen werden sie morgen, wenn der Haftrichter es anordnet.«

»Sie stecken doch sowieso alle unter einer Decke!«, protestierte er schwach.

»Und mit wem stecken Sie unter der Decke?«

Sie tippte mit dem Zeigefinger auf den Stick, den Pollak bisher keines Blickes gewürdigt hatte.

»Ich kann mir nicht vorstellen, was ein Chemiepraktikant mit dem Passwort eines Laborleiters anfängt.«

»Ohne meinen Anwalt hören sie von mir nichts. Da müssen Sie schon selber bis morgen warten«, versuchte Pollak, den Spieß umzudrehen.

»Ich glaube kaum, dass Sie so viel Zeit haben werden«, konterte die Kommissarin. »Eines unserer Teams nimmt gerade Ihr hübsches Ein-Zimmer-Appartement auseinander. Schöne Halbhöhenlage in Esslingen übrigens. Hat Ihr Vater Ihnen das gekauft oder bezahlen Sie die Miete mit dem Bargeld, das wir dort finden werden?«

Gar nichts werdet ihr finden, dachte Pollak. Bei dem Gedanken an sein Schließfach am Stuttgarter Hauptbahnhof musste er unwillkürlich grinsen.

Francesca beschloss abzuwarten. Ihre Äußerung schien offenbar keinen Eindruck auf ihn zu machen. Sie lehnte sich in ihrem Stuhl zurück.

Pollak setzte eine blasierte Miene auf.

»Ist wohl üblich hier, in die Persönlichkeitsrechte einzugreifen«, sagte er schließlich undeutlich.

Am liebsten hätte sie laut gelacht.

»Sie haben das Passwort nicht elektronisch weitergeleitet, sondern einen Toten Briefkasten benutzt.«

»Sie blaffen ...«

Özcan schnippte mit den Fingern und zeigte wieder auf den Monitor.

»Wollen Sie die Aufzeichnung sehen?«

Statt einer Antwort und ohne sich zu ihm umzudrehen, fasste Pollak sich an seinen Ohrring.

»Sie wissen, dass der Verrat von Geschäfts- und Betriebsgeheimnissen mit Freiheitsstrafe bis zu drei Jahren bestraft werden kann?«, fragte die Kommissarin ernst.

»Bei Verwertung des Geheimnisses im Ausland sogar mit fünf Jahren«, schob Özcan nach.

»Allerdings spielt es bei der Urteilsfindung immer eine nicht unerhebliche Rolle, ob sich der Angeklagte als kooperativ erweist«, fügte Francesca hinzu und grinste süffisant. »Nur so ein kleiner, schmutziger Hintergedanke von mir …«

Pollaks Mund verwandelte sich zu einem dünnen Strich.

»Kommt jetzt das Spielchen ›good cop bad cop‹?«

»Sie müssen es ja nicht mitspielen«, antwortete Francesca und ließ ihren Daumennagel an der Tischkante entlanglaufen.

Der dünne Strich auf Pollaks Gesicht verwandelte sich zu einem abschätzigen Grinsen.

»Aber angenommen, ich folge mal Ihrer Theorie«, sagte er nun etwas lauter. »Ihre Drohungen – oder sollte ich vielleicht kooperativer sagen: Ihre Argumentation …?«

Er ließ den Satz in der Luft hängen, um seine Wirkung auf dem Gesicht der Kommissarin zu überprüfen, aber diese wechselte jetzt zum Nagel ihres Mittelfingers, mit dem sie die Linie der Tischkante entlangzog.

»Ihre Argumentation«, fuhr er fort, »läuft doch darauf hinaus, dass ich Ihnen den Auftraggeber nenne …«

»Für Ihren Praktikumsbericht werden Sie das Passwort Ihres Vorgesetzten ja wohl kaum benötigen.«

»Dann werden Sie doch jetzt auch einsehen, dass ich mich zuerst mit meinem Anwalt beraten muss«, gab Pollak zu verstehen.

Ohne auf seine wiederholte Forderung einzugehen, zog die Kommissarin nun ihr iPhone aus der Tasche und öffnete Lukas' Foto mit dem Marine.

»Wie wäre es mit dem hier?«

Pollak warf einen flüchtigen Blick auf das Foto und sagte gelassen:

»Kenne ich nicht. Ich habe ein Recht darauf, einen Angehörigen zu informieren.«

»Zerbrechen Sie sich darüber mal nicht den Kopf!«, sagte Özcan. »Das übernehmen wir für Sie.«

Eine nervöse Unruhe erfasste den Körper des Verdächtigen.

»Das dürfen Sie nicht!«, protestierte er. »Das ist immer noch meine Sache!«

»Sie können das am Ende unserer netten Unterhaltung gerne nachholen«, lächelte die Kommissarin süffisant. Offenbar hatte sie einen schmerzhaften Nerv getroffen. »Gut, dass Ihre Eltern in Pirna wohnen, nicht? Da kriegen sie nicht so viel mit von Ihrem Lebenswandel. Geschwister haben Sie ja keine.«

»Und 'ne Freundin?«, wollte Özcan wissen.

Pollak atmete geräuschvoll aus.

»Keine Zeit für 'ne wirkliche Beziehung«, gab er zu verstehen.

Die Kommissarin beschloss, den Druck zu erhöhen.

»So, und nun machen Sie uns mal nicht weis, Sie hätten mit Michaelis nicht gemeinsame Sache machen wollen. Aber irgendwie ist es mit diesem Mann wohl nicht so rundgelaufen, wie es hätte sein sollen ...«

Pollaks Erleichterung darüber, dass sie ihm einen Anruf nach draußen ermöglichen würde, schlug in Wut um.

»Sie wollen mich mit dem Mord in Verbindung bringen?«

»Als Praktikant war es ein Leichtes für Sie, an das Kaliumzyanid heranzukommen.«

Pollak hielt die Luft an.

»Ich war am Montag doch gar nicht im Labor!«

»Ja, Sie hatten sich krankgemeldet. Aber das beweist überhaupt nichts. Auf diesem unüberschaubaren Betriebsgelände kann sich jeder unbemerkt verstecken ...«

»Und jetzt wollen Sie mein Alibi.«

»Wenn Sie eines haben? Aber ich sage Ihnen gleich: Alibis kann man sich besorgen. Rechnen Sie also nicht damit, dass uns das genügt. Außerdem hatten Sie ein Motiv.«

»Michaelis hatte nichts mehr zu verlieren«, fügte Özcan hinzu und wagte sich noch einen Schritt weiter. »Er war kurz davor, zur Polizei zu gehen.«

Für einen Moment starrte Pollak die Kommissarin hilflos an.

»Ich war doch selber geschockt!«, keuchte er stoßweise. »Aber das Alibi. Ich war bei meiner Freundin.«

Francesca schob ihm Block und Kugelschreiber hin.

»Name, Anschrift, Telefon!«.

Pollak kritzelte etwas nieder.

Die Kommissarin nahm ihm den Stift wieder ab, steckte ihn ein und sagte so sachlich wie möglich:

»Jedenfalls werden Sie Ihren Anwalt nötig haben. Sie hängen tiefer mit drin, als Sie glauben!«

»Ich hab Scheiße gebaut. Das mit dem Passwort. Das geb ich ja zu!«, rief er aus.

»Ist wohl Ihre Taktik: Immer gerade so viel zuzugeben, was eh schon bewiesen ist!«, erwiderte Francesca zynisch.

Pollak biss sich auf die Unterlippe und deutete ein Kopfschütteln an.

»Aber ein Mord? Nein! Das können Sie nicht mit mir machen!«

»Das Pech verfolgt Sie, stimmt's? Dann können Sie ja nur darauf hoffen, dass Ihre Freundin mitspielt. Viele Freunde haben Sie ja nicht mehr.«

»Was heißt mitspielen, natürlich«, stammelte Pollak. »Dominique wird mein Alibi bestätigen. Aber wieso Pech? Wieso Freunde?«

Francesca nahm ihr iPhone vom Tisch, drückte auf den Steuerungsbutton und löste die Sperrung.

»Was ich mit Pech meine: Ohne die Information eines Dritten wären wir ja gar nicht auf Sie gekommen ...«

Als das Bild des Marine wieder sichtbar wurde, schob sie es dem Befragten wieder vor die Nase.

Bin ich also doch verraten worden, schoss es ihm durch den Kopf. Ungläubig starrte er auf das Foto, das sich jetzt wieder mit einem dunklen Schleier überzog.

Für einen kurzen Moment schloss Francesca die Augen und nickte leicht. Dann sah sie ihn auffordernd an.

Oder stellte sie ihm eine Falle? Aber wenn es keine Falle war? Er hatte den Mann ja nur einmal gesehen. Und er kannte nicht einmal seinen Namen …

»Wir haben alle Computer im Labor gecheckt«, trickste sie weiter, »aber keinen Datenabfluss feststellen können.«

»Und wir erleben es nicht zum ersten Mal«, zog Özcan mit, »dass sich Führungspersonen einer kriminellen Vereinigung angeworbener Informanten wieder entledigen, sobald die ihre Aufgabe erfüllt haben …«

Pollaks Kaumuskeln mahlten. Schließlich nickte er unmerklich und sagte:

»Ich habe ihn nur einmal gesehen. Er hat mir eine Menge Geld angeboten.«

»Seinen Namen!«, forderte Francesca.

»Er hat bis heute nichts bezahlt.«

»Pech …«

»Und seinen Namen? Ich weiß ihn wirklich nicht. Und wenn ich ihn wüsste, wäre es vermutlich ein Deckname.«

»Das nehme ich Ihnen sogar ab«, antwortete Francesca geduldig. »Aber irgendwie müssen Sie ja kommuniziert haben.«

»Über den Postillion, das wissen Sie doch bereits.«

Sie schob ihm einen Ausdruck hin.

»Das sind Ihre letzten Handyverbindungen. Es geht um die erste hier oben …«

Pollak streifte die Nummer mit den Augen.

»Anonym. Steht doch da!«, sagte er gereizt.

»Ist das die des Mannes auf dem Foto?«, beharrte die Kommissarin.

»Und das mit dem Deal? Wenn ich mich kooperativ verhalte? Das gilt noch?«

Den hast du ja ganz entzückend über den Tisch gezogen«, presste Özcan hervor.

Er hechelte atemlos hinter Francesca her, als sie wieder durch einen der langen Gänge marschierten. Wie immer gab die Kommissarin ihr strammes Tempo vor, das selbst dem nicht gerade fußlahmen Kollegen seine letzten sportlichen Ressourcen abzuverlangen schien.

Schließlich blieb er stehen.

»Wir sind doch nicht auf der Flucht!«

Francesca drehte sich um, breitete die Arme aus – und lief rückwärts weiter.

»Jetzt mach mal, du lahme Ente! So wie ich Basilio kenne, hat er die unterdrückte Rufnummer unseres anonymen Marine bestimmt schon entschlüsselt!«

Mit ihrer Vermutung lag sie nicht ganz falsch. Doch als sie endlich die Cybercrime-Abteilung erreicht hatten und das Büro von Basilio Garcia betraten, begrüßte dieser sie mit seinem typischen Pokerface.

»Setzt euch erst mal«, bot er Francesca und Özcan Platz an.

Francesca lehnte sich erwartungsvoll gegen die Fensterbank. Özcan legte die Hände auf die breiten Schultern des Kollegen und blickte mit ihm auf dessen Bildschirm.

Basilio vollführte eine Kreisbewegung mit den Schultergelenken.

»Kannst du das mal lassen, bitte?«

Özcan zog seine Hände ab und beugte sich stattdessen hinunter, sein Gesicht dicht neben Basilios Kopf.

»Kannst du diese schnüffelnde Schnauze mal zurückpfeifen, Francesca?«

Entnervt schoss Basilios Blick zur Fensterbank.

Francesca hob unschuldig die Hände.

»Ich hab dich wirklich auch lieb, Özi!« Basilio kratzte sich am rechten Oberarm. »Aber ich bin wirklich nicht in Stimmung«, frotzelte er.

»Okay, okay ...«, sagte Özcan und dachte: Die nennen mich unter sich also immer noch bei meinem Spitznamen.

Er zog sich einen Schritt zurück. Noch immer erlaubte ihm sein Standort einen guten Ausblick auf Basilios Monitor. Allerdings folgten die Eingaben, mit denen der IT-Forensiker nun seine Ausführungen begleitete, in einer solchen Geschwindigkeit, dass ihn schwindelte.

»Um mich in eurer Sprache auszudrücken ...«, leitete Basilio Garcia seine Darstellung ein.

Francesca entging das schelmische Grinsen auf Basilios Gesicht nicht. Offenbar wollte der Nerd wieder einmal seine mehrsprachige Überlegenheit genießen – eine Absicht, die sie ihm gerne zugestand, wenn es um IT-spezifische Fragen ging.

»Hinter dem anonymen Anruf auf Pollaks Handy verbirgt sich eine US-amerikanische Handyrufnummer. Es handelt sich um eine SIM-Karte des größten USA-Anbieters AT&T.«

In Francescas Kopf arbeitete es.

»Das heißt, wenn es zutrifft, was Pollak ausgesagt hat, sitzt der Angreifer auf ElringKlinger in den USA...«

»Und da im Land der unbegrenzten Möglichkeiten auch Leute wie wir Zugriff auf persönliche Daten haben, lässt sich die SIM-Card auch geografisch eingrenzen«, erklärte Basilio. »Ansonsten würde ich sagen, dass wir aus europäischer Sicht ziemlich angepisst sind. Wir brauchen die Amis, aber sie brauchen uns nicht...«

»Jetzt komm mal auf den Punkt!«, forderte Francesca. »Was heißt: geografisch eingrenzen?«

»Vier eins fünf«, antwortete Basilio. »Steht für die Vorwahl, so wie bei uns null null sieben für Stuttgart.«

Özcan verdrehte die Augen.

»Also ich meine null sieben elf«, verbesserte sich Basilio.

»Und vier eins fünf?« Francesca war nahe daran zu platzen.

»San Francisco«, rückte der Nerd endlich heraus.

Schlagartig kehrte Ruhe ein.

»Ich weiß, was ihr jetzt denkt«, unterbrach Basilio nach einer Überlegungspause die Stille im Raum. »Wo ist der Zusammenhang? Die Tochter des Mordopfers studiert in Atherton, also in der Nähe von San Francisco. Genauer gesagt am Menlo College«, klärte Basilio auf. »Im Silicon Valley. Fünfundzwanzig Autominuten von San Francisco entfernt. Ist ja auch egal jetzt. Jedenfalls ist ihr Bruder Lukas nach ihrer Aussage ja angeblich zu ihr geflogen. Und wir sind jetzt mittendrin im Organisierten Verbrechen ...«

»Die Spur Pollak weist also ebenso nach San Francisco«, überlegte Özcan. »Das kann doch wohl kein Zufall sein. Auf so einem großen Kontinent. Dass sich alles auf eine Stadt konzentriert.«

»Habe ich auch gedacht«, erwiderte Basilio. »Aber es gibt ein Problem dabei, das wir noch lösen müssen. Die SIM-Karte läuft auf den Namen einer Cora van Straaten.«

»Die Handynummer gehört einer Frau?«, fragte Francesca nach, selbst überrascht von ihrem scharfen Ton.

Basilio hob die Arme und winkte ihr hinter seinem Monitor besänftigend zu.

»Tut mir leid, Francesca. Ich kann wirklich nichts dafür. Außerdem habe ich das Handy bisher nur einmal kurz orten können, die GPS-Daten haben irgendwo in die Nähe von Monterey gewiesen, aber dann wurde das Gerät auch schon wieder ausgeschaltet. Seitdem ist Sendepause. Also mir wäre es auch lieber, der Drahtzieher käme einfach hereinspaziert und würde sich stellen. Stattdessen flattert er in den USA herum und benutzt vermutlich das Handy irgendeiner Frau.«

Es klopfte knapp an der Tür. Ohne eine Antwort abzuwarten, trat Stefano ein, in der Hand eine Klarsichthülle mit Unterlagen.

»Die Auswertung der Spurensicherung von Lukas' WG ist da!«, sagte er und gab die Papiere an Francesca weiter. Seinem säuerlichen Gesicht war anzusehen, dass die aufwendigen Untersuchungen nicht nur von Lukas' Zimmer, sondern auch des Füllfederhalters, der Milchtüte und all der anderen Asservate keine neuen Erkenntnisse gebracht hatten.

»Nicht mal einen einzigen Fingerabdruck, den wir wenigstens theoretisch dem unbekannten Kripobeamten zuordnen könnten?«, hakte Francesca missmutig nach. »Er muss doch wenigstens die Klingel gedrückt und eine der Klinken angefasst haben!«

»Spar dir's«, erwiderte Stefano. »Das einzige, was wir daraus schließen können, ist, dass es sich offensichtlich um einen Profi handelt. Er hatte sicher damit gerechnet, dass nach ihm noch die richtigen auftauchen und möglicherweise nach seinen Spuren suchen werden.«

»Ja gut …« Francesca nickte zerknirscht. »Und wie machen wir jetzt weiter?«

In den Augen ihrer engsten Mitarbeiter las sie nichts anderes als Ratlosigkeit.

Schließlich begann Özcan, eine kleine Melodie zu summen:

»Lets go to San Francisco …«

Eigentlich brauchst du dringend mal einen richtigen Übergangsmantel bei dem Wetter«, hatte Francesca schon vor zwei Wochen zu Lisa gesagt. Und zu ihrer großen Überraschung hatte ihre Tochter nicht abgewehrt, sondern war darauf eingegangen, verbunden mit dem Wunsch, mit ihrer Mutter einen etwas ausführlicheren Einkaufsbummel zu unternehmen.

»Aber nur wir beide. Du und ich. Allein. Ohne die ganze Meute. Wenn du mal Zeit hast.«

Und nun war, nicht vorherzusehen, der Fall eingetreten. Später Donnerstagnachmittag – und sie hatte Zeit, oder besser gesagt, sie würde sich die Zeit nehmen können. Hermann Blöchle, dem sie über die neue Spur nach San Francisco berichten wollte und wohl oder übel würde gestehen müssen, dass sie gleichzeitig im Mordfall Michaelis auf der Stelle traten, war außer Haus und erst morgen früh wieder erreichbar.

Noch vom LKA aus hatte sie Lisa angerufen in der Hoffnung, es passe auch in deren Terminplan – so spontan. Über die Terminkalender ihrer Familienmitglieder hatte sie schon längst die Übersicht verloren, auch den Anspruch schon lange aufgegeben, über alles ständig informiert sein zu müssen. Dafür war Andreas zuständig, und falls dieser einmal etwas vergaß, war immer noch Maria da als wandelndes, unaufdringliches, aber immer präsentes Termingedächtnis.

Lisa hatte Zeit und aus ihrer Freude keinen Hehl gemacht, mit ihrer Mutter mal wieder zusammen etwas zu unternehmen. Vor allem, wenn es um Klamotten ging, war sie dafür noch zu haben. Nur sollte es möglichst niemand mitkriegen, vor allem keine ihrer Freundinnen oder Freunde. Da kippte der Wunsch nach Zweisamkeit mit der Mutter schnell ins Peinliche. Dann war wieder Abgrenzung angesagt. Dieses Schroffe, Widerborstige der Pubertierenden, das löste manchmal diese Wehmut bei Francesca aus, sie fragte sich, wie wohl ihre Beziehung zwischen ihnen aussehen würde, in ein paar Jahren, wenn Lisa erwachsen war.

Eine gute Stunde später waren sie am Maximiliansbrunnen auf dem Reutlinger Marktplatz verabredet. Und nach einem zweistündigen Streifzug durch die entsprechenden Modeabteilungen von Breuninger, Zinser, Galeria Kaufhof und anderen Läden hatten sie nicht nur Lisas

Übergangsmantel eingetütet, sondern auch einige hübsche Shirts für beide ergattert und – nicht zu vergessen – einiges Geld für Schuhe liegen lassen. Wennschon, dennschon. Von einer Umkleidekabine zur anderen.

»Das Teil wäre super vom Schnitt her, aber leider nicht meine Farbe.«

»Was meinst du zu diesem Olivgrün, aber leider gibt es das nicht mehr in meiner Größe.«

Farb- und Stilberatung wechselseitig. Abwartende Blicke der Verkäuferinnen mit dem taktvollen Gespür, sich nicht einzumischen in das ausprobierende Taxieren zwischen Mutter und Tochter. Vor sämtlichen Spiegeln posieren und anschließend noch dutzendmal in den Spiegelungen unzähliger Schaufenster.

»Kennst du die berühmte Filmmontage in …«, setzte Francesca an, als sie beide mit mehreren erlesenen Designertüten durch die Obere Wilhelmstraße schlenderten.

»›Sex and the City‹?«

»Nein, aber so ähnlich. Verdammt, mir fällt der Titel nicht ein.«

»Egal«, erwiderte Lisa, »was ist mit der Filmmontage?«

»Also, die Anfangseinstellung zeigt eine Uhr. Die Zeiger stehen auf zwölf. Dann sieht man die Protagonistin in ein Modegeschäft eintreten. Verflucht, dass mir auch der Name nicht einfällt!«

»Alz lässt grüßen!«, mokierte sich Lisa und drängte ihre Mutter in die Oberamteistraße ab.

»Jedenfalls kommt die Darstellerin mit einer Einkaufstasche wieder raus. So eine, wie wir sie tragen. Schnitt. Sie geht in den nächsten Klamottenladen. In Manhattan. Prada, Gucci, die ganzen Topdesignerläden. Sie kommt mit drei Taschen raus. Schnitt. Und so weiter. Zuletzt kommt sie mit zwanzig Taschen aus einem Geschäft, hinter ihr her tappen zwei oder noch mehr total überlastete Bedienstete. Cut. Wieder der Blick auf die Uhr: Die Zeiger stehen auf sechs.«

»Wir wissen also, dass die Protagonistin sechs Stunden lang eingekauft hat ...«, erwiderte Lisa in der Unterführung zum Parkhaus.

»Genau. Und im Film ist es eine halbe Minute.«

»Nett«, resümierte Lisa. »Hat dein Vortrag jetzt irgendeine tiefere Bedeutung oder ist dir das nur so gerade eingefallen?«

Ehe Francesca antworten konnte, blieb Lisa plötzlich stehen und drehte sich im Parkhaus um.

»Wo steht eigentlich unser Auto?«

Francesca musste gestehen, dass sie sich ebenfalls nicht mehr an die Parkebene erinnern konnte.

»Wie machst du das eigentlich, wenn du jemanden festgenommen hast?«, frotzelte Lisa. »Weißt du dann auch nicht, wo du deinen Dienstwagen abgestellt hast, oder erledigen das deine Kollegen für dich?«

Francesca flötete durch die Zähne und schaute irgendwo hin.

»Ach so«, machte Lisa weiter, »du hast ja deinen Özi!«

Ihre Mutter rümpfte die Nase.

»Schätze mal, es war hier ganz in der Nähe ...«

Als sie ihren alten Volvo dann doch gefunden hatten, schlug sie Lisa vor:

»Italiener, Grieche, Chinese, Japaner, der neue Bayer in der Oberen Wässere – such dir was aus!«

»Mexikaner!«, rief Lisa begeistert, ohne lange zu überlegen.

Zwanzig Minuten später hatten sie sich in dem beliebten Restaurant einen der begehrten Außentische ergattert. Wieder einmal zeigte sich der Spätherbst von seiner sommerlichen Seite.

Lisa bestellte sich ein veganes Burrito und ein Sprite. Francesca wunderte sich, dass ihre Tochter, statt gewohnheitsmäßig zu ihrem Handy zu greifen, sich genüsslich auf der Holzbank nach hinten lehnte und die Augen schloss.

Als hätte sie die Gedanken ihrer Mutter erraten, sagte sie leise:

»Hoffentlich will niemand was von dir in der nächsten Stunde. Ich stell's mir tödlich vor, jederzeit erreichbar sein zu müssen.«

»Für mich ist das schon ein Problem«, gab Francesca zu, »aber den meisten Leuten scheint das doch offenbar wichtig zu sein. Immer und überall erreichbar.«

»Viele finden sich eben einfach nur wichtig, ständig was zu posten oder zu simsen. So, als würden sie ohne ihre Netzwerke nicht existieren ...«

Ganz neue Töne, staunte Francesca.

Jetzt riss Lisa, die ihre letzten Sätze im schläfrigen Tonfall einer philosophischen Eingebung ausgesprochen hatte, plötzlich ihre Augen auf.

»Ich hab dir doch was mitgebracht!«, stieß sie aus und kramte in ihrer Handtasche, aus der sie ein kleines Fläschchen fummelte und vor den Augen ihrer Mutter auf dem Tisch platzierte. Es hatte die Form einer kleinen Cognac-Buddel.

Francesca stierte auf das Etikett.

»Rosenblütenessig...«

»Solche Sachen magst du doch, oder?«

Francesca ergriff Lisas Hand.

»Danke, meine Süße, klar doch.«

»Die Reutlinger Essig-Manufaktur ist hier gleich um die Ecke. Da darf ich dich gar nicht hinführen, sonst kommst du aus dem Probieren gar nicht mehr raus. Die machen die leckersten Sachen aus allem, was unsere Region hergibt. Aperitifs aus Birnensaft. Senf mit Himbeeressig. Ich hab mich mit dem Inhaber unterhalten. Der ist Streuobstwiesen-Pädagoge – oder wie das heißt. Wusstest du, dass es so einen Beruf gibt?«

»Wofür du dich so alles interessierst«, antwortete Francesca und öffnete den Drehverschluss.

»Wäre ich von alleine gar nicht draufgekommen«, erwiderte Lisa, »aber Sabo, also der neue Freund von Domi, ist ein richtiger Öko-Freak …«

Francesca roch an dem kleinen Flaschenhals.

»Ich seh schon, wie ich den tröpfchenweise über meine Tomatenviertel verteile …«

»Dann gefällt es dir also?«

»Super-Idee, Lisa, und bei der nächsten Gelegenheit sollten wir mal zusammen in das Geschäft gehen.«

Francesca senkte den Blick und drehte nachdenklich den Flaschenverschluss wieder zu.

»Aber was ich dich eigentlich noch fragen wollte: Wie geht's dir denn gerade bei deiner Arbeit mit deinen Flüchtlingskindern?«

Ein Strahlen erfasste Lisas Gesicht, das jedoch im nächsten Moment einem nachdenklichen Ausdruck wich.

»Ich hab ja schon immer gewusst, dass Deutsch eine schwere Sprache ist. Aber wie schwer, das zeigt sich erst, wenn man's anderen beibringen soll!«

Sie holte einen kleinen Notizblock und einen Kugelschreiber aus ihrer Handtasche und schob beides ihrer Mutter hin.

»Da. Schreib mal. Nur ein Test …«

»Okay«, ließ sich Francesca auf das Spiel ein und nahm den Kugelschreiber zur Hand.

»Du fühlst dich doch sicher in deutscher Rechtschreibung?«

»Schon, ja – im Großen und Ganzen …«

»Dann schreib mal«, diktierte Lisa: »Ein heißhungriger Chihuahua schlich durch das nigelnagelneue Freesienbeet und drehte prophylaktisch eine Pirouette.«

Francesca fiel das Kinn herunter.

»Nicht gucken – schreiben!«, forderte Lisa sie auf.

»Und was soll das sein, ein Tschiwawa?«

»Das ist so ein kleiner Hund, hast du sicher schon gesehen.«

»Also ich scheitere schon an dem Namen, aber ehrlich gesagt, ob man nigelnagelneu zusammenschreibt oder getrennt ... Und Freesien, da bin ich mir auch nicht sicher. Erst wieder bei Pirouette ...«

Lisa nahm ihrer Mutter den Kuli aus der Hand.

»War ja jetzt nur mal ein Extrembeispiel ...«

Francesca schob resigniert den Block zurück und sah sich nach dem Kellner um. Dieser steuerte soeben mit zwei Platten auf die beiden Damen zu und servierte mit einem liebenswürdigen, professionellen Lächeln.

Lisas Hand schoss auf die Orangenscheibe zu, die ihr Burrito, verbunden mit einem Holzstäbchen, zierte. Doch ehe sie in das saftige Fruchtfleisch biss, hielt sie inne.

»Damit ich's nicht vergesse. Da hat ein Mann für dich angerufen. Neulich ...«

»Privat – oder?«

»Ein Alfred oder Fred ...«

Francesca dachte einen Moment lang an den LKA-Kollegen des Observationsteams auf dem Monteurparkplatz bei ElringKlinger.

»Er sagte, er sei ein ehemaliger Schulfreund von dir ...«

Francesca runzelte die Stirn. Fred? Wie hieß der Typ in ihrer Abschlussklasse?

»Schoner?«

»Schoner, genau. Er will sich noch mal melden.«

»Und was wollte er?«

»Keine Ahnung«, erwiderte Lisa. »Hattest du mal was mit dem?«

Francesca lachte auf.

»Ich glaube, er hätte gerne mal was mit mir gehabt, damals, in der Schule. Ist aber schon 'ne ganze Weile her ... Ach – jetzt fällt es mir wieder ein!«

»Was?«

»Der Film. Ich meinte die berühmte Shoppingmontage mit Julia Roberts aus ›Pretty Woman‹!«

Als habe er sie bereits erwartet, streckte Hermann Blöchle Francesca am jungen Freitagmorgen schon von Weitem die Hand entgegen. Doch anders, als sie erwartet hatte, führte er sie durch sein Dienstzimmer hindurch zu seinem kleinen, abhörsicheren Nebenraum.

Francesca staunte. Ihre Nackenhaare stellten sich auf.

Ihr Vorgesetzter bot ihr in dem kahlen Raum Platz an, setzte sich ihr gegenüber auf einen schwarzen Drehsessel aus Plastik und legte die Beine übereinander. Eine Körperhaltung, vermutete sie, die Entspannung zur Schau stellen sollte, aber bei ihr das genaue Gegenteil bewirkte. Sie versuchte, nach außen hin ebenfalls eine entspannte Haltung einzunehmen, und sah Blöchle offen an: ein hochgewachsener, schlanker Mann Mitte vierzig mit dunkelblonder Kurzhaarfrisur, ein bartloses, längliches Gesicht mit kleinen braunen Augen. Manche Leute empfanden sie als stechend – sie nicht. Für sie drückte sein Blick Neugier, Selbstsicherheit und Entscheidungsfreude aus.

»Wie geht es Ihrer Familie?«, begann er das Vier-Augen-Gespräch.

Muss das jetzt sein, dachte Francesca, dieses vermeintlich vertrauensbildende Vorspiel? Aber vielleicht war die Frage auch ernst gemeint…

»Danke«, erwiderte sie. »Und Ihrer?«

Sie wusste nicht einmal, ob ihr Vorgesetzter eine Familie hatte.

Blöchle erhob sich abrupt und schnippte mit den Fingern.

»Wir haben ein Problem – und ich möchte das mit Ihnen diskutieren. Aber ich muss mich darauf verlassen können, dass unser Gespräch unter uns bleibt. Zumindest vorübergehend …«

Er blieb vor ihr stehen, die Hände in den Hosentaschen seines navyblauen Anzugs.

»Sie haben meine Loyalität, das wissen Sie«, antwortete Francesca. »Aber Sie spannen mich jetzt ja ganz schön auf die Folter …«

Blöchle nahm wieder seinen Sessel ein.

»Dieses Foto, das Lukas Michaelis in diesem Restaurant in Münsingen geschossen hat …« , eröffnete er. »Diesen Marine, wie Sie ihn nennen … Sie haben ihn ja durch sämtliche Gesichtserkennungsprogramme gejagt …«

Francesca straffte ihren Körper.

»Ich kenne den Mann.«

Die Kommissarin runzelte die Stirn.

Blöchle sah sie scharf an, Francesca wusste im Moment nicht, wohin sie ihren Blick richten sollte.

»Wenn mir das von Anfang an klar gewesen wäre, hätte ich Sie natürlich sofort unterrichtet. Aber ich habe zwei schlaflose Nächte lang gebraucht, um auf seinen Namen zu kommen.«

»Sie kennen seinen Namen?«

»Bürgerlich heißt er Artur Glenn. Er ist ein V-Mann des Verfassungsschutzes. Oder war …«

»Ist oder war?«, hakte Francesca routinemäßig nach.

Blöchle stob auf und fuchtelte mit den Händen.

»Das ist ja mein Problem. Der Verfassungsschutz hält sich bedeckt. Ich kriege da keine wirklich konkrete Aussage. Fakt ist: Glenn erwartet ein Prozess. Hier in Deutschland. Im Zusammenhang mit den NSU-Morden. Es wird ihm vorgeworfen, kurz vor einem der Morde an einem türkischen Geschäftsmann als V-Mann in seiner Nähe gewesen zu sein – und keine Meldung gemacht zu haben. Also alles ziemlich dubios …«

»Der Fall ist ja schon länger öffentlich. Mich friert's , wenn ich bloß daran denke«, sagte Francesca.

»Meinen Sie, mir geht es anders?«, erwiderte Blöchle. »Aber die Sache geht ja noch weiter. Haben Sie das verfolgt mit den Protesten gegen Asylbewerberwohnheime …«

»Ja, schon ... Aber ich komme im Moment zu gar nichts.«

»Das sollten Sie sich aber mal genauer anschauen. Sogar auf YouTube sind Aufnahmen zu sehen, private Bilder eines Handys, von Nazis, die die Hände zum Hitlergruß ausstrecken, und im offiziellen Polizeibericht wird das heruntergespielt zu sogenannten ›asylbewerberkritischen Äußerungen‹.«

»Das heißt doch nichts anderes, als dass vom Hirn des Polizeiprotokollanten ausgehend bis zu dem Diensthabenden, der das zur Veröffentlichung freigegeben hat, die braune Kacke dort übergeschwappt ist ...«

Blöchle lachte bitter auf und stemmte die Arme in die Hüften.

»Und bei uns in Baden-Württemberg sieht es ja nicht besser aus. Ku-Klux-Klan. Michelle Kiesewetter. Als ich hier meinen Job angetreten habe vor sechs Jahren, da hätte ich im Traum nicht daran gedacht, dass der Polizeidienst von Rassisten unterwandert werden könnte.«

Francesca ließ Blöchles Ausführungen auf sich wirken. Schließlich entgegnete sie:

»Und das ist jetzt unser Problem. Dass wir diesen Glenn nicht einschätzen können ...«

»In unserem Fall gibt es zwar keinen Hinweis auf einen rechtsradikalen Hintergrund, zum Glück nicht. Darauf wollte ich gar nicht hinaus. Ich wollte darauf hinaus, dass wir nicht wissen, was für eine Denke er draufhat.«

Francesca legte die Stirn in Falten.

»Entweder ist er Teil des Organisierten Verbrechens, das das Know-how von ElringKlinger angreift ...«, überlegte sie laut.

»... oder Glenn hat sich im Auftrag des Verfassungsschutzes irgendwie als Spitzel in die Organisation eingeloggt«, vervollständigte Blöchle.

»Warum lässt der Verfassungsschutz dem LKA gegenüber

denn nichts raus?«, fragte Francesca. »Gibt's da irgendein Kompetenzgerangel?«

»Ich bin der Meinung«, erwiderte Blöchle und ging hin und her, »dass es auf das Denken, auf die Einstellung jedes Einzelnen ankommt. Auch im Polizeidienst. Angenommen, Glenn ist auf unserer Seite, dann ist er uns vielleicht schon einige Schritte voraus. Er soll sich nach San Francisco abgesetzt haben.«

»Entzückend!«, erwiderte Francesca zynisch. »Welch ein Zufall ... Und wenn nicht? Wenn er mit drin hängt und ein falsches Spiel spielt? Immerhin bezeichnet Pollak ihn als seinen Verbindungsmann beziehungsweise Auftraggeber. Und ich glaube nicht, dass Pollak lügt.«

»Warum sollte Pollak lügen, der Hinweis auf seinen Hintermann entlastet ihn ja eher. Das Problem ist, dass wir Glenn nicht einschätzen können. Wir wissen nicht, welches Spiel er wirklich treibt.«

Schweigen kehrte ein.

»Und jetzt wollen Sie von mir ein Ticket nach San Francisco«, hob Blöchle endlich seinen Blick.

»Miriam, Lukas – und nun dieser Artur Glenn, wenn das sein richtiger Name ist. Reicht das nicht, mich in die USA zu schicken?«

Blöchle schüttelte den Kopf.

»So leid mir das tut. Aber unsere Sachlage lässt das nicht zu.«

Enttäuscht wandte sich Francesca ab.

»Einerseits geben Sie den demokratischen Kämpfer, und wenn's ernst wird ...«

Blöchle öffnete hilflos die Arme. Im nächsten Moment schon nahm Francesca ihren Angriff zurück.

»Tut mir leid, ich hab mich wohl im Ton vergriffen.«

Blöchle wischte den Satz weg.

»Vergessen Sie's. Im Grunde sind wir ja einer Meinung. Aber der Verfassungsschutz hält sich auch uns gegenüber an die offizielle Formel, nach der es keine Industriespionage westlicher Staaten gegen deutsche Betriebe gibt.«

»Das heißt, die leugnen einfach den Tatbestand, dass ein Betrieb wie ElringKlinger von den USA aus angegriffen werden kann – ob geheimdienstlich oder durch einen Mitbewerber sei mal dahingestellt?«

Blöchles seufzte. Einen Augenblick lang bekam sein Blick etwas Träumerisches.

»Manchmal wünsche ich mich einfach in meine kleine Hütte im Bregenzerwald ...«

Um den Gedanken zu vertreiben, wischte er mit der Hand durch die Luft. Dann sagte er:

»Interpretieren Sie es, wie Sie wollen. Sie sehen, dass ich nicht immer kann, wie ich will. Die Amis sind eben unsere Verbündeten.«

»Aber die ganzen in jüngster Zeit ans Tageslicht gekommenen Dokumente, die Methoden der NSA betreffend, haben doch gezeigt, dass die Amis in Europa sehr wohl Industriespionage betreiben!«

»Niemand wird sich auf maßgebender politischer Ebene trauen, die Amis offen anzugreifen – diese Übereinkunft funktioniert doch offenbar parteienübergreifend. Deshalb können Sie sich auch ein Amtshilfeersuchen an das FBI oder sonst wen an den Hut stecken. Im Moment jedenfalls.«

»Ich verstehe Sie schon. Aber es kribbelt in mir«, antwortete Francesca.

»Mich kribbelt es auch. Aber allein die Tatsache, dass die Kinder des Mordopfers sich derzeit in San Francisco aufhalten, ist einfach zu dünn, um eine LKA-Ermittlerin mit offiziellem Auftrag in die Staaten zu schicken. Und Glenn kann ich offiziell ja sowieso nicht ins Feld führen.«

»Das heißt, uns sind die Hände gebunden?«

»Klären Sie erst mal den Mordfall auf. Das ist das Wichtigste im Moment. Konzentrieren Sie sich auf den Mordfall.

Da sind ja noch längst nicht alle Spuren ausgewertet, wenn ich das richtig sehe …«

»Wo Sie recht haben, haben Sie recht …«, nuschelte Francesca.

Aber überzeugt klang anders.

»Aber Sie können davon ausgehen, dass Ihr Chef nicht locker lassen wird. Ich verfüge über einiges an Vitamin B. Und sollte ich irgendeinen Schritt weiterkommen, dann hören Sie von mir.«

Und mit diesem Worten war sie wieder entlassen.

Nicht schon wieder Filz, dachte Francesca, als sie nach ihrer Besprechung mit Blöchle zurück in ihr Büro kam und das in Weihnachtspapier eingeschlagene Päckchen auf ihrem Schreibtisch sah.

Özcan, Stefano und Basilio, die sie schon mit Spannung erwarteten, folgten ihrem Blick, während Astrid Baisch auf die Kommissarin zuwatschelte und ihr in einem vertraulichen Ton, als ginge es um ein Geheimnis, eröffnete:

»Für Ihren Kleinen, zu Weihnachten. Er geht doch jetzt in die Schule …«

Um die übergewichtige Frau nicht zu kränken, versetzte sich Francesca innerlich einen Stoß und bedankte sich nicht nur, sondern drückte Astrid sogar spontan einen allerdings nur hingehauchten Kuss auf die Wange. Doch dieser Hauch führte zu einer von Francesca nicht vorhersehbaren Errötung. Offenbar peinlich berührt zog sich Astrid Baisch in ihr Zimmer zurück und schloss sogar die Tür – was bisher noch nie vorgekommen war.

»Uups! Das war vielleicht jetzt etwas zu viel des Guten«, meinte Stefano.

»Ja, jetzt lass mal. Sie ist vielleicht ein bisschen komisch manchmal«, erwiderte Francesca, »aber absolut zuverlässig. Und sie denkt mit. Und das ist das, was ich brauche. Da sehe ich auch gerne mal über gewisse Eigenheiten hinweg … Wahrscheinlich empfindet sie mich als exaltiert.«

Özcan, der neben Basilio saß, stupfte den Kollegen an der Schulter.

»Interessiert uns eigentlich auch gar nicht weiter«, grinste er Francesca an. »Wie war es denn mit unserem allseits verehrten Boss?«

»Da kommt ihr nie drauf! Ich will es einmal so formulieren …« Sie überlegte kurz. »Die Amis wissen, dass wir es wissen. Aber wir tun immer so, als ob wir es nicht wissen. Und die Amis tun immer so, als ob sie glauben, dass wir es nicht wissen. Aber wir wissen, dass wir es wissen. Also wissen es alle.«

Mehrere Sekunden lang starrten Francesca sechs Männeraugen an, mehr oder weniger fassungslos.

Stefano war der erste, der sich vorwagte.

»Wann hast du denn noch Zeit, Filmzitate auswendig zu lernen?«

»Im Film sind es, glaub ich, die Chinesen«, warf Özcan ein.

»Ein Punkt für dich!«, lächelte Francesca.

»›Alarmstufe Rot‹, glaub ich«, sagte Basilio. Unbemerkt war er blitzschnell unter dem Tisch seinem Handy auf den Leib gerückt und ins Internet gegangen.

»Wow!« Francesca nickte anerkennend. »Jetzt haben wir noch einen weiteren Filmexperten in unserer Runde!«

Basilio genoss die ermogelte Anerkennung.

»Aber sag mal, da müsstest du doch noch in Windeln gelegen haben, der Streifen ist doch uralt?«

Stefano sah Basilio feixend an.

»Bestimmte Dinge wurden mir eben schon in die Wiege gelegt …«, grinste Basilio zurück.

»Gut, aber was ist denn jetzt Sache?«, hakte Özcan ein.

Das Gespräch mit Blöchle hatte Francesca für einen Moment beflügelt, auch wenn er ihren Vorschlag, die Ermittlungen auf die USA auszudehnen, für nicht machbar hielt. Aber sie hatte den Eindruck gewonnen, dass sie einen gemeinsamen Blick auf die Dinge hatten.

»Womit ich mit meinem Filmzitat anspielen wollte, läuft darauf hinaus, dass wir im Moment noch zu wenig in der Hand haben, um in den USA zu ermitteln – auch wenn alle wissen, dass die einzigen wirklich wichtigen Spuren über den großen Teich weisen. Jedenfalls sieht das Blöchle so. Und ich soll euch ausrichten, wir sollten den Mordfall Michaelis noch mal neu aufrollen, es seien ja noch gar nicht alle Spuren ausgewertet.«

»So, so …«, knurrte Stefano. »Obwohl für mich das jetzt der nächste Schritt wäre, dass man mal beharrlich diesem Unbekannten folgt, Miriam persönlich befragt und ihren Bruder ausfindig macht. Ist da Rücksichtnahme im Spiel?«

Stefano zeigte mit dem Daumen nach oben.

Francesca verzog den Mund und drehte den Kopf weg.

»Auf der anderen Seite …« Özcan holte achselzuckend Luft und fuhr fort: »Wir sind ja wirklich noch nicht mit allem durch.«

Francesca entnahm dem zustimmend-nachdenklichen Ausdruck in den Gesichtern von Stefano und Basilio, denen sie sich jetzt wieder zuwandte, dass sie Özcans Ansicht im Grunde teilten. Aber sie kannten ja nur einen Teil der Wahrheit – Francesca spürte, wie die von Blöchle geforderte Vertraulichkeit an ihr zu nagen begann.

Aber gut, wenn es ansonsten keine heiße Spur gab, war eben wieder die gute alte Polizeiarbeit angesagt.

»Okay, wenn wir schon dabei sind«, nahm Stefano den Faden auf.

Er fragte Francesca, ob er mal kurz an ihren Computer dürfe. Mit ein paar Klicks holte er das Phantombild auf den

Monitor, das aufgrund der Aussagen von Marvin Brunner, Lukas' Mitbewohner, von dem Unbekannten erstellt worden war, der sich ihm gegenüber als Kripobeamter ausgegeben hatte.

»Hast du 'nen Zwillingsbruder auf der anderen Seite?«, fragte er frotzelnd zu Özcan hinüber, als ihm die frappierende Ähnlichkeit des Gesuchten mit dem Gesicht seines Kollegen auffiel.

»Den Witz hatten wir schon mal«, winkte dieser ab.

»Leider ist auch er in keiner Datei erfasst, sagt unsere Biometrie-Abteilung.«

»Wir sollten alle Dienststellen darüber informieren, dass wir ihn als dringenden Zeugen in einem Mordfall suchen«, war Francesca der Ansicht.

»Aber nicht öffentlich ausschreiben?«, fragte Stefano nach.

»Wir würden ihm gegenüber deutlich machen, dass wir nicht mal seinen Namen haben«, überlegte Francesca. »Und ich glaube, es ist besser, er bleibt der Ansicht, wir hätten überhaupt nichts über ihn. Vielleicht kommt er irgendwann aus der Deckung.«

Die Kollegen stimmten ihr zu.

Basilio war es, der die aktuell wichtigste Frage als Erster ansprach. Sie hatten Pollak gefasst – aber wer sagte ihnen, dass es nicht einen oder mehr Mittäter bei ElringKlinger gab, die nur auf die nächste Gelegenheit warteten, wieder anzugreifen? Vielleicht wurde Pollak sogar bewusst geopfert, um den Rücken der Organisation wieder freizubekommen in der Hoffnung, das LKA werde seine Ermittlungen nun einstellen? Gut – sie könnten jemanden undercover reinschicken ins Labor, aber zum jetzigen Zeitpunkt würde eine solche Maßnahme mögliche Täter nur unnötig warnen.

»Und was ist eigentlich mit dem Keylogger?«, wollte Francesca wissen.

»Den hat Hildenbrand gleich wieder abmontiert heute Morgen. Von sich aus. Damit er in Ruhe arbeiten kann«, erklärte Garcia.

Francesca musste grinsen. Etwas eigenmächtig, aber wohl nicht boshaft gemeint. Irgendwie passte es zum Bild des typischen schwäbischen Tüftlers, das sie von Hildenbrand hatte.

»Ich hatte ihn ja ersetzt gestern mit einem baugleichen Gerät und den Keylogger, den Pollak ursprünglich einsetzen wollte, an die Spurensicherung weitergeleitet«, ergänzte Garcia.

Stefano schüttelte den Kopf.

»Fehlanzeige, wie zu erwarten«, meinte er nur.

»Und die Mitarbeiter wurden von unseren Leuten ja alle überprüft«, stellte die Kommissarin der Vollständigkeit halber fest.

»Nicht nur, dass ich mit dem CISO die ganzen Personalakten durchgegangen bin, jeder Einzelne wurde auch in einem persönlichen Gespräch durchleuchtet …«, bestätigte Basilio. »Insbesondere mit Waltraud Allmendinger haben wir uns noch mal ausführlich beschäftigt. Diese langjährige Chemielaborantin, die erst ihren Mann und dann auch noch ihren einzigen Sohn verloren hat. Aber auch die können wir absolut ausschließen.«

»Andererseits ist uns Pollak ja auch erst mal durch die Lappen – trotz des Checks«, gab Francesca zu bedenken.

Özcans Fuß wackelte.

»Also, auf der Ebene des Tatorts kommen wir da anscheinend nicht weiter«, meinte er. »Wir haben ja noch andere Ansätze …«

Spontan stimmte Stefano ihm zu.

»Zum Beispiel, dass Mutschler einen Lamborghini fährt.«

»Wer ist Mutschler?«, fragte Francesca nach.

»Der Hausmeister«, erklärte Özcan trocken. »Der die Leiche entdeckt hat.«

»Ach so, ja …«

»Ja, und wenn etwas dahinterstecken würde, hättest du es ja auch schon längst erfahren«, sagte Stefano. »Aber der Typ hat tatsächlich mal im Lotto gewonnen. Allerdings hat er fast seinen gesamten Gewinn inzwischen wieder ausgegeben. Bis auf den Boliden. Den parkt er allerdings seit dem Mord an Michaelis immer ganz dezent am Straßenrand, einen halben Kilometer vom Firmenparkplatz entfernt. Wir sollten wohl nicht auf die Idee kommen, mal nachzufragen.«

Plötzlich stand Astrid Baisch vor Francesca und blätterte ihr einige Kontoauszüge Mutschlers auf den Tisch.

Hatten ihre Wände Ohren?

Erstaunt sah Francesca zu ihr auf, um sich aber sofort mit den Angaben zu befassen.

Özcan war schon mit seinem Gesicht neben ihr.

»Vierhunderttausend Euro hat der Mann kassiert!« Er ließ die Luft zwischen den Zähnen zischen. »Also wenn ich auf einen Schlag so viel Kohle hätte, wüsste ich bestimmt was Besseres, als Lamborghini zu fahren und den Rest innerhalb von zwei Jahren rauszuhauen …«

»Das kann dir schnell passieren, wenn du Familie hast!«, entgegnete Francesca und überschlug im Groben sämtliche geheimen Wünsche ihrer Familienmitglieder.

»Und Mutschler hat immerhin fünf Kinder in die Welt gesetzt«, erklärte die Sekretärin. »Zwei aus erster, zwei aus zweiter und zwei aus dritter Ehe. Und er ist allen gegenüber noch unterhaltspflichtig.«

»Das waren jetzt aber sechs!«, monierte die Kommissarin.

»Wie?«

»Sechs Kinder, Ihrer Aufzählung nach.«

Astrid Baisch stutzte, aber nur sehr kurz. Dann wischte sie Francescas Einwand mit einem selbstbewussten Grinsen beiseite.

»Sie wissen doch. Mit Zahlen hab ich's nicht so ...«

»Aber dass die Überweisung von der Lottogesellschaft kam, das ist schon niet- und nagelfest, oder?«

»Numerik ist das eine – aber was Kontenbewegungen angeht, da ist mir noch nie etwas durch die Lappen«, erklärte Astrid abschließend und stolzierte, nicht ohne mit gerümpfter Nase noch eines von Francescas Karamellbonbons geschnappt zu haben, aus dem Zimmer.

Die Teilnehmer der Runde warfen sich amüsierte Blicke zu.

»Aber dann war das mit Mutschler halt leider auch ein Schlag ins Wasser«, sagte Francesca. »Und in Pollaks Wohnung habt ihr wohl auch nicht das große Geld gefunden?« Sie sah Stefano an.

»Aber irgendwo hat er es. Wir müssen ihn noch mehr unter Druck setzen!«

»Als wir ihn in Verbindung mit dem Mord gebracht haben, ist er windelweich geworden«, teilte Özcan mit. »Aber mit seinem Alibi, das scheint ja auch wasserdicht zu sein?«

Stefano grinste säuerlich.

»Seine Freundin hat ihm eines ausgestellt ... Aber ehrlich gesagt, das mit unseren Alibis wächst sich für mich langsam zu einem Problem aus.«

»Du nimmst mir das Wort aus dem Mund«, stimmte Francesca zu. »Das fängt bei Schwartz, unserem ersten Verdächtigen, schon an. Wenn wir es mit dem Organisierten Verbrechen zu tun haben, dann müssen wir davon ausgehen, dass diese Profis sich natürlich absichern und sich Alibis beschaffen. Das Problem dabei ist nur immer, ihnen das auch nachzuweisen.«

»Dann haben wir ja was Konkretes zu tun in nächster Zeit«, stimmte Özcan zu.

»Also dann«, sagte Francesca abschließend. »Und du, Basilio, könntest du mir einen Gefallen tun und trotz allem die Ortung dieses Handys von ...«

Sie biss sich auf die Lippen. Fast wäre ihr der Name Artur Glenn herausgerutscht. Und sie hatte Blöchle doch zugesagt, seine Identität noch im Dunkeln zu lassen, bis ihr Vorgesetzter mit seinem wie auch immer gearteten Vitamin B weitergekommen war. Aber sie fühlte sich nicht wohl dabei, ausgerechnet ihren engsten Vertrauten diese wichtige Information vorzuenthalten. Für den Moment beschloss sie jedoch, noch einmal eine Nacht darüber nachzudenken. Und sagte jetzt nur:

»… von unserem Marine. Oder seiner Freundin. In den USA. Du weißt schon …«

Zäh zog sich die Zeit dahin. Drei Observationsteams waren zusammengestellt worden, um den bisher maßgeblichen Verdächtigen und Beteiligten doch noch auf die Spur zu kommen, auch, um herauszufinden, ob es vielleicht eine Verbindung zwischen ihnen gab. Die Zielpersonen hießen Peter Schwartz, Cornelia Behrendt – die Kellnerin, die dessen Alibi bestätigt hatte – und Dominique Krahl, Pollaks Freundin, die Pollaks Alibi für die Tatzeit des Mordfalls Michaelis bestätigt hatte. Dem spätsommerlichen September folgten die verregneten Monate Oktober und November, denen sich ein nasskalter Dezember anschloss. Langsam ging es auf Weihnachten zu.

Irgendwann hatte sich Miriam Michaelis zwischendurch gemeldet. Im Telefonat mit Francesca hatte sie durchblicken lassen, dass sie sich hängen gelassen fühle. Ihr Onkel Wolfgang Michaelis hatte sich zwar mit ihr in Verbindung gesetzt, aber Miriam hatte ihre Teilnahme an der Beerdigung ihres Vaters in Hamburg kurzfristig abgesagt, und als Francesca sie darauf ansprach, wich sie aus. Konnte sie nicht einmal mit dem toten Vater endlich ihren Frieden machen?

Und nun hatte sie erwartet, dass man sie wenigstens, was die Ermittlungen betraf, auf dem Laufenden halte. Ihr Bruder schreibe ihr in unregelmäßigen Abständen eine WhatsApp, aber nur, um ihr mitzuteilen, er sei an irgendwelchen dubiosen Hintermännern dran – und noch am Leben. Wo er sich aufhalte, habe er ihr bisher nicht verraten. Es höre sich alles immer etwas unrealistisch an, so in Richtung »Allein gegen die Mafia«, und langsam zweifle sie an seinem Verstand.

Ob es denn noch Hoffnung gebe, dass der Mörder jemals gefasst werden würde, wollte Miriam wissen; die Kommissarin fand darauf keine andere Antwort als den platten Allgemeinplatz, die Hoffnung sterbe immer zuletzt …

Mit diesem Satz meldete sich auch Thorsten Espe, Bereichsleiter bei ElringKlinger, immer wieder, um nachzufragen, wie es denn um den Stand der Ermittlungen bestellt sei. Nur, er wollte mit diesem Satz zum Ausdruck bringen, dass er den Glauben ans LKA noch nicht ganz verloren habe. Zwar habe sich die erste Aufregung in der Belegschaft inzwischen gelegt, aber wenn man sich unter den Mitarbeitern genauer umhöre, sei schon festzustellen, dass sie den ungelösten Fall als eine ständig gegenwärtige Bedrohung empfänden. Und ob denn überhaupt noch in Richtung Industriespionage ermittelt werde?

Und schließlich die Anrufe der Journalisten. Blöchle beschloss endlich, die längst überfällige Pressekonferenz abzuhalten. Geschickt fütterte er die Medienvertreter mit der Information, ein dringend Tatverdächtiger sei in Neckartailfingen verhaftet worden und Observationsteams seien rund um die Uhr im Einsatz. Dabei erweckte er nicht ganz unbeabsichtigt den Eindruck, weitere brennendheiße Spuren zu verfolgen – um andererseits die Aussage zu lancieren, der anfänglich öffentlich laut gewordene Verdacht auf

Industriespionage habe sich seitens des LKA nicht bestätigt. Dabei konnte er die Tatsache nutzen, dass zwar der aufwendige Polizeieinsatz zur Verhaftung Pollaks kurzfristig mediales Interesse gefunden hatte, aber die Entdeckung des Toten Briefkastens an der Neckarbrücke nicht an die Öffentlichkeit gelangt war. Allerdings war die bis heute andauernde Beobachtung des Postillions vergeblich geblieben und Blöchle begann, mit dem Gedanken zu spielen, seine Leute wieder abzuziehen. Nur Francesca hatte ihn bisher von diesem Schritt abhalten können.

Auch Dieter Pollak war weiterhin mehrfach verhört worden. Offenbar war er – nach Rücksprache mit seinem Anwalt – bereit, ein Geständnis abzulegen, mit dem er jedoch lediglich die Ermittlungserkenntnisse des LKA bestätigte. Merkwürdig in diesem Zusammenhang erschien nur, dass er von sich aus auf den Strafverteidiger, dessen Nummer auf seinem Handy gespeichert war, verzichtet hatte, ein Mann, der im Ruf stand, sich auf die anwaltliche Vertretung von mehrfachen Straftätern und Schwerkriminellen spezialisiert zu haben. Nicht nur bei Francesca hatte er damit die Vermutung ausgelöst, er wolle mit dem Verzicht auf diesen Anwalt jeden Eindruck vermeiden, der einen Bezug zum Organisierten Verbrechen verstärken könnte.

Peter Schwartz führte offenbar unanfechtbar ein gutbürgerliches Leben. Auch seine Mitarbeiter waren ergebnislos unter die Lupe genommen worden. Die mehrfache Überprüfung seiner Kontobewegungen förderte nichts Verdächtiges zutage. Er pflegte keine Kontakte – weder persönlich noch telefonisch – zu fragwürdigen Personen. Hatte er sich aus dem Geschäft zurückgezogen, machte er sich durch raffinierte Schachzüge unangreifbar, weil er vermuten konnte, unter Beobachtung zu stehen – oder war er tatsächlich unschuldig? Nur seine regelmäßigen Besuche im »Rooftop« am Kleinen Schlossplatz in Stuttgart ließ er sich offenbar nicht nehmen. Aber warum auch? Stefano hatte sogar seinen Stammplatz dort verwanzt. Doch die Wortwechsel zwischen ihm und der Kellnerin Cornelia Behrendt, die aufgezeichnet werden konnten, blieben rein beruflicher Natur – kleine Flirts hin und her nicht ausgeschlossen. Hatte er mit ihr eine Absprache getroffen, ehe sie mit der Observation begonnen hatten? Gab es einen Sprachcode, mit dem sie sich verständigten – ein bei gut organisierten Banden nicht unübliches, aber immer schwer nachweisbares Verfahren? Abgesehen davon schien auch das private Umfeld Behrendts intakt zu sein. Wie alle Kellnerinnen verdiente sie nicht gerade üppig, war aber schuldenfrei und sogar im Besitz eines kleinen Vermögens von vierzigtausend Euro, das ihr verstorbener Vater hinterlassen hatte. Sie war kinderlos und lebte seit über drei Jahren in einer festen Beziehung mit einem altersgleichen Angestellten der Deutschen Bank.

Nur Dominique Krahl schien wie vom Erdboden verschwunden. Nachdem sie das Alibi Pollaks bestätigt hatte, hatte sie ihre Wohnung aufgelöst und ihre Möbel offenbar in einer Nacht- und Nebelaktion an einen Händler verkauft. Weder hatte sie sich bei der örtlichen Behörde abgemeldet noch an der Uni Stuttgart, wo sie wie Dieter Pollak den Bachelor-Master-Studiengang Materialwissenschaft belegt hatte. Und Pollak hatte zu dieser Tatsache nur mit den Schultern gezuckt.

Anders allerdings war seine Reaktion ausgefallen, als Francesca ihm eröffnet hatte, die Kriminaltechnik habe im Radkasten seines Twingo einen Schlüssel gefunden, der exakt zu einem Schließfach im Stuttgarter Hauptbahnhof passe …

Schließlich kam der 19. Dezember. Der Tag zeigte sich unwirtlich, mit Graupelschauern und Windböen, deren kalte Feuchtigkeit rücksichtslos unter jede Schlechtwetterkleidung kroch und die immer wieder von einer unberechenbaren, plötzlich eintretenden und länger anhaltenden Windstille unterbrochen wurden.

Im Landeskriminalamt ging das Gerücht, Blöchle wolle noch für den frühen Nachmittag die große Dienstbesprechung einberufen in der Absicht, alle Observierungsmaßnahmen abzubrechen und den Mordfall Michaelis als ungelöst im Aktenarchiv im Keller verschwinden zu lassen. Gewundert hätte es niemanden. Aber eine Anweisung war bisher noch nicht ergangen, auch jetzt noch nicht, um 10 Uhr.

Francesca, die ununterbrochen auf die Uhr sah, spürte ein Ziehen in der Magengegend. Der Gedanke, Ermittlungen endgültig an den Nagel hängen zu müssen, obwohl es noch einen wichtigen Zeugen gab, auch wenn er noch nicht befragt werden konnte, widersprach allen ihren Einstellungen. Auch wenn dieser mysteriöse Artur Glenn für immer verschwunden sein sollte: Bevor sie nicht wenigstens noch mit Lukas Michaelis gesprochen hatte, würde sie nicht klein beigeben wollen, auch wenn sie im Moment noch nicht wusste, wie sie ihn erreichen sollte. Schließlich gab es Fälle, in denen man erst nach Jahren auf die richtige Spur des Täters gekommen war.

Um 10 Uhr 24 platzte Basilio in ihr Büro mit der Nachricht, man habe endlich wieder Kontakt zum Handy dieser angeblichen Cora van Straaten herstellen können. Die Signale stammten aus der Gegend um den Regional Airport von Monterey. Er habe die Information sofort an den Chef weitergeleitet.

»Endlich!«, stieß Francesca aus. »Welch ein Glück!«

Basilio konnte sich ein Grinsen nicht verkneifen.

»Seit 2001 muss jedes Handy in den USA über einen GPS-Empfänger verfügen«, antwortete er. »Das Glück besteht höchstens darin, dass der Benutzer es mal wieder eingeschaltet hat.«

Ohne lange zu überlegen, stieß sich die Kommissarin von ihrem Schreibtischstuhl in die Höhe, spritzte kommentarlos an dem staunenden Kollegen vorbei und machte sich geradewegs auf zum Büro ihres Vorgesetzten. Eine Hoffnung war in ihr aufgekeimt, wenn auch eine vage. Gab die Tatsache, dass sie Glenn wieder orten konnten, dem Fall nicht endlich wieder eine unverhoffte, neue Dimension?

Auf dem Gang kam ihr Hermann Blöchle mit eiligen Schritten entgegen – im Regenmantel. Schon auf einigen Metern Entfernung winkte er ihr zu.

»Ziehen Sie sich etwas über und kommen Sie!«, sagte er. Seine Stimme hatte etwas Gehetztes.

Francesca machte auf dem Absatz kehrt. Sie, die sonst immer mit den Schritten einer Hochleistungs-Walkerin durch die langen Gänge lief, hatte plötzlich Schwierigkeiten, mit seinem enormen Tempo Schritt zu halten.

Blöchle hielt auf den Fahrstuhl zu.

»Holen Sie sich Ihren Mantel. Ich warte hier!«

Francesca drehte ab. In ihrem Büro schnappte sie sich ihre Jacke von der Lehne ihres Schreibtischstuhls und ließ Özcan, der ihre Bewegungen mit fragenden Blicken verfolgte, ohne ein Wort der Erklärung stehen.

Als sie wieder auf Blöchle zueilte, hob dieser den Blick und drückte die abgegriffene Plastiktaste neben dem Fahrstuhl. Die Türen öffneten sich schmatzend. Mit einer bestimmenden Handbewegung gewährte er ihr den Vortritt. Staunend registrierte sie, dass er die Taste U 2 drückte. Was wollte er mit ihr in der Tiefgarage? Sie öffnete den Mund, aber Blöchle bedeutete ihr mit einer Gebärde, die die Luft zerschnitt, zu schweigen. Francesca, die nicht wusste, wohin sie ihren Blick lenken sollte, starrte auf die elektronische Stockwerk-Anzeige.

Als sie den Fahrstuhl nach einer gefühlten Ewigkeit wieder verließen und die Deckenbeleuchtung zitternd ansprang, dirigierte er sie mit einer Kinnbewegung nach links – zu dem für seine Dienstlimousine reservierten Stellplatz. Er betätigte die elektronische Entriegelung und öffnete für sie die Beifahrertür. Francesca zögerte und sah sich irritiert um. Wo blieb sein Chauffeur?

Blöchle, der ihren Gedanken erraten zu haben schien, deutete ein Kopfschütteln an und bat sie mit einer ungeduldigen Handbewegung einzusteigen. Dann ging er mit raschen Schritten um die Kühlerhaube herum, riss die Fahrertür auf, schob sich auf den Sitz und startete, ohne sie anzusehen und ohne einen Kommentar.

Mit quietschenden Reifen passierte die schwarze Dienstlimousine die elektronische Sicherheitsschleuse. Das Rollgitter hob sich ächzend. Der Wagen preschte die Ausfahrt hoch. Als schütte jemand mehrere Eimer Wasser gleichzeitig auf die Windschutzscheibe, empfing sie draußen ein heftiger Regenschwall. Blöchle schaltete die Wischer ein.

Francesca registrierte, dass Blöchle nach links in die Taubenheimstraße einfuhr. Was hatte er vor? Warum redete er nicht? Sie entschloss sich, noch einmal zu einer Frage anzusetzen, doch als sie sich räusperte, nahm er kurz die Hände vom Steuer und hielt beide Hände hoch, um sie wie wild zu drehen. Zeichensprache also. Was sollte das Fuchteln heißen? Alarm?

Als das Mercedes-Benz Motorenwerk Cannstatt in ihr Blickfeld kam, bog er in die Deckerstraße ein. Plötzlich deutete nichts mehr auf Eile hin. Er passte sich dem fließenden Verkehr an wie jeder andere. Und doch dauerte das Schweigen fort, das für sie etwas Bedrückendes annahm. Über die König-Karls-Brücke querten sie den Neckar. Fast abrupt ließ der Regen nach und ging in ein Tröpfeln über. Blöchle setzte den Wagen auf die Cannstatter Straße und zog am Mineralbad Leuze vorbei Richtung Tunnel. Als sie diesen wieder verließen, ließ er die Limousine unvermittelt auf eine Parkbucht gleiten und brachte sie zum Stehen.

Die Luft glänzte, als habe sie jemand poliert. Ein kleiner Fußpfad führte unter Bäumen hindurch auf einen kleinen Platz, der den Blick auf den Unteren Schlossgarten frei gab. Blöchle winkte Francesca auf einen Spazierweg Richtung Nesenbach und verlangsamte seine Schritte. Gemächlich sah er sich nach allen Seiten hin um. Schließlich blieb er stehen.

»Ich weiß, ich muss mich Ihnen erklären«, begann er mit einer altertümlich wirkenden Entschuldigungsformel. Sein Atem ging jetzt langsamer. »Und es tut mir leid, dass ich Sie so lange im Ungewissen lassen musste ...«

»Langsam beginne ich, eins und eins zusammen zu zählen ...«, erwiderte sie und sah auf sein graues Gesicht.

»Ich hoffe, Sie denken nicht, ich leide unter Paranoia ...« Ein knappes Lächeln erhellte seine Züge, jedoch nur für Sekunden. »Ich muss einfach sicherstellen, dass unser Gespräch unter uns bleibt. Ich habe meine Gründe dafür, glauben Sie mir, auch wenn ich Ihnen diese nicht darlegen kann. Wenigstens heute noch nicht.«

Sie sollte also nicht nachfragen. Auch wenn sein Verhalten darauf hindeutete, dass irgendetwas Anlass für seine Sorge gab, abgehört zu werden. Stand er unter Beobachtung? Und wenn ja, von wem?

»Lassen Sie uns ein paar Schritte gehen ...«, bat er und begann, gemächlich auszuschreiten.

Wie kleine Lampions säumten die weißen Kugeln der Laternen den Weg. Von einer riesigen Trauerweide tropfte das Nass des letzten Regenschauers. Die große Lichtung, durch die sich der Bach schlängelte, schimmerte in blassem, modrigem Grün. Hier im Park, wo einem an sonnigen Vormittagen Kinderwagen schiebende Mütter und verbissene Jogger entgegenkamen, hatte sich düstere Leere breitgemacht. Francesca beschloss, sich weiterhin zurückzuhalten und darauf zu warten, was Blöchle ihr anvertrauen wollte.

»Ich habe Ihre Vermutung, der Mordfall Michaelis könne mit einem Industriespionageangriff auf ElringKlinger zusammenhängen, von vornherein ernst genommen, auch wenn ich am Anfang nicht den Anschein erweckte«, erklärte er nach einiger Zeit. »Und nun hat ja auch unser nimmermüder Garcia endlich wieder das Handy geortet, mit dem vermutlich Artur Glenn mit Dieter Pollak Kontakt hielt. Allerdings ändert das noch nichts an der Sachlage, wie sie sich uns in unserem letzten Vier-Augen-Gespräch dargestellt hatte.«

Wenn das alles war, dachte Francesca kurz, könnte sie ja jetzt wieder in ihr Büro zurückgehen. Aber irgendetwas musste er in der Hinterhand haben.

»Aber ich hatte Ihnen zugesagt, ich werde an dem Thema Glenn dran bleiben und meine Beziehungen spielen lassen«, fuhr er fort. Sein Tonfall hatte etwas Entschlossenes. »Inzwischen bin ich um einige Erkenntnisse reicher, auch wenn ich mir diese etwas anders vorgestellt hatte …«

Blöchle schlug nun den Weg ein, der am Rand der alten Baumbestände diesseits der Felix-Mendelssohn-Bartholdy-Allee entlangführte.

»Glenn ist ein Informant des Verfassungsschutzes, wie Sie bereits wissen, aber er ist nicht fest angestellt. Allerdings arbeitet er für den Dienst schon seit Jahren. Bis zu seinem Prozess, der ja erst im März stattfindet, ist er freigestellt. Man geht nicht davon aus, dass er sich in den USA aufhält, um sich dem Prozess zu entziehen. Sonst müsste mit internationalem Haftbefehl gesucht werden und das weiß er auch. Sicher wäre er dann nur noch in Staaten, mit denen es keinen Auslieferungsvertrag gibt …«

An dieser Stelle entschloss sich Francesca für eine Zwischenbemerkung.

»Davon gibt es ja noch einige …«, sagte sie und dachte an Paraguay, Iran, Mongolei …

»Gut«, antwortete Blöchle. »Aber wenn Sie jemand sind, der westliche Lebensstandards gewohnt ist, glaube ich kaum, dass es erstrebenswert ist, sich für den Rest des Lebens in einem dieser Länder zu verschanzen. Allerdings ...«

Francesca ließ die Ausführungen auf sich wirken und wartete auf eine Fortsetzung. Als nichts kam, hakte sie nach.

»Allerdings?«

»Sagen wir mal so: Irgendjemand in den höheren Etagen – außerhalb unseres Hauses – hat offenbar ein massives Interesse daran, dass ich Glenn nicht weiter aufs Korn nehme ... Mehr kann und will ich Ihnen zu diesem Zeitpunkt nicht sagen.«

Francesca erschrak. Ihr Mund fühlte sich trocken an. In welchem Land befand sie sich?

»Aber der harte Gegenwind«, fuhr er nach einer kleinen Pause fort, »der mir für eine Ausweitung unserer Ermittlungsmaßnahmen in die USA entgegenbläst, bestärkt mich darin, dass wir mit unserer Vermutung, Glenn habe bei dem Angriff auf ElringKlinger seine Finger im Spiel, richtig liegen. Und dass die Drahtzieher, für die Glenn arbeitet, in den USA zu verorten sind. Und weiter: Dass es hierzulande massive Interessen gibt, diese Zusammenhänge zu verschleiern ...«

Blöchle atmete geräuschvoll aus, während Francesca betreten auf den Asphalt vor ihren Füßen sah.

»Offenbar haben wir da in ein Wespennest gestochen«, brachte sie hervor.

»Und ich würde nur zu gern wissen, in welchem Gebälk das hängt.«

Blöchle blieb abrupt stehen und sah hinüber zu einer großen Rotbuche.

»Ich habe mich dazu verpflichtet, Schaden von diesem Land abzuwenden«, sagte er ohne jegliches Pathos. »Und so lange ich in diesem Amt bin, werde ich es nicht zulassen, dass die Amis, die Russen, die Chinesen oder wer auch immer sich irgendwelcher Spitzenbeamten bedienen, um an die Kronjuwelen deutscher Firmen heranzukommen. Globalisierung kann doch nicht heißen, dass sich jeder auf der Welt überall nach Belieben bedienen kann!«

Als habe er sich mit seinen Worten vergaloppiert, unterbrach er seinen Redefluss und begann, die Unterlippe hektisch mit den Schneidezähnen zu kneten. Er wandte den Blick ab und sah auf seine Schuhspitzen.

»Und in diesem Fall deutet eben nun mal alles über den großen Teich …«, sagte Francesca schließlich in die Stille hinein.

Blöchle streifte ihren Blick.

»Nun verstehen Sie vielleicht, dass ich nicht derjenige bin, der Ihre Ermittlungen torpedieren will. Aber Sie verstehen auch, dass ich Ihnen kein offizielles Mandat für Ermittlungen in den USA geben kann.«

Francesca deutete ein Kopfnicken an. Aber sollte das jetzt alles gewesen sein? Hatte er sie hier in den abhörsicheren Schlossgarten geführt, um sich persönlich rechtfertigen zu können? Damit er in ihren Augen moralisch gut dastand, wenn er – auf Geheiß von oben – den Fall zu den Akten legen müsste?

Blöchle sah sie nachdenklich an. Der Wangenmuskel unter seinem linken Auge zuckte leicht.

»Was nicht heißt, dass ich beabsichtige, den Fall zu den Akten zu legen«, sagte er, als hätte er ihre Frage von der Stirn abgelesen.

Francesca sah ihn gespannt an.

»Sagen Sie mal, haben Sie nicht noch Resturlaub?«, kam es unvermittelt.

»Ob ich … Sie meinen … bereit wäre? Also abflugbereit?«

»Natürlich nicht, ohne dass wir Ihre engsten Mitarbeiter ins Vertrauen ziehen. Sie brauchen ja logistische Unterstützung von Deutschland aus …«

Mit einer Geste forderte er sie zum Weitergehen auf.

»Ich – also undercover?«

»Wer käme denn da in Frage?«, sprach er nahtlos weiter, ohne ihre Nachfrage direkt zu beantworten. »Basilio Garcia, den brauchen wir dafür natürlich als Ersten. Dann Herrn Invisibile und Ihren Stellvertreter, Herrn Özcan. Der müsste dann bei uns die Leitung Ihres Falls übernehmen. Natürlich nur, so lange Sie in Urlaub sind …«

Von der Seite her warf er ihr einen augenzwinkernden Blick zu.

Offenbar hatte er schon einen Plan, bevor er mich vorhin aufgegabelt hat, dachte Francesca und stimmte ihm zu.

»Erläutern Sie das den Herren – am besten auf einer gemeinsamen Dienstfahrt«, fügte er hinzu. »Und lassen Sie das mit meiner Verschwörungstheorie bitte weg …«

Er sprach das bedeutsame Wort ohne jeglichen ironischen Unterton aus.

»Schon verstanden.«

»Was das Finanzielle angeht«, fuhr er fort, »ich verfüge über ein persönliches Deputat, über das ich frei verfügen kann und für das ich mich niemandem gegenüber zu rechtfertigen brauche. Sie erhalten von mir eine Kreditkarte, die auf Ihren Namen läuft, die ich auffüllen werde, wenn Sie etwas abbuchen lassen.«

»Wie geht das denn?«, fragte sie erstaunt.

»Vitamin B«, antwortete Blöchle nur. Und nach einer kurzen Pause: »Nehmen Sie Ihren privaten Laptop mit. Sollten dienstliche Dateien darauf sein, verschieben Sie diese zu Hause auf ein Speichermedium.«

»Ist klar.«

»Waren Sie schon einmal in den USA?«

»Leider nein.«

»Für Touristen gibt es ein einfaches Visum – ESTA. Den Antrag füllen Sie vor dem Abflug online aus. Wenn Sie drüben sind, ist es wichtig, dass Sie nie den Eindruck erwecken, auf irgendeine Weise eine Arbeitsbeziehung in den USA eingegangen zu sein. Nehmen Sie also niemals Geld an.«

Francesca nickte.

»Sollten Sie ein Medikament mitnehmen müssen, lassen Sie sich von Ihrem Hausarzt ein Attest mitgeben, am besten in englischer Sprache. Das legen sie dann dem Zoll vor – freiwillig.«

Francesca atmete tief durch.

»Und begehen Sie mir drüben keine Straftaten!«

Nun musste sie grinsen.

»Lachen Sie nicht! Die Amis sind ständig auf der Hut vor Gesetzesbrechern und Terroristen. Verhalten Sie sich so unauffällig wie möglich. Passen Sie auf, dass Ihnen niemand irgendwelche Drogen unterjubelt. Sie sind schneller eingekastelt, als Sie denken. Machen Sie auch keine Aufzeichnungen auf Ihrem Laptop, die gegen Sie verwendet werden könnten. Entscheidende Schritte sprechen Sie mit mir ab!«

Blöchle fasste in die Innentasche seines schwarzen Regenmantels und reichte ihr seine Karte.

»Hier ist meine private Handynummer. Speichern Sie diese auf Ihrem iPhone, dann werfen Sie sie weg. Die Kreditkarte erhalten Sie im Wagen. Noch Fragen?«

Francesca hob die Augenbrauen und sah ihn von der Seite her an, schwieg aber.

Blöchle blieb wieder stehen und schaute sie offen an.

»Sie wissen, dass ich Ihnen nicht helfen kann drüben, falls was wirklich Ernstes passiert. Nicht offiziell jedenfalls.«

Francesca bejahte. Sie hatte nicht bemerkt, dass sie wieder am Ausgangspunkt angelangt waren.

»Für Ihre Familie tut es mir leid, ehrlich gesagt, so über Weihnachten«, gab er abschließend zu verstehen und wandte sich bereits dem Wagen zu. »Und es hört sich vielleicht nicht ganz überzeugend an, aber Ihrem Mann sagen Sie eben, ich hätte Sie zu einer Fachtagung nach San Francisco geschickt. Interpol. Das wäre dann auch unsere interne Sprachregelung – falls er je auf die Idee kommen sollte, bei Frau Baisch mal nachzufragen.«

Francesca sah ihn mit gespielter Empörung an.

»Würde er nie!«

Sag mal Wolle!«, forderte Salvatore sie auf. Er saß auf den Knien seiner Mutter und sah sie feixend an.

Francesca runzelte die Stirn.

»Komm, sag doch mal!«, wiederholte er und stupste sie auffordernd gegen die Schulter.

»Also gut: Wolle!«

»Wolle, Wolle, Wolle. Zehn Sekunden Arschkontrolle!«

Salvatore taxierte die Reaktion ihres Gesichts, und als sie die Augenbrauen hob, brach der Junge in schallendes Gelächter aus und warf seinen Kopf gegen ihre Brust.

»Du bist mir einer!«, rief Francesca aus. »Hast du das in der Schule gelernt?«

Salvatore nickte langsam und bedeutungsschwer.

»Ich weiß noch mehr …«

Nach dem denkwürdigen Schlossgarten-Gespräch mit Blöchle hatte sie Özcan, Stefano und Garcia eingeweiht und dann ziemlich zügig ihren Arbeitsplatz verlassen. Schließlich galt es, zu Hause noch einiges vorzubereiten. Die Reaktion ihrer Kollegen war einhellig ausgefallen. Sie teilten alle drei ihren Anspruch, die Aufklärung eines Falles erst dann aufzugeben, wenn auch die allerletzte Spur im Sande verlaufen wäre, egal, wohin auch immer in der Welt sie führte. Und sie rechneten es Blöchle insgeheim hoch an, dass er nicht nur die Undercover-Mission von Francesca unterstützte, sondern auch ihre engsten Mitarbeiter vertrauensvoll in die nicht gerade ungefährliche Geheimoperation einbezog.

Garcia empfahl Francesca, sich ein zusätzliches Handy mit Prepaid-Karte zuzulegen für den Fall, dass ihr iPhone gestohlen würde, beschlagnahmt würde oder verloren ginge. Und sie einigten sich auf einen besonderen Sprachcode, eine Sprachregelung für Notfälle. »Das Wetter hat umgeschlagen«, sollte dabei als höchste Alarmstufe gelten. Unklar war allerdings geblieben, was sie in einem solchen Fall von Stuttgart aus für Francesca würden tun können.

Anita Baisch, die selten erlebt hatte, dass Francesca schon um die Mittagszeit das Haus verließ, hatte eine sorgenvolle Miene aufgesetzt und sich sogar zu der Befürchtung verstiegen, ihr sei gekündigt worden.

»Ich verwende meinen Resturlaub für eine wichtige Interpol-Fachtagung«, hatte sie versucht, sie zu beruhigen, ohne dass damit das Misstrauen in den Augen ihrer Sekretärin völlig erloschen wäre.

»Über Weihnachten?«, hatte Anita noch erstaunt nachgefragt.

Und Francesca hatte plötzlich eine Enge in der Brust verspürt.

Zu Hause hatte Andreas, der soeben Salvatore von der Schule abgeholt hatte, sie mit großen Augen empfangen. Doch bevor sie ihm hatte etwas erklären können, hatte sich hinter ihm Silvio in den Flur geschoben und ihr stolz seine Klassenarbeit präsentiert. Er hatte eine glatte Zwei herausbekommen.

»Dann hat sich dein Büffeln mit Oma ja ausgezahlt!«, hatte Francesca ihn gelobt, war jedoch im nächsten Moment sofort von ihrem Jüngsten in Beschlag genommen worden.

»Noch mehr?«, fragte sie den Kleinen jetzt zurück und setzte einen strengen Blick auf. »Aber nur noch eins, dann ist Schluss. Mama muss nämlich noch viel erledigen.«

Der Junge strahlte sie an.

»Sag mal schneller!«

»Schneller …«

»Schneller, Propeller, die Oma sitzt im Keller!«

Jetzt stieß er ein helles Gackern aus, hielt sich an ihren Oberarmen fest und warf den Kopf nach hinten. Sein ganzer Körper vibrierte vor Lachen.

Francesca lächelte, versetzte ihm einen Stups gegen die Brust und setzte ihn ab.

»Weißt du was? Du gehst jetzt in dein Kinderzimmer. Mama muss mit Papa was besprechen …«

Salvatore griff nach seinem Plastikflugzeug und ließ es mit aufheulendem Motorenlärm provozierend dicht vor ihrer Nase vorbeiziehen. Dann drehte er ein paar Kurven und tänzelte ihr voraus in die Küche.

»Was hab ich dir denn gesagt gerade?«, sagte Francesca scharf.

»Ich muss aber auch was mit Papa besprechen!«, protestierte er.

»Gleich«, erwiderte sie, fasste ihn an den Schultern und schob den Kleinen ohne weiteren Kommentar ins Kinderzimmer. »Bis ich dich wieder abhole, ja?« sagte sie in einem Ton, der keinen Widerspruch erduldete.

Salvatore schmetterte sein Flugzeug auf den Boden und warf sich aufheulend auf sein Bett. Francesca schloss die Tür hinter ihm.

In der Küche stand Andreas an der Arbeitsplatte und mischte einen grünen Salat. Als er sie bemerkte, wandte er kurz den Kopf.

»Gibt heute nur Fertigpizza«, sagte er. »Ich muss nachher gleich wieder weg, unser Volvo muss zum Autohaus Leibssle.«

Erstaunt sah sie ihn an.

»Wieso, was ist mit ihm?«, fragte Francesca, als handle es sich um den erkrankten Familienhund.

Andreas lächelte nachsichtig.

»Bei über dreihunderttausend Kilometern auf dem Buckel darf schon mal ein Radlager schwächeln, oder?«

»Wäre es da nicht mal langsam Zeit für einen neuen?«

»Leibssle hört sich da sicher nicht nein sagen ... Aber warum bist du schon da? Ist was passiert?«

»Nicht direkt«, seufzte sie und ließ sich auf einen der weißen Küchenstühle in der Ecke nieder. »Ich muss auf Dienstreise. Nach San Francisco ... Allein ...«

Andreas ließ das Salatbesteck liegen und drehte sich verblüfft zu ihr um.

»Über Weihnachten?«

Francesca spürte einen Kloß im Hals. Sie konnte ihm doch unmöglich das Märchen von der Interpol-Fachtagung auftischen.

»Ich muss mich absolut auf dich verlassen können«, erwiderte sie.

»Wo ist das Problem?«

»Ich wurde von Blöchle zur Verschwiegenheit verdonnert.«

»Und wie lautet die offizielle Version?«

Francesca zögerte. Es kam schon vor, dass sich Andreas mal ungewollt verplapperte.

»Fachtagung. Interpol.«

»Aha. Und was ist daran so problematisch, dass nicht mal dein ... dein Gatte etwas davon wissen darf?«

»Die Ermittlungen sind inoffiziell. Nur Blöchle und ein paar eingeweihte Kollegen wissen etwas davon.«

»Auch dein Özi?«

»Özcan schon ...«

Andreas wandte sich wieder seinem Salat zu.

»Und – muss ich mir Sorgen machen?«, wollte er wissen.

»Nein, es gibt einfach intern einige Probleme in dem Zusammenhang«, versuchte sie, ihn zu beruhigen.

Andreas verstummte und hüllte sich in nachdenkliches Schweigen.

»Ist das schlimm für dich?«, meinte sie schließlich. »Ich meine, wegen Weihnachten?«

»Für dich nicht?«, stellte er die Gegenfrage.

Francesca senkte den Blick.

»Ich habe so dafür gekämpft, diese Spur weiterverfolgen zu können ...«

»Aber du konntest dir den Zeitpunkt natürlich nicht aussuchen.«

Sie erhob sich und lehnte ihren Kopf an seine Schulter.

»Aber wenn ich mir vorstelle, an Heiligabend allein in irgendeinem Hotelzimmer herumzuhängen ...«

»Ich glaube eher, deine Arbeit wird dir gar keine Zeit lassen, darüber nachzudenken, mein Schatz.« Er drückte sie kurz an sich. »Und wegen mir brauchst du dir da nun wirklich keine Sorgen zu machen.«

»Ja, aber wegen der Kinder ...«

»Wie die es aufnehmen werden, weiß ich nicht.«

Dies erfuhren sie wenig später, als auch Lisa eingetrudelt war. Mit beiläufigem Staunen hatte auch sie auf die Anwesenheit ihrer Mutter zu dieser ungewöhnlichen Tageszeit reagiert.

Francesca hatte die Salatschüssel ins Esszimmer getragen, Andreas die Pizza gebracht. Man saß um den großen Eichentisch.

Silvio war der Erste, der auf die Eröffnung seiner Mutter reagierte.

»Ohne Mama ist es ja kein richtiges Weihnachten«, meinte er betrübt.

»Holen wir dann trotzdem einen Christbaum beim Förster?«, wollte Salvatore von seinem Vater wissen.

Andreas streichelte seinem Jüngsten über den Kopf. Jedes Jahr schlugen sie sich im Wald eines pensionierten Revierförsters in Kleinengstingen auf der Schwäbischen Alb selbst ihren Baum, was für die Kinder immer ein kleines Abenteuer bedeutete.

»Aber klar doch, wir machen alles wie sonst auch!«

Sie warf einen Blick auf Lisa, die eine heimliche Träne wegzudrücken schien. Ausgerechnet Lisa!

»Ich wollte sowieso fragen, was ihr davon haltet, wenn wir Lya und ihre Mutter zu Weihnachten mal einladen«, sagte ihre Tochter.

»Deine Schülerin aus dem Irak?«, fragte Francesca nach.

»Die sind doch Musliminnen«, warf Andreas ein. »Glaube kaum, dass die sich für christliche Rituale interessieren ...«

Lisa warf ihrer Mutter einen Hilfe suchenden Blick zu.

»Darum geht es doch gar nicht«, meinte Francesca. »Sondern dass man sie irgendwie einbezieht. Und warum sollen sie unsere familiären Gepflogenheiten denn nicht kennenlernen? Wie sonst soll denn Integration funktionieren?«

Andreas verdrehte die Augen und schwieg.

»Außerdem«, machte Lisa weiter, »Lya spricht einwandfreies Französisch. Und wir haben schon gesagt, ich bringe ihr Deutsch bei und sie hilft mir im Gegenzug bei meinen Französischaufgaben. Und an Weihnachten machen wir dann Konversation ...«

»Ich werde drüber nachdenken ...«, meinte Andreas. »Aber jetzt haut mal rein, Kinder!«

Und zu Francesca:

»Also du siehst, wir schaffen das schon. Und außerdem haben wir ja auch noch Maria!«

Sie hatte geschlafen. Wenigstens vier, fünf Stunden. Obwohl sie die Füße nicht hatte ausstrecken können in der vollbesetzten Lufthansa-Maschine. Obwohl sie mit den Ellenbogen ständig an die ihrer Sitznachbarn stieß. Obwohl der stark erkältete Passagier auf dem Sitz hinter ihr sich ständig schnäuzte. Obwohl das Baby der Familie in der Reihe vor ihr immer mal wieder zu quäken begann. Und obwohl Glenns Handy wieder vom Radar verschwunden war und sie auch Miriam vor ihrem Abflug telefonisch nicht erreicht hatte.

Auch hatte sie es bedauert, dass ihr Platz im Flugzeug in der Mittelreihe lag, sodass sie beim Landeanflug den herrlichen Ausblick auf die Bay und die Skyline nur erahnen konnte. Merkwürdig, in Frankfurt in den Abend zu fliegen und am Morgen desselben Tages in einem anderen Erdteil aufzuwachen, dachte sie, als sie endlich das langwierige Prozedere der Passkontrolle am San Francisco International Airport hinter sich gelassen hatte: das ewige Anstehen in der Schlange, das Nehmen der Fingerabdrücke, die Porträtfotos – frontal und im Profil … Sie war gefragt worden, zu welchem Zweck sie die USA besuche und wie lange sie bleiben wolle und welches ihre Zieladresse sei, obwohl sie im Flugzeug schon ein Formular mit diesen Angaben ausgefüllt und es dem Beamten zusammen mit ihrem Reisepass vorgelegt hatte. Bereits beim Ausfüllen des ESTA-Online-Fragebogens zu Hause waren ihr Fragen aufgefallen, die ihr absurd vorkamen, wie etwa, ob man drogenabhängig oder an terroristischen Aktivitäten beteiligt gewesen sei.

Worauf sie zwar eingestellt gewesen war, was sie aber dann doch geärgert hatte: Ausgerechnet ihr Laptop wurde bei einer weiteren Kontrollbarriere kurz vor dem Ausgang des Flughafens aussortiert. Der weibliche CBP-Officer war damit in irgendeinen Nebenraum verschwunden, während sie zu warten hatte. »Any explosive substances?«, hatte die

Beamtin sie gefragt und das Gerät, obwohl sie verneinend den Kopf geschüttelt hatte, dennoch mitgenommen und ihr erst nach einer guten halben Stunde kommentarlos wieder ausgehändigt. Ein freundlicher Empfang von Touristen sah anders aus...

Nun aber schleuste sie sich endlich durch den Exit, begierig darauf, die Luft eines neuen Kontinents zu atmen, vorbei an Reiseveranstaltern, die ihre Gäste mit hochgehaltenen Schildern in Empfang nahmen – und endlich sprang ihr ihr eigener Name ins Auge.

Der Herr, der das Schild mit ihrem Namen hochhielt, schien etwa in ihrem Alter zu sein, trug einen anthrazitfarbenen Anzug, eine randlose Brille und sah eher aus wie ein Hochschulprofessor als wie ein Hotelbediensteter. Es konnte sich also nur um Fred handeln. Lächelnd trat sie auf ihn zu.

»Francesca!«, begrüßte er sie und ließ das Schild sinken, ehe sie ihn ansprechen konnte. »Wie war dein Flug?«

Nachdem sie die Reise gebucht hatte, war ihr sein Anruf wieder eingefallen, von dem ihr Lisa berichtet hatte. Es konnte nicht schaden, war ihre Überlegung gewesen, jemanden in San Francisco zu kennen, und sie hatte sich mit ihm in Verbindung gesetzt. Mit einer gehörigen Portion Understatement in der Stimme hatte er ihr am Telefon bereits erklärt, er sei inzwischen Professor für Physik und arbeite in einem der deutschen Think Tanks im Silicon Valley. Ein weiterer Grund, sich mit ihm zu treffen. Jemand wie er kannte sich vermutlich auch in der Automobilbranche ein wenig aus ...

Fred Schoner nahm ihre Tasche und sagte:

»Die Gelegenheit konnte ich mir nicht entgehen lassen! Wollen wir?«

Er ging voraus und Francesca blieb nichts anderes übrig, als dem alten Schulfreund mit ihrem metallicfarbenen Hartschalen-Rollkoffer zu folgen.

»Deine Tagung beginnt ja erst morgen«, glaubte er zu wissen. »Genug Zeit also, dir die Stadt zu zeigen. Aber sicher willst du erst mal in dein Hotel und dich etwas ausruhen. Wo hast du denn gebucht?«

»Im Hotel ›Whitcomb‹ ... Auf Empfehlung eines Kollegen ...«

Basilio, der von sich behauptete, schon fast überall auf der Welt herumgekommen zu sein, hatte ihr das historische Hotel im Herzen der Stadt ans Herz gelegt.

»Wow! Nicht unbedingt die schlechteste Adresse!«

Er führte sie zu seinem alten Plymouth. Mit seinem grellen Grün und seinen fischlinienförmigen Flossen erinnerte er sie sofort an einen kubanischen Schlitten.

»Passt zwar aus deutscher Sicht nicht ganz zum Image eines gediegenen Professors«, kommentierte er und tätschelte die Kühlerhaube, ehe er für sie die Beifahrertür öffnete. »Aber in den Staaten ist das egal. Da kommt es nur darauf an, dass du deinen Job machst ...«

»Also gut«, setzte er fort, als sie eingestiegen war, und sah auf seine Rolex. »Jetzt haben wir halb elf. Sagen wir so um zwei p.m.?«

Das Hotel »Whitcomb« in der Market Street 1231 gehört zu jenen historischen Residenzen aus den Anfängen des zwanzigsten Jahrhunderts, die sich ihren gediegenen Glanz bis auf den heutigen Tag erhalten haben.

Als sie die Empfangshalle betrat, blieb Francesca erst einmal staunend stehen und setzte ihre Tasche auf ihren Rollkoffer. Filigran geäderte Marmorsäulen, die von einem weißen, mit Reihen kleiner schwarzer Quadrate versetzten Steinfußboden aufstiegen, stützten die schlichte, von geschnitzten dunklen Balken geschmückte Decke mit ihren prachtvollen Kristall-Kronleuchtern. In der Mitte des Saales erhob sich ein Marmortisch mit runder, schwarzer Platte, auf dem in einer bauchigen, schwarzen Vase ein üppiger Blumenstrauß prangte. Tiffany-Glasmalerei schwebte über der Rezeption, deren Theke ebenfalls mit Marmor verkleidet war. Selbst die Aufzugstüren glänzten in goldener Pracht.

Über den mit schweren Teppichen ausgelegten Flur gelangte sie in ihr geräumiges Zimmer. Dort ging sie zuerst zu dem überhohen Fenster und zog die langen, dichten Gardinen beiseite. Dann wandte sie den Blick, der sofort an einem zierlichen Biedermeier-Sekretär hängen blieb, auf dem eine hübsche Tiffany-Lampe stand, die sich wiederum in einem gediegenen, holzgerahmten Wandspiegel spiegelte. Für einen kurzen Moment erfasste sie ein Gefühl der Leichtigkeit. Sie streckte die Arme in die Höhe und ließ sich rücklings in eines der drei Betten fallen. Das Leben könnte so schön sein, dachte sie und wünschte sich Andreas an ihre Seite. Doch im nächsten Moment beschlich sie ein schlechtes Gewissen. Hätte es, was die Unterkunft betraf, nicht auch etwas Schlichteres sein können? Aber sie hatte Basilios Tipp nicht weiter geprüft, sondern in der Eile einfach gebucht. Damit war sie gedanklich sofort wieder bei der Aufgabe zurück, die sie hierhergeführt hatte.

Sie schrieb Özcan eine Nachricht, dass sie gut angekommen sei und versuchte wohl zum hundertsten Mal, Miriam zu erreichen. Diesmal hatte sie Glück.

Die Reaktion von Miriam auf Francescas Information, sie halte sich in San Francisco auf, empfand die Kommissarin als eine Mischung aus Erleichterung und Erschrecken, eine Ambivalenz, die sie nicht einzuordnen wusste. Als ertappe sie jemanden auf frischer Tat, der im nächsten Moment froh darüber war, ertappt worden zu sein … Als sei die junge Frau froh, endlich Hilfe zu erhalten, mit der sie gar nicht mehr gerechnet hatte, aber andererseits voller Vorbehalte, dass sich jemand in ihr Leben einmischen wolle … Aber vielleicht spielt mir der Jetlag auch einen Streich, dachte Francesca und gestand sich ein, völlig überdreht zu sein.

Zu ihrem großen Erstaunen schlug Miriam von sich aus für den nächsten Tag ein Treffen mit Lukas vor.

»Mit Lukas?«, stieß Francesca aus, die mit dem iPhone in der Hand auf dem Rücken lag.

Ruckartig setzte sie sich auf. Das war das Beste, was ihr seit langem zu Ohren gekommen war!

»Und warum ausgerechnet auf der Golden Gate?«, fragte sie nach.

Miriam antwortete, dies gehe auf eine Idee von Lukas zurück. Er traue offenbar niemandem mehr, sei immer in Bewegung …

Francesca fand die Argumentation merkwürdig. Gerade eine Brücke bot doch nur eine begrenzte Auswahl an Fluchtmöglichkeiten, nur die eine oder die andere Richtung. Vielleicht noch eine dritte, wenn man einen Sturz ins Wasser mit einkalkulierte, aber dies dürfte ja wohl kaum eine Option sein. Sie entschied sich jedoch, nicht weiter nachzuhaken. Stattdessen fragte sie:

»Und warum nicht gleich heute?«

Für einige Sekunden lang Schweigen am anderen Ende.

»Ich hab's nicht in der Hand«, sagte Miriam. »Ich bin nur die Vermittlerin«.

»Und wir beide, allein? Dass wir uns vorher schon treffen?«

»Ich bin heute den ganzen Tag noch am College in Menlo.«

»Und heute Abend? Ich lad Sie zum Essen ein!«, lockte Francesca.

Aber Miriam lehnte ab.

»Also bis morgen um 11 auf der Golden Gate …«, wollte ihre Gesprächspartnerin das Telefonat beenden.

»Moment, Moment! Und wie soll mich Lukas erkennen?«

»Nehmen Sie eine ›Vanity Fair‹ in die Hand. Und dann schlendern Sie einfach über die Brücke!«

Damit war das Gespräch vorbei. Francesca erhob sich mit einem Schwung, warf das Handy aufs Bett und begann, voller Unruhe zwischen Fenster und Tür hin- und herzugehen. Das fing ja gut an! Aber immerhin – morgen würde sie endlich Lukas befragen können!

Ein Blick auf ihre Armbanduhr verriet ihr, dass die Zeiger sich bereits 12 Uhr 30 zuneigten. War das überhaupt die richtige Zeit? Sie hatte die Uhr gestellt, als sie auf dem Flughafen auf den CBP-Officer gewartet hatte, fiel ihr ein. An Schlaf war nicht zu denken, obwohl sie unterschwellig eine bleierne Müdigkeit spürte. Auch kein Anzeichen von Hunger. Sie beschloss, zu duschen und die restliche Zeit bis zu Freds Eintreffen damit zu verbringen, sich mit Hilfe des Stadtplans einen ersten Überblick zu verschaffen.

Wie zwei weibliche Brüste erhoben sich die beiden sanften Grashügel im Norden der Halbinsel. Schon die spanischen Eroberer hatten die Twin Peaks als »die Brüste des Indianermädchens« bezeichnet. Francesca war an Seite von Fred im tuckernden Plymouth gemächlich die Serpentinen des Twin Peaks Boulevard hochgefahren bis zum Christmas Tree Point, der einen einzigartigen Ausblick rundum auf das weiße Häusermeer, die daraus hervorragenden Türme, Wolkenkratzer und Großbauten, auf das sie umgebende Meer und die Bucht bot.

»Wir haben Glück«, meinte Fred und streifte mit erhobenem Arm über die Weite. »Wir haben Glück, dass wir heute eine so klare Sicht haben. Meistens hüllt sich die Stadt in Nebelschwaden.«

Der Himmel spannte sich grau über das Meer, die Halbinsel und das Hinterland, aber der nur mäßig wehende Wind zeigte sich mild, selbst an einem Dezembertag wie diesem.

»In San Francisco fällt die Temperatur nie unter den Nullpunkt«, erklärte Fred.

Nachdem er einige topografisch bedeutsame Punkte aus dem Weichbild der Stadt herausgegriffen und ausführlich erläutert hatte – den Transamerica Pyramid, den One Rincon Hill-South Tower und natürlich den Millenium Tower –, fragte sie schließlich:

»Warum bist du eigentlich in die Staaten gegangen?«

»Nun«, gab er bereitwillig Auskunft, »es wird sich ja inzwischen herumgesprochen haben, dass Wissenschaftler in Deutschland nicht gerade die besten Perspektiven haben.«

»Du meinst finanziell?«

»Das auch. Hier wirst du wesentlich besser bezahlt. Aber es geht mehr um die Arbeitsbedingungen. Nicht so viel Bürokratie. Und mehr Geld für die Forschung. Allerdings spiele ich mit dem Gedanken, wieder zurückzukehren …«

Francesca sah ihn erstaunt an.

»Ja, du wunderst dich vielleicht«, fuhr er fort. »Aber erstens scheint sich in Deutschland etwas zu verändern. Ein Freund von mir, Kinderchirurg, der sechs Jahre lang hier war, hat zum Beispiel neulich einen Ruf an die Uni Marburg angenommen.«

»Und zweitens?«

»Wie soll ich sagen? Das Leben hier ist angenehm – solange du Geld hast. Aber du musst alles mit dem Auto machen. Du kannst nicht einfach abends schnell mal um die Ecke in deine Lieblingskneipe gehen wie bei uns, ins Theater oder Kino. Es sei denn, du wohnst zufällig in einem der wenigen Viertel, wo das möglich ist. Außerdem: Ich bin zwar mit jeder Menge Amis in Kontakt, aber richtige Freundschaften haben sich in den neun Jahren, seitdem ich hier bin, nicht entwickelt.«

Vielleicht liegt das auch ein wenig an dir, dachte Francesca, sagte aber nichts.

»Und jetzt fahren wir zu einer Stelle, die dir bekannt sein wird!«, sagte er augenzwinkernd und wandte sich wieder seinem Plymouth zu.

Unterwegs kurvten sie die Hügel hinauf und hinab durch enge, von zierlichen Bäumen gesäumte Einbahnstraßen mit kleinen Vorgärten, hinter denen sich schmucke, im viktorianischen Stil erbaute Holzhäuser mit Erkern und Türmchen erhoben. Am Alamo Square standen mehrere Häuser dicht gedrängt Giebel an Giebel; Fred nahm sich eine der wenigen freien Parklücken.

»Die berühmten Painted Ladies – oder sieben Schwestern«, deutete er auf die bunten, mit Liebe zum Detail ausgestatteten Fassaden. »Es sind einige der wenigen hier, die das große Erdbeben von 1906 überstanden haben.«

»Ich sehe aber nur sechs«, wandte Francesca ein.

»Je nachdem, ob man das Häuschen links, das zugegeben eine abweichende Fassadengestaltung besitzt, noch mit dazuzählt«, lächelte Fred. »Ist dir übrigens aufgefallen, wie die Leute hier parken? Auf abfallenden Straßen sind die Vorderräder immer Richtung Bordstein gedreht. So kann sich der Wagen nicht selbstständig machen, falls sich die Handbremse mal löst...«, lachte er und lenkte den Wagen wieder aus der Parklücke.

Schon die endlos erscheinende Straße, die sich bergab und bergauf von einem Horizont zum anderen zu erstrecken schien, war Francesca irgendwie bekannt vorgekommen. Als sie nun aber die Kuppe erreichten und sich der Blick auf eine schmale, abschüssige Einbahnstraße öffnete, die, gesäumt von Blumeninseln mit Hortensien, in engen Serpentinen steil abfiel, rief Francesca:

»Lombard Street! Die berühmte Lombard Street!«

In einer endlosen Reihe anderer Wagen glitt der Plymouth neben der Fußgängertreppe langsam im Slalom hinab.

»Mit Barbra Streisand erlangte diese Straße Weltruhm!«, kommentierte Fred.

»In ›Is was, Doc?‹!«, fiel Francesca dazu ein.

»Wo der berühmte Satz fällt, als Judy zu Howard sagt: ›Lieben bedeutet, niemals um Verzeihung bitten zu müssen‹.«

»Und Howard antwortet: ›Was Dümmeres habe ich noch nie gehört‹.«

Sie lachten. Und Francesca erfuhr, dass nun ein Bummel durch China-Town auf Freds Programm stand. Doch sie äußerte den Wunsch, einmal im Leben mit einer der Cable Cars zu fahren, der einzigen Kabelstraßenbahn der Welt, die sich seit 1873 auf einer Länge von über siebzehn Kilometern durch die Stadt zog.

Fred reagierte mit einer jovialen Geste und fuhr ans östliche Ende von Fisherman's Wharf, wo sich einer der Ausgangspunkte der Bahn befand. Hier, wo die kleinen Waggons einzeln und per Hand auf einer hölzernen Drehscheibe wieder in Ausgangsposition gebracht wurden, hatte sich eine lange Schlange von Touristen gebildet. Ein Straßenmusiker mit grauem Zopf und zerfurchtem, braungebrannten Gesicht versüßte ihnen die Wartezeit mit seiner Gitarre und *Happy Xmas* von John Lennon.

Fred legte die Stirn in Falten.

»Da müssen wir jetzt mindestens eine Dreiviertelstunde anstehen …«

»Dann lass uns doch zu den Robben fahren!«, schlug Francesca vor, nicht ohne noch einen letzten wehmütigen Blick auf einen der mit weihnachtlichen Girlanden geschmückten Cable Cars mit der altertümlichen Aufschrift *San Francisco Munipical Railway* geworfen zu haben.

»Da können wir sogar zu Fuß hin!«, antwortete Fred. »Pier 39 ist hier gleich um die Ecke.«

Vorbei an alten Hafenanlagen, die inzwischen Restaurants, Klamotten- und Souvenierläden beherbergten, gelangten sie zu der berühmten ehemaligen Bootsanlegestelle, vor der sich auf Holzpontons Hunderte von Seelöwen tummelten: eine brüllende, stinkende, rülpsende Meute, sich schubsend, wälzend, schlafend ... Sie zwängten sich durch die Touristenmenge und ergatterten einen Aussichtsplatz.

»Die Seelöwenweibchen ziehen im Sommer in den Süden Kaliforniens, um ihre Kinder zur Welt zu bringen«, wusste Fred zu berichten. »Und die Ehemänner werden hier zwischengeparkt.«

Francesca lehnte sich mit dem Rücken gegen die Brüstung und sah Fred von der Seite her an.

»Hast du eigentlich Kinder?«

»Eine Tochter, siebzehn«, antwortete er nicht ohne Stolz. »Sie will Veterinärmedizin studieren und macht zurzeit ein Praktikum am Marine Mammal Center, einer Klinik für Meeressäuger in Sausalito«.

»Dann bist du verheiratet ...«

»Kathy wohnt bei mir. Ich hab ja schon gleich nach dem Abi geheiratet. Aber das mit Ilona ist schon ein Jahr später in die Brüche gegangen. Sie ist in Stuttgart geblieben...«

»Dann hat sich deine Tochter also für dich entschieden.«

Fred nickte lächelnd. Nach einer Weile kam er wieder auf die Seelöwen zu sprechen.

»Im November 2009 waren sie plötzlich verschwunden. Niemand konnte das Verhalten der Tiere erklären. Man vermutete, dass sie einem großen Fischschwarm gefolgt waren. Aber jetzt sind sie wieder zurück ...«

»Ehrlich gesagt, mein Magen knurrt.«

»Rot, groß und ungemein lecker sind hier die Königskrabben«, erklärte Fred. »Fisherman's Wharf ist berühmt dafür. Wenn du Meeresfrüchte magst ...«

Über den Holzsteg gingen sie zurück, vorbei an einer Überfülle von kleinen Läden jeglicher Art, deren Weihnachtsbeleuchtung die Gegend in ein künstliches, geschäftiges Licht tauchte. Bald erschienen die ersten Stände, in denen die riesigen Schalentiere in offenen Kesseln gekocht und in allen möglichen Variationen zum Verkauf in die Hand angeboten wurden.

»Ich habe uns allerdings einen Tisch reserviert«, lockte Fred, »direkt am Wasser.«

Der geräumige Innenraum war bereits am frühen Abend voll besetzt. Der Kellner führte sie zu ihrem Platz – mit einzigartigem Ausblick.

Francesca bemerkte in den Augenwinkeln, wie Fred ihre Reaktion abschätzte.

»Von allem nur das Feinste, was?«, sagte sie in einem Ton, bei dem er sich selbst heraussuchen können sollte, ob echte Begeisterung überwog oder Ironie.

»Nun erzähl doch mal ein bisschen was von dir«, forderte er sie auf, nachdem sie aus Dutzenden von Crab-Gerichten ausgewählt und bestellt hatten. »Ich habe im Web gar nichts gelesen von einer Interpol-Tagung in Frisco.«

Francesca versuchte ihre Verblüffung zu verbergen, indem sie sich zu ihrer Handtasche beugte und ihr iPhone hervorholte.

»Interna werden auch nicht im Internet veröffentlicht«, erwiderte sie schlagfertig und begann, von ihren Kindern zu erzählen, merkte aber schnell, dass dies ihn nicht sonderlich zu interessieren schien.

Sie bemerkte, dass der bärtige Mann am Tisch ihr gegenüber sie immer wieder anstarrte. Der Rücken seiner blonden Begleiterin war ihr zugewandt. Das konnte nicht Glenn sein, auch wenn der Schnitt seines Gesichts dem Foto des Marine ziemlich nahekam. Schließlich sahen hier viele Männer ähnlich aus. Und außerdem trug der Mann auf dem Foto keinen Bart.

Schließlich fragte Fred:

»Und woran arbeitest du gerade? Ich meine, vom LKA aus? Oder darfst du da auch nichts rauslassen?«

»Ich hätte da eher mal eine Frage an dich: Du kennst dich doch ein bisschen aus mit der Automobilindustrie in den Staaten – oder liege ich da falsch?«

Fred lächelte geschmeichelt.

»Was willst du wissen?«

»Ich hab da einen Fall. Im Zusammenhang mit einem großen Automobilzulieferer bei uns. ElringKlinger. Ich weiß nicht, ob der Name dir etwas sagt.«

»ElringKlinger in Dettingen? Natürlich sagt der mir was.«

»Wir sind übers Web allerlei denkbare Mitbewerber durchgegangen, also nicht nur in den USA, weltweit … Aber was die USA betrifft, gibt es meines Wissens nur drei ernst zu nehmende Konkurrenten …«

»… die auf Motorendichtungen spezialisiert sind«, ergänzte er. »Aber hat ElringKlinger nicht auch selbst Niederlassungen in den Staaten?«

»Stimmt. Aber was mich interessieren würde: Gibt es Betriebe, kleinere als die bekannten Marktführer, die vielleicht größer ins Geschäft kommen wollen, aber noch nicht so richtig Fuß gefasst haben?«

Fred sah sie aufmerksam an. Nach ein paar Sekunden sagte er:

»Du ermittelst hier!«

Francesca lachte auf und schüttelte den Kopf.

»Das darf ich ja gar nicht …«

»Das nehm ich dir nicht ab, Miss Undercover«, zwinkerte er ihr zu.

Francesca ließ sich nicht aus der Ruhe bringen, ertappte sich aber dabei, dass sie sich wieder am Handrücken zu kratzen begann. Sie legte die Hände auf der Tischkante ab und lehnte sich zurück.

»Und wenn, würde ich es dir sicher nicht auf die Nase binden«, erwiderte sie schnippisch. Ihr Zeigefinger vollführte eine Kreisbewegung vor der Stirn. »Aber auch während einer Tagung drehen sich die Rädchen hier oben weiter ...«

»Spaß beiseite«, räumte er ein und rückte mit dem Gesicht ein wenig vor, um mit einer lässigen Handbewegung nach dem Rosé zu greifen, den der Kellner gerade eingeschenkt hatte. Francesca tat es ihm gleich, sie stießen an. Fred schloss für einen Moment die Augen, dann sagte er:

»Monterey. In Monterey gibt es ein aufstrebendes mittelständisches Unternehmen. M&S. Die machen praktisch alles, was mit Gummi zu tun hat. Auch Zylinderkopfdichtungen.«

Francesca hob interessiert den Blick.

»M&S?«

»Meyer&Stern Rubber International. Ich erinnere mich, dass ich mal eine Anfrage von denen hatte. Aber frag mich nicht, worum es dabei ging. Ist irgendwie nichts weiter daraus geworden.«

Monterey, ging es Francesca durch den Kopf. Dieser Glenn gurkt doch immer in der Gegend dort herum...

»Monterey ist übrigens ein hübsches Städtchen, südlich von hier«, schaltete Fred offenbar wieder in seinen Reiseführermodus. »War früher berühmt durch seine Fischindustrie. Lebt heute vom Tourismus und einigen innovativen Firmen, die sich in den alten Fabrikgebäuden am Hafen angesiedelt haben. John Steinbecks Roman *Die Straße der Ölsardinen* spielt dort...«

Francesca hatte ihm interessiert zugehört, was Fred zu genießen schien. Der Kellner brachte zwei große Pötte mit riesigen Krabben, deren Schalen nur leicht angeknackst waren. Francesca sah erstaunt auf die große Portion.

»Und wie isst man die jetzt?«, fragte sie etwas hilflos.

In dem Moment klingelte ihr Handy. Sie entschuldigte sich und nahm ab.

Miriam!

Francesca drehte den Kopf zur Seite.

Der Termin auf der Golden Gate müsse verschoben werden.

Francesca bemerkte, dass Fred ihr bestürzter Gesichtsausdruck nicht entgangen war.

»Und wann?«

Man müsse das Treffen auf den Tag nach Weihnachten verlegen.

»Auf den 26. also?«, hakte Francesca nach, der gerade noch eingefallen war, dass in den USA lediglich der 25. Dezember als Weihnachtsfeiertag galt.

»Was passiert?«, fragte Fred, als sie aufgelegt hatte.

»Nur eine Terminverschiebung«, erwiderte sie so sachlich wie möglich und lenkte das Gespräch wieder auf die Crabs zurück.

Als sie das Lokal wieder verließen, hatte sich bereits die Nacht über das Pier gelegt. Auf dem Weg zurück zum Wagen bemerkte Francesca, dass sich etwas verändert hatte – und bald sollte sie auch begreifen, was es war. Vor einer kleinen Bankfiliale hockte, auf dem nackten Steinboden, eine Frau. Sie mochte etwa in ihrem Alter sein, schätzte Francesca. An ihren hochgezogenen Knien lehnte ein Stück abgerissener Pappe mit der handgemalten Aufschrift *I'm a teacher. And I'm hungry!*. Sofort holte Francesca ihren Geldbeutel aus der Handtasche und legte der Obdachlosen eine Zehndollarnote auf den Blechteller.

»Das sollte man nicht tun!«, zischte Fred beim Weitergehen. »Oder willst du die halbe Stadt retten?«

»Die halbe Stadt?«, fragte Francesca zurück.

»Viele Normalsterbliche können sich die Mieten in der Stadt der Millionäre schon lange nicht mehr leisten«, erklärte er. »Von den über achthunderttausend Einwohnern sind mehrere Tausend obdachlos. Viele der Obdachlosen ziehen auch von der Ostküste hierher, weil das Risiko, zu erfrieren, in Frisco am geringsten ist. Und weil die liberale Stadtverwaltung sich bemüht, die Armen zu unterstützen, anstatt sie zu bekämpfen wie in manch anderen Großstädten …«

»Und warum hast du mich gerade so angeraunzt?«

Fred entschuldigte sich.

»Ich weiß auch nicht, das ist so ein dummes Prinzip von mir, dass ich denke, wenn ich einmal damit anfange, den Geldbeutel zu öffnen, höre ich nicht mehr damit auf. Weil an der nächsten Ecke findest du ja den nächsten …«

Als sie seinen Plymouth erreicht hatten und eingestiegen waren, sagte Francesca:

»Du hast mir noch gar nicht gesagt, wo du wohnst.«

»In Sausalito«, kam die Antwort. Fred gab ihr seine Visitenkarte. »Oder willst du es dir noch ansehen, mein Home Sweet Home?«

Francesca hatte sich bei ihrer Frage nichts gedacht, aber schlagartig wurde ihr klar, dass sie möglicherweise seine Hoffnung genährt hatte, sie könne vielleicht die Nacht mit ihm verbringen wollen … Als er nach dem Zündschlüssel griff, nahm sie seine Hand.

»Es war ein wunderschöner Tag«, bedankte sie sich. »Aber die Tagung morgen, du weißt …«

Fred drückte ihr einen knappen Kuss auf die Wange und startete den Motor. Als sie wenig später die Market Street entlangfuhren, sah Francesca, dass die Gehwege regelrecht übersät waren von Menschen, die, teils auf Unterlagen aus Pappe, teils auf dem nackten Boden, sich in Hauseingängen und vor Schaufenstern zum Schlafen bereit gemacht hatten. Eine junge Frau brachte im Einkaufswagen eines Supermarkts einen Suppentopf und verteilte Abendessen in Plastiktellern. Jemand umarmte sie, offenbar voller Dank. Berührt senkte Francesca den Blick.

»Ja, leider kann ich dir das andere Amerika nicht ersparen«, sagte Fred, dem ihre Erschütterung nicht entgangen war. »Das Schlimme ist nur, dass die meisten, die hier das Sagen haben, die Existenz dieses Elends einfach nicht wahrhaben wollen.«

Er ließ den Wagen vor ihrem Hotel ausgleiten.

»Schade«, sagte Fred. »Ich wäre so gerne noch mit dir zu Fuß über die Golden Gate. Das ist ein Erlebnis, das man nie vergisst!«

»Macht nichts«, erwiderte Francesca knapp. »Ein anderes Mal vielleicht …«

Er ging um den Wagen herum und ließ sie aussteigen.

»Jedenfalls bist du hier im ›Whitcomb‹ ja bei einer der ersten Adressen«, verabschiedete er sich. »Nach dem großen Erdbeben diente dieses Gebäude vorübergehend als Rathaus. Aber das ist schon über hundert Jahre her.«

Die Ornamente des Steinfußbodens, der die zweite Hälfte der Hotelhalle bedeckte, spiegelten sich in ihren Augen, doch die Verschlingungen der goldenen Blattformen auf schwarzem Grund und die dunkelroten Blütenbänder trugen kaum dazu bei, Ordnung in ihren Gedanken zu stiften. Immer wieder sah sie von dem antiken Sofa in der Lounge auf, vorbei an dem massiven schwarzen Obelisken, der das Geviert mittig schmückte, hinüber zur Rezeption. Die große Uhr am Hallendurchgang zeigte kurz vor 9. Die Mietwagenfirma sollte den Wagenschlüssel bringen für den Chevrolet Spark, den sie fortan nutzen wollte, nachdem sie über Weihnachten die Stadt kreuz und quer mit öffentlichen Verkehrsmitteln durchmessen hatte.

Francesca schob die Hände unter die Schenkel. Am Tag vor Weihnachten hatte sie sich in den Trubel der Shops am Union Square gestürzt. Unter anderen Umständen wäre sie vermutlich in Ekstase geraten und hätte einen halben Lieferwagen gebraucht, um all die schönen Dinge, die ihr gefielen, mit nach Hause zu nehmen. Dass sie sich am Morgen nach Freds Stadtführung überhaupt aus dem Hotelbett geschält hatte, war nur ihrer eisernen Selbstdisziplin zu verdanken. Denn die Verbindung zu Glenns Handy war wieder einmal abgebrochen, wie ihr Özcan in ihrem letzten Skype-Kontakt vermittelt hatte, und die Tatsache, dass es hier nichts zu tun gab, während ihre Familie Heiligabend ohne sie feiern würde, hatte sie innerlich lahmgelegt. Lustlos war sie durch die aparte Xanadu Gallery gestiefelt, durch Forever 21, Farinelli Antiques & Fine Art, Loro Piana, Aricie Lingerie de Marque und Carolina Herrera – und natürlich hatte sie angesagte Schuhgeschäfte wie Nine West, Aerosoles oder Rangoni Firenze abgeklappert. Allein die Kaufhäuser Macy's, Target und Nordstrom hatten zwei Stunden für sich beansprucht. Und doch hatte sie alles betrachtet wie durch eine durchsichtige Gelschicht. Und entgegen ihrer Gewohnheit hatte sie kein einziges Stück Stoff, keinen einzigen Schuh in die Hand genommen, geschweige denn etwas anprobiert.

Heiligabend hatte sie morgens, zeitversetzt sämtliche Familienmitglieder durchtelefoniert, am längsten mit ihrer Mutter gesprochen und dabei die Vernünftige gespielt. Nicht ganz ohne Neid musste sie feststellen, dass die Stimmung zu Hause offenbar bestens war – auch ohne sie. Tatsächlich war Lya mit ihrer Mutter zur Weihnachtsfeier der Molinaris gekommen und zu ihrer Überraschung hatte Andreas auch Sahin aus seiner Volleyballgruppe eingeladen. Abends war Francesca dann zur Piano Bar des Hotels hinuntergegangen, um etwas unter Menschen zu sein. Aber in der Piano Bar befand sich außer einem Weihnachtsbaum aus Plastik und dem gelangweilten Barkeeper kein Mensch – und so hatte sie Heiligabend zum ersten Mal in ihrem Leben allein mit sich und einem alkoholfreien Ipanema verbracht.

Am Weihnachtstag selbst war sie mit einem der historischen Straßenbahnwagen der Linie F noch einmal zum Pier 39 gefahren, um etwas zu essen. Die Stadt wirkte wie ausgestorben. Viele Lokale hatten geschlossen. Wieder zurück hatte sie im Internet über Meyer&Stern recherchiert, aber die Website der Firma gab nicht viel her. Als Chef zeichnete ein Mann um die fünfzig, ein Daniel Meyer, der offenbar stolz war auf die breite Produktpalette der Firma und die Handelsbeziehungen nach China, die er auszubauen gedachte. Das ansehnliche, gläserne Verwaltungsgebäude in Monterey wurde als Neubau gepriesen, der vor zwei Jahren einen düsteren Fabrikkomplex aus dem neunzehnten Jahrhundert ersetzt hatte.

Allerdings hatte sich während ihrer Recherchen eine ganz andere Idee in ihr Bewusstsein geschoben. Als würde ihr Gedächtnis, während sie im Vordergrund intellektuell mit einer Sache beschäftigt war, im Hintergrund auf einer anderen Ebene unabhängig von ihr weiterarbeiten. Nâzim Hikmet, der türkische Dichter. Sein mit zarter Frauenhandschrift abgeschriebenes Gedicht in dem tagebuchartigen Büchlein in der Wohnung von Hellmuth Michaelis ... Eine Spur, die niemand ernst genommen, niemand weiterverfolgt hatte. Wer war die Frau, die ihm diese Zeilen gewidmet hatte? War nicht von einer Affäre die Rede gewesen? Sie ahnte, dass sie im Laufe der Ermittlungen noch auf weitere Informationen gestoßen war, die in diesen Zusammenhang passen könnten, brachte sie aber, so lange sie auch darüber nachdachte, nicht mehr zusammen, weshalb sie Özcan eine entsprechende Nachricht schickte.

Francesca gähnte. Sie hatte diesem Morgen entgegengefiebert, aber jetzt spürte sie die Müdigkeit wie ein Bleigewicht an den Beinen. Die halbe Nacht über war sie schlaflos gelegen und hatte sich ausgemalt, was sie Miriam und Lukas fragen würde, was die beiden ihr antworten könnten, und ob es doch noch so etwas geben würde wie einen

Ermittlungsfortschritt. Es war 9 Uhr 27, um 11 sollte sie auf der Golden Gate sein, und ihr Mietwagen war noch immer nicht da. Sie hatte schon zu lange gewartet. Als sie sich schließlich entschloss, hinüber zur Rezeption zu gehen, um endlich nachzufragen, vibrierte ihr iPhone.

Miriam, las sie auf dem Display. Sie würde den Termin doch nicht noch einmal absagen? Ihre feuchte Fingerkuppe berührte den grünen Button.

»Hat sich wohl jetzt endgültig erledigt«, vernahm sie die Stimme der jungen Frau, die sich ungewöhnlich hart anhörte.

»Bitte, was?«, fragte sie verwirrt.

»Haben Sie denn noch keine Nachrichten gesehen?«, antwortete Miriam knapp und legte auf.

»Wie, Nachrichten, welche Nachrichten«, hörte Francesca sich noch sagen.

»Verdammt!«, fluchte sie, »hat denn dieses Stück überhaupt kein Interesse oder ist sie jetzt übergeschnappt?!«

Ein Hotelgast, der soeben den schwarzen Obelisken passierte, warf ihr einen verwunderten Blick zu.

Francesca schnallte in die Höhe und marschierte hinüber zur Rezeption. Dort lief auf einem Bildschirm Werbung.

»May I help you?«, fragte der dunkelhäutige Rezeptionist.

Francesca hob die Hand und starrte auf den Monitor, auf dem nun mit Gongschlag 9 Uhr 30 die Breaking News eines lokalen Fernsehsenders erschienen.

Der Nachrichtensprecher sprach so schnell, dass sie glaubte, nur die Hälfte zu verstehen – immerhin »At Chrismas Eve« –, aber dann brachten sie Bilder: Die Golden Gate. Die Einblendung: *Suicide*. Ein gelbes Krisentelefon, darüber ein blaues Schild mit der Aufschrift *There is hope. Make the call.* Die Einblendung: *1620 victims since 1937.* Dazwischen die Stimme: »Young German died«.

Der Angestellte, der seinen Blick interessiert zwischen ihr und dem Bildschirm hin- und hergleiten ließ, sagte auf amerikanisch:

»Ein junger Mann, ein Deutscher …« Er schüttelte den Kopf. »Wie verzweifelt muss jemand sein …«

Bestürzt riss sich Francesca vom Tresen los und lief in die Hotelhalle, in deren Mitte sie stehen blieb. Sie wählte Özcans Nummer, aber der ging nicht ran. Vermutlich befand er sich mitten in der Weihnachtsfeier mit seiner kleinen Gruppe christlicher Kurdenfreunde. Aber nein, fiel ihr wieder ein, die orthodoxen Christen feiern ja erst am 6. und 7. Januar Weihnachten. Dann also Basilio. Seine LKA-Nummer. Das sollte sie vielleicht nicht tun, dachte sie noch, aber in diesem Moment war es ihr egal, doch als er abnahm, legte sie wieder auf und schrieb ihm stattdessen eine SMS. Ob das sicherer war als ein Telefonat? Wohl kaum …

Mein einziger Zeuge hat sich umgebracht.

… Und Blöchle? Wäre das nicht der Moment, in dem sie sich mit ihm besprechen müsste, die Mission abzubrechen? Sie wählte seine private Handynummer, die er ihr im Schlossgarten gegeben hatte. Nicht einmal die Mailbox sprang an. Hatte er ihr nicht zugesagt, Tag und Nacht für sie erreichbar zu sein? Und jetzt das: »The person You've called is temporarily not available."

Jemand berührte sie an der Schulter. Sie wandte sich um und blickte auf einen Schlüsselbund. Der Mietwagen war da. Offenbar hatte sie die Rufe des Rezeptionisten nicht wahrgenommen. Sie zögerte einen Moment, ob sie den Chevrolet nehmen sollte, entschied sich dann aber, die

Formalitäten zu erledigen und unterschrieb die entsprechenden Papiere.

Nur wenige Minuten später war sie unterwegs zur Golden Gate Bridge. Sie brauchte Abstand, sie brauchte Luft. Und wenn sie schon einmal in San Francisco war und all ihre Bemühungen vergebens schienen, wollte sie wenigstens das Wahrzeichen der Stadt einmal gesehen haben, dachte sie trotzig. Und anschließend würde sie nach Atherton fahren. Sie würde Miriams Spiel nicht mehr mitmachen. Sie würde sie festnageln. Wenn Miriam über Weihnachten überhaupt in Atherton war …

Ehe die Straße sechsspurig zur Brücke emporstieg, bog sie auf einen kleinen Parkplatz ab, um den Wagen dort stehen zu lassen und zu Fuß weiterzugehen. Sie hatte den Chevrolet soeben verlassen und war im Begriff, ihn abzuschließen, da tauchte ein Mann an ihrer Seite auf und sprach sie mit ihrem Namen an.

Als sie in sein Gesicht sah, wusste sie sofort, wen sie vor sich hatte. Auch wenn er einen Bart trug. Sie glaubte, ihn an seinen Augen zu erkennen.

»Sie suchen mich doch schon die ganze Zeit und jetzt schauen Sie mich an, als sei ich ein Gespenst.«

Glenn grinste sie herablassend an.

Für einen Augenblick fühlte sie sich wie betäubt. Das war der Mann mit der blonden Frau, als sie mit Fred beim Krabbenessen war!

»Wenn Sie der sind, für den ich Sie halte, werde ich jetzt nicht vor Ihnen weglaufen«, antwortete sie, wieder gefasst.

Er nannte seinen Namen und schlug vor, sich ein wenig die Füße zu vertreten.

»Warum haben Sie sich nicht gemeldet, wenn Sie wussten, dass ich Sie sprechen will?«, fragte sie. »Und was machen Sie überhaupt in den USA? Ich denke, zu Hause wartet ein Prozess auf Sie?«

»Erst mal musste ich Sie ja ausfindig machen. Und das war gar nicht so einfach …«

Sie spürte den Blick des Mannes auf sich, es fühlte sich nicht angenehm an.

»Warum haben Sie nicht bei Ihrem Arbeitgeber nachgefragt? Oder arbeiten Sie nicht mehr für den Verfassungsschutz?«, fragte sie schnippisch.

»Der Verfassungsschutz weiß auch nicht alles …«, antwortete er mit sanfter Ironie in der Stimme. »Aber wie Sie sehen: Was das LKA kann, können wir auch …«

»Handys orten?«

Glenn machte eine entschuldigende Handbewegung.

»Und was heißt: ›wir‹?«, hakte sie nach.

»Sie wissen doch genauso wie ich, dass wir über solche Dinge nicht reden«, entgegnete er sachlich. »Aber eines sollten Sie wissen: Ich hege nicht die Absicht, mich meinem Prozess zu entziehen. Die Wartezeit allerdings will ich nutzen, um hier das fortzusetzen, was ich zu Hause begonnen habe …«

»Und um mir das zu erzählen, haben Sie mich ausspioniert?«, fragte sie skeptisch.

Sie spürte seine glühende Aufmerksamkeit. Was wollte er?

»Es gibt zu viel Reibungsverluste, wenn einer ständig dem anderen hinterherjagt. Finden Sie nicht? Es macht doch viel mehr Sinn zusammenzuarbeiten«, verkündete er.

Francesca setzte ein misstrauisches Gesicht auf.

»Das sehe ich im Prinzip genauso«, antwortete sie. »Aber womit haben Sie denn begonnen zu Hause? Immerhin war der Mann, den wir der Industriespionage gegen ElringKlinger überführt haben, im Besitz Ihrer Handynummer!«

»Ich beglückwünsche Sie zu Ihrem IT-Spezialisten!«, rief er mit einer affektierten Geste aus, die irgendwie nicht zu seinem nüchternen Verhalten passen wollte. »Auch ich habe gegen diesen Dieter Pollak ermittelt. Verdeckt. Meine Nummer musste ich ihm hinterlassen, als Vertrauensbeweis ...«

Francesca begann, sich der schwachen Hoffnung hinzugeben, vielleicht doch noch etwas mehr zu erfahren.

»Heißt das, es ist Ihnen gelungen, sich als verdeckter Ermittler in diesen Spionagering einzuschleusen?«

»Und genauso wie das LKA würden wir gerne an die Hintermänner ran. Die Spuren führen in die USA – deshalb sind Sie doch da, oder?«

»Dann hat der Verfassungsschutz also seine Doktrin geändert, nach der es keine Spionageangriffe befreundeter Staaten auf deutsche Industriebetriebe gibt?«

»Intern ja ...«

Sie ließ seine Aussage unkommentiert stehen und fragte stattdessen:

»Und Ihre Freundin hilft Ihnen nun bei Ihren Ermittlungen?«

»Cora ... Sie kennen Ihren Namen ja bereits, denke ich mal ...«

Sie blieb stehen und sah ihn anklagend an.

»Aber dann will ich mal wissen, warum ich das erst jetzt erfahre, dass Sie auch an dem Fall dran sind. Dann hätten wir ja von vornherein zusammenarbeiten können!«, sagte sie vorwurfsvoll.

Glenn senkte den Blick und holte Luft.

»Die Sache geriet außer Kontrolle ...«, erwiderte er leise.

Sie stutzte und sah, dass er sich an seinen Fingernägeln zu schaffen machte.

»Der Mord an Michaelis?«, fragte sie gereizt.

»Lassen Sie uns weitergehen!«, antwortete er und setzte sich in Bewegung.

Wohl oder übel musste sie ihm folgen, befand sich aber mit wenigen Schritten wieder neben ihm.

»Der Mann hing mit drin«, fuhr er fort und stieß einen Seufzer aus. »Er hat einen gewaltigen Fehler gemacht. Er hat damit gedroht, seinen Ansprechpartner auffliegen zu lassen.«

»Aber ...«

Sie schluckte ihre Worte herunter. Nach ein paar Sekunden fragte sie empört:

»Sie wussten, dass er auf der Abschussliste stand und haben nichts dagegen unternommen?«

»Jeder in dieser Organisation arbeitet für sich«, gab Glenn zur Antwort. »Und jeder kennt nur einen Ansprechpartner der nächsthöheren und der nächstunteren Ebene.«

»Und wer hat Sie dann über Michaelis informiert?«

»Pollak.«

»Und Ihre nächsthöhere Instanz?«

»Dazu kann ich noch nichts sagen.«

»Kann ich nicht – oder will ich nicht?«

Francesca wusste, dass sie einen empfindlichen Nerv getroffen hatte. So, als hätte sich das Gespräch erschöpft, wischte Glenn ihre Frage mit einer Handbewegung zur Seite. Sie betraten einen kleinen Weg, der vom Parkplatz fort Richtung Brücke führte.

»Jedenfalls konnte ich nichts für Michaelis tun!«, wehrte er sich schließlich und stemmte die Arme in die Hüften. »Aber vielleicht kommen wir hier gemeinsam weiter ...«

Irgendwie wurde sie den Verdacht nicht los, die Betonung des Gemeinsamen diene nur dazu, ihr Sand in die Augen zu streuen. Oder tat sie ihm unrecht, weil seine gesamte Erscheinung, noch ehe er den Mund aufgemacht hatte, Misstrauen bei ihr ausgelöst hatte?

»Wieso? Haben Sie etwas für mich, von dem ich noch nichts weiß?«

»Deshalb bin ich ja hier, aber ...« Er zögerte. »Aber ich will nicht, dass meine Informationen gleich im ganzen LKA die Runde machen. Man kann niemandem trauen. Eine einzige undichte Stelle in Ihrer Behörde und ich kann die Arbeit von Monaten auf den Müll werfen.«

»Ich habe auch nur einen einzigen Ansprechpartner nach oben und einen nach unten«, erwiderte Francesca.

»Also gut: Meine Ermittlungen haben sich in letzter Zeit auf das ElringKlinger-Werk in Plymouth konzentriert ...«

»Das liegt doch in Michigan ...«

»Ja, Cora war zwischendurch in Monterey geblieben«, antwortete er spitzbübisch und sah zu ihr auf mit einem Blick, der ihre Reaktion erhaschen wollte.

Francesca sah ihn interessiert an.

»Ich vermute, es gibt dort eine undichte Stelle in der Entwicklungsabteilung, die mit einem der großen US-Konkurrenten kollaboriert.«

»Sie vermuten?«

»In wenigen Tagen kann ich Ihnen einen Namen nennen.«

»Entzückend!«, erwiderte sie. »Dann ist es ja nur noch eine Frage der Zeit, dass wir einen entscheidenden Schritt vorankommen. Und ich wäre Ihnen wirklich dankbar, wenn Sie Ihr Angebot ernst meinen und mich nicht mehr allein hier im Dunkeln herumtappen lassen würden wie bisher ...«

»Sagte ich doch: Wir müssen unsere Kräfte bündeln.«

»Vielleicht kann ich ja auch mal was für Sie tun.«

»Für mich?«

»Na ja, was Ihre Mitwisserschaft im Mordfall Michaelis angeht ...«

Glenn brach in ein gekünsteltes Gelächter aus, das Francesca anwiderte, sagte aber nichts dazu.

»Eigentlich bin ich ja auf der Suche nach einem Zeugen«, sagte sie. »Lukas Michaelis, der Sohn des Mordopfers. Sie haben nicht zufällig mal mit ihm Kontakt aufgenommen?«

»Lukas?«, fragte Glenn. »Ich bin ihm um den halben Kontinent gefolgt, um herauszufinden, was er von der Sache weiß. Aber das hat sich jetzt ja nun leider erledigt.«

»Erledigt?«

»Ja, haben Sie es denn noch nicht gehört?« Glenn deutete zur Brücke hinüber. »Der hat sich gestern von dort oben in die Bucht gestürzt.«

Francesca mimte die Überraschte und stellte erstaunt fest, dass sie sich inzwischen am Anfang der Brücke befanden. Unter ihr tosten die Wellen.

»Falls sonst noch etwas wäre – unsere Telefonnummern haben wir ja.«

Mit einer leichten Kinnbewegung beendete er unvermittelt das Gespräch. Stumm nickte Francesca ihm zu, wandte sich ab und ging langsam weiter.

Glenn blieb noch für einen Moment stehen und sah ihr nach. Ohne dass sie es bemerkte, holte er sein Handy hervor und ließ es mit einem überlegenen Grinsen über die Brüstung gleiten ...

Als sie sich auf der Höhe des ersten Pylons wieder zu ihm umdrehte, war Glenn längst aus ihrem Blickfeld verschwunden. Touristengruppen aus aller Herren Länder zogen mit gezückten Kameras die Brücke herauf. Flaneure bewegten sich, das Gesicht genießerisch der Sonne zugewandt, gemächlich vorüber. Joggerinnen und Jogger in hautengen Trainingshosen und mit bunten Stirnbändern preschten keuchend an ihr vorbei. Erschöpft lehnte sich Francesca gegen die Brüstung und nahm ihr iPhone aus der Jackentasche. Sie musste mit jemandem reden – sofort! Wie spät würde es zu Hause sein? Sie warf einen knappen Blick auf ihre Armbanduhr und rechnete die Stunden vor. 20 Uhr ...

»Was geht in Frisco?«, hörte sie Özcans muntere Stimme, die sich einige Sekunden lang wie ein Hauch von Balsam über ihre flatternden Nerven zu legen schien.

»Erst hat sich hier gar nichts bewegt«, erklärte sie, »und heute geht es Schlag auf Schlag!«

In knappen Worten erzählte sie ihm vom Tod von Lukas und ihrem Treffen mit Glenn. Die steife Brise auf der Brücke verursachte Störgeräusche an ihrer Ohrmuschel und sie war sich nicht sicher, ob er alles, was sie sagte, verstand.

Özcan hatte ihr mit therapeutischer Aufmerksamkeit zugehört, unaufgeregt, emphatisch – so kam es ihr jedenfalls vor. Endlich sagte er:

»Aber dieser Glenn hat dir was vorgemacht. Er lügt.«

Francesca horchte auf. Wie konnte er das so sicher behaupten?

»Das ElringKlinger-Werk in Michigan hat gar keine Entwicklungsabteilung. Eine Abteilung Vorausentwicklung gibt es nur hier, am Firmenhauptsitz in Dettingen!«, fügte er hinzu. »Also kann es in Plymouth gar keinen Maulwurf geben!«

Francesca strich mit den Fingerspitzen der freien Hand über ihre Braue. Sie erinnerte sich. Das hatte sie schon irgendwann mal in ihrem Gedächtnis abgespeichert gehabt.

»Bist du noch dran?«, kam es aus dem Hörer.

»Um mir diesen Bären aufzubinden, hat er mich extra hier abgepasst?«, sagte sie, noch immer verblüfft, mit welcher Unverfrorenheit Glenn ihr gegenüber aufgetreten war.

»Das kann ja nichts anderes heißen«, stellte Özcan fest, »als dass er dich von den wahren Zusammenhängen ablenken wollte.«

Francesca überlegte. Wäre sie auf Glenns Trick hereingefallen, hätte sie womöglich tatsächlich ihre Zelte in San Francisco abgebrochen, um seiner ausgelegten Spur nach Plymouth zu folgen...

»Und dabei hat er noch großkotzig von Zusammenarbeit geschwafelt und seine Telefonnummer bestätigt!«, sagte sie wütend.

»Die kannst du wohl vergessen!«, sagte Özcan.

Francesca ließ ihren Blick nachdenklich über die Bucht schweifen. Vielleicht sollte sie sich – gegen ihre Natur – endlich eingestehen, dass sie verloren hatte, auch wenn ihr Bauchgefühl ihr sagte, dass es da noch etwas geben müsse, etwas, dass sie nur noch nicht sah. Wo sollte sie noch suchen? Mit der Ortung von Glenns Handy würde es ein für allemal vorbei sein. Und weitere Spuren gab es nicht. Auch diese Firma in Monterey, auf die Fred sie gebracht hatte – wo sollte sie dort ansetzen? Es war reine Theorie, vergleichbare Firmen würde es auf diesem Kontinent vermutlich noch Dutzende geben …

»Ich versuche noch mal, mit Miriam Kontakt aufzunehmen«, sagte sie schließlich. »Obwohl sie auch nicht wirklich eine heiße Spur bedeutet … Und dann pack ich hier meine Sachen.«

»Ein Versuch war es wert!«, versuchte Özcan sie zu trösten. »Und was ich noch sagen wollte: Danke für deinen Tipp bezüglich des Gedichts von Nâzim Hikmet. Auf die Idee bin ich auch schon gekommen. Aber wir haben nichts über die Frau, nicht mal ihren Vornamen.«

»Ich werde Miriam fragen. Und sag bitte Blöchle Bescheid.«

»Der ist nicht erreichbar.«

»Das ist mir auch schon aufgefallen.«

»Du hast doch eine Notfall-Nummer!«, antwortete Özcan erstaunt.

»Aber da kommt nicht mal die Mailbox«.

»Merkwürdig …«

»Was ist merkwürdig?«

»Dass er nicht erreichbar ist.«

»Vielleicht hat er sich einfach über Weihnachten in seine Hütte im Bregenzerwald zurückgezogen, um abzuschalten«, meinte Francesca.

»Aber doch nicht, wenn er dir eine Notfallnummer gibt!«

»Das können wir wohl jetzt nicht klären«, meinte sie abschließend und legte entnervt auf.

Langsam ließ sie ihre Handflächen auf der orangeroten Balustrade auseinandergleiten. Sie reichte ihr bis zu den Schultern. Im Südosten die Skyline, im Norden über der Horseshoe Bay die zu dieser Jahreszeit graubraunen Grashügel von Marin County. Östlich, hinter Treasure Island, lösten sich in der milden Dezembersonne allmählich die restlichen Nebelschwaden über den Häfen von Oakland. Die vom Meer her wehende steife Brise fuhr ihr in den Rücken. Francesca nahm die Hände vom Geländer, prüfte den Sitz ihres kleinen schwarzen Pferdeschwanzes und erhaschte in den Augenwinkeln das Gesicht eines vorbeiziehenden Joggers, der sie anlächelte.

Die Vibrationen der sechsspurig über die Brücke schleichenden Pkw setzten sich kribbelnd in ihrem Bauch fort. Eine Autohupe riss sie aus ihren düsteren Gedanken, und als sie sich umwandte, blieb ihr Blick an einem langen Stück schwarzen Stoffes hängen, der auf der Höhe des nächstgelegenen, etwa zwanzig Meter von ihr entfernten zweiten der beiden Zwillingstürme wie ein verlorener Schal im Meerwind flatterte. Ein Trauerflor, fragte sie sich und ging auf den nächsten Pylon zu.

Eine kleine Gruppe vorwiegend jüngerer Leute hatte unter dem Schal einen Kreis gebildet. Schweigend sahen sie auf die elektrischen Kerzen, die seltsam in ihren Händen flackerten. Hielten sie eine Andacht? War das die Stelle, an der Lukas sich hinabgestürzt hatte?

Sie trat näher.

Eine junge Frau mit Jeans, den Kopf halb in der Kapuze eines schwarzen Sweatshirts verborgen, schien auf sie aufmerksam geworden zu sein. Sie hob den Blick und sah zweifelnd zu ihr hinüber. Dann steckte sie ihre Kerze plötzlich in die Tasche und ging auf Francesca zu. Ihr Blick streifte die »Vanity Fair«. Francesca hatte die Zeitschrift trotz der Nachricht, dass Lukas tot sei, mitgenommen – in der vagen Hoffnung, vielleicht doch auf Miriam zu stoßen.

»Frau Molinari?«, fragte sie und sah sie offen an.

»Miriam?«, antwortete Francesca misstrauisch.

»Dachte ich mir doch, dass Sie sich die Stelle hier vielleicht ansehen würden.«

Der Blick der jungen Frau flackerte. Kurz wandte sie sich absichernd um zu dem andächtigen Kreis, dann steckte sie Francesca mit einer schnellen Handbewegung einen Umschlag zu.

»Aber ich kann Ihnen jetzt nichts erklären!«, zischelte sie mehr als sie sprach.

Ihr Kopf fuhr mit einer ruckartigen Bewegung in Richtung Fahrbahn herum.

Francesca folgte ihrem Blick und entdeckte einen Streifenwagen, der sich in einer der sich über die Brücke wälzenden Blechschlangen langsam auf sie zubewegte.

Im nächsten Moment hatte sich Miriam von ihr abgewandt. Fluchtartig lief sie fort – entgegen der Richtung, die der Polizeiwagen nahm.

Verwirrt streifte Francesca die verstörten Blicke der Andächtigen, die Miriam folgten. Auch diese schienen von deren Verhalten überrascht zu sein. Dann entschloss sie sich endlich, ihr hinterherzurennen. Doch nach hundert Metern gab sie außer Atem auf. Viel zu schnell hatte die junge Frau ihren Vorsprung ausgebaut und war in den Menschenmassen untergetaucht, bis ihr Kapuzenkopf nur noch als kleiner schwarzer Punkt auszumachen war und schließlich ganz verschwand.

Wie ein gehetztes Tier, dachte Francesca, riss den zerknitterten, kleinen, weißen Umschlag auf und zog einen Fetzen Zeitungspapier heraus. Mit zusammengezogenen Augenbrauen wendete sie ihn in den Händen. Als habe jemand nur einen Bleistiftstummel zum Schreiben zur Verfügung gehabt, stand an einem der unbedruckten Ränder in krakeligen Druckbuchstaben: *17 Uhr Monterey Bay Aquarium.*

Francesca sah auf die Uhr. 11 Uhr 38 Ortszeit. Nach Monterey waren es über zweihundert Kilometer. 17 Uhr? Sie drehte den Zettel nochmals um, entdeckte aber keine Unterschrift, keinen weiteren Hinweis. Was war das für ein Spiel hier? Erst springt Lukas kurz vor unserem Treffen von der Golden Gate, dann steht plötzlich dieser Glenn neben mir, um mich in die Irre zu führen, und jetzt Miriam, aber nur, um mir diesen Wisch mit Hieroglyphen zuzustecken, um sofort wieder zu verschwinden …

Ihre Gedankenmaschine lief auf Hochtouren. Mit dem Zeitungsabriss in der Hand reckte sie die Arme, ließ die Seeluft tief in ihre Lungen und ging in die Kniebeuge, um heftig auszuatmen. Nachdem sie diese Übung fünf-, sechsmal wiederholt hatte, steckte sie Zettel und Umschlag in ihre Jackentasche und trat an das Brückengeländer, um noch eine Dehnübung draufzusetzen. Blicke nach links und nach rechts zeigten ihr, dass sie hier nicht die Einzige war, die sich mit ein paar Übungen zu entspannen suchte. Francesca schmunzelte und warf einen Blick auf Alcatraz.

Das einzige Kontinuum ist Monterey.

Zuerst dachte sie den Satz.

Das einzige Kontinuum ist Monterey.

Dann flüsterte sie den Satz. Und dann sprach sie ihn laut aus. Einmal, zweimal, dreimal.

Tote schreiben keine Briefe, kam ihr in den Sinn. Nachrichten aus der Gruft. Filmtitel. Blöde Filmtitel. Hatte der Seewind ihr Gehirn ausgetrocknet? Begann sie zu halluzinieren?

Die krausen weißen Locken des Mannes, der, die Sandalen gegen die Bordsteinkante gestützt, locker auf einem der schwarzen Straßenbegrenzungspfosten hockte, war das Erste, das ihr schon von Weitem ins Auge fiel, als sie die Cannery Row entlang auf den Eingang des berühmten Meeresaquariums zuging. Auch sein dünner Bart schien hell, ein helles Grau ... Ein schwarzer Rucksack lag neben ihm.

Es war fast 17 Uhr, nur noch eine kurze Schlange von Touristen stand um Eintrittskarten an. Der Mann, der ein dunkelblaues Baumwollhemd trug und schwarze Jeans, hielt eine aufgeschlagene Zeitschrift in den Händen und schien zu lesen.

Francesca blieb stehen. Ein Mann mit weißen Haaren, ein älterer Mann? Das konnte nicht Lukas sein. Sie sah sich um. Nach einem konspirativen Treffen sah das jedenfalls nicht aus. Aber sonst fiel ihr keine Person in ihrer Nähe ins Auge, die auf etwas zu warten schien. Sie holte ihr iPhone aus der Jackentasche und blätterte sich zu Lukas' Foto durch. Lukas trug blonde, krause Haare.

Kurz darauf hatte sie sich an den schwarzen Pfosten neben ihm gesetzt, ohne dass er zu ihr aufgesehen hatte. Sie musterte ihn aus den Augenwinkeln. Der Mann war jung. Sie ließ die Arme zwischen ihren Beinen baumeln und überlegte. Schließlich drehte sie den Kopf und sprach ihn an – auf Deutsch.

»Ihre Haare sind weiß geworden.«

Langsam klappte der Mann die Zeitschrift zu und wandte sich zu ihr um. Sie erhaschte einen Blick auf das Cover. *Move* – das Mitarbeitermagazin von ElringKlinger!

»Tut mir leid, dass ich Sie so in Schrecken versetzt habe!«, sagte Lukas und beugte sich vor, um die Zeitschrift in seinem Rucksack zu verstauen. »Seitdem ich diesen Kontinent betreten habe, komme ich nicht mehr zur Ruhe.«

Er spreizte die Finger der Rechten und fuhr wie mit einem Kamm durch seine widerborstigen Haare. Dann stand er ruckartig auf, um sich den Rucksack aufzusetzen.

»Wollen wir ein Stück gehen?«

Francesca erhob sich mit ihm.

»Ich bin froh, dass Sie da sind«, lächelte er sie jetzt an.

»Und ich bin froh, dass Sie noch am Leben sind«, erwiderte sie.

Eine Weile gingen sie schweigend nebeneinander.

»Ich wollte mich heute mit Ihnen treffen, auf der Golden Gate, echt!«, begann er von Neuem und lächelte verlegen. »Aber gestern haben sich die Dinge noch mal zugespitzt. Miriam und ich waren unterwegs in Frisco – mit ihrem Auto. Wir hatten es auf einem Parkplatz abgestellt und waren einkaufen. Als wir zurückkamen, sahen wir, dass die Bullen …« Er unterbrach sich. »Entschuldigung … Die Polizei war gerade dabei, den Wagen auseinanderzunehmen. Vielleicht hat uns jemand Drogen reingeschmuggelt, keine Ahnung. Wäre auch nicht das erste Mal. Wir haben auf dem Absatz kehrtgemacht. Übernachtet haben wir dann bei Freunden. Und dann kam Miriam auf die Idee, sie könne meinen Selbstmord inszenieren. Dann hätte ich mal für 'ne Weile Ruhe, meinte sie.«

»Ruhe wovor?«, wollte Francesca wissen.

Lukas schlug vor, runter ans Wasser zu gehen.

»Da können wir ungestört reden.«

Francesca folgte ihm über freies Gelände neben einem Abbruchareal zum Meer. Abseits der Touristenströme fanden sie einen Platz auf einem der größeren, glatten Felsen. Lukas nahm seinen Rucksack ab und sah versonnen auf die Bucht hinaus. Dann begann er, zu erzählen. Von seiner Albwanderung mit seinem Vater, von seiner Entführung, von seinen vergeblichen Versuchen, seinen Vater zu warnen, von seinen Gewissensbissen und den Gründen, warum er die Polizei nicht eingeschaltet hatte, von seinem Entschluss, zu Miriam zu fliehen.

»Nachts, am Terminal, kurz vor meinem Abflug in Stuttgart, habe ich dann in den Spätnachrichten erfahren, dass sie Papa umgebracht haben«, schloss er seinen Bericht. Seine Wangenmuskeln mahlten. »Ich habe mir solche Vorwürfe gemacht!«

Francesca hatte ihm zugehört, ohne ihn zu unterbrechen. Nach und nach vervollständigte sich in ihrem Kopf das Puzzle, von dem ihre Ermittlungen in Deutschland nur Teile ans Tageslicht befördert hatten.

»Sie haben nichts falsch gemacht ...«, sagte sie.

»Aber Sie haben noch keine Ahnung, wer sein Mörder ist, stimmt's?«

»Sie sind mein letzter Zeuge«, gestand sie. »Und heute Morgen war ich nahe daran, die Hoffnung aufzugeben.«

»Aber die Hoffnung stirbt zuletzt, wie man so schön sagt.«

»Wenn wir schon bei Ihrem Vater sind«, fiel ihr ein. »Er hatte doch eine Beziehung zu einer anderen Frau, oder nicht?«

»Ja, aber sie ist nicht der Grund, warum meine Eltern sich scheiden ließen.«

»Darauf will ich auch gar nicht hinaus ...«

»Und außerdem sind sie schon lange wieder auseinander.«

»Wir haben in der Wohnung Ihres Vaters das Gedicht eines türkischen Dichters entdeckt, geschrieben von einer sehr schönen Frauenhandschrift.«

»Ja, er hing an ihr. Aber ich kenne nur ihren Vornamen. Buket, eine Türkin, eine Arbeitskollegin von ihm.«

Francesca straffte sich.

»Bei ElringKlinger?«

Lukas bejahte.

»Warum hat das Ihre Schwester uns nicht gesagt?«, empörte sie sich. »Dann könnten wir vielleicht schon längst weiter sein!«

Verstört zog Lukas die Augenbrauen zusammen.

»Ich glaube, Miriam kennt nicht mal ihren Namen. Wegen Buket wollte sie ja nichts mehr mit unserem Vater zu tun haben. Er hat ziemlich darunter gelitten. Ich hatte versucht, ihr klar zu machen, dass sie ihm unrecht tut, aber sie kann ziemlich stur sein.«

Francesca hatte bereits ihr iPhone gezückt und die neue Nachricht per SMS an Özcan weitergegeben. Jetzt wandte sie sich wieder Lukas zu.

»Der Mann, von dem sich Ihr Vater verfolgt fühlte – in diesem Gasthof in Münsingen...« Sie streckte ihm ihr iPhone mit dem Foto von Artur Glenn hin.

»Sie haben es von Miriam, stimmt's?«

»Dieser Mann hat mit dem Mord an Ihrem Vater etwas zu tun. Wir wissen nur nicht genau, was, und wir haben auch keinen Zugriff auf ihn. Er schwirrt hier irgendwo in der Gegend herum ...«

Lukas hob neugierig den Blick.

»Hat er auch einen Namen?«

Francesca zögerte. Dann dachte sie: Warum sollte ich Lukas den Namen verschweigen?

»Glenn. Artur Glenn. Vermutlich ist er aber auch mit verschiedenen Decknamen unterwegs.«

»Glenn ...«, sinnierte Lukas dem Namen nach.

»Jedenfalls hat er behauptet, dass Ihr Vater sterben musste, weil er die Leute, für die er diese Liste aus dem Labor bei ElringKlinger entwendet hatte, hochgehen lassen wollte.«

»Das ist mir auch klar ... Sie haben ihn verhört?«

»Ich hatte ein kurzes Gespräch mit ihm. In San Francisco. Danach ist er abgetaucht.«

Lukas schüttelte den Kopf und presste die Lippen zusammen.

»Und warum sind Sie dann in die USA gereist?«, fragte er. »Nur um mit mir zu sprechen oder mit diesem Typ zu plaudern?«

Der Vorwurf in seiner Stimme war unüberhörbar.

»Unsere Ermittlungen ergaben deutliche Hinweise auf Industriespionage und die Spuren führen in die Staaten. Und Sie und dieser Mann waren die einzigen Anhaltspunkte.«

»Und meine Ermittlungen haben hierhergeführt. Nach Monterey«, antwortete er übergangslos. »Dass mein Vater sich auf das Organisierte Verbrechen eingelassen hatte, wusste ich ja schon von ihm selbst. Und spätestens bei meiner Entführung wurde mir klar, dass auch ich es mit einer kriminellen Vereinigung zu tun hatte. Allerdings hatte ich mich der Illusion hingegeben, mich in Amerika auf sicherem Boden zu befinden. Aber ich kann Ihnen sagen: Seit meiner Ankunft bei Miriam, ach was, vorher schon, wurde ich das Gefühl nicht los, dass mir jemand im Nacken sitzt.«

»Und das war nicht nur ein diffuses Gefühl offenbar ...«

»Mir war natürlich klar, dass meine Entführer befürchten mussten, ich könne sie hochgehen lassen. Dass ich eine Gefahr bin für sie.«

»Können Sie denn?«

»Sie haben einen weißen Lieferwagen benutzt. Aber ich konnte mir nicht mal das Kennzeichen merken ...«

»Und das Fabrikat?«

»Da fahren doch Tausende davon rum. Ford, Daimler, VW, alle produzieren solche Vans. Aber die Typen waren nicht maskiert. Einen davon würde ich wiedererkennen, glaube ich jedenfalls.«

Francesca holte wieder ihr iPhone hervor, um sich bis zu dem Phantombild des Unbekannten durchzusuchen, der sich in Lukas' WG als Kripobeamter ausgegeben hatte.

»Der hier vielleicht?«

Lukas sah sie verblüfft an und bejahte.

»Ein Phantombild? Wo haben Sie denn das her?«

»Von Marvin. Der Mann hat nach Ihnen gesucht.«

Sie wandte sich ab und wollte Özcan anrufen. Dann fiel ihr ein, dass es auf der anderen Seite der Erde mitten in der Nacht war. Kurzerhand wählte sie die LKA-Zentrale und setzte eine Fahndungsmeldung in Gang.

Lukas hatte ihrem Telefonat mit wachsendem Erstaunen zugehört.

»Wow!«, zollte er ihrem schnellen Entschluss Respekt, als sie das Gespräch nach Stuttgart beendet hatte. »Dann habe ich ja offenbar endlich die richtige Partnerin, Detective!«

Francesca schmunzelte über seine Albernheit und spielte das Spiel mit.

»Auf gute Zusammenarbeit, Commissioner!«

Sie hielt ihm die Handfläche hin. Lukas schlug ein und lachte.

»Ich glaube, das ist das erste Mal seit dem Tod meines Vaters, dass ich mal kurz wieder lachen kann«, sagte er, plötzlich wieder ernst.

»Aber erzählen Sie doch mal: Was meinten Sie vorhin damit, schon vor ihrer Ankunft bei Miriam …«

»Ich hab mir das nicht eingebildet!«, unterbrach er sie, und seine Stimme nahm plötzlich einen Klang an, als falle ihm das Berichten schwer. »Ich hatte mir am San Francisco Airport einen Mietwagen genommen und ein Prepaid-Handy gekauft. Dann bin ich rausgefahren nach Atherton. Sie wohnt da in einer WG in einem Außenbezirk in einem dieser villenähnlichen, stolzen Holzhäuser mit viel gepflegtem Grün darum herum. Und in so einer Straße in einer Gegend, die vor Geld strotzt, wenn du da Typen siehst, die eher in die projects von Baltimore passen, also ins Drogenmilieu, macht dich das erst mal stutzig.«

»Ich seh da noch keinen Zusammenhang …«, wandte Francesca ein.

»Moment! In meiner ersten Nacht bei Miriam wurde ich von einem Geräusch geweckt. Es war so gegen halb vier. Ich bin raus in den Garten und sah im Halbdunkel, wie sich einer dieser Typen an meinem Wagen zu schaffen machte. Als er mich bemerkte, ist er abgehauen. Aber der Wagen war aufgebrochen. Sie hatten ihn durchwühlt und mir wurde klar, das kann kein Zufall sein. Die Organisation ist noch immer hinter mir her ... Miriam hat lange geglaubt, dass ich paranoid bin – wie unsere Mutter. Inzwischen sieht sie das anders.«

»Wodurch hat sich die Meinung Ihrer Schwester geändert?«

»Ich bin in derselben Nacht noch verschwunden. Aber Miriam erhielt ab diesem Zeitpunkt immer wieder mysteriöse Anrufe von Leuten, die sich nach mir erkundigten. Von wechselnden Prepaid-Handys aus. Irgendwann hat sie mal einen freundlichen Officer in Frisco gefunden, der versucht hat, die Anrufe nachzuverfolgen. War natürlich umsonst ...«

Eine Welle von Mitleid erfasste Francesca. Seine Mutter war in der Psychiatrie, sein Vater wurde Opfer einer kriminellen Vereinigung und er selbst irrte durch diesen endlosen Kontinent, ständig auf der Flucht vor Leuten, von denen er nicht wusste, was sie eigentlich von ihm wollten.

»Das Interesse an dir scheint weit größer zu sein als allein die Angst davor, du könntest deine Entführer identifizieren«, stellte sie fest.

Lukas' Miene hellte sich auf.

»Sie dürfen ruhig beim Du bleiben, Lieutenant!«, grinste er.

»Habe ich Sie geduzt?«

»Sie haben mich geduzt, Colonel!«

»Ist mir so rausgerutscht, Sergeant ... Ich bin Francesca.«

Ohne sich noch ein zweites Mal die Hand zu reichen, besiegelten sie ihre Übereinkunft mit einem kurzen Blick. Dann knüpfte Lukas an ihre Vermutung an.

»Inzwischen glaube ich auch, dass diese Organisation überzeugt davon ist, ich könne über meinen Vater in den

Besitz von Informationen gekommen sein, die ihnen gefährlich werden könnten, und das scheint sie höchst nervös zu machen. Ich bin dann noch mal zurück in Miriams WG, hab ihr einen Zettel hinterlassen und bin losgefahren. Inzwischen habe ich mehrmals die Wagen gewechselt. Und meine Identität ...«

»Du hast dir gefälschte Papiere besorgt?«

»Mit Geld kannst du hier alles machen, es ist nicht so schwer ... Ich habe die Papiere schon länger und eine Zeit lang beide Pässe benutzt ... Und jetzt, nachdem Lukas Michaelis seinen Abgang gemacht hat, bin ich endgültig Paul Schneider.«

Mit einem mokanten Lächeln sah er die Kommissarin an.

»Und so was sage ich einer Polizistin ...«

Er schüttelte über sich selbst den Kopf.

Entgegen seiner Befürchtung, sie könne seine Aussage missbilligen, deutete Francesca ein verständnisvolles Kopfnicken an.

»Und wenn wir schon dabei sind«, fuhr er ermutigt fort, »ich hab mir auch 'ne Knarre zugelegt.«

Neugierig hob sie den Blick.

»Eine Protector. Sieht aus wie 'ne kleine Schnupftabakdose. 'ne wahre Rarität«, fügte er hinzu. »Für alle Fälle ...«

Geräuschvoll atmete Francesca durch.

»Okay, lassen wir das mal so stehen«, meinte sie. »Aber wir sind noch nicht ganz durch. Du hast von deinen eigenen Ermittlungen gesprochen. Und ab da wird's nun wirklich interessant für mich ...«

Sie sah ihn auffordernd an.

Lukas ließ seinen Blick über die Weite des Meeres schweifen. Die Abendsonne näherte sich dem Horizont, dessen unnatürliches Rosé mit dem Smaragdgrün der Wasser zu verschmelzen begann.

»Ich wusste nicht, wohin. Bin durchs Land gefahren. Habe immer in billigen Motels oder anderen Absteigen übernachtet. Nur eines wusste ich. Wenn mein Vater eine Liste mit chemischen Formeln geklaut hatte, dann richtete sich das Interesse des Spionagerings auf innovative Entwicklungen bei ElringKlinger. Irgendwann kannte ich die gesamte Website dieser Firma auswendig. Ich habe alles gelesen, was von ElringKlinger und über ElringKlinger jemals im Web veröffentlicht worden ist. Und da sie mich auch hier in den Staaten nicht in Ruhe ließen, muss die Organisation, müssen die Auftraggeber auch in den Staaten sitzen. Also bin ich sämtliche Websites von US-Firmen durchgegangen, die etwas mit Zylinderkopfdichtungen und Spezialdichtungen zu tun haben. Dabei habe ich festgestellt, dass sich Automobilzulieferer derzeit ein Wettrennen liefern um Techniken, die dazu beitragen, den CO_2-Ausstoß von Motoren zu verringern …«

»Wir könnten dich direkt beim LKA einstellen«, bemerkte Francesca, die seinen Ausführungen mit wachsendem Erstaunen gefolgt war.

»Auf diese Firma in Monterey wäre ich eigentlich gar nicht gekommen«, setzte Lukas wieder an.

»Die Meyer&Stern Rubber International?«

»So weit bist du also auch schon, Major?«

»Ja, aber mehr habe ich noch nicht.«

»Dann pass mal auf: Die Website der Firma hält sich ja ziemlich bedeckt. Aber sie haben eine kleine Entwicklungsabteilung und der Leiter dieser Entwicklungsabteilung, ein gewisser Ben Norton, engagiert sich heftig für den Umweltschutz und macht Propaganda in Sachen CO_2-Verringerung. Obwohl er Republikaner ist. Er scheint die Demokraten in dieser Hinsicht links überholen zu wollen und ist offenbar wahnsinnig ehrgeizig. Und nicht ganz erfolglos. Er steht ständig im Rampenlicht, ist immer auf Facebook und mit Twitter unterwegs – und ich habe mir gedacht, dafür, dass er in so einer relativ kleinen Klitsche tätig ist, nimmt er den Mund ziemlich voll.«

»Das weist ihn ja noch nicht als Kriminellen aus.«

»Das nicht. Aber ich habe eine Liste in seinem Papierkorb gefunden.«

»In seinem Papierkorb?«

»Ich bin Praktikant bei M&S.«

Francesca riss die Augen auf. Sie hatte mit allem Möglichen gerechnet, doch dass Lukas den Spieß umdrehte und dieselben Methoden anwandte wie die Angreifer aus den Reihen der Industriespione, machte sie fassungslos.

»Du hast dich dort eingeschlichen?«

»Als Austauschstudent. Die notwendigen Dokumente kann man sich mühelos im Internet beschaffen, wenn man den Dreh raus hat ...«

»Du entwickelst ja richtige kriminelle Energie.«

»Sie haben mich dazu gemacht. Vor dem Tod meines Vaters war ich im Vergleich zu heute ein richtiger Laschi.«

Und nach einer Pause:

»Verstehst du, ich kann erst wieder ein normales Leben führen, wenn ich die Hintermänner habe. Ich will, dass sie ins Gefängnis kommen!«

»Dazu brauchen wir Beweise. Was ist mit dieser Liste?«

Lukas öffnete seinen Rucksack, holte ein zerknittertes Blatt hervor und reichte es Francesca.

»Methylethylketon, Tetramethylthiuramdisulfid ...«, las sie stotternd. Sie hatte das Original nicht mehr im Kopf, aber diese Angaben hier schienen verdammt den Angaben zu gleichen, von denen auf ihrer ersten Besprechung mit Hildenbrand und Espe die Rede war.

»Wir müssen das scannen und zum Abgleich ans LKA schicken«, sagte sie, faltete das Blatt zusammen und ließ es in ihrer Jackentasche verschwinden.

»Moment mal!«, protestierte Lukas.

»Beschlagnahmt, Major!«, grinste Francesca.

Am nächsten Morgen hatte das Wetter umgeschlagen. Ein scharfer Küstenwind trieb leichten Sprühregen vor sich her. Francesca hatte in Lukas' Motel, einem Holzhaus mit von Sonne und Regen geschwärztem Dach, noch ein Zimmer erhalten und im Voraus noch eine zweite Nacht gebucht – sicherheitshalber. Schließlich war nicht abzusehen, wie lange ihre Mission in Monterey, von deren Verlauf sie bisher nur eine vage Vorstellung hatte, noch dauern würde. Ihren Laptop hatte sie in ihrem Zimmer gelassen.

Als sie sich mit Lukas auf dem Parkplatz vor dem Motel traf, gab sie ihm die Liste zurück. Die Liste, von der sie vermutete, ihr Inhalt stamme aus dem Labor von Elring-Klinger.

»Vielleicht finden wir später einen Copy-Shop, dann können wir das heute scannen und ans LKA übermitteln.«

»Erst mal guten Morgen, Sheriff!«, begrüßte er sie, steckte die Liste in seinen Rucksack und warf diesen auf den Rücksitz seines Wagens. »Ich glaube, es ist besser, wir nehmen mein Auto, das kennen die schon bei der Firma.«

Francesca stimmte zu und stieg in einen kleinen rostbraunen Kia. Bevor sie sich gestern Abend getrennt hatten, hatte Lukas ihr erzählt, er habe einen Plan, müsse aber noch die Nacht an ihm feilen. Aus diesem Grund hatte sie kaum ein Auge zugetan. Und auch jetzt sagte er nur:

»Auf in die Höhle des Löwen!«

Unterwegs in einem Tankstellenshop – sie waren unter sich – nahmen sie einen schnellen Kaffee und Lukas verriet ihr endlich:

»Ich kenne inzwischen die Gewohnheiten dieses Herrn Norton und die betrieblichen Abläufe bei M&S recht gut«, begann er und nippte an seinem Becher. »Von neun bis zehn ist er bei seiner Konferenz, in einem anderen Gebäudeteil. Ich brauche nur zwanzig Sekunden in seinem Büro. Allerdings muss ich irgendwie an seiner Sekretärin vorbei. Wobei ich das gut vorbereitet habe. Ich hatte gestern eine

Besprechung mit ihm. Ich sage ihr einfach, ich hätte ein paar meiner Unterlagen liegen lassen. Aber noch besser wäre es natürlich, du könntest sie anrufen und in ein Gespräch verwickeln. Hier schick ich dir mal ihre Nummer.«

Während Lukas ihr die SMS zusandte, dachte sie: Was tue ich hier eigentlich? In ihrer Rolle als LKA-Beamtin in Deutschland würde sie ein solches Vorgehen niemals unterstützen. Aber jetzt aufgeben? Schließlich war sie hier sozusagen als eine Art Privatdetektivin unterwegs im Wilden Westen ... Sie beschloss, ihre Zweifel bei sich zu behalten und fragte:

»Zwanzig Sekunden? Was willst du denn in zwanzig Sekunden an seinem Computer rauskriegen?«

»Abwarten!«, grinste er, ließ seinen Kaffee stehen und ging zur Tür.

Francesca folgte ihm. Als er wieder hinter seinem Steuer saß, lag plötzlich ein kleines Gerät auf seinem Handteller, das Ähnlichkeit mit einem Memory-Stick hatte.

»Ein Keylogger?«, fragte sie verblüfft.

»Gut geschult!«, antwortete Lukas anerkennend. »Aber das kleine Ding hier kann mehr als ein Keylogger. Ich habe ja Informatik studiert, wenn auch nur halb, und habe das Programm selbst geschrieben. Allerdings mit Hilfe eines Hackerfreaks aus Miriams Freundeskreis, zugegeben.«

»Und was willst du damit anstellen?«

»Es ist so programmiert, dass es Nortons E-Mail-Accounts hackt und seine E-Mails auf meinen Laptop schickt.«

Mit einer Kinnbewegung wies er auf seinen Rucksack auf dem Rücksitz.

»Setzt aber voraus, dass sein Computer angeschaltet ist«, merkte sie an.

»Der läuft den ganzen Tag.«

»Bekommt er keine Meldung auf seinen Desktop? Wird der Wechseldatenträger nicht angezeigt?«

»Da haben wir natürlich vorgesorgt«, grinste Lukas gelassen. »Und du bleibst im Wagen und kannst ja schon mal das Programm starten, während du mit Mrs. Miller, seiner Sekretärin, telefonierst. Und wenn ich dann zurückkomme, schauen wir uns die Sache mal an.«

»Du meinst, ich soll mich mit deinem Wagen auf den Betriebsparkplatz stellen und seelenruhig, mit deinem Laptop auf den Knien, Industriespionage betreiben?«

»Es ist durchaus üblich hier, dass Leute in ihren Autos auf dem Parkplatz mit ihren Laptops rummachen«, versuchte er, sie zu beruhigen. »Viel auffälliger wäre es, den Wagen hinter einem Gebüsch zu verstecken. Die nächste Polizeistreife würde anhalten und wissen wollen, warum du deinen Wagen in die Landschaft stellst anstatt auf den Parkplatz daneben.«

Sie hatte sich den Handrücken fast blutig gekratzt, als Lukas endlich wieder zurückkam und sich neben ihr ans Steuer setzte. Mit bis zum Äußersten angespannter Aufmerksamkeit hatte sie auf dem Monitor auf ihren Knien verfolgt, wie die Übertragung der Daten einsetzte und Mail für Mail sichtbar wurde. Mit zitternden Fingern speicherte sie ständig ab.

»Du brauchst nicht zu speichern, das Programm speichert automatisch«, sagte Lukas nüchtern. Er wirkte, als käme er von einer bestandenen Prüfung zurück. Dann rückte er ein Stück Richtung Beifahrersitz.

Francesca drehte den Bildschirm in seine Richtung und fragte, ob er in diesem Winkel gute Sicht habe.

»Unser Mister Schlaumeier hat zwei Accounts«, wies er mit dem Zeigefinger auf den Bildschirm. »›bennorton@ms.org‹ – das scheint seine normale Geschäftsadresse zu sein – und hier ...«

»›blackwasp@aol.com‹«, fiel ihm Francesca ins Wort. »Schwarze Wespe?«

»Das sind besonders aggressive Viecher«, grinste Lukas. »Sechs Zentimeter lang …«

»Und hier!« Francesca tippte mit dem Zeigefinger auf eine Zeile, ohne den Bildschirm zu berühren. »Es ist immer derselbe Absender!«

»›diewespe@gmx.de‹… Gmx, das ist ein deutscher Anbieter«, stellte Lukas fest. »Ob dieser Glenn da dahintersteckt?« Er zwinkerte Francesca zu. »Ein kleines Wespennest?«

»Mir ist nicht zum Lachen!«, erwiderte Francesca. »Aber lass uns mal die Mails vom Oktober aufrufen!«

Unsicher ließ sie ihren Mittelfinger über dem Touchfeld kreisen.

»Lass mich mal!«, seufzte Lukas ungeduldig und zog den Laptop zu sich heran.

Seine Finger spielten in einer Geschwindigkeit über die Tastatur, der Francesca kaum folgen konnte.

»In der Woche vor der Ermordung meines Vaters hat die Wespe der schwarzen Wespe nur eine einzige Mail zukommen lassen«, stellte er fest und öffnete die Nachricht. »Gar kein Text dabei …«

»Aber ein Anhang …«

Lukas öffnete die angehängte PDF-Datei.

»Die Liste! Dieselbe Liste, die in meinem Rucksack liegt!«

»Mit der sie dann nichts anfangen konnten, weil sie verschlüsselte Angaben enthält«, erklärte Francesca. »Aber warum dann der Umweg über den Toten Briefkasten, frage ich mich?«

»Was für ein Toter Briefkasten?«

Francesca gab eine kurze Erklärung ab, ohne Pollak zu erwähnen.

»Einfach, weil die Täter einen direkten Kontakt zu meinem Vater verhindern wollten?«, schlug Lukas als Begründung vor.

»Wäre eine Möglichkeit …«, antwortete Francesca. »Und jetzt mal die Antwortdatei. Wie hat blackwasp auf die Liste reagiert?«

Ihr Mund war trocken vor Aufregung.

Wieder das hektische Spiel der Finger über Tastatur und Touchfeld.

»Keine Antwort«, stellte Lukas fest.

»Vielleicht haben sie das telefonisch gemacht …«

»Also kein Mordauftrag, wenigstens nicht schriftlich«, sprach Lukas aus, was Francesca dachte. »Aber hier, noch mal eine Botschaft!«

»*Some problems with EK* …«, las Francesca. »Also doch! EK. – ElringKlinger! Allerdings ist das leider nicht beweisfähig.«

»Für mich schon!«, erwiderte Lukas trotzig. »Für mich schon. Die Liste und diese Aussage. Der Anfang eines Puzzles, das wir nur weiter zusammensetzen müssen!«

»Geh mal in die Woche danach …«

Sofort fand Lukas eine Mail, in der die schwarze Wespe wieder eine knappe Nachricht erhalten hatte.

»*Problems with P.*«, las er. »Kennst du P.?«

Francesca sah auf das Sendedatum und dachte einen Moment nach.

»Das war der Tag, an dem wir Pollak verhaftet haben …«

»Du hast jemanden verhaftet?«

»Ja, aber nicht wegen des Mordes an deinem Vater. Wir hatten den Chemiepraktikanten überführt, als er das Passwort des Laborleiters knacken wollte.«

Lukas stieß einen Pfiff aus.

»Das haben Sie mir bisher verschwiegen, Deputy!«

Francesca lächelte.

»Kannst du die beiden Mails kopieren? Dann schicke ich das Material nachher zusammen mit der Liste und – falls wir noch auf weiteres Material stoßen – nach Stuttgart.«

»Ich denke, es ist nicht beweisfähig?«

»Warten wir's ab ...«

Mit Bestürzung stellten sie fest, dass die Übertragung der Daten plötzlich abbrach.

»Was ist los?«, wollte Francesca wissen.

»Keine Ahnung. Entweder streikt mein Teil oder blackwasp hat es entdeckt!«

Francesca warf einen Blick durch das Seitenfenster und dachte einen Moment nach.

»Dann geh ich jetzt rein!«

»Moment, du willst ...«

»Wann denn sonst?«, sagte sie und sah Lukas entschlossen an. »Ich will wissen, wie er reagiert. Irgendeine Aussage von Norton ist besser als gar keine!« Sie öffnete die Wagentür. »Wo ist sein Büro?«

Norton stand an der durchgehenden Glaswand seines riesigen Büros, die rechte Hand lässig in der Hosentasche seines schwarzen Businessanzugs, und sah hinaus auf den Parkplatz. Als Francesca eintrat, wandte er sich langsam um und begrüßte sie mit einem dünnen Lächeln.

Ein bisschen viel Büro für einen kleinen Entwicklungsleiter, dachte Francesca und sah sich knapp in dem Raum um. Bis auf einen nackten, exklusiven Designer-Schreibtisch mit einem überproportionalen Bildschirm, einer Sitzgruppe und einem etwa zwei mal fünf Meter großen Gemälde an der Mahagoni-Wand gegenüber dem Fenster war der Raum kahl und unmöbliert. Der Fußboden bestand aus hellem Parkett. Das Bild könnte von Jeff Koons stammen, ging es ihr kurz durch den Kopf.

An Mrs. Miller war sie einfach erhobenen Hauptes vorbeigegangen mit der Frage nach dem Chef und der Bemerkung, sie hätten ja vorhin telefoniert – sie wisse ja Bescheid.

Als sie den Blick von dem Bild nahm und auf den Mann zuging, streckte er ihr statt einer Begrüßung den Handteller entgegen, auf dem der Stick lag. Das Lächeln aus seinem Gesicht war verschwunden.

»Suchen Sie das hier?«, sagte er mit einem breiten Akzent, der ihr noch nie untergekommen war.

Francesca beschloss, alles auf eine Karte zu setzen – auch wenn er sie hinauswerfen sollte. Sie nannte ihren Namen und fügte hinzu:

»Ich arbeite für das Landeskriminalamt in Stuttgart, Germany.«

Mit blasierter Miene sah er sie von unten an. Er war einen Kopf kleiner als sie, trug eine Glatze und eine markante Designer-Brille mit schwarzem Gestell.

Ein moderner Napoleon, dachte sie.

»Und ich dachte, für verdeckte Einsätze im Ausland sei Ihr BND zuständig«, erwiderte er mit unbewegtem Gesichtsausdruck.

Seine Hand schnappte zu und ließ den Stick in der Hosentasche verschwinden. Mit einer knappen Geste der anderen Hand bot er ihr Platz an.

»Danke, ich stehe lieber«, antwortete sie und sah auf den Parkplatz hinaus.

Der kleine Kia stand wie verloren in einer Reihe von Geländewagen, Pick-ups und anderen fetten Benzinschluckern. Offenbar hatten sich Nortons Bemühungen zur Schadstoffreduzierung noch nicht besonders weit herumgesprochen. Sie löste sich von der Glaswand und begann, sich mit gemächlichen Schritten durch den großen Raum zu bewegen.

»Es geht um einen Fall bei ElringKlinger …«

Norton ließ ein skeptisches Lächeln sehen.

»Einer unserer Mitbewerber …«, sagte er tonlos. »Sie sind im Auftrag dieser Firma unterwegs?«

Es klang mehr als eine Feststellung denn als Frage.

»Die Landeskriminalämter bei uns arbeiten nicht für bestimmte Unternehmen«, antwortete sie mit unüberhörbarer Ironie.

Norton schien die Antwort zu überhören. Erst, als sie sich auf seinen Schreibtisch zubewegte, fügte er an:

»Wollen wir uns allein unterhalten oder ziehen Sie es vor, einen FBI-Beamten hinzuzuziehen?«

Francesca starrte auf den animierten Bildschirmschoner. Eine schwarze Wespe zerrte eine riesige, betäubte Spinne über hellen Sand ...

Norton verfolgte mit ausdrucksloser Miene jeden ihrer Blicke.

»Manchmal werden auch die Großen von den Kleinen gefressen«, meinte er, »meistens ist es ja umgekehrt.«

Francesca ging zurück zu der riesigen Glaswand. Sie würde ihn auf Glenn ansprechen und einfach behaupten, sie habe seinen Namen von ihm. Und wenn Norton wieder mit dem FBI drohte, würde sie sich verhalten müssen wie die Täter, die sie in ihren Befragungen in die Zange nahm, und sich dumm stellen ... Verwundert sah sie, wie sich draußen ein Jeep vor den Kia schob. Der Fahrer stieg aus und ging um seinen Wagen herum.

Norton riss sich vom Fenster los und gab ihr einen knappen Wink, ihm zu seinem Computer zu folgen.

Francesca setzte sich in Bewegung, trat neben ihn und beobachtete überrascht, wie seine kleinen dicken Finger über die Tastatur glitten. Der Bildschirmschoner war verschwunden.

»Wissen Sie, wir hier im Westen halten nicht so viel von endlosen Diskussionen wie bei euch in Deutschland. Wir handeln lieber. Schaffen klare Verhältnisse. Reden kann man dann danach immer noch ...«

Francesca zog die Augenbrauen zusammen und sah, wie er die Enter-Taste drückte.

Ein heftiger Knall zerriss die Luft. Die großen Fensterscheiben erzitterten klirrend. Ein blitzartiger, greller Lichtstrahl durchzuckte den Raum.

Francesca schloss instinktiv die Augen und hielt sich die Hände vor die Ohren. Doch im nächsten Moment stand sie schon am Fenster und sah mit weit aufgerissenen Augen auf den Parkplatz hinaus. Der Wagen hinter dem Jeep stand in Flammen.

»Lukas!«, schrie sie auf.

Wie durch eine Wand aus Watte hörte sie Nortons Stimme:

»Offenbar haben wir beide soeben unsere beiden wertvollsten Mitarbeiter verloren. Und schade um Ihre Daten …«

»Lukas!!«, brüllte sie und stürzte, ohne auf Norton zu achten, zur Tür zurück.

Sie drückte die Klinke, aber die Tür war versperrt. Verzweifelt schlug sie mit der flachen Hand gegen das Palisander-Dekor und brüllte den Namen der Sekretärin. Dann warf sie abrupt den Kopf herum.

Der riesige Raum war leer. Norton war verschwunden. Gab es noch eine zweite Tür? Sie rannte am Schreibtisch vorbei und warf einen Blick auf den Parkplatz. Der Jeep stand noch immer vor dem brennenden Kia.

Die rückseitige Tür ließ sich nur durch einen kleinen Button an der Stirnwand öffnen, aber als sie den Daumen und dann den Handballen gegen den vorstehenden Knopf schlug, rührte sich nichts. Mit zitternden Fingern kramte sie ihr iPhone hervor und tippte auf Lukas' Kurzwahltaste. Nach quälenden Sekunden sprang die Mailbox an. Ohne etwas draufzusprechen, legte sie auf.

Ratlos ließ sie die Schultern hängen. Der Monitor hatte sich in eine unendliche schwarze, unbewegte Fläche verwandelt.

Als sie endlich wieder draußen auf dem Parkplatz war und sich unter das Absperrband beugte, um auf das ausgebrannte Wrack des Kia zuzustürzen, legte sich der Arm eines Ordnungshüters um ihre Brust wie ein Stahlband.

Eingeschlossen in Nortons Büro hatte sie den Notruf gewählt, doch im selben Augenblick – verwundert – bereits in der Ferne die sich nähernden Sirenen der Einsatzfahrzeuge wahrgenommen. Zur Tatenlosigkeit verurteilt hatte sie vom Fenster aus zusehen müssen, wie Feuerwehrleute endlich den Brand löschten. Zwei Leute ... Was hatte Norton gemeint, als er von »unseren beiden wertvollsten Mitarbeitern« sprach? Dann hatte sie endlich Özcans Nummer gewählt. Doch anders als sonst, wenn sie seine vertraute Stimme hörte, fühlte sie sich innerlich wie erstarrt und hörte sich, ehe sie wieder auflegte, nur mechanisch den vereinbarten Code sprechen: »Das Wetter hat umgeschlagen.« Dann hatte der Kloß ihr endgültig den Hals zugedrückt.

Vom Fenster aus hatte sie zugesehen, wie die Polizei den Zugang zum Parkplatz absperrte. Mehrere Polizeiwagen hatten Stellung bezogen. Firmenmitarbeiter waren auf den Platz geströmt – Schaulustige, die jetzt als Zeugen befragt werden würden. Einen Ben Norton konnte sie nicht unter ihnen ausmachen. Wild hatte sie mit Fäusten und Handflächen gegen die Scheiben gedonnert und gestikuliert, aber die Aufmerksamkeit der Menschen auf dem Parkplatz war auf den Kia gerichtet – niemand kam auf die Idee, an dem gläsernen Verwaltungsgebäude emporzusehen. Als endlich die letzte Stichflamme erstickt war, hatte sie sich wieder zu der Tür von Nortons Büro begeben, die sich nun wie durch Geisterhand wieder öffnen ließ. Sie war hinausgestürzt, durch das leere Vorzimmer, die Treppen hinab...

Der Uniformierte führte sie zu einem Polizeibus, dessen Schiebetür offen stand, und nötigte sie einzusteigen. Er sagte etwas Unverständliches zu der uniformierten Beamtin, die im Wagen saß und die Francesca nun mit einer harschen Geste aufforderte, vor ihr Platz zu nehmen und ihren Ausweis herauszurücken.

Nun bin ich mal auf der anderen Seite ..., ging es ihr kurz durch den Kopf. Dann aber platzte es aus ihr heraus:

»War da noch ein Mann in dem Wagen? Ist er tot?«

Mit bebender Hand schob sie ihren Pass über den kleinen Tisch.

Ohne dass ihr Gesicht irgendeine Regung zeigte, klappte die Uniformierte das Dokument auf, schien einige Sekunden lang das Passbild zu studieren und mit Francescas Gesicht abzugleichen, um sich dann ihrem Computer zuzuwenden. Nach ein paar Klicks sagte sie tonlos und mit einem Akzent, den Francesca nur mit Mühe entschlüsseln konnte:

»Die Fragen müssen Sie schon mir überlassen.«

»Aber ich muss doch wissen, ob ihm was passiert ist!«, rief Francesca verzweifelt. »Ich bin doch mit dem Mann hergekommen!«

»Das wissen wir bereits«, gab die Beamtin zur Antwort, ohne den Blick vom Bildschirm zu nehmen.

Francesca rieb sich schluchzend die Augen. Noch nie hatte sie sich einem derartigen Zustand völliger Orientierungslosigkeit ausgesetzt gefühlt. Warum ließ diese Frau sie im Unklaren? Sie musste doch sehen, wie verzweifelt sie war!

»Sie sind beim Landeskriminalamt in Stuttgart tätig«, stellte die Beamtin fest.

»Ach, das wissen Sie auch schon ...«, antwortete Francesca, plötzlich erschöpft.

»Und was sucht eine deutsche Kripobeamtin mit Touristenvisum im Industriegebiet von Monterey?«

Sollte sie die Karten offenlegen? Oder würde Sie sich in noch größere Schwierigkeiten bringen?

»Ich habe einen Bekannten getroffen«, gab sie zur Antwort. »Paul Schneider. Ein Deutscher. Er macht bei dieser

Firma hier ein Betriebspraktikum. Und ich will wissen, ob er tot ist.«

Die Beamtin warf ihr einen misstrauischen Blick zu.

»Ich sehe es den Leuten schon von Weitem an, wenn sie lügen!«

Sie wandte sich wieder ihrem Monitor zu und klickte mit der Maus.

»Und ich kann mir nicht vorstellen, dass eine Mutter mit drei Kindern über Weihnachten alleine nach San Francisco fliegt, nur um einen wesentlich jüngeren Bekannten zu treffen, der in Monterey ein Betriebspraktikum absolviert. Oder helfen Sie ihm bei seinem Praktikumsbericht?«

Die Worte der Polizistin trafen sie wie Faustschläge. Was wussten sie noch alles über sie? Und wie konnte sie den Vorwurf, illegal in den Staaten zu ermitteln, entkräften?

»Sie wissen, dass ich keine Lizenz habe, Ermittlungen in den USA zu führen«, entgegnete sie, ohne dass es ihr gelang, das Zittern in ihrer Stimme völlig zu unterdrücken. »Aber ich gebe zu, dass der Mordfall, an dem ich in Deutschland arbeite, mich auch in meiner Freizeit beschäftigt.«

Zum ersten Mal verzogen sich die Lippen der Beamtin zu einem spöttischen Grinsen.

»Deshalb haben Sie Kontakt aufgenommen zur Tochter Ihres Mordopfers.«

Auch dieser Satz war offenbar nicht als Frage formuliert, registrierte Francesca. Also hatten sie ihre Telefonate mit Miriam abgehört. Das Eis unter ihren Füßen schien immer dünner zu werden …

Doch in diesem Moment nahm die Befragung eine überraschende Wendung.

»Ich will definitiv wissen: Kannten Sie den Mann in dem Wagen?«

»Wenn Sie Paul Schneider meinen«, gab Francesca zur Antwort. »Ich bin mit ihm in seinem Mietwagen hergekommen.«

»Dann müssen wir wohl davon ausgehen, dass es sich bei dem Toten um diesen Paul Schneider handelt.«

Schlagartig wurde ihr klar, dass die Polizei noch keine anderen Anhaltspunkte außer ihrer Aussage besaß!

Die Beamtin griff hinter sich. Dann schob sie ihr eine Asservatentüte vor die Nase.

»Ist das Ihre Waffe?«

Francesca runzelte die Stirn und betrachtete den winzigen, verkohlten Revolver.

»Die gehörte ihm!«

»Und die?«

Eine zweite Asservatentüte wurde dazugelegt.

Eine .32er Smith & Wesson, schätzte Francesca und fragte: »Sie haben noch einen zweiten Revolver in dem Wagen gefunden?«

»Beantworten Sie meine Frage!«

»Ich trage keine Waffe in den USA!«

Ungerührt machte sich die Beamtin eine Notiz und ließ die beiden Asservatentüten wieder verschwinden.

»Und Sie bleiben bei Ihrer Aussage, dass Sie Schneider begleitet haben, weil er Ihnen die Firma zeigen wollte?«

Francesca bestätigte.

»Und warum ist er im Wagen geblieben und Sie sind alleine ins Gebäude?«

Eine Hitzewelle schoss ihren Hals hoch.

»Er blieb nicht im Wagen, sondern ging noch mal zurück, weil er seinen Laptop holen wollte.«

Die Beamtin bedachte sie mit einem knappen, kritischen Blick, dann fügte sie ihre Aussage dem Protokoll hinzu.

»Und – Sie sind doch Polizistin – Ihnen ist zuvor nichts Verdächtiges aufgefallen?«

Francesca schüttelte verneinend den Kopf.

»Ich meine, die Explosion hat den Wagen ja in mehrere Stücke zerrissen. Irgendwann muss der Sprengstoff ja platziert worden sein.«

Die Beamtin sah sie nun mit einem Blick an, als stellte sie ihre Frage einer Kollegin.

»Ich hatte eine Unterhaltung mit Herrn Norton oben in seinem Büro«, sagte Francesca. »Mir fiel nur eines auf: Die Explosion erfolgte unmittelbar, nachdem er die Enter-Taste seiner Tastatur betätigt hatte.«

Verblüfft sah die Beamtin sie an. Dann wechselte ihr Gesichtsausdruck zu einem breiten Grinsen.

»Ich glaube Sie stehen noch unter Schock«, sagte sie, und in ihrer Stimme schien plötzlich so etwas wie Mitleid mitzuschwingen. »Ich brauche Ihre Telefonnummer. Falls es noch Nachfragen gibt. Sie kennen das ja.«

Sie setzte den Drucker in Gang und notierte sich die Nummer. Dann ließ sie Francesca das Protokoll unterschreiben.

»Sie wissen, dass ich Sie hierbehalten könnte?«

Francesca drehte fragend die Handflächen nach oben.

»Sie haben achtundvierzig Stunden Zeit, die Vereinigten Staaten zu verlassen!«, sagte die Polizistin fast beiläufig und reichte Francesca ihren Pass zurück. »Und wir werden das kontrollieren!«

Hatte sie Lukas' Tod provoziert?

Die Frage hämmerte gegen ihre Schläfen. Unablässig. Wieder und wieder. Bei offiziellen Ermittlungseinsätzen zu Hause waren sie grundsätzlich zu zweit, aber sie hatte Lukas allein in seinem Wagen zurückgelassen, nur weil sie glaubte, sie müsse alles auf eine Karte setzen. Um nicht mit leeren Händen nach Stuttgart zurückkehren zu müssen? Wie dilettantisch!

Wie ein geschlagener Hund war sie aus dem Polizeiwagen geklettert. Und nun, da sie vor der Polizeiabsperrung an der Auffahrt des Firmenparkplatzes auf das Taxi wartete, war es nicht das Gefühl der Demütigung, das überwog, sondern das Gefühl der Schuld. Vielleicht war sie nur als Teil eines Teams eine mehr oder weniger erfolgreiche Ermittlerin, aber auf sich allein gestellt hatte sie jämmerlich versagt. Von den US-Behörden des Landes verwiesen. Und dabei konnte sie noch froh sein, wenn ihre Mission nicht noch nachträglich unliebsame Konsequenzen nach sich zog. Wer wusste schon, was mit ihrer Aussage, mit ihrer Beteiligung an dem Anschlag auf Lukas' Wagen geschehen würde? Vielleicht leiteten die Behörden sogar einen Bericht ans LKA weiter?

Das ebenmäßige, olivfarbene Antlitz der Taxifahrerin erinnerte sie an eine alte Indianerin. Bunte Vogelfedern steckten im Lüftungsgitter. Sie nannte ihr den Namen des Motels und die Fahrerin ließ den Wagen gemächlich bergab gleiten, auf die Küste zu.

Als sie die erste Kurve der schmalen, staubigen Straße passiert hatten, sah sie, wie sich eine Gestalt aus dem Gebüsch am Straßenrand löste. Der Mann blieb stehen und sah ihnen entgegen.

»Lukas?«, schrie sie ungläubig.

Die Indianerin sah sie erschrocken an.

»Please stop! Please stop the car!«, bat Francesca atemlos.

Ja, sie hatte sich nicht getäuscht! Die Fahrerin hielt am Straßenrand, Francesca riss die Tür auf. Im nächsten Moment schloss sie Lukas in die Arme.

Lukas drückte ihren bebenden Körper an sich.

»Wie bist du, warum hast du ...?«, stotterte sie.

Lukas schob sie sanft von sich.

»Bring mich hier weg!«, sagte er erschöpft. »Nur weg von hier!«

Sie setzte sich auf die Rückbank und Lukas ließ sich auf den Beifahrersitz fallen.

Kopfschüttelnd, aber wortlos setzte die Indianerin die Fahrt fort.

Lukas dreht sich zu Francesca um.

»Es ist alles verbrannt«, brachte er stoßweise hervor. »Alle Beweise. Mein Laptop, mein Rucksack. Mein Handy.«

»Ja, aber ... eins nach dem anderen«, bat Francesca, noch immer fassungslos.

»Ich weiß nicht, ob du das noch mitgekriegt hast. Das mit dem Jeep.«

»Doch, da hab ich mich noch gewundert, warum der ausgerechnet vor deiner Schnauze hält.«

»Gott sei Dank hattest du mir gestern noch mal sein Bild gezeigt. Ich habe ihn sofort erkannt, als er die Wagentür aufriss und sich neben mich auf den Sitz schob.«

»Doch nicht Glenn?«

»Glenn«, bestätigte Lukas. »Mit einem Revolver in der Hand. Ich hab bloß gedacht: Nichts wie raus hier!«

Francesca atmete tief aus.

»Ich war kaum draußen, zwei, drei Wagen weiter vielleicht – dann warf mich die Druckwelle zu Boden. Und dann bin ich losgelaufen, einfach los, in den kleinen Wald und immer weiter.«

Francesca legte ihre Hand auf seine Schulter.

»Jetzt bist du für mich schon zum zweiten Mal wiedergeboren...«

Lukas senkte den Blick. Ein Lächeln umspielte seinen Mund.

»Aber jetzt verstehe ich auch, was Norton zu mir sagte, als dein Wagen in die Luft flog...«

»Du hast 'ne Aussage von ihm?«

»Nicht wirklich ... Jedenfalls nichts, was wir gegen ihn verwenden können. Wir müssen uns wohl damit abfinden, dass unser Einsatz hier beendet ist und dürfen froh sein, dass wir noch mal mit heiler Haut davongekommen sind.«

»Aber was hat Norton denn gesagt?«, insistierte Lukas.

Francesca räusperte sich.

»Er sagte, wir beide – damit meinte er mich und sich selbst – hätten jetzt wohl unsere wertvollsten Mitarbeiter verloren. Offenbar bezog sich das auf Glenn und auf dich!«

Lukas öffnete den Mund und starrte Francesca sprachlos an.

»So wie es aussieht«, fuhr Francesca fort, »hat Glenn für Norton gearbeitet. Norton ist definitiv die Wespe. Die schwarze Wespe.«

»Aber dann hat er seinen eigenen Mann in die Luft gejagt?«

»Als er den Stick entdeckte, muss er blitzschnell reagiert haben«, versuchte Francesca, die Situation zu rekonstruieren. »Ihm muss klar gewesen sein, dass wir sehr nahe an ihm dran sind. Und wenn Glenn derjenige war, der für ihn die Dinge jenseits und diesseits des großen Teiches managte, wurde er in diesem Moment für ihn zu einem Sicherheitsrisiko!«

»Klar, wenn Glenn ausgepackt hätte, wäre Norton dran gewesen. Aber was ich nicht verstehe, er war doch nicht dabei auszupacken. Er war doch dabei, mich zu bedrohen …«

»Da stand ich aber schon vor ihm, also vor Norton in seinem Büro. Nicht irgendeine x-beliebige Schnüfflerin, sondern eine Beamtin des Landeskriminalamts aus Deutschland. Und er konnte ja nicht wissen, dass ich ohne offiziellen Auftrag unterwegs bin. Er hat im Geiste vermutlich schon den ganzen Polizeiapparat hinter meiner Person aufmarschieren sehen und dann gedacht, wenn wir Glenn kriegen, hat er ausgespielt.«

»Und so ist er, mit einer spektakulären Explosion, nicht nur einen gefährlichen Mitwisser los geworden, sondern hat sich auch Luft verschafft«, folgerte Lukas.

»Aber der Sprengstoff muss ja vorher schon unter dem Wagen angebracht worden sein. Bevor du in sein Büro bist ...«

»Vermutlich wollte er zunächst uns beide hochgehen lassen, und als ich dann den Wagen verließ, hat er Glenn runtergeschickt. Aber das sind natürlich jetzt Spekulationen ...«

Francesca sah aus dem Wagenfenster. Draußen flog die bizarre Kulisse der Küstenregion vorbei.

»Nein, das sind keine Spekulationen« rekonstruierte sie den Ablauf der Ereignisse weiter. »Anders kann es gar nicht abgelaufen sein. Er wollte zunächst uns beide hochgehen lassen. Er muss uns schon vorher beobachtet haben, das heißt, seine Handlanger. Vermutlich wurde der Sprengstoff schon heute Nacht angebracht.«

»Oder während wir frühstücken waren.«

»Und ich denke mal, es war Glenn selbst. Nur dass er im Glauben war, Norton habe ihn losgeschickt, um auf dem Parkplatz Informationen von dir zu erpressen oder dich umzulegen. Jedenfalls hat Norton euch vom Fenster aus beobachtet. Und als Glenn auftauchte, kam er an den Computer und hat die Enter-Taste gedrückt.«

»Die Enter-Taste?«

»Ja, die Fernzündung.«

Zwei, drei Minuten lang trat Stille ein. Erschöpft hing jeder seinen Gedanken nach. Schließlich klärte Francesca Lukas noch über den Verlauf des Polizeiverhörs auf und setzte ihn davon in Kenntnis, dass sie achtundvierzig Stunden Zeit habe auszureisen.

Lukas nahm die Information mit Gelassenheit auf.

»Hätte auch schlimmer kommen können«, erwiderte er.

Gewiss, dachte sie. Das hätte alles auch schlimmer kommen können...

Stuttgart klirrte im Frost eines späten Dezembertages. Tomislav Özcan hatte den Motor der Dienstlimousine auf der Standspur der Ankunftsebene des Flughafens auf Hochtouren laufen lassen, bis die Internetverbindung seines Handys ihm sagte, dass die Maschine aus San Francisco sich um eine gute Stunde verspäten würde. Dann entschloss er sich, den Wagen doch stehen zu lassen, um irgendwo in der Flughafenhalle einen Espresso zu nehmen und sich mit einem Buch oder einem Nachrichtenmagazin über die Wartezeit zu retten. Und außerdem würde sich Francesca sicher freuen, wenn sie jemand am Ausgang persönlich in Empfang nahm.

Als sie sich vor Stunden vom Hotel »Whitcomb« aus endlich wieder gemeldet hatte, war seine Anspannung nach und nach einer gelösten Freude gewichen. Was er davor von ihr gehört hatte, war ihm unheimlich vorgekommen. Hatte ihn in höchste Unruhe versetzt und ihm gleichzeitig seine Hilflosigkeit klargemacht. Der Code. Die höchste Alarmstufe. Aber dann hatte sie ihm von ihren Nachforschungen erzählt, von Lukas, von Norton, von der Explosion. Und hatte gemeint, dass es nun Zeit sei zurückzukehren. Nach Hause. Sie hatte niedergeschlagen und ausgebrannt gewirkt, auch wenn sie das am Telefon nicht hatte zugeben wollen.

Als die Kommissarin nun endlich, ihren Koffer hinter sich herziehend, in der Traube der Passagiere erschien, waren ihr die Strapazen der vergangenen Tage so deutlich anzusehen, dass Özcan erschrak. Er drückte ihr einen knappen Kuss auf die Wange und nahm ihr die Reisetasche ab.

»Du wirst zu Hause sicher schon sehnsüchtig erwartet!«, sagte er zur Begrüßung. »Und dann machst du erst mal ein paar Tage Urlaub!«

Unvermittelt blieb Francesca stehen – mitten im Gedränge.

»Erst ins Büro!«, sagte sie.

Özcan war notgedrungen ebenfalls stehen geblieben. Vorbeieilende warfen ihnen verständnislose Blicke zu.

»Es ist doch noch nichts angebrannt!«, entgegnete er.

»Ich muss mit Blöchle sprechen! Ich hab bestimmt hundertmal versucht, ihn zu erreichen – und er hat nicht reagiert!«

»Jetzt komm erst mal!«

Mit einer Kinnbewegung forderte Özcan sie zum Weitergehen auf. Francesca folgte ihm mit mechanischen Schritten.

»Blöchle ist nicht mehr da!«

»Wie: Nicht mehr da?«

»Er ist irgendwie versetzt worden.«

»Ja, wieso? Wohin denn?«

»Genau weiß es niemand. Es gibt nur eine dürre interne Mitteilung, dass er versetzt worden ist. Seine letzte offizielle Amtshandlung bestand offenbar darin, das Observierungsteam von unserem Toten Briefkasten in Neckartailfingen abzuziehen.«

Francesca sah auf den Boden, auf ihre Schuhe, die automatisch dem Kollegen zum Ausgang der Flughafenhalle zu folgen schienen. Ihre ganze Mission war von Anfang unter einem schlechten Stern gestanden. Aber wenn Sie an das merkwürdige Verhalten von Blöchle zurückdachte, an seine Anspielungen, selbst unter Beobachtung zu stehen, dann schien der Kreis sich jetzt irgendwie zu schließen – und sie würde vermutlich nie erfahren, was wirklich geschehen war. Weder in Bezug auf Blöchle noch in Bezug auf Glenns Verbindungen zu höheren Etagen im deutschen Behördengefüge …

Als das Gepäck im Kofferraum des schwarzen Dienstwagens verstaut war und Özcan den Motor starten wollte, legte sie ihm die Hand auf den Unterarm.

»Warte bitte«, bat sie.

Sie hatte Lukas, der vom Motel aus zurück zu Miriam gefahren war, versprochen, weiter an der Aufklärung des

Mordes an seinem Vater zu arbeiten. Und Lukas war ein Detail eingefallen, das seine Entführung betraf, das vielleicht unwichtig war, dem sie aber nachgehen wollte. Noch im Motel hatte er ihr beim Abschied erzählt, dass er einen merkwürdigen, banalen Eindruck im Hinterkopf behalten habe. Er sei gefesselt auf dem harten Boden des Lieferwagens gelegen und habe den Körper so verspannt, dass er durch die Fahrbewegungen nicht mehr herumgeschleudert werden konnte. Dabei sei sein Kopf neben dem rechten Radkasten zu liegen gekommen und sein Blick habe sich direkt auf eine Blechbeule gerichtet, an deren ausgefransten Rändern der weiße Lack abblätterte.

Doch Özcan, als sie ihm diese Information nun weitergab, reagierte gelassen.

»Ich lass das Stefano mal wissen. Aber du brauchst jetzt erst mal eines: Schlaf!«

Francesca stimmte ihm zu, fragte aber noch:

»Wie geht's dir eigentlich inzwischen? Mit deiner Freundin?«

»Ach Francesca, das steht jetzt bestimmt nicht an erster Stelle. Aber da du schon nachfragst: Ich hab mich von Svenja getrennt!«

»Was? Oh je!«

»Ich kann das nicht brauchen, wenn jemand ständig an mir klebt!«

Francesca schluckte, wollte das Thema aber jetzt auch nicht vertiefen.

»Aber eine ganz kleine Erfolgsmeldung habe ich wenigstens für dich«, fuhr er fort. »Das Phantombild, das wir mit Marvin Brunner anfertigen ließen, du erinnerst dich? Der falsche Kripobeamte. Lukas' Entführer. Mein Doppelgänger …« Özcan grinste breit. »Die niederländischen Kollegen haben ihn bei Tilburg geschnappt. Ein gewisser Radu Wachner, ein Rumäne. Allerdings haben sie ihn gleich dabehalten, weil auch die Holländer Strafanzeigen gegen ihn laufen haben, wegen diverser Autodiebstähle. Ein weißer Lieferwagen war allerdings nicht darunter. Unser Kollege Fenchel und Stefan Schmid sind unterwegs nach Holland, um ihn zu verhören.«

»Vielleicht führt diese Spur uns ja doch noch weiter.« Francescas Stimme klang wenig hoffnungsvoll.

»Ja, vielleicht. Aber was mir die ganze Zeit, in der du weg warst, keine Ruhe gelassen hat, war die Sache mit dem Postillion.«

Francesca sah Tomislav neugierig an.

»Na ja, ich konnte mir einfach nicht vorstellen, wie der Schmetterling auf dem Stick im Wespenglas von Frau Michaelis mit der Postillionsfigur auf der Neckarbrücke in Neckartailfingen zusammenpasst. Wenn Hellmuth Michaelis von dem Toten Briefkasten gewusst hat, warum sollte er auf eine dermaßen verquere Weise mit einem digitalen Abbild eines Schmetterlings uns oder wem auch immer einen Hinweis zuspielen wollen? Das würde ja irgendwie schon an Wahnsinn grenzen. Deshalb habe ich mit Herrn Doktor Schneider in Zwiefalten noch mal ein längeres Gespräch geführt. Erstens ist es durchaus im Rahmen des Möglichen – die Patienten haben auf dieser Station die Gelegenheit, zu festgelegten Zeiten einen Computer zu benutzen –, dass Frau Michaelis die Abbildung des Schmetterlings selbst auf den Stick gezogen hat. Vor allem aber: Er vermutet, dass Hellmuth seiner Exfrau doch einiges mehr erzählt hat, aber dass sie seine Informationen nicht verarbeiten konnte und auf ihre Art in ihr System der Angst und Wahnvorstellungen eingebaut haben muss. Obwohl unser Mordopfer ja wohl kaum wissen konnte, dass es einen Ben Norton in Monterey gibt, der sich als eine schwarze Wespe tarnt.«

Francesca rieb sich ihre Handrücken.

»In ihrer Fantasie könnte der Postillion in Neckartailfingen zum Schmetterling geworden sein – ein fliegendes

Insekt. Und das Gefühl, beobachtet zu werden, vermischt mit dem Gefühl der Bedrohung, manifestierten sich in ihrer Vorstellung zu Drohnen, sprich Wespen? Meinst du so etwas?«

»So ungefähr.«

»Das könnte eine Erklärung sein. Rational lässt sich das ja alles irgendwie nicht fassen. Aber was gibt es sonst noch Neues? Bist du mit der Geliebten von Michaelis weitergekommen irgendwie? Dieser Buket?«

Ihre Hände zitterten vor Müdigkeit.

Özcan warf den Motor an und Francesca legte die Hände auf das Lüftungsgitter und wartete, bis warme Luft zwischen ihren Fingern hindurchströmte.

»Natürlich bin ich deinem Hinweis nachgegangen. Buket Gönül. Wir hatten die sogar schon mal kurz auf dem Schirm. Sie arbeitet bei ElringKlinger in der Produktion. Das war die, die sich nach dem Mord gleich hat krankschreiben lassen …«

»Und, was ist mit ihr?«

»Das war ein Ding! Sie hat zugegeben, die Geliebte von Michaelis gewesen zu sein. Bis vor Kurzem. Und sie hat so getan, als hätte sie ein wahnsinnig schlechtes Gewissen, dass sie sich nicht bei uns gemeldet hatte. Dabei war sie die Letzte, die noch kurz vor seinem Tod mit ihm telefoniert hat!«

Francesca fuhr herum.

»Was?!«

»Die Angst vor ihrem Mann war wohl größer als ihr Gewissen! Aber als ich sie jetzt auf Türkisch befragt habe, ist es dann doch aus ihr rausgebrochen.«

»Wie telefoniert. Wo?«

»Michaelis hat sie vom Labor aus noch angerufen. Kurz bevor er zusammengebrochen ist. Vom Festnetz aus … Sie war zu Hause. Im Bad.«

»Was hat er denn noch gesagt?«

Özcan seufzte.

»Dass es ihm schwarz wird vor den Augen ... Frau Gönül hat sich, als sie dann von seinem Tod erfahren hat, eingeredet, das sei nicht wichtig für die Polizei, deshalb hat sie sich auch nicht gemeldet.«

»Und sich keine weiteren Sorgen gemacht?«

»Sie war im Bad, wie gesagt. Ihr Mann saß im Wohnzimmer. Und Michaelis hat wohl noch öfters versucht, die Beziehung zu ihr wieder aufleben zu lassen und ihr am Telefon etwas vorgejammert. So hat sich Frau Gönül wenigstens ausgedrückt.«

»Und er soll ›schwarz‹ gesagt haben? Wortwörtlich?«

»Was hackst du denn jetzt so auf dem einzelnen Wort herum?«

Tomislav Özcan schrieb ihr ungewöhnlich penetrantes Nachfragen ihrer Übermüdung zu.

»Und das ›vor Augen‹?« Francesca wollte es genau wissen. »Hat er das auch gesagt oder glaubt Frau Gönül, das hinterher so verstanden zu haben?«

Nun wurde Özcan hellhörig. Er zögerte, überlegte.

»Das mit den Augen ist, glaube ich, ihre Interpretation gewesen. Ich kann noch mal im Protokoll nachschlagen, aber ich glaube, Michaelis sagte nur ›schwarz‹ ...«

»Dann kann er also auch ›Schwartz‹ gemeint haben. Mit Te Zet, oder?«

»Du meinst Schwartz? Peter Schwartz?«

Vermutlich war es barer Unsinn, aufgrund der Interpretation eines Wortklangs das Einsatzkommando auf einen Trödelhändler loszulassen, aber außer Tomislav Özcan kannte niemand den Anlass und es wäre nicht das erste

Mal, dass man die Wohnung eines Verdächtigen oder – wie in diesem Fall – auch sein Möbellager ein zweites Mal auf den Kopf stellte, wenn sich neue Verdachtsmomente ergeben hatten. Jedenfalls war Francesca fest entschlossen, dieser Information auf den Grund zu gehen. Und sie würde – Alibi hin, Alibi her – Schwartz dieses Mal so lange in die Zange nehmen, bis dieser weich würde – oder sie sich tatsächlich geschlagen geben müsste. Den richterlichen Durchsuchungsbeschluss würde sie gegebenenfalls nachreichen ... Und außerdem war da ja noch der Radkasten, weshalb sie Stefano Invisibile anrief mit der Bitte, den Fuhrpark von Schwartz unter die Lupe zu nehmen. Eine Maßnahme, die – wie ihr einfiel – bei der ersten Durchsuchung der Liegenschaften des Trödelhändlers unterlassen worden war.

Während Özcan den Weg nach Dettingen einschlug, wies Francesca den Leiter des Einsatzkommandos an, die Fluchtwege des zweistöckigen Gebäudes mit Lagerhalle und Wohnung im Dettinger Industriegebiet so unauffällig wie möglich zu observieren und zu sichern, während sie selbst zunächst dem Inhaber ins Gesicht sagen würde, dass sein Alibi aufgeflogen sei. Vielleicht, dass sich Schwartz daraufhin in Widersprüche verwickeln, vielleicht, dass er sich zu einer Kurzschlussreaktion hinreißen ließe. So lautete jedenfalls der Plan – vorausgesetzt, Schwartz war anwesend heute Morgen.

Als sie mit Özcan gegen 11 Uhr die Hofeinfahrt des Möbellagers passierte, fiel Francesca sofort der dunkelblaue Porsche Cayenne ins Auge, und als sie die Halle betraten, ließ Schwartz den Kunden, mit dem er sich unterhielt, stehen und kam auf sie zugeeilt. Mit ausgewählten Worten der Höflichkeit und einem jovialen Lächeln fragte er die beiden Kripobeamten geschäftsmäßig, was er für sie tun könne. Offenbar nahm er an, sie seien in privater Absicht gekommen, was nicht ganz abwegig war an einem

Samstagvormittag. Vielleicht überspielte er aber auch die Undurchsichtigkeit der Situation, die sich für ihn mit dem unangekündigten Auftauchen der Kriminalpolizei ergab.

Francesca, die sich kaum mehr auf den Beinen halten konnte, gab sich zurückhaltend. Sagte lediglich, sie habe noch eine Rückfrage. Entgegen ihres Plans. Irgendetwas war hier in der Halle, das sie zögern ließ. Mit mühsamen Schritten schlenderte sie, gefolgt von Schwartz, und ohne dass dieser es wagte, das Schweigen zwischen ihnen zu unterbrechen, über den schwarz gestrichenen Zementfußboden an den Reihen der Gebrauchtmöbel entlang. Natürlich hat sich die Halle verändert seit meinem letzten Besuch, dachte sie. Eigentlich alles. Die Möbel von damals waren inzwischen verkauft und durch neue Ware ersetzt worden. Und dann sah sie ihn, zwischen einem braunen Ledersofa und einem Küchenschrank: den Biedermeier-Sekretär. Schon vor einem Vierteljahr war er ihr bei ihrem ersten Rundgang durch die Lagerhalle sofort aufgefallen und er hatte ihr schon damals gefallen. Das einzige Möbelstück, das sich immer noch im Angebot befand. Lag es am Preis?

Sie ließ die Handfläche über die heruntergeklappte Schreibfläche mit der elfenbeinfarbenen Intarsienumrandung gleiten und drehte sich zu Schwartz um.

»Was soll er kosten?«

Schwartz sah die Kommissarin verwundert an. Sein linkes Augenlid zuckte leicht, er zwang sich zu einem Lächeln.

»Es handelt sich um das einzige Möbelstück hier, das unverkäuflich ist.«

»Aber das bringt Ihnen doch mindestens drei- bis viertausend!«, spielte Francesca die enttäuschte Kundin.

»Das Teil stammt aus dem Jahr 1870 und ich habe es für meine privaten Wohnräume vorgesehen …«, antwortete Schwartz.

Warum lässt er das gute Stück dann monatelang in dieser vergammelten Lagerhalle herumstehen, dachte Francesca und winkte Özcan zu sich heran. Gemeinsam gelang es ihnen, den Sekretär ein Stück vorzuziehen. Sie würde es auf die Spitze treiben und sie würde sehen, wie lange er es aushielt, den Gelassenen zu spielen.

»Verfügen solche Stücke aus dem neunzehnten Jahrhundert nicht auch über Geheimfächer?«, fragte sie mit provozierendem Grinsen.

»Da müsste ich in der Beschreibung nachsehen ...«

Die Worte, die Schwartz hervorbrachte, kamen jetzt stockend. Als warte er auf ihre Reaktion, blieb er stehen und sah sie fragend an. Und doch hatte sie den Eindruck, dass seine Beherrschung ihm jetzt die größte Mühe abverlangte.

»Ja, worauf warten Sie dann? Ich wäre Ihnen wirklich verbunden, wenn wir mal diese Beschreibung einsehen könnten.«

Schwartz machte auf dem Absatz kehrt und verschwand in Richtung seines Büros.

»Verdächtiger versucht, durch den Hinterausgang zu flüchten!«, sagte Francesca in ihr kleines Funkgerät am Handgelenk.

»Du scheinst dir deiner Sache ja sehr sicher zu sein«, sagte Özcan mit zweifelnder Stimme.

»Es ist nur ein letzter, verzweifelter Versuch«, gestand Francesca und gähnte. »Aber lass uns das mal versuchen ...« Sie deutete auf den Sekretär. »Da gibt es bestimmt einen kleinen Trick ...«

Özcan nickte, öffnete eine der kleineren Schubladen, fuhr mit der Hand hinein und tastete den Innenbereich ab. Bereits bei der dritten Schublade hatte er Erfolg. Ein kleiner Stift schob sich zwischen Zeige- und Mittelfinger, und als er an ihm zog, hörte man an der Rückwand ein Geräusch. Ein kleines, rechteckiges Holzteil war aufgesprungen, als sei es zuvor innen von einer Feder festgehalten worden. Özcan fasste in den Leeraum und brachte einen großen Umschlag zum Vorschein.

In diesem Moment schleppten zwei Uniformierte des Einsatzkommandos den Gebrauchtmöbelhändler um die Ecke.

Ohne dass es seine Absicht gewesen wäre, ließ Özcan zehn Bündel mit frischen Fünfhundert-Euro-Scheinen aus dem Umschlag rutschen – direkt vor die Füße von Schwartz.

Aber der schien nicht besonders beeindruckt.

»Ich weiß, ein Geheimfach bringt keine Zinsen«, spottete er. »Aber was wollen Sie mir damit anhängen? Einen Mord?«

Ohne darauf einzugehen, ließ Francesca Peter Schwartz abführen. Dennoch war ihr klar, dass es noch weiterer Beweise bedurfte, um den dringend Tatverdächtigen zu einem Geständnis zu bringen.

Stefano hatte alle Fahrzeuge des Trödelhändlers gecheckt und sich von Otto Renner, einem der Mitarbeiter, sämtliche Fahrzeugpapiere aushändigen lassen. Schwartz besaß, wie sich herausstellte, neben anderen Fahrzeugen einen weißen und einen blauen Ford Transit. Dem Hinweis von Lukas nachgehend, wonach der linke Radkasten des Entführungsfahrzeugs eine auffallende, schadhafte Stelle mit abblätterndem weißen Lack aufwies, konnte er in einem der beiden Wagen, der außen blau und innen weiß war, eine entsprechende Stelle ausmachen.

Nachforschungen ergaben schnell, dass der entsprechende Wagen zwei Tage nach dem Mord an Michaelis außen von weiß auf blau umlackiert worden war. Außerdem waren die Nummernschilder beider Fahrzeuge ausgetauscht worden.

Radu Wachner, der dunkelhaarige, vermeintliche Fahrer des Entführungsfahrzeugs, den Özcan so häufig witzelnd als seinen Doppelgänger bezeichnet hatte und der von der niederländischen Polizei in Gewahrsam genommen worden war, hatte jedoch jede Tatbeteiligung abgestritten. Stefan Schmid war mit dem Kollegen Franz Fenchel ohne Ergebnisse aus den Niederlanden zurückgekehrt. Doch nun, da das Entführungsfahrzeug identifiziert war, konnte die Spurensicherung ans Werk gehen. Stefano Invisibile fand zwar keine Fingerabdrücke, aber feinste Textilfaserspuren auf dem Beifahrersitz, die schließlich der Kleidung Wachners zugeordnet werden konnten. Unter dem Eindruck des neuen Beweismaterials hatte er am Ende gegenüber der niederländischen Kripo zugeben müssen, an der Entführung von Lukas Michaelis beteiligt gewesen zu sein – und dabei Peter Schwartz als den Fahrer des Entführungsfahrzeugs schwer belastet. Schwartz sei es gewesen, der die Kommandos gegeben habe, sagte er aus. Er habe lediglich als Befehlsempfänger gehandelt – auch als er in Lukas' WG dessen Laptop aufspüren sollte.

Den entscheidenden Beitrag zur Lösung des Mordfalles lieferte jedoch am selben Tag noch Cornelia Behrendt. Özcan konnte ihr aufgrund der Indizien klarmachen, dass sie offensichtlich einem Mörder zu einem Alibi verholfen hatte. Die junge Frau sagte aus, sie habe Schwartz vertraut. Hätte sie gewusst, einen Mörder zu decken, sie hätte sich nie darauf eingelassen. Und sie rechnete sich aus, dass sie mit einem Geständnis besser wegkommen würde, als wenn die Kripo ihr ihre Straftat nachweisen könnte. Mit viertausend Euro hatte Schwartz sich ihr Schweigen erkauft.

Du hast fast siebzehn Stunden geschlafen, mein Schatz!«, sagte Andreas mit gedämpfter Stimme und zog langsam die Rollläden hoch.

Francesca blinzelte ins graue Morgenlicht. Özcan hatte sie am Vortag gegen 13 Uhr vor ihrer Wohnung in der Planie abgesetzt und, als sie aus dem Wagen stieg, bemerkt, dass sie sich kaum mehr auf den Beinen halten konnte. Er hatte ihr das Gepäck abgenommen, es hochgetragen und ihr mit fürsorglichem Ton in der Stimme geraten, sie solle sich erst mal ausschlafen, um alles andere werde er sich kümmern.

Sie hatte bemerkt, dass niemand zu Hause war, hatte ihr Gepäck im Flur stehen lassen, sich zu ihrem Biedermeier-Sekretär geschleppt, einen Zettel geschrieben, diesen vor die Schlafzimmertür gelegt und sich dann mit den Kleidern ins Bett fallen lassen.

»Ich hatte mir zwischenzeitlich schon Sorgen gemacht, ob du überhaupt noch atmest«, sagte Andreas und beugte sich über ihr Gesicht.

Sie saugte seinen Kuss auf wie Honig.

»Bist du jetzt ansprechbar?«

»Ich hab einen Riesenhunger! Wie spät ist es denn?«

»Gleich 8 Uhr …«

Francesca schnellte hoch.

»Dann bin ich seit gestern Nachmittag um eins im Bett? Das gibt's doch gar nicht!«

»Ja, und du solltest langsam aufstehen. Langsam. Wegen des Kreislaufs … Übrigens, einen schönen Gruß soll ich dir ausrichten von Professor Schoner!«

»Von Fred?«

»Er hat mir den ganzen Tag, den ihr zusammen verbracht habt, haargenau geschildert.«

»Ja, er hat mir San Francisco gezeigt, es war nett und er kennt sich in vielem aus. Aber ich glaube, er ist auch ein bisschen verklemmt. Zumindest, was Frauen angeht … Gib mir mal mein Handy!«

»Du willst doch nicht schon wieder arbeiten?«

»Nein, aber ich muss wissen …«

Statt den Satz zu beenden, überflog Francesca die eingegangenen Nachrichten.

»Bene!«, jubelte sie. »Schwartz hat gestanden! Den Mord an Michaelis und die Entführung von Lukas!«

»Özi wollte es dir persönlich mitteilen. Gestern Nacht. Stefano und wie heißt der andere KT-ler, ach ja, Stefan Schmid, von denen soll ich dich ebenfalls grüßen.«

»Danke!«

Eine weitere Nachricht stammte von Basilio. Der IT-Spezialist hatte sich die Mühe gemacht, die Medienreaktionen in den USA auf die Explosion auf dem Betriebsgelände von Meyer&Stern im Internet zu recherchieren. Danach ermittelte die Polizei wegen Mordverdachts gegen Unbekannt. Im Wirtschaftsteil des »San Francisco Chronicle« war er dann noch auf einen kurzen Bericht gestoßen, laut dem Ben Norton zum Vorstandsvorsitzenden gewählt worden sei und der Firma ein Verschlankungskonzept verpassen wolle.

Also ist die schwarze Wespe zur Wespenkönigin aufgestiegen, dachte Francesca. Sie konnte nun ihren Staat als Herrscherin unumschränkt regieren und ihre Drohnen in die Welt schicken – und im Bedarfsfall vernichten. Vielleicht sogar deren Leichen in einem Einmachglas entsorgen? Ein zynisches Lächeln erschien auf ihrem Mund, als sie sich bei ihrem letzten Gedanken ertappte, und sie wandte das Gesicht von Andreas ab, der noch immer abwartend vor ihr stand.

Jetzt klingelte ihr Telefon. Der Piano-Riff.

Andreas warf einen entnervten Blick zur Decke.

Thorsten Espe war am Apparat und fragte, ob er schon so früh stören dürfe. Er gratulierte ihr zur Festnahme von Schwartz.

»Gute Arbeit, Frau Molinari. Wir alle hier sind sehr erleichtert …«

Francesca hörte heraus, dass Espe noch etwas sagen wollte, jedoch zögerte.

»Aber was den Spionageangriff angeht?«, setzte er wieder an. »Ich höre, Sie waren sogar in den USA deswegen …«

Sie war ihm Informationen schuldig, die sie ihm nicht geben konnte. Nicht ohne Weiteres.

»Wir waren nah dran«, sagte sie. »Letztendlich hatten wir aber leider keinen Erfolg.«

»Wenn nicht mal das LKA in der Lage ist …«

»Aber ich kann Ihnen für die Zukunft einen Tipp geben. Allerdings nicht am Telefon …«

Espes Stimme versiegte wieder für einen Moment.

»Ich denke, da muss sich auf politischer Ebene einiges ändern! Und zwar schnell.«

»Dann sehen Sie mal zu, wie Sie darauf Einfluss nehmen können!«, forderte Francesca ihn auf. »Die große Politik ist wie ein Tanker auf einem Meer der Unwägbarkeiten. Kurswechsel erfolgen sehr, sehr langsam …«

»Aber wenn er einmal vorgenommen wurde und der Tanker neuen Kurs aufnimmt, dann hält ihn auch so schnell nichts mehr auf«, meinte Espe. Seine Stimme klang optimistisch. »Das sehen Sie ja an unserer Energiepolitik.«

Damit – und mit guten Wünschen für den Jahreswechsel – war das Gespräch beendet.

Andreas war dem Gespräch nicht ohne Interesse gefolgt, beschloss aber, es sei an der Zeit, das Thema zu wechseln.

»Die Kinder können es kaum mehr erwarten!«, sagte er. »Ich hab sie dir die ganze Zeit vom Hals gehalten.«

»Ja aber – ich bin noch gar nicht dazu gekommen, meine Weihnachtsgeschenke …«

»Nicht nötig!«, fiel ihr Andreas ins Wort. »Ich hab ihnen gesagt, die Geschenke kommen von uns beiden. Als erstes hat Salvatore übrigens das Päckchen von deiner Sekretärin aufgemacht. Weiß auch nicht, wieso.«

»Und, was war drin?«

»Eine Buchhülle, aus Filz …«

»Entzückend!«

Wenig später saß die ganze Familie, einschließlich Maria, in weitem Kreis um sie versammelt auf den Rändern des Ehebetts, außer Salvatore, der sogleich zu ihr unter die Bettdecke gekrochen war. Die Weihnachtsgeschenke wurden nachträglich überreicht und Francesca bewunderte jedes einzelne gebührend, bis sie endlich sagte:

»Kinder, ich halt's nicht mehr aus! Wisst ihr was? Ich lad euch alle zum Essen ein heut Mittag!«

Die Kinder jubelten und Maria sagte:

»Mir auch recht. Ist auch mal schön, sich bedienen zu lassen.«

Einige Stunden später – Lisa hatte, während Francesca unter der Dusche war, auf Bitte ihres Vaters hin einen Tisch reserviert – saßen sie bei Francescas Lieblingsitaliener. Der Kellner wies darauf hin, dass frische Muscheln im Angebot seien.

»Ich nehm die Muschis!«, rief Salvatore als Erster.

Das ganze Lokal hatte es gehört. Der ganze Tisch lachte. Auch der Kellner. Der Kleine aber nahm Stifte und Papier zur Hand, um sich die Wartezeit zu verkürzen.

Francesca fragte, ob sich die Flüchtlinge, die sie an Heiligabend eingeladen hatten, denn wohlgefühlt hätten.

»Das sollten noch mehr Familien machen«, meinte Andreas. »Man versteht erst richtig ...«

»Aber ich verstehe eins nicht«, ereiferte sich Lisa, »viele Ostdeutsche haben nach dem Mauerbau ihr Leben riskiert, um in den Westen zu flüchten. Und die waren ja nicht gerade am Verhungern. Haben das die Leute alle wieder vergessen?«

»Viele Menschen haben eben Angst«, versuchte es Maria mit einer Erklärung.

»Aber wovor denn? Die Flüchtlinge haben doch selber Angst. Die sind doch froh, wenn man sie endlich in Ruhe lässt!«

»Dass sich die Jungs an unsere Mädchen und Frauen ranmachen, sagte kürzlich eine junge Mutter im Fernsehen.«

»Und wenn?«

Lisa sah provozierend in die Runde.

»Oder dass sie uns Arbeit wegnehmen könnten!«

»Aber uns fehlen doch Fachkräfte!«

Andreas gab Lisa recht, verwies aber darauf, dass die Angst vor sogenannter Überfremdung auch in anderen Ländern verbreitet sei, insbesondere in der Schweiz.

»Was heißt hier Überfremdung?«, wandte Lisa ein. »Diese Hakenkreuzschmierer, die sich für die Deutschesten der Deutschen halten, beherrschen nicht mal die deutsche Sprache!«

»Man müsste die Ursachen bekämpfen …«, meinte Andreas noch – dann kamen die ersten Gerichte und das Gespräch versiegte.

Mit Erstaunen sah Francesca, wie sich Lisa über die mit Knoblauch angebratenen Austernpilze hermachte.

»Und, was hat er dir jetzt eigentlich gebracht, dein Einsatz in San Francisco?«, fragte Lisa über ihre Gabel hinweg.

»Es ist ein bisschen wie im Film, wie in einem Thriller«, antwortete Francesca nachdenklich. »Die Handlanger bekommt man zu fassen, aber das Böse bleibt in der Welt …«

Neun Monate später

Internationale Automobil-Ausstellung in Frankfurt am Main. Thorsten Espe tritt an den Stand eines ihm bisher unbekannten US-Automobilzulieferers. Sein Blick fällt auf einen Zylinderkopf. Neugierig nimmt er ihn in die Hand, wendet ihn. Wie Sensoren tasten seine Blicke das Gehäuse ab. Das Teil erscheint ihm verdächtig ähnlich mit den Zylinderköpfen, die er kennt. Praktisch baugleich. Der Leiter des Messestands ist auf ihn aufmerksam geworden. Er erklärt ihm, dass eine revolutionäre technische Entwicklung den CO_2-Ausstoß senke. Espe nickt und lässt, als der Mann sich wieder abwendet, den Zylinderkopf mit einem wissenden Grinsen in seine Messetasche gleiten.

Dank an alle, die dieses Buch unterstützt haben:

ElringKlinger AG:
Dr. Stefan Wolf
Andreas Brändle
Thomas Anhorn
Peter Renz
Dr. Martin Nedele

Iris Goldack, Reutlingen
Dr. Ulrich Knödler, Stuttgart
Nicolai Storz, Esslingen
Elga Lehari-Reichling, Krefeld
Gabriele Schäfer-Lehari, Reutlingen
Heidrun Storz, Reutlingen

Lesungsanfragen:
berndwstorz@gmail.com

Homepage des Autors:
www.bernd-storz.de

Bernd Storz ist bei facebook

BERND STORZ
quadratisch – käuflich –tot

Mord bei Ritter Sport! In der Schokoladenfabrik im beschaulichen süddeutschen Städtchen Waldenbuch kommt ein langjähriger Anlagenführer unter mysteriösen Umständen ums Leben. Und aus der Wohnung des Mordopfers, einem besessenen Hobby-Kunstsammler, verschwindet ein wertvolles Gemälde des italienischen Malers Antonio Calderara.
Das bewährte LKA-Ermittlerduo Francesca Molinari und Tomislav Özcan gerät immer tiefer in den Sumpf des Organisierten Verbrechens, das mit Kunstraub und Kunstfälschungen mehr verdient als mit Menschen-, Drogen- und Waffenhandel.

€ (D) 9,95 / (A) 10,30
ISBN 978-3-88627-364-5

www.oertel-spoerer.de

BERND STORZ
Mord im Outlet
Ein Metzingen-Krimi

Jäh wird Francesca Molinari aus ihrem Einkaufsrausch in der Metzinger Outlet-City gerissen: In einer Umkleide bei Hugo Boss hängt, an einem Kleiderbügel, eine junge Frau – erwürgt.
Die Reutlinger Kommissarin kennt das Opfer. Kyra Song war für Hugo Boss in China tätig.
Die Ermittlungen mit ihrem türkisch-kroatisch-deutschen Kollegen Tomislav Özcan führen über Metzingen nach Reutlingen und auf die Schwäbische Alb. Und ins Milieu der berüchtigten chinesischen Triaden. Die China-Mafia in Stuttgart – okay. Aber in Metzingen?

€ (D) 9,95 / (A) 10,30
ISBN 978-3-88627-912-8

www.oertel-spoerer.de

Die Autoren sind:
Sybille Baecker, Werner Bauknecht, Martina Fiess, Edi Graf, Silvija Hinzmann, Uschi Kurz, Bernd Leix, Cornelia Lotter, Veit Müller, Britt Reißmann, Bernd Storz, Peter Wark und Gudrun Weitbrecht.

VEIT MÜLLER (HG.)
Die 13 Gebote
Kurzkrimis

Du sollst nicht töten. Du sollst nicht die Ehe brechen. Solche Sätze können die Fantasie von Krimiautoren so sehr beflügeln, dass aus zehn sogar dreizehn Gebote werden. Und aus jedem Gebot entsteht eine Geschichte, in der mit viel (Herz-)Blut gemordet, gemeuchelt, betrogen oder gelogen wird.

„Die 13 Gebote" – eine Sammlung von dreizehn spannenden wie gleichermaßen amüsanten Kurzkrimis, geschrieben von bekannten Autorinnen und Autoren aus der Region zwischen Stuttgart, Reutlingen, Tübingen und dem Schwarzwald.

€ (D) 12,95 / (A) 13,40
ISBN 978-3-88627-369-0

www.oertel-spoerer.de

Die Autoren sind:
Sybille Baecker, Frank Faber, Martina Fiess, Edi Graf, Silvija Hinzmann, Bernd Leix, Veit Müller, Britt Reißmann, Bernd Storz, Peter Wark und Gudrun Weitbrecht.

VEIT MÜLLER (HG.)
Leblos unterm Tresen
Kurzkrimis zwischen Neckar und Bodensee

Die Kneipe um die Ecke, ein trauter Ort geselligen Beisammenseins? Nicht wenn sich Krimiautoren des Themas annehmen. Dann wird erpresst, gemeuchelt, gemordet. Dann verschwinden Menschen spurlos, sinken leblos unter den Tresen oder es droht sogar, die Welt unterzugehen. Das Böse lauert überall, auch in der Stammkneipe.

„Leblos unterm Tresen" – das bedeutet: elf spannende Kurzkrimis aus der Region zwischen Bodensee, Schwarzwald, Alb und Neckar. Ein Lesegenuss der besonderen Art.

€ (D) 11,95 / (A) 12,30
ISBN 978-3-88627-944-9

www.oertel-spoerer.de

Die Autoren sind:
Sybille Baecker, Werner Bauknecht, Martina Fiess, Edi Graf, Silvija Hinzmann, Bernd Leix, Veit Müller, Elke Schwab, Bernd Storz, Peter Wark und Gudrun Weitbrecht.

VEIT MÜLLER (HG.)
Ein Ausflug in den Tod
Kurzkrimis

Schöne Orte, schöne Morde. Die Burg Hohenzollern, der Hölderlinturm in Tübingen, der Limes, der Killesberg in Stuttgart, die Altstadt von Bad Urach – jeder dieser Orte ist eine Reise wert, aber sie können auch Schauplatz für Mord und Totschlag sein. Vor allem, wenn sich Krimiautoren ihrer annehmen.

„Ein Ausflug in den Tod" ist eine Sammlung von elf fesselnden, unheimlichen und vergnüglichen Kurzkrimis, die alle an sehenswerten Orten in Süddeutschland spielen.

€ (D) 11,95 / (A) 12,30
ISBN 978-3-88627-351-5

www.oertel-spoerer.de